살아 있는 과거

염무웅 평론집

살아 있는 과거

한국문학의　어떤 맥락

창비

이 책은 평론집『문학과 시대현실』(2010) 이후 발표한 문학관련 글들을 주로 모은 것이다. 살펴보니 최근 5년간 쓴 글들은 대부분 지난 시대의 문인에 관한 것이다. 벽초 홍명희(洪命憙)에 대한 글은 그의 유일한 소설『임꺽정』을 다시 읽게 된 기회에, 사회운동가의 삶을 살던 그가 뜻밖에 소설가로 변신하면서 무엇을 새롭게 성취했는지, 그리고 사회운동과 소설창작이라는 전혀 다른 활동방식을 관통하는 어떤 일관된 요소가 있다면 그게 무엇인지 검토한 것이다. 횡보 염상섭(廉想涉)의 문학활동은 근대문학 출발기인 1920년대부터 4·19 직후까지 40여년에 걸치지만, 의미있는 업적은 1930년 전후 10여년과 해방시기 5년여에 집중적으로 이루어졌다고 보여신다. 벽초와 횡보는 인간석으로나 문학석으로 '만나는 시섬'이 서의 없다고 느껴지는 인물들이다. 한 사람은 좌파의 좌장 같은 이미지이고, 다른 한 사람은 우파의 중진작가로 통했기 때문이다. 하지만 식민지시대와 분단시대 초기를 살았던 두분의 삶과 글을 면밀히 들여다보면 의외로 그들은 이념적으로 멀지 않은 자리에서 동일한 목표를 향해 자신들의 역량을 투입했음을 알 수 있다. 내 글이 그 점을 납득할 만하게 드러냈다면 나로서는 그것만도 이 책의 자랑이라고 생각한다.

　벽초와 횡보가 추구했던 중도적 내지 포용적 민족노선은 8·15 이후 한반도 남북에서 외세에 기댄 분단세력이 집권함으로써 좌절에 이르렀고, 그 결과는 두말할 것 없이 6·25전쟁이었다. 김구·김규식·여운형 등 많은 애국자들이 단독정부 수립을 막기 위해 애쓰면서 동포들에게 경고했던 것도 바로 전쟁의 위험이었다. 6·25전쟁은 그 자체로 엄청난 참화였을 뿐만 아니라 65년의 세월이 지난 오늘도 우리에게 말 못할 고통의 절대적 근원으로 남아 있다. 아마 박완서(朴婉緖)는 분단과 전쟁이 들씌운 그 비극을 가장 참혹하게 그리고 직접적으로 겪은 사람 중의 하나일 것이다. 소설가가 되기로 결심한 것도 고난의 피난길 한복판에서 그 참상을 기록으로 남겨야겠다는 절실함 때문이었다고 고백한 바 있거니와, 과연 그는 여러 소설에서 자신이 당한 전쟁의 비참을 되풀이 증언하고 고발했다. 그의 연작장편 『그 많던 싱아는 누가 다 먹었을까』와 『그 산이 정말 거기 있었을까』는 내가 읽어본 한에서 6·25전쟁 체험을 형상화한 최고의 걸작이다. 이 소설이 더 많은 사람들에게 읽히고 우리 서민대중의 오늘의 아픔이 지난날의 무엇으로부터 유래한 것인지 숙고토록 하는 데에 내 글이 도움이 된다면 나는 그것이야말로 이 책의 보람이라고 생각한다.

　"예술은 그 자체가 목적인가, 아니면 어떤 목적에 이르는 수단일 따름인가?" 아르놀트 하우저의 『문학과 예술의 사회사』 번역에 매달려 독일어와 씨름하다가 이 문장에 부딪쳤을 때 나에게는 그것이 문학의 존재방식에 대한 헝클어진 의문들을 간명하게 정리하는 신선함으로 다가왔다. 1967년 2월 발행된 『창작과비평』 '창간 1주년 기념호'에 그 번역이 게재되었으므로 거의 50년 전의 일이다. 따지고 보면 하우저의 방대한 예술사 전체가 어떤 의미에서는 이 문장에서 그가 제기한 질문의 의미를 탐색하고 답을 구하기 위한 노력이라 할 수 있지만, 19세기 중엽 빅토르 위고와

플로베르 시대의 프랑스 문학을 논하면서도 그는 다음과 같이 언급함으로써 이 문제가 처한 미학적 곤경을 설명한다. "예술작품의 가장 불가사의한 역설은 그 자체로서 존재하는 것처럼 보이면서도 또 그 자체로서만 존재하지 않는 것처럼 보인다는 데에, 그리고 역사적·사회학적으로 제약을 받는 구체적인 감상자층에 의존하면서 동시에 도대체 대중을 안중에 두려고 하지 않는 것같이 보인다는 데에 있다. (…) 아무리 정치적·도덕적 경향성을 띤 작품이라 하더라도 그것이 모름지기 예술작품이라면 순수한 예술 즉 단순한 형식체로 파악될 수 있으며, 또한 모든 예술창작은 작자가 아무런 실제적 목적을 갖지 않고 제작한 것이라 하더라도 사회적 인과관계의 표현이고 그 수단으로 간주될 수 있다."

한국 근대문학사도 당연히 예술의 이 양면성 간에 발생하는 모순과 길항의 장면들을 다수 포함한다. 다만 우리의 경우에는 현실역사 자체가 비상하게 격동적이었던 만큼 양면 간의 갈등은 작품의 예술적 완성을 위한 상호경쟁이나 예술의 존재방식을 둘러싼 합리적 토론으로 승화되기보다 대립하는 진영들 간의 과격하고 치졸한 논쟁으로, 때로는 생사를 건 이념투쟁으로 나타나기 일쑤였다. 1920년대 중반부터 십수년간 문단을 달구었던 카프 주도의 논쟁도 그렇고, 1960년대를 장식했던 순수문학 대 참여문학 논쟁도 한편으로는 문학작품 자체의 내부적 자기모순이 표출된 것이지만, 다른 한편으로는 그 시대의 사회적 분열을 문학적으로 반영한 것이라 할 수 있다. 지난해 네이버강좌의 일환으로 했던 강의 「문학의 현실참여」는 그 점과 관련된 문제를 훑어본 것이며, 이런저런 인연에 따라 썼던 신동문(辛東門)·천상병(千祥炳)·고은(高銀)·김남주(金南柱) 등에 관한 글이나 가장 최근에 발표한 「가혹한 시대에 시인으로 사는 일」 같은 글도 문학과 현실의 관계에 대한 내 나름의 사색을 담아본 것이다.

그렇지만 이 책은 학술적인 체계를 갖춘 저서가 아니다. 필요에 따라 약간 격식을 차린 논문 비슷한 것도 있고, 개인적 소감 위주로 쓴 수필 같은 것도 있다. 다만, 그런 차이에도 불구하고 전체적으로 이 책의 글들은 명시적으로 또는 은연중 하나의 초점을 겨냥하고 있다. 그것은 하우저 번역 시절부터 나를 따라다니고 있는 내 글쓰기의 핵심적인 과제인데, 말하자면 다음과 같은 질문으로 요약될 수 있는 과제이다. 문학은 더 나은 삶을 희구하는 인간들의 소망에 어떤 관계를 맺고 있는가. 문학이 문학다워짐을 통해서만 현실의 개선에도 기여할 수 있는 것이라면 그 문학다움의 실체는 무엇인가. 그런데 선의에서 출발한 작가들의 노력은 왜 때때로 뜻한 바와 달리 예술적 빈곤으로 귀결되고 마는가. 이런 문제를 작가의 삶과 작품의 됨됨이를 연관지어 분석하는 것, 즉 객관적 현실과 작가의 표현의지와 작품적 결과 사이의 복잡한 변증법을 역사적으로 해명하는 것이 내 비평의 목표라고 할 수 있다. 하지만 실제로 내 글이 그 목표에 얼마나 접근했는지 판단하는 것은 물론 독자의 몫이다.

앞에서 이 책이 주로 최근 5년간 발표한 글을 모은 것이라 했는데, '주로'라고 유보적인 부사를 붙인 까닭은 그렇지 않은 것도 얼마간 포함하고 있기 때문이다. 그런 글들은 온전한 평론이라기보다 평론을 위한 비망록 수준의 단문인데, 이런저런 사연으로 서랍 속에 묵히게 되었다. 가령, 한남규(韓南圭)나 이문구(李文求)처럼 생전에 가깝게 지냈던 작가에 관해 썼던 글은 기회를 잡아 본격적인 작가론으로 키우고 싶어 한쪽에 밀쳐두었던 것이다. 지금 형편으로는 메모 정도의 이런 글이나마 기념사진처럼 여기 그대로 실을 수밖에 없다. 윤후명(尹厚明)과 김하기의 단편소설에 관한 짧은 글도 처마기둥에 매단 마른 씨앗처럼 남겨두었던 것이다. 「'강북' '강남'의 구획이 말해주는 것」과 「노년의 문학」이라는 에세이는 다른 산문집에 이미 수록했지만, 문학을 논하는 이 책으로 옮기는 것이 적당할 것 같아 여기 다시 싣는다.

「한국문학연구와 리얼리즘적 시각」은 원래 어느 대학교 대학원 국문과의 특강으로 행한 강의 노트이다. 알다시피 우리 근대문학의 성장과정에서 유물론적 세계관에 입각한 문학비평과 문학사 연구는 단지 서재와 강단에만 갇혀 있지 않고 거리에 나가 문학운동을 선도하면서 사회적 실천에도 적극 동참하고자 하였다. 그런 과정에서 생성된 한국문학 고유의 자생적 이론들은 서구나 일본에서 들어온 선진이론을 적극 수용하고 영향을 받으면서도 거기에 흡수되지 않고 그것과 일정한 긴장관계를 유지해왔다고 믿어진다. 이런 흐름을 '리얼리즘'의 개념으로 묶어 살펴보려고 한 것이 그 강의였는데, 제대로 된 논문으로 발전시키려던 원래의 계획을 실현하지 못했다. 다만, 임화(林和)의 문학사 연구에 대해 살펴본 글로 겨우 의욕의 일단을 구체화시켜본 셈이다.

평론가라면 마땅히 당면한 현실에 발 딛고서 오늘의 문학에 대해 말해야 한다. 시대의 징후에 예민하게 반응하는 젊은 세대의 작품을 무엇보다 좌표의 중심에 놓고 비평에 임하는 것은 현역 평론가의 당연한 의무에 속한다. 그런 점에서 이 책에 크게 아쉬운 점이 있다는 것을 자인하지 않을 수 없다. 그런데 내 경우와는 반대로 젊은 학도들의 글에서는 우리 문학의 지나온 역정에 대한 지식과 의식이 매우 피상적이거나 편향되어 있다는 인상을 받는다. 과거에 대한 의식의 빈곤은 현재에 대한 감각의 둔화 못지않게 지적 작업의 부실을 초래하는 위험이라고 생각한다. 현재 안에 살아 있는 과거를 느끼고 또 현재를 발판으로 과거를 사유하지 않는다면 어떻게 역사의 연속성을 획득할 수 있겠는가. 이런 점들을 두루 고민하면서 이 책의 제목을 지었다.

문득 돌아보니 문학평론가로 이름을 올린 지 어느덧 반세기가 넘었다. 공부의 영원한 스승인 공자께서는 노년에 이르러 "나이 일흔이 되니 마음 하자는 대로 좇아도 법도를 넘지 않게 되었다"고 말씀하였다. 실로 자연과 도덕의 일치가 구현된 이상적 경지라 할 것이다. 하지만 종심(從心)이

방심(放心)이 되고 방심이 혼미(昏迷)를 부르기 십상인 범인들로서는 오직 자성불식(自省不息)이 있을 뿐이다. 멀리서 가까이서 밀어주고 끌어준 음덕에 힘입어 오늘의 내가 있음을 머리 숙여 감사한다.

2015년 5월
염무웅

# 차례

# 가혹한 시대에 시인으로 사는 일
### 1923년 9월 1일부터 1945년 2월 16일까지


## 가모가와 냇가에서

올해(2015) 1월 중순 일본의 나라(奈良)와 교토(京都) 지역을 다녀왔다. 유홍준 교수의 『나의 문화유산답사기』 일본편 완간을 기념하는 답사여행에 따라간 것이었다. 나는 지금껏 두어번, 그것도 잠깐 수박 겉핥기식으로 둘러보았을 뿐이어서 일본 어딜 가든 흥미롭게 구경할 준비가 되어 있지만, 교토는 일본 역사와 전통이 모여 있는 곳이라고 들었으므로 더욱 호기심을 가지고 갔다. 하지만 지금 그 얘기를 하려는 건 아니다.

빡빡한 일정 끝에 마지막 날 오후가 돼서야 우리 팀은 좀 여유를 갖고 교토 시내를 거닐 수 있었다. 유 교수의 발길이 안내한 곳은 시내 중심가를 흐르는, 작지도 크지도 않은 냇가였다. 이름하여 가모가와(鴨川). 서울의 청계천보다는 훨씬 폭도 넓고 시야도 멀리까지 틔어 있어서 제법 그럴듯한 풍경을 연출하고 있었다. 하지만 강(江)이라기보다는 천(川)이었다. 그래도 청계천과는 그림이 다르고 분위기도 달랐다. 오늘의 청계천은 정취 없는 인공수로에 불과하므로 비교의 대상조차 안 되지만, 55년 전 내가 처음 상경해서 보았던 청계천도 이미 박태원의 소설 『천변풍경』(1936)에 묘사된 것과 같은 풍경은 이미 사라진 지 오래였다.

그런데 가모가와는 시인 정지용이 교토 유학생으로 지냈던 90년 전의 모습에서 크게 변하지 않았을 것 같은 느낌으로 다가왔다. 인공의 침탈이 별로 없어 보였고, 냇물의 흐름에 자연스러움이 살아 있는 듯했다. 어쩌면 인공의 개입이 교묘하게 은폐된 상태를 내가 자연스러움이라고 착각하고 있는 게 아닌지 의심이 들기는 했다. 그 가모가와로 가는 버스 안에서 유홍준 교수가 '鴨川'을 우리식 발음대로 '압천'이라 부르며 정지용의 시 「압천」을 낭송하는 것이었다.

> 鴨川 十里ㅅ벌에
> 해는 저믈어…… 저믈어……
>
> 날이 날마다 님 보내기
> 목이 자졌다…… 여울 물소리……
>
> 찬 모래알 쥐여짜는 찬 사람의 마음,
> 쥐여짜라, 바시여라, 시언치도 않어라.
>
> 역구풀 욱어진 보금자리
> 뜸북이 흘어멈 울음 울고,
>
> 제비 한쌍 떠ㅅ다,
> 비마지 춤을 추어,
>
> 수박 냄새 품어오는 저녁 물바람,

오랑쥬 껍질 씹는 젊은 나그네의 시름.

鴨川 十里ㅅ벌에

해가 저믈어…… 저믈어……

감상과 애수에 넘친 낭송을 들으며 나는 좀 엉뚱하게 정지용 자신은 '鴨川'을 어떻게 읽었을까 상상해보았다. 마오쩌둥을 모택동이라 칭하고 교토를 경도라 부르는 관행에 따라 틀림없이 "압천 십릿벌에…"라고 읽었을 것이다. 하지만 시를 쓴 것이 1923년 7월 도시샤(同志社)대학 유학시절이고, 발표한 것은 교토 유학생 잡지 『학조(學潮)』 2호(1927.6)이다. 그 무렵 정지용은 우리말 잡지에도 열심히 우리말 시를 발표했지만, 유명한 일본시인 기타하라 하쿠슈(北原白秋)가 주재하는 시잡지 『근대풍경』(1926.12)에 일본어시 「카페 프란스」가 발표되면서 유망신인의 한 사람으로 소개된 뒤부터는 일본어로 더 활발하게 시를 발표하고 있었다. 어쩌면 「압천」도 일본어로 먼저 써본 다음 일본어로는 시상(詩想)이 충분히 살아나지 않는다고 판단해서 우리말로 옮겼을 수 있다. 물론 우리말로 먼저 쓴 다음에 일본말로 옮겨보았을 수도 있다. 실제로 「카페 프란스」나 「슬픈 인상화」 같은 작품들은 『학조』 창간호(1926.6)에 먼저 우리말로 발표한 다음 이를 일본어로 개작해서 『근대풍경』에 투고하여 발표했던 것이다. 어쨌든 적어도 일본 땅에 있는 동안에는 "가모가와…"라고 읽었을 가능성도 배제할 수 없다고 생각한다.

이런 사소한 문제를 따져보는 것은 단순한 현학취미가 아니다. 한 작품이 언제 어떤 조건에서 쓰였는지 아는 것은 그 작가의 정신세계를 이해하는 데뿐만 아니라 해당 작품의 문학사적 위상을 가늠하는 데에도 꼭 필요한 기초작업의 일부라고 여겨지기 때문이다. 이제 그런 관점을 가지고 비슷한 시기에 태어나 비슷한 때에 일본유학을 거친 네 사람의 시인을 묶어서 살펴보려고 한다. 우리가 너무나 잘 아는 시인들, 이상화(李相和, 1901~43), 김동환(金東煥, 1901~?), 김소월(金素月, 1902~34), 정지용(鄭芝溶, 1902~50)이 그들이다.


## 1923년 9월의 경험

내가 알기에 우리 문학사의 관습에서는 이 네 시인을 함께 다루는 일이 거의 없다. 그들은 모두 그 나름으로 중요한 시인들이지만, 문학사에서는 각기 다른 맥락 속에 위치한다고 여겨져왔기 때문이다. 다들 아는 바와 같이 이상화는 신문학 초기 동인지 『백조』의 일원으로 활동을 시작하여 카프(KAPF, 조선프롤레타리아예술가동맹, 1925~35)의 창립회원이었고 명작 「빼앗긴 들에도 봄은 오는가」(1926)로 큰 반향을 일으키기도 했지만, 일찍감치 문단 일선에서 물러나 창작활동을 거의 접다시피 했다. 김동환은 장시 『국경의 밤』(1925)으로 명성을 얻고 잠시 카프에도 관여하는 등 문단과 언론계에서 다양한 활동을 벌였다. 하지만 1930년대 들어 차츰 시인으로서보다 잡지 발행인으로 활동하며 식민지체제 안으로 동화되는 자기배반의 길을 걸었다. 김소월은 만 스무살도 되기 전에 천재시인의 면모를 보이며 혜성처럼 등장하여 4,5년간 눈부신 재능을 발휘했다. 그의 시집 『진달래꽃』(1925)은 지금도 한국 근대문학이 산출한 서정시의 고전으로 평가된다. 하지만 김소월 역시 20대 중반을 넘기면서 불꽃이 사위듯 창조의 내리막길로 접어들었다. 이들에 비해 정지용은 그들과 동연배임에도 마치 10년쯤 후배인 듯한 인상을 줄 만큼 천천히 문단에 두각을 드러내어 6·25전쟁으로 행방이 묘연해지기까지 지속적인 작업을 통해 한국시의 새로운 표준을 창조한 예술가로 우리에게 각인되어 있다.

이렇게 개성도 다르고 문학적 성향도 판이하지만, 이들은 우리 문학사가 그동안 주목하지 못한 젊은 날의 경험 한가지를 공유하고 있다. 이상화는 『백조』 동인으로 활동하다가 프랑스 유학의 기회를 얻기 위해 일본 도쿄(東京)로 건너가 '아테네 프랑세즈'에서 2년간 수학했다. 그러던 중 악명 높은 관동대지진(1923.9.1)을 만나 조선인 학살의 참상을 목격했고 그 자신도 구사일생으로 살아났다고 한다. 이 충격으로 그는 유학을 포기하고 귀국했다. 김동환은 1921년 중동학교를 졸업하고 일본 도요(東洋)대학에 입학했으나 역시 관동대지진의 현장을 경험한 다음 학업을 중단하고 귀국했다. 그의 장편서사시 『승천(昇天)하는 청춘』(1925)은 남녀 주인공의 비극적인 사랑을 중심 줄거리로 하되 대지진의 혼란 속에서 벌어진 조선인 동포들의 박해와 고난의 양상을 구체적으로 묘사하고 있다. 그런 점에서 『승천하는 청춘』은 식민지시대의 비극을 증언한 중요한 작품의 하나이다.(『국경의 밤』과 『승천하는 청춘』에 대해서는 일찍이 「서사시의 가능성과 문제점」에서 비교적 상세히 다룬 바 있다. 평론집 『혼돈의 시대에 구상하는 문학의 논리』, 창작과비평사 1995, 367~79면 참조) 김소월은 1923년 봄 배재고보를 졸업하고 그해 5월 일본으로 건너가 도쿄상대 예과에 입학했다. 하지만 그 역시 대지진의 참사에 심한 충격을 받아 유학생활을 넉달도 채우지 못하고 귀국하고 만다. 그가 일찍부터 뛰어난 서정시를 쓴 것은 잘 알려져 있는데, 도쿄에서의 경험 이후 그는 사회현실에 눈을 돌려 『진달래꽃』의 감성적 세계와는 다른 현실적 문제를 시에 도입하고자 하였다. 그러나 방향전환은 쉬운 것이 아니었다. 더구나 고달픈 식민지현실을 감내하기에는 김소월의 감수성은 너무도 여리고 섬세한 것이었는지 모른다. 안타깝게도 후기로 갈수록 그는 시에서도 삶에서도 정채(精彩)를 잃어갔다.

정지용은 위의 세 사람과 행로를 달리한다. 그는 김소월과 꼭 같은 1923년 봄 휘문고보를 졸업하고 역시 그해 5월 교토의 도시샤대학(예과)에 입학한다. 졸업 후 모교 교사가 된다는 조건으로 휘문고보에서 학비보조를 받았다고 한다. 얼마 후 정지용도 당연히 엄청난 뉴스를 신문에서 보왔을 테고 조선인 피해소식을 들었겠지만, 교토는 관동지역에서 꽤 멀리 떨어진 곳이었으므로 그의 정신에 미친 영향은 크지 않았을 것이다. 그는 시 「압천」에 그려져 있듯이 외로울 때면 가모가와 냇가에 앉아 찬 모래알을 주무르며 "쥐여짜라, 바시여라, 시언치도 않어라" 하고 안으로 울음을 삼켰다. 하지만 그것은 민족적 수난에 대한 저항의식 때문이 아니라 청년기에 으레 닥치는 개인적 고뇌 때문이었을 것으로 믿어진다. 고뇌와 고독 속에서도 그는 전공인 영문학 공부를 통해 문학적 시야를 넓혀가면서 기타하라 하쿠슈가 주재하는 시잡지 『근대풍경』과 조선인 유학생 잡지에 드문드문 시와 산문을 발표했다. 그런 수련과정을 착실히 밟은 끝에 정지용은 1929년 6월 도시샤대학 영문학과를 졸업했고, 그리하여 그는 1930년대 식민지조선 문단을 위한 '준비된 시인'의 실력을 갖추게 되었다.

## 시대를 살아가는 다양한 방식

이제 조금 더 넓은 역사의 지평에서 이 시인들의 좌표를 살펴보자. 그들의 청소년기에 있었던 가장 중요한 역사적 사건은 두말할 나위 없이 소위 한일합방과 3·1운동일 것이다. 이 격동의 역사는 그들의 삶과 문학에 어떻게 반영되어 있는가.

이상화는 일찍 아버지를 여의었지만 대구지역 유지이자 교육가인 백부의 후원으로 비교적 넉넉한 분위기에서 자랄 수 있었나. 형인 이상정이 1923년 중국으로 망명하여 임정(臨政)계 광복군의 주요 간부로 활약하게 된 것도 그런 가정적 배경과 무관치 않을 것이다. 이상화 자신도 3·1운동 때 학생시위를 모의하다 피신한 경력이 있고 의열단사건에 연루되어 체포되기도 했다. 그러나 그는 어떤 사회적 내지 문학적 이념을 지속적으로 추구한 운동가적 인물은 아니었다. 관동대지진의 참사를 직접 겪었다곤

하지만, 그 경험이 그의 인생에 결정적인 전환의 계기로 되었다는 증거는 찾아볼 수 없다. 그 참사에서 구사일생의 경험을 했다면 그것을 시로써 다루는 것이 상식인데, 그렇게 하지 않은 것이 도리어 이상하다. 그의 문학세계 역시 「나의 침실로」(1923)처럼 탐미적이고 퇴폐적인 경향의 시가 있는가 하면 「폭풍우를 기다리는 마음」(1925)처럼 반항적이고 사회고발적인 시도 있다. 요컨대 그는 청년기의 내면적 혼돈과 이념적 방황을 극복하고 자신의 고유한 시세계를 확립하는 데까지 나아가지 못한 미정형(未定形)의 인물이었던 것으로 보인다.

작품의 예술적 성취도 고르지 못하다. 「나의 침실로」는 밀애(密愛)의 격정을 토로한 도피적 감성의 산물임이 분명하지만, 자유분방한 상상력과 비유적 언어의 유려함에 힘입어 도피의 속삭임 아닌 자아해방의 선언 같은 울림을 발한다. 유교적 관념이 아직 압도적인데다 식민지시대였다는 조건을 감안하면 「나의 침실로」가 갖는 역사적 의의는 단순한 것이 아니다. 반면에 「폭풍우를 기다리는 마음」을 비롯한 일련의 신경향파 취향 시들은 핍박받는 농민현실을 대변하려는 시인의 주관적 의지에도 불구하고 표현이 거칠고 앙상하다. 역사현실에 대한 적극적 관심이 도리어 예술적 빈곤으로 귀결될 수도 있다는 이 역설을 우리는 어떻게 해석해야 하나! 그것은 정답이 있기 어려운 미학적 난제의 하나이다. 다만 「빼앗긴 들에도 봄은 오는가」 한편은 이념과 표현 양면에서 공히 식민지시대의 문제의식을 핵심적으로 형상화함으로써 위대한 문학의 반열에 올랐다고 볼 만하다.

생각해보면 「빼앗긴 들에도 봄은 오는가」가 발표된 1926년에 만해의 시집 『님의 침묵』이 간행된 것이 우연처럼 보이지 않는다. 두 작품은 전혀 다른 배경에서 태어난 것임에도 똑같이 당대 조선민중의 근본적인 상실감에 살아 있는 표현을 부여하고 식민지체제의 본질적인 허구성을 후세에 증거하는 문학적 기념비가 되었다. 물론 만해와 상화가 시에 담아내는

데 성공한 '침묵하는 님'과 '빼앗긴 땅'의 이미지를 반드시 정치적 연관에서만 해석할 것은 아니다. 하지만 가족과 연인과 이웃들, 즉 모든 공동체 구성원들이 일상적으로 맺고 있는 삶의 관계가 원천적으로 허물어져 있다고 느낀다면 그 허무감은 좁은 의미에서의 정치를 넘어서는 더 근본적인 차원에서의 정치가 아닐 수 없다. 일제강점기나 군사독재시대 같은 특수한 상황에서는 때로는 절망과 분노, 때로는 저항과 폭력 같은 극한감정이 역사의 진로에 대한 민중들의 발언권을 대표할 수 있었다. 그런 점에서 「빼앗긴 들에도 봄은 오는가」와 『님의 침묵』은 시대의 암흑에 가장 첨예하게 대항한 정치시였다고 말할 수 있다.

그런 관점을 유지하면서 다음의 문장을 읽어보자. 『개벽』 1925년 5월호에 실린 김소월의 널리 알려진 산문 「시혼(詩魂)」 앞부분이다. 원문 그대로가 아니고 요즘 독자들이 읽기 편하게 다듬고 현대식 맞춤법으로 고쳐 인용하겠다.

적어도 평범한 것 가운데서는 사물의 정체를 보지 못하고 습관적 행위에서는 진리를 발견할 수 없는 것이 우리 사람의 일입니다.

그러나 보십시오. 무엇보다도 밤에 깨어서 하늘을 우러러보십시오. 우리는 낮에 보지 못하던 아름다움을 그곳에서 볼 수도 있고 느낄 수도 있습니다. 파릇한 별들은 오히려 깨어 있어서 애처롭게도 기운있게도 몸을 떨며 영원을 속삭입니다. 어떤 때는 새벽에 져가는 오묘한 달빛이, 애틋한 한소삭 숭엄한 채운(彩雲)의 나직한 지밋귀를 빌어, 그의 가련한 한두줄기 눈물을 문지르기도 합니다. 보십시오, 여러분, 이런 것들은 작은 일이지만 우리가 대낮에는 보지도 못하고 느끼지도 못하던 것들입니다.

다시 한번 도회의 밝음과 지껄임이 그의 문명으로써 광휘와 세력을 다투며 자랑할 때에도 저 깊고 어두운 산과 숲의 그늘진 곳에서는 외로운 버러지 한마리가, 그 무슨 설움에 겨웠는지, 쉬임없이 울부짖고 있습니다. 여러분. 그 버러지 한마리가 오히려 더 많이 우리 사람의 정조(情操)답지 않으며, 들에 말라 벌바람에 여위는 갈대 하나가 오히려 아직도 더 가까운 우리 사람의 무상(無常)과 변전(變轉)을 설워하여주는 살뜰한 노래의 동무가 아니며, 저 넓고 아득한 난바다의 뛰노는 물결들이 오히려 더 좋은 우리 사람의 자유를 사랑한다는 계시가 아닙니까. 그렇습니다. 잃어버린 고인(故人)은 꿈에서 만나고, 높고 맑은 행적의 거룩한 첫 한 방울의 기도(企圖)의 이슬도 이른 아침 잠자리 위에서 듣습니다.

만해와 소월은 나이도 부자간만큼 차이가 날뿐더러 성장환경이나 사회적 위상도 비교가 안 된다. 다들 아는 것처럼 소월이 겨우 중학생 신분일 때 만해는 이미 조선불교계를 대표할 만큼 이름난 선승이었다. 그럼에도 위의 글에 보이는 바와 같이, 불과 23세의 소월이 조심스러운 말투로 고백한 우주론적·미학적 관점은 한겨울 오세암에서 좌선 중 물건 떨어지는 소리에 깨우침을 얻었다는 만해의 그것과 본질적으로 다른 것이 아니다. 소월의 경우, 낮의 광명 속에서보다 밤하늘에서 아름다움을 보고 도시의 불빛과 시끄러움에서보다 '깊고 어두운 산과 숲의 그늘진 곳'의 '외로운 버러지 한마리'에서 인간존재의 더 근원적인 모습을 본다는 발상은 노발리스(Novalis, 1772~1801) 같은 서구 낭만주의의 문예사조에서 견문을 얻은 결과일지도 모른다. 그러나 설사 그렇다 하더라도 밝음과 시끄러움이 지배하는 낮의 세계란 식민지 권력에 장악된 허위의 체계에 불과하다는 암묵적 가정이 없었다면 서구문학의 낯선 개념이 소월에게 그렇게 가슴 깊이 받아들여질 수 없었을 것이다. 그런 점에서 산문 「시혼」과 『님의 침묵』의 시들은 똑같은 시대의 어둠을 견디며 살아가는 똑같이 진리지향적인 심정의 표현이다.

## 체제순응적 존재로서의 일상적 자아

앞서 지적했듯이 김동환은 한때 신경향파로 분류되던 문인이었고 『국경의 밤』 『승천하는 청춘』 같은 작품의 장르실험을 통해 민족현실의 서사시적 형상화를 모색한 시인이었다. 그러나 식민지체제가 점점 더 굳어져가는 1930년대 들어 그는 젊은 날 자신이 추구했던 모든 것으로부터 분리되어 점차 체제 안으로 진입하는 과정을 밟는다. 좌파가 문단의 패권을 장악하자 그는 카프에서도 제명되었고, 그러자 시인으로서보다 언론인으로서의 활동에 분주한 나날을 보내게 되었다. 하지만 친일의 오명을 쓰고 있는 동안에도 운동권과의 인연 때문에 경찰에 잡혀가는 일이 없지 않았고, 1939년에는 어용단체인 조선문인협회 간사로 선임되었음에도 이듬해 일본군 헌병대에 의해 '요시찰'로 분류되어 해방 때까지 최상급 감시대상으로 남았다. 요컨대 그는 식민지권력과 민족현실 사이에서 자의반 타의반으로 동요하는 존재였다. 그 무렵의 시집 『해당화』(1942) 후기에서 김동환은 1940년 10월 25일이란 날짜까지 박아서 다음과 같은 감상적인 문장을 적고 있다. 김동환 시의 뿌리만이 아니라 한국 근대시의 원류의 하나가 어디 있는지 엿보게 하는 자료이다.

서북에 고향을 둔 몸이며 어릴 적부터 '수심가' 정조(情調)에 마음과 귀가 젖어왔다. ㄱ 무반상 가 너니세노 녹는 눈말 속으로 철쭉꽃이 반조고레 피기 시작하는 이른 봄철이 되어, 등짐 나무꾼들이 산등성이로부터 내려오면서 북소리에 장단 맞춰서 "산고곡심 무인지경(山高谷深無人之境)에 나 누굴 찾아 왜 왔는고"하고 구슬픈 목청으로 두세 마디 선소리 길게 뽑는 것을 들으면, 어린 마음에도 알 수 없는 인생의 애절에 가슴이 눌려져, 앉았지도 섰지도 못하게 서성거려짐을 깨닫는다.

그래서 몸은 성(城)돌밑 황설나무 기둥에 기대선 채로 있으나 소년의 영혼은 그 멜로디를 좇아 산으로 구름 위로 어떻게도 허구프게 방랑을 하였던고.

이 인용문의 흘러넘치는 감상주의는 김동환이 당시 조선 민중사회 안에서 느끼던 쓰라린 격절감(隔絶感)의 전도된 투사일 것이다. 그가 젊은 날 내심 되고자 열망했던 것과 지금 실제로 되어 있는 것 사이에는 너무도 깊은 단절이 만들어져 있음이 스스로 분명했던 것이다. 돌이켜보면 김동환 문학의 근원에 있는 소망은 외국시의 모방도 아니고 전통시의 답습과도 구별되는 민족적인 근대시의 창조였다. 그것은 앞의 인용문에서 확인되는바, 생활하는 민중의 살아 있는 노래를 모태로 하여 만인의 가슴에 닿는 진정한 근대시를 창작하는 것이었다. 그러나 문학사가 입증하듯이 그 소망성취의 영광은 구슬픈 고백의 당사자인 김동환이 아니라 김동환과 달리 외롭고 고달픈 삶을 살았던 김소월에게 바쳐지게 되었다. 김동환의 시적 업적은 의욕에 비해 빈곤하고 산발적인 것이었던 반면에, 김소월은 활동기간이 짧고 문단현장에서 멀리 떨어져 있었음에도 살아생전에 이미 고전의 후광에 싸였고 의문의 죽음 이후에는 모든 후대시인들에게 계승·극복의 대상이 되었기 때문이다.

그러나 식민지 상황에서 김동환은 예외적 존재가 아니다. 문인·예술가·지식인을 포함한 당시 사람들의 절대다수가 사실상 식민지체제의 '바깥'을 상상하지 못하는 '체제 내적' 삶을 살았다고 나는 믿고 있다. 그런 점에서 본다면 염상섭의 중편소설 『만세전』(1924)만 하더라도 조선왕조와 대한제국의 기억이 민중들의 일상생활에 있어 아직 물질적·정신적 토대로 되고 있던 구(舊)시대의 산물이다. 따라서 『만세전』의 주인공이 식민지체제 안에서의 자신의 정체성에 대해 다음과 같이 생각하는 것은 김동환의 경우를 이해하는 데에도 참고가 될 수 있다.

사실 말이지, 나는 그 소위 우국지사는 아니나 자기가 망국 백성이라는 것은 어느 때나 잊지 않고 있기는 하다. 학교나 하숙에서 지내는 데는 일본 사람과 오히려 서로 통사정을 하느니만큼 좀 낫다. 그러나 그 외의 경우의 고통은 참을 수 없는 때가 많다. 그러나 또 한편으로 생각하면 망국 백성이 된 지 벌써 근 십년 동안 인제는 무관심하도록 주위가 관대하게 내버려두었었다. 도리어 소학교 시대에는 일본 교사와 충돌하여 퇴학을 하고 조선 역사를 가르치는 사립학교로 전학을 하는 등, 솔직한 어린 마음에 애국심이 비교적 열렬하였지마는, 차차 지각이 나자마자 일본으로 건너간 뒤에는 간혹 심사 틀리는 일을 당하거나 일년에 한번씩 귀국하는 길에 하관이나 부산·경성에서 조사를 당하고, 성이 가시게 할 때에는 귀찮기도 하고 분하기도 하지마는 그때뿐이요, 그리 적개심이나 반항심을 일으킬 기회가 적었었다. 적개심이나 반항심이란 것은 압박과 학대에 정비례하는 것이나, 기실 그것은 민족적으로 활로를 얻는 유일한 수단이다.

　이 인용문에 표명된 주인공의 태도를 어떻게 평가할 수 있을까. 투철한 민족주의자라면 그 애매한 태도에 비판을 금치 못할 것이고, 간교한 기회주의자라면 오히려 그 순진함을 비웃을 것이다. 하지만 분명한 것은 이 주인공의 사회적 자아가 형성과정 중에 있고 따라서 다방면의 가능성을 향해 열려 있다는 점이다. 소설로서『만세전』의 탁월한 성과는 이러한 중간적 존재의 열린 시각을 통해 3·1운동 전후 조선사회의 일상현실을 작은 규모에서나마 총체적으로 포착했다는 것이다. 이런 연관 속에서 1930년대 후반 군국주의의 억압이 닥쳐왔을 때 염상섭은 결국 만주로의 도피행을 선택했고 김동환은 한발두발 친일의 나락으로 들어섰다.

## 체제 안에서 찾은 망명공간

1930년대는 세계사의 무대에서도 파시즘과 민주세력 간에 치열한 투쟁이 전개된 운명의 시대였다. 미국과 유럽 국가들이 대공황의 여파로 허덕이는 과정에서 일찍이 이탈리아 파시스트가 집권한 데 이어 독일에서는 나치스가 권력을 장악했다. 스페인에서는 가혹한 내전 끝에 공화파가 패배하고 프랑코의 군사독재체제가 구축되었다. 만주점거(1931)에 이은 중국대륙침략(1937)이 진행되는 동안 일본 본토와 식민지조선에서도 파쇼적 억압이 날로 강화되었다. 1933년 이후 나치스 독일이 저지른 갖가지 범행은 칸트와 괴테와 베토벤의 나라가 어떻게 한순간에 최악의 야만국가로 돌변하는지 실증한 거대한 잔혹극이었다. 다수의 지식인·예술가들이 자유를 찾아 미국 등지로 망명했고 일부는 소련으로 도망쳤다.

남은 사람들에게는 어떤 선택이 가능했던가. 독일의 경우, 체제에 저항하다가 처형되거나 감옥으로 들어가는 것 외에 그래도 묵묵히 비협조의 자세로 하루하루 견디는 '침묵 속으로의 도망자'가 되는 길이 남아 있었다. 토마스 만(Thomas Mann, 1875~1955)이 1933년 11월 7일의 일기에서 처음 사용한 개념을 빌린다면 이른바 '내적 망명'(Innere Emigration)이었다. 한스 카로사(Hans Carossa, 1878~1956), 슈테판 안드레스(Stefan Andres, 1906~70), 알브레히트 괴스(Albrecht Goes, 1908~2000), 리카르다 후흐(Ricarda Huch, 1864~1947) 같은 문인이 그런 부류에 속했고 고트프리트 벤(Gottfried Benn, 1886~1956) 같은 시인도 그렇게 자처했다. 『문장』 『인문평론』 등의 우리말 문예지가 폐간되고 나서 정지용이 선택한 것도 내적 망명에 해당하는 것이었다고 나는 생각한다. 『문장』 제2호(1939.3)에 발표된 시 「장수산(長壽山) 1」을 읽어보면 정지용은 이미 잡지폐간 이전에 망명상태에 한발짝 들여놓고 있었음을 실감할 수 있다. 다음에 그 전문을 원문대로 인용한다.

　伐木丁丁 이랬거니 아람도리 큰솔이 베혀짐즉도 하이 골이 울어 멩아
리 소리 찌르렁 돌아옴즉도 하이 다람쥐도 좃지 않고 뫼ㅅ새도 울지 않
어 깊은산 고요가 차라리 뼈를 저리우는데 눈과 밤이 조히보담 희고녀!
달도 보름을 기달려 흰 뜻은 한밤 이골을 걸음이란다? 웃절 중이 여섯
판에 여섯번 지고 웃고 올라 간뒤 조찰히 늙은 사나히의 남긴 내음새를
줏는다? 시름은 바람도 일지 않는 고요에 심히 흔들리우노니 오오 견
듸랸다 차고 兀然히 슬픔도 꿈도 없이 長壽山속 겨울 한밤내 ─

　마치 올리베타노 성 베네딕도회 수도승과도 같이 뼈를 저리는 고요에
깊이 침잠해 있는 모습이 처절하도록 숙연하다. "슬픔도 꿈도 없이"라는
표현에서 감지되는 것은 물론 슬픔도 꿈도 진(盡)한 극한의 경지인데, 그
것이 "장수산 속 겨울 한밤내"라는 시공간 안에 배치됨으로써 수정처럼
차고 단단한 자아상(自我相)으로 형상화된다. 제목에서부터 혹한의 계절
을 시대의 비유로 불러오고 있음이 분명한 작품 「인동차(忍冬茶)」(1941)도
그렇지만, 독실한 가톨릭신도임을 보여주는 시 「천주당(天主堂)」(1940)에
서도 끓어오르는 격정을 인고와 묵언으로 다스리는 수행의 자세가 역연
하게 드러난다. 후자를 읽어보자.

　열없이 窓까지 걸어가 默默히 서다
　이마를 식히는 유리쪽은 차다
　無聊히 씹히는 鉛筆 꽁지는 씲다

　이 작품은 10년 전에 발표된 유명한 시 「유리창 1」(1930)에서 이미지를
한조각 떼어낸 소품 같다. 시로서의 무게가 그만큼 처진다고 할 것이다.

하지만 일찍 떠난 자식의 환영 때문에 한밤중 일어나 "외로운 황홀한 심사"에 못내 서성이는 것과 "무료히 씹히는 연필 꽁지"에 엷은 나날을 견디는 것은 비교 불능의 딴 세계에 속한다.

그런데 이 시들에 표현된 정지용의 개결한 정신자세가 실생활에서의 그의 행적과 완벽하게 일치하는 것은 아니다. 임종국의 『친일문학론』(1966)에 따르면 일제 말 정지용도 조선문인협회 발기인에 이름을 올렸고 문인들의 시국좌담회에도 한두번 참석한 것으로 되어 있다. 국책에 호응하여 창간된 문예지 『국민문학』(1941.2)에 발표된 「이토(異土)」라는 시는 황군을 찬양하는 듯한 냄새를 살짝 풍기기도 한다. 「이토」는 임종국이 찾아낸 정지용의 유일한 '친일시'인데, 이런 시의 작성이나 어용단체에 이름을 올린 것이 당시 문단에서의 그의 위치로 보아 부득이했을 것으로 이해되면서도 한줄기 서운함 또한 어쩔 수 없다.

『친일문학론』은 단 한편의 친일문장도 남기지 않은 문인으로서 이병기(1891~1968), 오상순(1894~1963), 황석우(1895~1960), 이희승(1896~1989), 변영로(1898~1961), 홍사용(1900~47), 김영랑(1903~50), 이육사(1904~44), 한흑구(1909~79), 박목월(1916~78), 박두진(1916~98), 조지훈(1920~68) 등과 함께 윤동주(1917~45)의 이름을 열거하고 있다. 정지용의 경우에 그러하듯 일제 말의 상황에서 친일적인 글을 썼다 또는 쓰지 않았다는 것 자체는 절대적인 기준이 될 수 없다고 본다. 글이든 말이든 모든 인간행위는 복합적인 연관성의 산물이므로 그 의미를 제대로 해석하고 평가하자면 나타난 것의 배후에 숨어 있는 다양한 요인들의 심층적인 검토가 필수적이다.


시인들의 죽음

유홍준 교수 답사팀이 교토박물관을 거쳐 가모가와를 둘러본 다음 마지막 도착한 곳은 도시샤대학이었다. 거기 들른 까닭은 두말할 것 없이 정지용과 윤동주의 학창시절을 추억해보기 위해서였다. 많은 한국 관광객들의 발길이 이곳으로 향하는 것도 두 시인의 시비(詩碑) 때문일 것이다. 물론 우리도 그 앞에서 머리를 숙였다.

널리 알려져 있듯 정지용과 윤동주는 여러 면으로 인연이 깊다. 가장 중요한 것은 윤동주가 정지용의 시를 좋아하여 창작의 모범으로 삼았다는 점, 즉 시적 사제관계를 맺었다는 점일 것이다. 연희전문 시절 한동안 윤동주의 하숙집이 정지용의 집과 한동네여서, 윤동주는 정지용을 댁으로 찾아가 담화를 나누고 가르침을 받았다고 한다. 어쩌면 그가 도시샤대학 영문과를 택한 것도 정지용의 후배가 되고 싶어서였을지 모른다. 1930년대 후반으로 갈수록 상황이 팍팍해져가고 이에 따라 정지용 시에서 외면적 수사(修辭)가 줄어들고 「장수산 1」에서 보는 바와 같은 내면성의 강화가 이루어지는데, 내 생각에 일제 말기 정지용과 윤동주는 시의 내면성이라는 면으로 강력하게 연결되어 있었던 것으로 보인다.

「또 다른 고향」「서시」「쉽게 씌어진 시」 같은 1940년 전후의 작품들로 미루어 윤동주는 이때 이미 자신의 시적 창조성의 절정기에 이르러 있었다. 하지만 유감스럽게도 작품의 수준에 합당한 발표의 지면은 사라져버린 뒤였으므로 그는 여전히 시인지망생의 처지에 머물 수밖에 없었다. 게다가 도시샤 학창생활 1년여 만에 그는 '사상불온·독립운동 배후' 따위의 모호한 혐의로 체포되어 징역 2년을 선고받고 후쿠오카형무소에 보내졌다. 그리고 안타깝게도 그곳에서 옥사하였으니, 1945년 2월 16일이다. 생체실험의 대상으로 희생되었다는 것이 정설인데, 이 글을 쓰고 있는 지금 막 윤동주 70주기가 지나가고 있어 무심할 수가 없다.

물론 시대의 현실에 대처하는 데에는 윤동주의 길만 있는 것도 아니고 그것이 최선이라고 말할 수 있는 것도 아니다. 역사 앞에서 시가 무엇이고 현실 속에서 시인이 어떠해야 하는가를 생각함에 있어 단일한 정답을 가정하는 것은 불가능할뿐더러 위험한 일이다. 민족주의나 계급주의 같은 이념적 관점이 한때 세계를 휩쓸었고 그 여진은 아직도 남아 있지만, 가령 1930년대의 문학을 바라봄에 있어서도 민족 그 자체가 절대적 우선권을 주장해서는 안 된다는 것을 새삼 확인한다.

최근 나는 제8회 임종국상을 심사하느라 언론인 김효순의 저서『간도특설대』(서해문집 2014)를 읽고 새로운 사실을 많이 알게 되었다. 그 가운데 하나는 1930년대에 활동한 일본시인 마키무라 고(槇村浩, 1912~38)의 삶과 죽음이다. 김효순의 책에 따르면 마키무라는 중학교 재학 중에 벌써 반전사상을 드러냈고, 1932년 고향에 주둔하는 일본군이 중국으로 파견될 움직임을 보이자「병사여, 적을 착각하지 마라」는 격문을 써서 반대투쟁을 벌였다고 한다. 그는 조선에도 간도에도 와본 적이 없으나, 프롤레타리아 시인의 한 사람으로서 장시「간도 빨치산의 노래」(1932)를 발표하여 조선인민과의 연대 및 식민지해방을 호소하였다. 그런 반정부활동으로 인한 고문과 투옥 때문에 몸이 망가져 그는 불과 26세에 요절하였다. 그는 죽었으되 그의 시「간도 빨치산의 노래」는 1930년대 중반 연변지역 항일운동가들 사이에 퍼졌으니, 가령 다음과 같은 구절을 누가 일본인이 썼다고 믿겠는가.

> 바람이여, 분노의 울림을 담아 백두에서 쏟아져오라
> 파도여, 격분의 물방울을 높이 올려 두만강에서 힘차게 뛰어 흩어져라
> 오오 일장기를 휘날리는 강도들아
> 부모와 누나와 동지들의 피를 땅에 뿌려
> 고국에서 나를 쫓아내고
> 지금 칼을 차고 간도로 몰려오는 일본의 병비(兵匪)!
> 오오 너희들 앞에 우리가 다시 굴종하지 않으면 안 된다고 말하려는
> 거냐

### 대담무쌍한 강도들을 대우하는 방법을 우리가 모른다고 하는 거냐

마키무라와 쌍벽을 이루는 다른 한 사람의 프롤레타리아 작가는 고바야시 다키지(小林多喜二, 1903~33)이다. 2008년 일본에서 갑자기 베스트셀러로 부활했고 그후 우리나라에도 번역되어 화제를 모았던 대표작『게잡이 공선(工船)』(1929, 창비 2012)은 실제로 일어난 사건을 취재한 소설로, 그는 이 작품에서 노동착취의 현실을 너무나 생생하게 묘사한 것 때문에 경찰에 잡혀가 혹독한 고문을 받았다. 1933년에는 고문의 잔인성을 폭로한 또다른 소설로 다시 경찰에 연행되었고, 연행되자마자 보복성 고문을 받아 당일로 죽음에 이르렀다. 그의 주검이 가족에게 인계되었을 때는 검시 요청을 받아준 병원조차 없었다고 한다. 그런데 이 소식을 접한 중국의 루쉰(魯迅, 1881~1936)은 고바야시의 죽음을 기려 다음과 같은 전보를 보냈다.

일본과 중국의 대중은 원래 형제다. 자산계급은 대중을 속이고 그 피로 경계선을 그었다. 그리고 계속 긋고 있다. 하지만 무산계급과 그 선도자들은 피로 그 경계선을 씻어낸다. 동지 고바야시의 죽음은 그것을 실증하는 한 예다. 우리는 알고 있다. 우리는 잊지 않을 것이다. 우리는 동지 고바야시의 길을 따라 전진하고 손을 맞잡을 것이다.

고바야시가 죽은 1933년은 알다시피 일본이 괴뢰국 만주를 세우고 나서 호시탐탐 대륙침략의 기회를 노리고 있을 때였다. 중·일 간의 그런 엄중한 상황임에도 불구하고 루쉰은 애국주의 따위에 사로잡히지 않고 고바야시의 죽음에 강력한 동지적 애도를 표했던 것이다. 루쉰이 더 오래 살아 윤동주가 어떤 시인이고 어떻게 죽음을 맞았는지 알았다면 그는 틀림없이 고바야시에게 보냈던 것과 똑같이 깊은 애도와 뜨거운 연대를 표했을 것이다. 인간해방을 지향하는 작가들이라면 국가의 경계를 넘고 이념과 계급과 종교의 장벽을 넘어 무엇을 반대하고 어떻게 연대해야 하는지, 루쉰은 뛰어난 실례를 보여주었다. 루쉰이 보여준 지혜와 용기를 시대의 조건에 맞게, 그리고 각자의 능력과 체질에 맞게 배우는 것이 우리의 일이다.

〔2015〕

# 순수, 참여, 그리고 가난[1]
### 천상병의 삶과 문학

## 1

내가 천상병(千祥炳, 1930~93) 선생을 처음 만난 것은 1965년이다. 문단에 데뷔한 이듬해 신구문화사라는 출판사에 근무하고 있을 때였다. 이 출판사는 당시 정음사와 을유문화사에 이어 한국을 대표하는 문학·교양서적 출판사였다. 민음사나 창비 같은 오늘의 대형출판사들은 아직 생기기도 전이었다. 신구문화사 책들 가운데 우리 세대에게 특히 커다란 영향을 끼친 것은 4·19 직후 10권으로 간행된 『세계전후문학전집』이었는데, 이 전집은 우리에게는 전후시대의 빈곤과 우울에 던지는 해방의 축포와도 같았다. 이 전집의 상업적 성공에 힘입어 신구문화사는 해방 직후 등단한 오영수·손창섭·김수영부터 1960년 전후에 등단한 최인훈·김승옥·황동규까지의 문인들 작품으로 18권짜리 『현대한국문학전집』을 만들었다. 김

---

1 이 글은 의정부문화회관에서 열린 〈천상병 20주기 문학제〉(2013.4.27)에서 강연한 내용을 보완, 정리한 것이다.

동리·서정주 같은 공인된 대가들을 배제하고 문학전집을 만든다는 것은 당시로서는 아주 파격적이고 대담한 구상이었다.

그게 1965년부터 1967년까지였다. 편집고문인 시인 신동문 선생이 전체적인 틀을 설계하여 수록문인들 섭외를 맡았으며, 수록작품을 선정하고 해설을 청탁하는 업무는 내게 주어졌다. 그런 연고로 나는 해방 후 등단한 주요 문인들의 그때까지의 대표작을 대부분 읽을 수 있었다. 이에 곁들여 나는 그 문인들 다수를 직접 만나는 즐거움도 누렸다.(이것은 그후 나에게 잡지 편집자로 활동하는 데 큰 자산이 되었다.) 천상병을 알게 된 것도 이와 같은 필자-편집자의 관계 속에서였는데, 당시 그는 시인으로서가 아니라 전집 뒤에 붙는 작가론과 작품해설을 집필한 평론가로서 출판사에 나타났다.

이번에 찾아보니 그가 『현대한국문학전집』에 해설로 쓴 평론에는 다음과 같은 것들이 있다. 「선의(善意)의 문학 ─ 오영수론」(제1권), 「순화(純化)된 형상세계 ─ 최일남론」(제10권), 「애증 없는 원시사회 ─ 오영수, '은냇골 이야기' 해설」(제1권), 「구(舊)질서에의 안티테제 ─ 서기원, '암사지도(暗射地圖)' 해설」(제7권), 「생존의 막다른 지역 ─ 오유권, '산장(山莊)' 해설」(제9권), 「욕구불만의 인텔리 ─ 추식, '왜가리' 해설」(제9권). 이외에도 더 있을지 모르지만, 지금 내게 전집의 완질이 갖추어져 있지 않아 확인하지 못했다. 그런데 『천상병 전집』[2]에는 이 평론들이 모두 빠져 있다. 전집의 편자들이 자료수집을 위해 많은 애를 썼을 텐데도 이 평론들의 존재는 몰랐음이 틀림없다.

---

2 천상병 3주기가 되는 날(1996.4.28)에 맞추어 평민사에서 시와 산문으로 나누어 두권짜리 전집을 간행했다. 그런데 이 전집은 편집의 책임자가 밝혀져 있지 않은데다 서지사항도 아주 부실하다. 그럼에도 현재로서는 천상병 논의를 이 전집에 의존할 수밖에 없다. 이하 『시전집』 『산문전집』으로 약칭한다.

2

　다들 알다시피 6·25전쟁 이후 한국문단을 주도한 것은 김동리·서정
주·조연현 등을 중심으로 한 문협(한국문인협회) 세력이었다. 문학활동
은 예나 이제나 출판사·잡지사·신문사 같은 언론매체를 발판으로 이루어
지게 마련인데, 이 가운데서도 문협 주류세력에 장악된 『현대문학』이 단
연 패권적인 지위에 있었다고 할 수 있다. 『문학예술』 『자유문학』 『문학춘
추』 등 적잖은 문예지들이 발간되어 그 나름으로 경쟁적 입장에 있었으나
오래 버티지 못하고 간판을 내렸다. 이들 문예지 외에, 1950년대 중반부
터 1970년 폐간되기까지 문예지보다 오히려 더 큰 영향력을 발휘한 것은
종합지 『사상계』일 것이다. 이 잡지는 문학에 많은 지면을 할애하고 동인
문학상을 운영하는 등 『현대문학』 독점체제에 균열을 내고 있었다. 특히
4·19를 거치면서 문협 단일지배는 점차 동요의 조짐을 보이기 시작하는
데, '전후문인협회'(1961)의 출현과 '청년문학가협회'(1967)의 결성은 하나
의 징후적 사건일 것이다.
　천상병은 체질적으로 조직을 싫어한다고 공언한 적이 있음에도 불구하
고 인맥으로 볼 때 문협 주류의 계보 위에 설 수밖에 없는 존재였다. 그의
스승이 김춘수이고 그를 시인으로 추천한 사람이 유치환이며 평론 추천
자는 조연현이었다. 그런 인맥을 떠나서 보더라도 그의 문학 자체가 시종
일관 '순수'라는 개념 안에 수렴될 만한 성질의 것이었는데, '순수'는 거
기 담겨진 내용 여하에 관계없이 언제나 문협 주류의 이념적 깃발 노릇을
했다. 그러므로 1950년대에만 하더라도 천상병은 문협 황태자들 중의 한
명이라고 할 수 있었다. 어쩌면 그 무렵 조연현이 천상병을 자신의 평론
후계자로 간주하고 있었을지도 모른다.
　이런 처지였음에도 차츰 그는 문협의 이단아로 낙인찍히기 시작했다.

한가지 이유는 속물적 처세에 대한 그의 본능적 거부감과 문협 지배체제에 대한 부적응 때문이었는데, 그것은 널리 알려진 대로 주사(酒邪)의 형태로 표현되었다. 예컨대 그는, 후일 수필에서 스스로 자책했던 바와 같이, 평소 선생님으로 깍듯이 받들어 모시던 조연현에게 취중에 '이 새끼 저 새끼' 하고 쌍욕을 퍼부으며 대드는 실수를 저질렀다.[3] 가끔씩 나타나는 그런 발작적 술주정 때문에 천상병은 그런 면에서 그보다 더 심한 양상을 보이던 시인 김관식과 한데 묶여 탈속(脫俗)의 괴짜 또는 불치(不治)의 기인으로 취급받았다. 자연히 문협 주류에게는 경원의 대상이 될 수밖에 없었다.

그러나 천상병이 문협 주류를 떠나게 된 좀더 본질적인 이유는 4·19혁명을 겪으면서 그가 사회적 현실의 문제를 자신의 문학적 사유 안으로 끌어안게 된 것이라 할 수 있다. 물론 그는 여전히 예술적 '순수'를 고수한다고 자처했다. 하지만 이제 그의 '순수'는 좀더 근원적인 곳을 향하고 있었다. 그에게 순수는 갖가지 현실도피적 행태들을 '비정치'라는 이름으로 위장하기 위한 기만적 수사가 아니라 바로 그런 타협주의 내지 정치적 굴종의 거부를 가리키는 내면적 자유의 선언이 되었다. 그렇기에 이제 그는 신동엽·김관식·박봉우처럼 그 나름으로 저항적인 시인들에게 차츰 더 동지적인 연대감을 느끼게 되었고, 그들을 기리는 시와 산문을 썼던 것이다. 하지만 이 경우에도 그가 그들 동료에게서 본 것은 모종의 진보적 이념이나 사회적 저항성 자체가 아니라 '진정한 의미의' 순수였다. 가령, 그에게 있어 신동엽은 무엇보다도 세속의 오염으로부터 멀리 떨어진 '외로운 꽃'이었던 것이다.

잡초 무더기

---

3 수필 「무복(無福)」 「술잔 속의 에세이」, 『산문전집』 80면, 150면 등 참조.

저만치 가장자리에
꽃, 그 외로움을 자랑하듯,

신동엽!
꼭 너는 그런 사내였다.

—「곡(哭) 신동엽(申東曄)」 일부[4]

그가 동년배 시인들 가운데 가장 동질감을 느낀 사람은 누구보다 김관식이었던 것 같다. 내가 경험한 바에 따르면 신동엽은 단정하고 과묵한 지사 풍이었고 박봉우는 열정에 들끓는 투사 체질이었으므로 그 두 사람에게는 천상병의 천진무구·자유분방과는 뒤섞일 수 없는 이질적인 면이 있었다. 반면에 김관식의 기행(奇行)은 천상병 자신이 저지를 뻔한 추태를 더 과격한 모습으로 대신 저지른 것으로 그에게 받아들여졌을 수 있다. 그러므로 실제보다 꼭 10년을 부풀려 1924년생으로 행세하던 '선배' 김관식이 1970년 술과 가난에 찌들려 세상을 떠났을 때 천상병이 그에게 바친 다음의 논평에는 깊은 진정과 동지애가 서려 있다. "그는 언제나 가난했으나 마음은 태산과 같았다. 그는 끝까지 서구문화를 기피하고 그 대신 다소의 열등감을 서구문화에 지니고 있었다."[5] 여기에는 천상병 자신의 삶과 문학에 대한 긍정과 연민의 감정도 투영되어 있음이 분명하다.

이 문장에서 그가 '서구문화'에 대한 김관식의 오연한 태도를 거론한 것은 무엇보다 그 자신의 문학관을 드러낸 것으로 이해될 수 있다. 그는 일찍이 스승인 김춘수의 시집 『구름과 장미』(1947)를 되풀이 읽으며 시를 공부했다고 고백한 바 있다. 그러나 김춘수가 차츰 릴케 시학에 심취하고

---

4 『시전집』 70면.
5 평론 「젊은 동양시인의 운명」, 『산문전집』 302면 참조.

'무의미 시론'의 전도사로 변모하자 그는 김춘수에게 강력한 비판을 가한다. 또한 그는 김춘수와 비견되는 문단존재로서 동시대의 김수영에 대해 별다른 언급이 없는데, 이것은 참여시의 범주에서 흔히 김수영과 함께 거론되곤 했던 신동엽에 대해 애정과 공감을 표했던 것과 아주 대비되는 현상이다. 반면에 얼른 이해되지 않는 것은 그가 '동양적' 체취에서뿐 아니라 일탈적 기행에서도 일맥상통하는 바 있는 고은에게는 거침없는 경멸감을 표했다는 점이다. 최인훈의 소설에 대해서도 그는 매우 비판적이다. 이렇게 호오(好惡)가 갈리는 경계선은 서구주의에 대한 그의 부정적 입장에 있는 것으로 믿어지는데, 물론 이때의 '동양' '서구'라는 개념은 오늘의 문맥에서 재조정될 필요가 있는 것이 사실이지만, 여하튼 그가 그 개념으로 말하고자 하는 바의 진의는 여전히 무의미해진 것이 아니다. 한마디로 그것은 서구문명의 절대적 우위가 지속되는 '피식민지적' 상황에서의 자기상실의 위험에 대한 경계심이었다고 말할 수 있다.


3


알다시피 천상병은 평론가이기 이전에 시인이었다. 연보에 따르면 그는 중학교 5년 재학 중인 1949년에 이미 동인지『죽순(竹筍)』에 시를 발표했고 1952년에는『문예』지에 정식으로 추천을 받았다. 고교시절 그의 시재를 알아본 교사 김춘수가 원고를 유치환에게 보내 추천받도록 했다고 천상병은 회고하지만, 김춘수 자신은 이 사실을 기억하지 못한다고 말했다 한다.[6] 어린 나이에 쓴 그의 초기 시들은 까다로운 안목을 지닌 김춘수에게조차 인정을 받을 만큼 맑은 감성과 예민한 언어감각의 소산이었다.

---

6 수필「외할머니 손잡고 걷던 바닷가」,『산문전집』28면 등 참조.

그러나 그는 자신의 이런 천성을 연마하여 시작품으로 표현하는 일에 정진하기보다 문학의 다른 영역으로 눈을 돌렸다. 그것이 비평인데, 그는 시인으로 등단한 이듬해인 1953년 조연현의 추천으로 평론가의 대열에도 들어섰던 것이다.

평민사판 『천상병 전집』을 보면 1949년부터 1965년까지 그가 발표한 시는 불과 20편 미만이다. 물론 그는 평론도 많이 쓴 편이 아니었다. 그러나 1950,60년대에 발표된 이 나라의 평론들 다수가 시효를 상실했다고 여겨지는 것과 달리 천상병의 비평문장은 지금 읽어도 취할 바가 적지 않다. 즉 당시에도 그는 시류에 편승하기보다 자기 나름의 독자적인 문학적 사유를 모색하여 그것을 논리화하고자 했다. 아무튼 내가 천상병을 처음 만났던 1965년 무렵 그는 나에게 조금도 시인 티를 내지 않고 평론가로서 대접받고 싶어했는데, 어쩌면 상대인 내가 출판사 젊은 직원이었기 때문에 그랬는지 모르겠다는 생각도 든다. 그런데 그에게 평론을 접고 시에만 전념하도록 강제한 모진 시련의 시간이 닥쳤다. 1967년 7월 소위 동백림사건에 걸려든 것이었다.

돌이켜보면 1967년 7월 8일 김형욱 당시 중앙정보부장은 유럽에 거주하는 많은 지식인·예술가·유학생들이 1959년 9월부터 동베를린 소재 북한대사관을 왕래하면서 간첩활동을 했고 그중 일부는 북한에 들어가 노동당에 입당한 뒤 귀국하여 이적활동을 했다고 발표했다. 이것이 소위 동백림사건인데, 이 사건과 관련해서 국제적으로 큰 말썽이 일어났다. 한국 중앙정보부가 이응노·윤이상 등 저명한 예술가·학자들을 그들이 거주하는 프랑스·서독 등지에서 불법적으로 잡아왔기 때문이었다. 그 나라들은 자국 영토 안에서 벌어진 외국 정보기관의 주권침해 행위에 강력히 항의하면서 외교관계 단절까지 시사했다. 이런저런 이유 때문에 이 사건은 관련자 194명 가운데 1심에서 6명에게 사형, 4명에게 무기징역을 구형할 만큼 법석을 떤 대형 간첩사건이었음에도 최종심에서 간첩죄가 인정된 피고는 아무도 없었고 그나마 1970년 12월에는 두명의 사형수까지 마지막으로 풀려남으로써 감옥 안에는 아무도 남아 있지 않게 되었다. 그러니까 1970년 12월의 시점에서 이미 이 사건은 후일(2006.1.26) '진실위'(국정원 과거사건 진실규명을 통한 발전위원회)가 발표한 대로 "박정희 정권의 정치적 목적에 의해 터무니없이 과대포장된 것"임이 드러났던 것이다.

그런데 이 사건 관련자 가운데 강빈구(姜濱口)라는 분이 있었다. 그는 프랑스 디종대학에서 법학박사 학위를 받고 돌아와 서울대 상대 교수로 재직하고 있었는데, 동백림사건에 연루되어 1심에서 무기, 최종심에서 10년형을 언도받았다. 그는 뮌헨대 영문과를 졸업하고 디종으로 유학 와 있던 독일여성과 결혼하여 함께 귀국한 바 있었다. 나는 강빈구의 부인 하이디 강 선생에게 1963년부터 독일어회화를 배우면서 유학을 계획하다가 이 사건이 터지자 화들짝 놀라 유학을 포기하고 말았다.(하이디 강과 나는 우연하게도 2011년 대산문학상의 번역부문과 평론부문의 수상자가 되어 헤어진 지 45년 만에 만났다. 유감스럽게도 그는 나를 알아보지 못했고, 그도 내가 못 알아볼 만큼 늙어 있었다.) 그런데 당시 나는 천상병이 강빈구의 서울대 상대 동기이고 가까운 친구라는 사실을 까맣게 몰랐다. 아무튼 천상병은 불고지 혐의로 정보부에 잡혀가 고문을 당한다. 그 자신의 회고를 들어보자.

내 육십년을 돌이켜보면 나도 별나게 제멋대로 인생을 살아왔다. 이십대에 문인이 되어 음악을 논하고 문학을 논하며 많은 술도 마셨다. 그로 인하여 몇번의 병원신세도 졌다. 그리고 다정한 친구로 인해 동백 림사건에 걸려들어 심한 전기고문을 세번 받았고 그로 인해 정신병원에도 갔고 아이를 낳지 못하는 몸이 되었지만, 나는 지금의 좋은 아내를 얻었다.[7]

지금의 내 다리는 비틀거리며 걸어다니지만, 진실과 허위 중에서 어느 것이 강자인가 나는 알고 있다. 남들은 내 몸이 술 때문이라고 하지만 결코 술 탓만은 아니라는 것, 나만은 알고 있다. 나는 몇번의 찢어지는 고통에서도 이겨냈다. 지금도 그때를 생각하면 몸서리쳐진다.[8]

그가 고문의 후유증에서 벗어난 것은 대략 1969년경부터였다. 『천상병 전집』에서 찾아본 바로는 조시(弔詩) 「곡 신동엽」(『현대문학』 1969.6)과 평론 「신동엽의 시」(『월간문학』 1969.6)가 동백림사건 이후 그가 발표한 첫 문필이다. 신동엽의 죽음 소식을 접하고 시와 산문으로 그를 추모하는 글을 쓴 것이 천상병 문단복귀의 계기였다는 사실은 주목을 요한다. 두분은 동갑내기이면서도 당시의 내 눈에는 아주 다른 종류의 인간으로 보였기 때문이다. 앞서도 언급했듯이 신동엽은 단정하고 예절 바르면서도 모종의 신념을 간직한 사람답게 과묵했으나, 천상병은 모든 면에서 그와 반대였다. 그러나 천상병은 신동엽의 죽음 소식을 듣자마자 시집 『아사녀』를 찾아 읽고, 왜 신동엽이 이렇게 일찍 죽음을 맞이했는지 짐작하고 가슴이 메었다고 서술한다. 그렇다면 겉보기와 달리 두분 사이에는 보이지 않는 내적 교감이 있었다고 보아야 한다. 끔찍한 고통의 시간을 통과하고 난 천상병이 신동엽에게서 발견한 것은 대체 무엇이었던가. 그는 신동엽을 추도하는 비평문 서두를 다음과 같은 선언으로 시작한다. "그는 병몰한 것이 아니고 전몰한 것이다. 그것을 증언해야 하겠다."[9]

신동엽이 병사한 것이 아니고 전상에서 싸우다 죽은 것이라는 친상병의 발언은 통렬하게 우리의 의표를 찌른다. 그의 말은 신동엽의 죽음에 대한 우리의 상식을 전복한다. 신동엽이 무엇과 싸우다 전사한 것이라고

7 수필 「외할머니 손잡고 걷던 바닷가」, 『산문전집』 32면.
8 수필 「들꽃처럼 산 '이순(耳順)의 어린 왕자'」, 『산문전집』 44~45면.
9 평론 「신동엽의 시」, 『산문전집』 307면.

그는 보고 있는가. 그 점에 대해 증언해야 할 의무감을 느낀다는 천상병의 말이 심상치 않게 들리는 것은 그 말이 바로 잔혹한 국가폭력의 고통을 뚫고 나온 직후에 나왔기 때문이다. 이 결정적 언명에 이어 천상병은 신동엽의 시에 대해 이렇게 설명한다. "그의 시를 통틀어 일관하고 있는 특징은 '현실에의 투기'이다. 한동안 사회참여라는 말이 유행했는데, 나는 이 말을 송충이보다 더 싫어했다. 사회참여라는 다소 뜻 깊은 것 같은 말을 둘러쓰고, 그들은 아무 덧없는 불평불만을 뱉은 것이다. 기만이요 사기였다. 그러나 신동엽의 시의 그 '현실에의 투기'는 그러한 것들과 전혀 질이 다르다."[10] 여기서 '그들'이란 언필칭 참여를 입에 올리는 자칭 참여주의자들을 가리킬 터인데, 천상병은 바로 그런 상투적이고 가식적인 현실참여, 즉 입으로만 떠드는 불평불만의 행태들을 직설적으로 공격한 것이다. 시류에 편승한 외면적 현실참여는 '기만이요 사기'라는 것이었다. 하지만 신동엽 시의 '현실에의 투기'는 그런 자기과시적이고 기만적인 행태와 질적으로 다른 것이었다. 요컨대 신동엽의 참여는 온몸을 현실 속에 던져 넣는 진정한 참여였다. 이 대목에 이르러 우리는 천상병이 자기도 의식하지 못하는 사이에 김수영의 '온몸의 시론'에 근접하고 있음을 깨닫는다.

그런데 이번에 『천상병 전집』 산문편을 읽고서 나는 문학과 현실의 관계에 대한 천상병의 사유가 동백림사건의 고통을 겪기 훨씬 전에 시작되었음을 확인했다. 짐작컨대 그의 정신세계에 결정적인 충격을 가한 것은 4·19혁명이었을 것이다. 가령, 「청춘 발산을 억제하지 말라」 「4·19와 문학적 범죄」 같은 글에 그런 증거가 보인다. 『산문전집』에는 두 글 모두 발표 연대가 명기되어 있지 않은데, 내용으로 보아 4·19 직후에 쓰였을 것이다. 그 글들이 혁명의 흥분이 가시지 않은 격정적 어조로 4·19의 사회사적·문

---

**10** 같은 책 같은 곳.

학적 의미에 대해 고찰하고 있다는 점에서 그렇다. 우선 앞의 글에서 한 대목 읽어보자. 그는 4·19를 "우리들 청춘의 복권운동"이라고 규정하면서 이렇게 말한다.

> 4·19는 그러니까 우리들 청춘의 복권운동이었습니다. 직접적인 사회적 죄악은 그 뿌리를 뽑았습니다. (…) 그렇지만 청춘의 본래의 자세는 '정치적'이 아닌 것입니다. 좀더 무상적인 것입니다. 정치를 위해 바쳐지는 청춘보다는, 아름다운 한 여성을 위해, 그리고 믿음직한 한 남성을 위해 바쳐지는 청춘이 보다 더 솔직하고 보람있다고 나는 생각됩니다.[11]

언뜻 읽기에 이 글은 희생자를 추모하고 혁명을 찬양하는 4·19 직후의 일반적 분위기에 역행하는 내용이다. 그러나 잘 읽어보면 이 글의 목표는 젊은이들에게 정치로부터의 퇴각을 권유하는 데 있는 것이 아니라 청춘의 무상성(無償性)을 강조하는 데 있다. 천상병이 4·19에서 배워야 한다고 주장하는 것은 현실세계에서의 정치적 계산이나 얄팍한 공리주의가 아니라 그것을 초월한 무상의 행위, 즉 절대적 투신의 정신이었다. 바로 그것을 그는 '청춘의 본래의 자세'라고 부르는 것이다.

「4·19와 문학적 범죄」라는 글에서 그는 그와 같은 사유를 좀더 본격화한다. 그는 작곡가 베를리오즈의 전기를 읽다가 예술창작과 정치적 참여의 관계에 관한 흥미로운 대목을 발견했다고 기술한다. 1830년 프랑스에서 민중혁명이 일어나 격노한 군중이 궁전으로 밀려가고 있을 때 마침 베를리오즈는 「환상교향곡」의 마지막 부분을 작곡하고 있었다. 그는 이를 악물고 작곡을 끝낸 다음에야 군중의 시위행렬에 뛰어들었다. 이 일화를

---

11 에세이 「청춘 발산을 억제하지 말라」, 『산문전집』 175면.

소개하고 나서 천상병은 정말 하고 싶었던 이야기를 꺼낸다. 4·19를 전후한 시기에 한국의 작가들에게는(천상병 자신도 포함해서) 베를리오즈처럼 몰두할 '작품'도 없었고 참여한 '군중의 행렬'도 없었다고 그는 지적한다. 본질적인 문제는 '작품'이 없었던 것인데, 작품이 없다는 것은 "그의 정신에 '군중의 행렬', 즉 현실이 없다"는 것을 의미한다고 천상병은 설파한다. 그리고 그 점에 관해 그는 다음과 같은 치열한 설명을 남기고 있다.

4·19 이전의 한국 작가들의 침묵은 아마 한국문학사의 한 페이지를 씻을 수 없는 오점으로 남길 것입니다. 왜 우리는 침묵하고 있었을까? (…) 그것은 섭섭하지만 우리들 전체가 한 시대의 민족적 양심을 배반한 것이라고 하지 않을 수 없습니다. 나는 문학의 정치성을 송충이보다도 더 기피합니다. 그러나 이것은 결코 문학의 공리적인 문제가 아닙니다. 현실에 대한 문학의 기능의 문제도 아닙니다. (그것은) 문학의 근본적 의미, 그 존재이유에 우리가 눈을 가린 것이었습니다.[12]


4

한동안 문단에서 실종된 것으로 알려졌다가 다시 나타나 문필활동을 재개한 1970년대에도 나는 청진동이나 관철동 길거리에서 또는 바둑집에서 가끔씩 그를 마주쳤고 때로는 그에게 글을 청탁했다. 내가 『창작과비평』 편집자로 일하고 있었기 때문인데, 이때 「귀천」 「들국화」 「서대문에서」 「바람에게도 길이 있다」 같은 시를 그에게서 받을 수 있었던 것은 잡지 편집자로서 잊을 수 없는 행복이다.

---

12 평론 「4·19와 문학적 범죄」, 『산문전집』 286면.

돌이켜보면 이 시기에 그는 단지 고문의 후유증에서 벗어났을 뿐 아니라 시의 예술적 집중성에 있어서도 가장 높은 수준에 이르러 있었다. 많은 사람들에게 애송되는 그의 대표작들은 모두 이 시기의 소산이다. 아마 무엇보다 중요한 사실은 앞에 인용한 수필에서 보았듯 그가 가혹한 고통을 정신적으로 이겨내고 그것을 객관적으로 바라볼 수 있게 되었다는 점일 것이다. 다음의 시는 그가 수필에서 보여주었던 자기성찰과 긍정적 인간관을 더 높은 차원의 정신세계로 상승시켰음을 입증한다.

이젠 몇 년이었는가
아이론 밑 와이셔츠 같이
당한 그날은……

이젠 몇 년이었는가
무서운 집 뒷창가에 여름 곤충 한마리
땀 흘리는 나에게 악수를 청한 그날은……

내 살과 뼈는 알고 있다
진실과 고통
그 어느 쪽이 강자인가를……

내 마음 하늘
한편 가에서
새는 소스라치게 날개 편다

―「그날은 ―새」 전문[13]

**13** 『시전집』 98면.

이 작품은 당시 문단의 관용적 분류, 즉 순수시와 참여시의 구분을 뛰어넘고 있다. 천상병은 이미 1950년대 말부터 드문드문 「새」라는 똑같은 제목의 시를 발표해왔는데, 가령 다음에 인용하는 1959년작 「새」와 비교해보면 앞서 인용한 1971년작 「그날은—새」에 성취된 정신의 깊이와 높은 달관을 더욱 실감할 수 있을 것이다.

외롭게 살다 외롭게 죽을
내 영혼의 빈 터에
새날이 와, 새가 울고 꽃잎 필 때는,
내가 죽는 날
그다음 날.

—「새」 제1연[14]

나는 이번에 『천상병 전집』을 통독하고 그가 1949년 등단할 당시부터 맑은 감성과 예민한 언어감각을 지닌 천부적 시인이었음을 깨달았다. 그와 더불어, 1970년 전후의 천상병의 걸작들을 단순히 '순수' 또는 '순결'의 개념으로 요약할 수 없다 하더라도, 어떻든 초기 시의 바탕을 이루는 순결성의 정신이 가난과 고통의 경험에도 불구하고 그의 전생애에 걸쳐 변함없이 지속되는 불변의 특징임도 분명히 깨달았다.

하지만 초기작과 절정기 작품들 간의 근본적 격차 또한 간과할 수 없다. 한마디로 그의 초기작에는 '영혼의 고독과 순수'라고 스스로 노래했던 것을 뒷받침할 만한 구체적인 현실이 결여되어 있다. 방금 인용한 1959년작 「새」가 하나의 예로 될 것이다. 하지만 1960년대 이후 경험한 서

---

14 같은 책 58면.

울생활의 각박함은 그의 고독과 순수에 진정한 실체를 부여했다고 여겨진다. 가령, 다음 작품에서 그는 정신의 순결을 지켜주는 수호신으로서의 가난을 지극히 소박한 언어로, 그러나 드물게 치열한 자세로 노래한다.

점심을 얻어먹고 배부른 내가
배고팠던 나에게 편지를 쓴다.

옛날에도 더러 있었던 일,
그다지 섭섭하진 않겠지?

때론 호사로운 적도 없지 않았다.
그걸 잊지 말아주기 바란다.

내일을 믿다가
이십년!

배부른 내가
그걸 잊을까 걱정이 되어서

나는
자네한테 편지를 쓰나네.

―「편지」 전문[15]

이 작품을 포함한 그의 많은 시들은 그의 맑은 영혼을 단련시킨 현실적

---

**15** 같은 책 76면.

압박이 단지 고문의 고통뿐이 아니라 그의 나날의 삶의 내용이었던 가난이기도 했음을 증언한다. 가난은 일차적으로는 물질적 결핍상태이지만, 천상병의 시에서처럼 유머러스한 온기 속에 표현될 때 그것은 다음 작품에서처럼 물질에 좌우되지 않는 형이상학적 고고함의 표상으로 승화된다.

오늘 아침을 다소 행복하다고 생각는 것은
한잔 커피와 갑 속의 두둑한 담배,
해장을 하고도 버스값이 남았다는 것.

오늘 아침을 다소 서럽다고 생각는 것은
잔돈 몇푼에 조금도 부족이 없어도
내일 아침 일도 걱정해야 하기 때문이다.

가난은 내 직업이지만
비쳐오는 이 햇빛에 떳떳할 수가 있는 것은
이 햇빛에도 예금통장은 없을 테니까……

나의 과거와 미래
사랑하는 내 아들딸들아,
내 무덤가 무성한 풀섶으로 때론 와서
괴로웠음 그런대로 산 인생, 여기 잠들다. 라고,
씽씽 바람 불어라……

　　　　　　　　　　　　　　　—「나의 가난은」 전문[16]

---

16 같은 책 88면.

이 작품은 이 무렵 발표된 「음악」「귀천」「서대문에서」「불혹(不惑)의 추석」「한 가지 소원」「소릉조(小陵調)」 같은 걸작들과 더불어 천상병의 이름을 우리 시의 역사에 영구히 등재토록 할 것이다.

그는 1972년 뒤늦은 결혼으로 세속의 불행을 벗어나 가정적 평안 속에 정착하였다. 이것은 실로 다행한 일이다. 하지만 유감스럽게도 그의 문학은 그때부터 급속도로 긴장을 잃고 유아적(幼兒的) 자기만족의 늪에 빠지기 시작했다. 창작의 긴장을 지속할 만큼 그의 건강이 버텨주지 못한 것인가, 아니면 그의 정신력이 쇠퇴한 것인가. 평소에 그가 좋아한다고 말했던 시인들, 윤동주·신동엽·김관식·박봉우가 각기 자기들 방식대로 비장한 최후를 향해 곧은 걸음으로 걸어갔던 것을 상기하면 천상병이 이처럼 허망하게 문학의 전장에서 물러난 모습을 보는 것은 우리의 가슴을 아프게 한다.

〔2014〕

# 시 쓰기 너머로 그가 찾아간 곳

## 다시 신동문을 생각하며

### 1

4·19혁명을 노래한 많은 시들 중에서도 「아! 신화같이 다비데군(群)들」 (1960)은 특별히 강한 인상으로 우리의 뇌리에 박혀 있다. 이 작품은 전제 권력의 총구를 향해 맨주먹으로 돌진하는 시위군중의 투쟁과 용기를 그날 그 순간의 급박한 호흡에 담아 형상화함으로써, 우리 민주민족운동의 역사에서 차지하는 4·19의 독보적인 위치를 시로써 웅변하고 있다. 그런데 4·19혁명 자체가 반세기를 넘긴 '과거지사'로 되어서인지, 시의 작자인 신동문(辛東門, 1927~93)도 이제는 거의 잊힌 존재로 되어가고 있다. 대체 「아! 신화같이 다비데군들」은 신동문 문학의 어떤 맥락에서 출현하게 되었으며, 그후 그는 무슨 까닭으로 이 작품에 구현된 바와 같은 치열한 세계로부터 멀어져갔던가. 오늘 우리 문학이 그를 기억한다면 그것은 어떤 현재적 의미에서 그렇게 할 수 있는가.

새삼 신동문의 시를 떠올린 것은 이 글을 쓰기 시작한 날이 마침 4월 19일인 까닭도 있지만, 그보다는 며칠 전 『시인 신동문 평전』(북스코프

2011)이란 책이 내게 와서 신동문의 삶과 문학을 다시 생각해볼 수 있는 기회가 마련되었기 때문이다. 이 책에는 약간의 개인적인 인연도 있다. 지난(2011) 3월 초순이던가, 나는 출판사 아카넷의 주간으로부터 "김판수라는 분이 신동문 평전을 썼는데, 원고를 검토해보고 가능하면 추천사를 써주었으면 좋겠다"는 부탁을 받았다. 나로서는 거절하기 어려운 부탁이었다. 신동문 선생을 나보다 더 오래 가까이 모신 동향의 문인으로는 소설가 김문수가 있지만 그는 지금 병석에 누워 글을 쓸 형편이 아니라는 전언이고, 역시 오래된 동향의 후배문인인 유종호·신경림 같은 분들에게는 내게 온 부탁을 그들에게 미루는 게 도리가 아니었다. 그러니 신동문이 시인으로 활동했던 1960년대의 실감을 곁들여서 평전에 대한 독후감을 말해줄 수 있는 임무를 나는 피할 수 없었다. 이렇게 해서 나는 이메일로 전송된 『시인 신동문 평전』의 원고를 대강 읽고, 며칠 뒤에는 출판사 주간인 차익종 씨와 저자인 김판수 씨를 함께 만나 내 소감의 일단을 피력하는 자리를 가졌다. 그리고 다시 20여일이 지나 4·19를 겨냥해 출판된 그 책을 기증받았던 것이다.


2


내가 신동문 선생을 처음 만난 것은 신구문화사란 출판사에서였다. 이 출판사는 현 신구대학의 설립모체로서 1974년 내힉이 개교힘에 따라 본격 출판에서는 점차 발을 빼게 됐지만, 1960년대에는 문학과 역사 분야 출판에서 중추적 위치에 있었다. 사장인 이종익은 상과대학 출신답게 아주 이해타산에 밝으면서도 인문학에 대한 그 나름의 안목과 존중심을 가진 분이었다. 그는 평론가 백철·이어령, 국문학자 정병욱, 사학자 하현강 등의 자문을 받아가며 출판에 있어서의 대중성과 전문성의 결합을 추구하고자 했다. 나는 신구문화사가 한창 상승기류를 타고 있던 1964년 2월 초쯤에 당시 경향신문 논설위원으로 신구문화사의 아이디어맨 역할을 하던 이어령의 소개로 이 출판사에 입사했고, 신동문은 나보다 1년쯤 뒤에 기획담당 주간으로 상근하기 시작했다. 그 무렵 그는 경향신문 특집부장으로 근무하다가 필화사건에 연루되어 신문사를 그만둔 뒤 쉬고 있었다. 신동문과 내가 협력해서 만든 책들 가운데 지금까지 잊지 못하는 것은 『현대한국문학전집』이다. 그가 얼개를 짜고 내가 실무를 담당해서 만든 18권짜리 이 전집은 1965년 11월부터 1967년 1월까지 세 차례에 나뉘어 간행되었다. 그 무렵 그를 만나 편집에 관해 의논하는 것은 나의 중요한 일과였다.

그런데 당시 신동문은 시인으로서는 어떤 형편이었던가. 지금 내 서가에는 생전에 발간된 그의 유일한 시집 『풍선(風船)과 제삼포복(第三匍匐)』 (충북문화사 1956)이 빛바랜 장정으로 꽂혀 있다. 그 시집 후기에 따르면 연작시 「풍선기」는 모두 53편, 총 1,700행의 장편시였는데, "동란 당시 전전하는 전선기지에서 써 모은 그것을 무기보다도 더 소중히는 들고 다닐 수가 없어서 이곳저곳에 버리고" 남은 것들을 정리하여 그중 일부를 투고한 것이 신춘문예에 당선되었다 한다. 그가 말하는 '전선기지'란 6·25전쟁 때 악명 높은 국민방위군에 소집되었다가 탈출하여 공군에 자원입대해 제주비행장·사천비행장 등지에서 근무했던 사실을 가리킨 것이다. 하지만 전쟁 전에 발병한 폐결핵 때문에 2년 가까이 군병원과 요양소에서 치료를 받으며 지냈다. 절반은 군인이고 절반은 환자인 이 특이한 상황은 그러지 않아도 청춘의 홍역에 시달리던 그의 감각과 관념을 독특한 백열(白熱)상태로 몰아넣었고, 이것이 그를 맹렬하게 시의 창작에 몰두하도록 만들었다. 그 열병과도 같은 정신적 집중의 소산이 장시 「풍선기」였다.

시집 『풍선과 제삼포복』이 문단에서 어떻게 평가되고 객관적으로 어떤 미학적 성취에 이르렀는가를 떠나 그는 평생 동안 이 시집에 강한 애착을 지니고 있었다. 그는 이 시집을 '한 젊은 문학도의 사유의 결정체'라 불렀으며, 심지어 자신은 그 시집 한권이면 족하고 시집을 더 낼 생각이 없다고도 말했다. 시집 간행으로부터 36년이 지나 노년에 이른 뒤에도 그는 젊은 기자 김판수, 즉 뒷날의 『시인 신동문 평전』 저자에게 이렇게 말했다. "지금 생각해도 그 시묶음은 참 좋아. 한 청년이 세상에 눈뜨기 시작할 무렵 무슨 생각을 하고 있었는지가 거기에 담겨 있거든. 일기장을 남에게 들킨 듯한 창피함도 없지 않았지만, 열정적으로 고민하고 방황했던 젊은 날의 솔직한 고백이야."

1954년 군에서 제대한 그는 고향 청주로 돌아왔다. 그리고 이듬해부터 문단과 언론계에서 활동을 개시하는데, 이 무렵부터 건강도 조금씩 회복되기 시작했다. 그러나 그의 건강회복과 사회활동 진입은 시인에게 치명적인 대가를 요구했던 것 같다. 짐작건대 그것은 건강회복에 비례한 시적 열기(熱氣)의 점진적 하강이었다. 시집 출간 이후 발표된 1950년대 후반의 시들, 그러니까 「페이브먼트에 비」「의자철학」「창」 그리고 연작시 「조건사(條件史)」 같은 작품들은 「풍선기」에 비하면 예술적 완성도에 있어서나 시인의식의 집중도에 있어서나 초점이 불분명한 실패작이라 하지 않을 수 없다.

이때 그에게 닥친 것이 4·19혁명이었다. 평소 비판적인 논설을 『충북신보』 등에 발표해오던 그는 학생데모의 배후로 지목되어 경찰에 쫓기는 몸이 되었고, 부득이 경부선 야간열차를 타고 도망치듯 서울로 올라온다. 상경 직후의 상황을 『시인 신동문 평전』의 저자는 다음과 같이 묘사하고 있다. "수만명의 시위대가 종로와 광화문 일대의 서울 중심부를 가득 메우고, 대통령 집무실이 있던 경무대를 향해 돌진하는 현장에는 그도 끼어 있었다. 수많은 젊은이들이 경찰의 총질에 쓰러지면서, 피 흘리면서 내지르는 절규를 그도 똑똑히 들었고, 또 함께 고함쳤다. 그의 대표작 가운데 하나인 「아! 신화같이 다비데군들」은 그 현장의 아우성을 날것 그대로 노래한 격정의 시였다. 역사적 현장의 구경꾼으로서가 아니라 참여자로서

쓴 시였다."

　　그러나 밤하늘의 불꽃처럼 피어오른 「아! 신화같이 다비데군들」은 유감스럽게도 단발로 끝난 찬란함이었다. 1960년 4월의 민중봉기를 불멸의 언어로 노래한 그 작품의 생산에도 불구하고 「풍선기」를 쏟아내게 했던 것과 같은 지난날의 왕성한 시적 동력은 되살아나지 않았다. 물론 신동문 개인에게 의미있는 작품이 몇편 써지지 않은 것은 아니다. 예컨대 「내 노동으로」가 그렇다. 그러나 이 작품도 잘 읽어보면 창조의 열정에 넘치는 진군(進軍)의 노래가 아니라 창작에너지의 소진 앞에서 어쩔 줄 몰라 하는 퇴각의 변(辨)이며, 따라서 작품의 저변에 깔려 있는 것은 본질적으로 시를 떠나는 자의 회한과 자기반성이다. 그런데 「내 노동으로」의 발표시점과 관련하여 재고할 점이 있다. 『신동문 전집: 시』(솔출판사 2004)에는 이 작품이 『현대문학』 1967년 12월호에 발표된 것으로 기록되어 있고, 나도 「신동문과 그의 동시대인들」(『문학수첩』 2005년 봄호, 『문학과 시대현실』 재수록)이란 글을 쓰면서 이 기록을 따랐다. 그러나 뒤늦게 발견한 것이지만, 1967년 1월 간행된 신구문화사 판 『현대한국문학전집 18: 52인 시집』에 이미 「내 노동으로」가 수록되어 있다. 그렇다면 이 작품은 1966년 이전에 쓰였어야 한다. 다시 말하면 신동문의 시작활동이 사실상 종결된 것은 1966년인 것이다.

　　물론 그가 어느날 갑자기 담배를 끊듯이 결연하게 시 쓰기를 중단한 것은 아니다. 당시 그는 시가 써지지 않는 데 대한 괴로움과 무력감을 여러 차례 피력하고 있다. 「변명고(辨明考)」(1964)라는 수필에서 그는 독촉에 못 이겨 책상 앞에 앉았으나 시가 나오지 않는다고 고백한다. 「시인이 못 된다는 이야기」(1965)라는 글에서는 "시를 쓰기 위해 밤을 새우고 시를 생각하기 위해서 시간을 할당해야 한다는 일은 너무나 아깝고 억울한 일로만 생각된다"고도 술회한다. 그런가 하면 방금 언급한 『52인 시집』에 실린 「실시(失詩)의 변」(1967)에서는 "언젠가는 보다 좋은 시를 써야 한다는 것을 각오하고 있다"고 다짐하기도 한다. 그러나 이 다짐은 끝내 실현되지 않았다.

후일 노년이 되어서도 그는 심한 자책감에서 "나는 시인이 아냐. 시인으로 불리어질 수 없어"라고 극단적인 자기부정을 마다하지 않았다. "아마 시인으로 불리는 사람치고 나만큼 시를 적게 쓴 이는 별로 없을 거야. 서울생활 십오년에 스무편쯤 지었다고 해봐. 일년에 겨우 한편 남짓한데, 그게 어디 시인이라 할 수 있겠어? 서울생활 할 때부터 이미 시쓰기를 그만둔 셈이었어. 군대에서나 청주에서는 참 열심히 썼는데…" 이렇게 그는 젊은 후배 김판수에게 시인으로서의 자신의 부실함을 고백했다. 그러면서도 「풍선기」와 「아! 신화같이 다비데군들」에 쏟은 젊은 날의 열정에 대해서만은 다음과 같이 은근한 자부심과 한없는 그리움을 나타냈다. "4·19 때 지은 「아! 신화같이 다비데군들」이 기억에 또렷해. 그때 청주에서 서울로 오자마자 종로에서 데모하며 받은 흥분을 하숙방에 엎드려 지은 것이야. 또 등단 전에 군대생활 하면서 시간 날 때 틈틈이 지은 「풍선기」도 아직 기억해."


3


왜 신동문은 시를 떠났는가. 시 쓰기 너머에서 그가 찾은 것은 무엇이었던가. 이런 의문을 가지고 시와 산문 두권으로 된 『신동문 전집』(솔출판사 2004)을 읽고 또 이번에 출간된 『시인 신동문 평전』을 읽는다면 독특한 경력과 매력적인 개성의 소유자였던 신동문이 그의 글과 삶을 통해 우리에게 전하는 메시지가 단순치 않은 것임을 깨닫게 된다. 특히 『시인 신동문 평전』의 후반부는 노년에 이른 신동문 자신의 입을 통해 지행일치(知行一致)의 한 경지에 도달한 그의 생각을 가감 없이 전하고 있어 귀중한 자료적 가치가 있다. 잠깐 다시 1960년대의 신동문으로 돌아가보자.

『시인 신동문 평전』이 전하는 바에 따르면 신동문은 "(4·19)혁명 와중에 서울에 오자마자 김재순 선생을 만났으며 그 길로 바로 취직이 되었다"고 한다. 김재순과 신동문의 교분이 언제 어떤 연고로 맺어졌는지 알 수 없지만, 아무튼 그는 김재순에게 이끌려 월간지『새벽』의 편집장이 되었다. 그리고 그는 대중들에게 생소했던 이 잡지를『사상계』에 필적하는 것으로 만들기 위해 신선하고 파격적인 편집을 시도했다.『시인 신동문 평전』에 나오는 에피소드 한 토막을 읽어보자. "그해 9월 어느 날 최인훈이라는 작가로부터『광장』이라는 제목이 달린 2백자 원고지 6백여 장 분량의 묵직한 원고뭉치를 건네받았다. 당시 최인훈은 무명에 가까운 신인작가였다. (…) 그는 원고를 훑어보고서는 무릎을 탁 쳤다. 그것이 분단시대의 새로운 지평을 열 만한 작품이 될 것으로 직감하고, 11월호에 한꺼번에 다 싣기로 마음먹었다. 게재계획을 비밀에 부치고 있다가 편집마감일 밤에서야 원고를 들고 인쇄소로 갔다. 밤을 새워 이튿날『새벽』조판을 끝냈다."

『새벽』의 주간인 지난날의 시인 주요한이 장면 정부의 장관으로 입각하고 실질적 책임자였던 김재순도 국회에 진출함에 따라 이 잡지는 1960년 12월호를 종간호로 내었다. 일터가 없어지자 신동문은 친구 민병산과 함께 신구문화사의 기획위원으로 밥을 벌었고, 그러다 1963년 1월부터 경향신문 특집부장으로 근무했다.『시인 신동문 평전』을 통해 처음 안 사실인데, 그는 월간지『세대』에도 자문역을 맡아 소설가 이병주를 문단에 데뷔시키는 데 결정적인 구실을 했다. 5·16세력의 기관지 같은 잡지였음에도『세대』지가 참신한 시인·작가들을 필자로 많이 기용한 것은 신동문의 기여가 중요했던 것이다. 이때『세대』지 주간으로 그 잡지와 운명을 같이했던 평론가 이광훈이 뒷날 경향신문 논설고문이 되었고,『시인 신동문 평전』의 저자 김판수는 경향신문에서 그 이광훈과 함께 근무하면서 그로부터『시인 신동문 평전』의 집필을 권유받았다는 것이다. 1964년 필화

사건으로 경향신문을 나온 신동문은 이듬해 신구문화사에 정식으로 취직하여 편집부 상임고문이 되었는데, 그때부터 10년간은 바로 나와 함께한 기간이다.

내가 보기에 이 무렵 시인 신동문은 문협체제 바깥에 산재한 젊은 세대 문인들의 중심이었다. 그의 주위에는 언제나 사람들이 모여들었다. 김수영처럼 번역 일감을 얻으러 오거나 천상병·김관식처럼 술값을 뜯으러 오거나 혹은 이런저런 의논을 하러 들르거나 간에 신동문은 그들 모두에게 심리적 후원자였다. 나는 1964년 2월에 신구에 입사했고 나보다 1년쯤 뒤에 평론가 김치수, 그리고 그 전후에 소설가 최창학·김문수도 입사했으므로 당시 신구문화사는 김현·김승옥 같은 내 또래 문인들에게는 흔치 않은 개방적 공간이었다. 요컨대 1960년대의 신구문화사는 비주류 문인들이 가장 자주 들르는 사랑방이자 중요한 활동거점 중의 하나였다.

이 서술을 통해 내가 말하려는 것의 요점은 1960년대 중반에 이르러 신동문이 시인에서 어느덧 편집자로 변신했다는 사실이다. 편집자의 사회적 위상이 제대로 확립되어 있지 못한 한국에서 어쩌면 이것은 신동문의 무의식에 깊은 내상을 가한 사태일 수 있다. 여기서 조금 딴 사례를 가지고 이 점을 생각해보자. 얼마 전 나는 로버트 M. 피어시그(Robert M. Pirsig)라는 미국 작가의 『선(禪)과 모터사이클 관리술』(1974, 문학과지성사 2010)이라는 묘한 제목의 책 한권을 입수했다. 역자인 장경렬 교수는 자신이 좀더 일찍 이 책을 만났더라면 "아마도 그 이후 공부를 계속하면서 내가 추구하고자 하던 바는 전혀 다른 것이 되었을 수도 있었으리라"고 경탄을 금치 못하지만, 나는 700쪽이 훨씬 넘는 부피도 겁이 났으려니와 문학과 철학의 이분법을 넘어선 그 책의 사유의 밀도에 압도되어 읽을 엄두를 내지 못하고 있다. 그런데 그 책이 내게 특별히 흥미로웠던 것은 저자인 피어시그와 출판사 수석편집자인 제임스 랜디스가 작품의 완성과 출판과정에서 의견을 주고받은 상세한 편지들이었다. 이것은 한 뛰어난 작품의 사회적 출현에 편집자가 얼마나 개입할 수 있으며 저자의 고유한 독창성이 특정한 출판환경 속에서 어떻게 관철될 수 있는가에 관한 매우 중요한 증언이라고 할 수 있다. 사실 따지고 보면 위대한 창작에는 편집자뿐만 아니라 동시대의 수많은 독자들도 음으로 양으로 관여한다고 보아야 한다.

그런 면과 관련하여 신동문은 편집자의 역할을 얼마나 의식했던가. 후일 그는 『시인 신동문 평전』의 저자에게 이렇게 말했다. "비록 나는 좋은 시를 많이 못 썼지만, 남이 쓴 좋은 시를 많이 발굴해 세상에 널리 읽히도록 소개하면, 그것이 나의 좋은 시를 묶어내는 것과 다를 바 없다고 봐. 남이 쓴 좋은 소설도 여러 편을 한데 묶어 소개한 적 있어. 전집 말이야. 출판사에 있을 때는 묶음〔全集〕 내는 일로 보람 있던 시절이었어."

4

신동문의 일생을 살펴본다면 마지막 20년은 농사꾼이자 침쟁이로서 일하고 봉사하는 삶이었다. 그는 이미 1962년에 충북 단양의 남한강 기슭에 농지를 구입했다. 그때 벌써 귀농의 꿈을 품고 있었던 것이다. "독촉에 못 이겨 책상 앞에 앉았으나 시가 나오지 않는다"고 괴로움을 토로하던 시절의 그의 시에서 확인할 수 있는 것도 도시에서의 문필생활을 넘어선 어떤 근원적인 것, 인간의 실제생활에 구체적으로 도움이 되는 좀더 생산적인 노동에 대한 동경이었다. 「내 노동으로」도 그런 동경을 노래하고 있지만, 가령 다음 작품에서도 그 점을 간취할 수 있다.

어제 나는 할 수 없이
막걸리로 주정을 했지만

이런 게 아니라는
내 마음속의 생각은
바둑을 두면서도
농부가 부러웠고
막걸리를 마시면서
홍경래를 생각했다

— 「바둑과 홍경래(洪景來)」 부분


작고하기 1년 전 『시인 신동문 평전』의 저자인 젊은 김판수에게 그는 일찍이 시 쓰기에 대해 가졌던 것과는 다른 자부심과 자신감을 가지고 농사일과 침술에 관해 언급한다. "여기 단양 애곡리 주민들만 해도 그래. 이들은 모두 농민이야. 피땀 흘려 황무지를 논밭으로 일궈낸 사람들이거나 그 후손들이지. 얼치기 시인들보다 훨씬 더 소중한 사람들이야. 적어도 농민은 양식이나 축내면서 세상을 빚지고 살지는 않아. 그들의 노동은 얼치기 시보다 훨씬 값진 것이야. 나의 침은 그런 소중한 사람들의 고통을 덜어주는 데 쓰임새가 커."

또, 그는 시인 노릇을 던지고 스스로 농민이 되어 이웃 가난한 농민에게 봉사하는 삶을 선택한 데 대해 강력하게 자신을 옹호한다. "나는 이곳 농장에서 지내는 동안 적어도 무기력하지는 않았어. 나는 농부와 침쟁이로서, 이곳 주민들과 함께 나름대로 열심히 땀을 흘렸고, 열심히 침을 놓았어. 독재를 비난했던 나의 시나 글 몇편을 기억하는 분들에게는 오지에서 농부와 침쟁이로 살아가는 것이 은둔으로 비쳐졌을 테지. 그분들은 유신 혹한기에 나의 시와 글을 볼 수 없어 실망했겠지. 또 평소 나의 시를 불쾌하게 여긴 분들은 농부와 침쟁이 생활을 은둔으로 보려고 했을 테지. 하지만 농촌생활이라고 해서 꼭 무기력한 삶인 것만은 아냐."

그동안 한번도 털어놓지 않던 속마음을 젊은 기자 김판수에게 이렇게 털어놓고 있을 무렵 신동문은 이미 담도암 판정을 받은 뒤였다. 그러나 그는 아무런 내색도 하지 않고 태연히 막걸리를 마시며 이틀밤을 젊은이와 함께 지냈다. 그리고 이제는 일하는 것이 힘에 부친다고 고백한다. 자신의 노년에 대한 커다란 만족감과 함께. "지금 내가 하고 있는 이 침쟁이 노릇만 해도 보람되긴 하지만 힘에 부쳐. 또 농사짓는 일도 즐겁긴 하지만 역시 힘겨워. 글 쓰던 일은 지금의 일보다 수월했어. 또, 시 쓰는 일보다는 지금의 침놓고 농사짓는 일이 더 중요해. 지금까지 내게 침을 맞은 사람이 몇인 줄 알아? 당신은 안 믿을지 몰라도 족히 십만명은 될 거야. 또 내가 사과나 포도나 마늘이나 옥수수를 얼마나 생산한 줄 알아? 물론 이곳의 수양개와 애곡 사람들이 도와줘서 한 일이지만, 수만톤은 될 거야. 얼치기 시가 그만큼의 아픔을 어루만지고, 그만큼의 먹을거리를 만들어낼 수 있겠는가?" 마침내 그는 이렇게 말한다. "한때는 독재와 부조리, 그리고 그 속에서 우울하고 고단하게 지내던 사람들이 나의 현실이었어. 하지만 지금은 농민과 몸 아픈 서민이 내 현실이야."

신동문은 말년을 거의 혼자 단양 농막에서 보냈다. 암 진단을 했던 의사는 그의 여명이 한달 정도일 거라 판정했지만, 그는 그로부터 1년 4개월을 더 살았다. 한때 서울과 원주의 큰 병원에서 항암치료를 받기도 했지만, 어느 시점 이후 그것을 그만두었다. 병문안 오는 이웃 농부들과 평소처럼 즐겁게 담소를 나누었으며, "모든 것을 깨끗이 정리해놓았어. 이제 죽음에 들기만 하면 돼" 하며 오히려 그들을 안심시켰다. 죽음을 한달쯤 앞두고 그는 각막과 장기를 기증하는 서약서를 작성했다. 1993년 추석을 하루 앞둔 날 마침내 그에게 위급한 순간이 찾아왔다. 그는 병원으로 급히 후송되던 중 아무도 임종하지 않는 가운데 구급차 안에서 숨을 거두었다. 그의 시신은 화장되어 농장 근처 남한강에 뿌려졌다. 마침내 그는 오랫동안 원하던 곳으로 영원한 귀환을 결행한 것이었다.

〔2011〕

# 무한생성되는 미완성[1]

## 고은 문학 개관

### 1

알다시피 이제 고은(高銀, 1933~ ) 시인은 나라의 경계를 넘어 세계적 인지도를 획득한 한국문인이다. 최근 여러해 동안 매년 그의 이름이 유력한 노벨문학상 후보로 매스컴에 올랐던 사실이 이를 말해준다. 노벨상이 원래 유럽 중심적이고 대국 위주였던 그동안의 역사를 상기하면 고은의 문학을 그 상 수상 여부와 결부시킬 필요는 없을 것이다. 어떻든 그의 문학이 유례없는 '크기'에 이른 것은 사실이다. 하지만 그의 문학세계에 대해 언급하는 것은 쉬운 일이 아니다. 왜 어려운 일인지 그 이유를 생각해보는 것만으로도 우리는 고은 문학의 성격의 일단을 가늠할 수 있다.

고은 문학을 논하기 어려운 이유는 무엇보다 여러 장르에 걸친 방대한 생산량 때문이다. 그는 1958년 시인으로 문단에 데뷔하여 지금까지 쉬지

---

1 이 글은 2010년 12월 9일 군산문화원 주최 심포지엄 〈고은 선생의 삶과 문학〉에서 강연한 발제문을 정리한 것이다. 그동안 발표했던 글들과 겹치는 내용이 있음을 밝힌다.

않고 창작을 지속해왔다. 저서가 150권 남짓인 것으로 알려지고 있지만, 저자인 고은 자신도 정확하게 계산하지는 못하고 있다. 따라서 고은 문학의 세계를 살피려는 사람은 읽어야 할 작품의 절대량에 질릴 수밖에 없다.

그러나 그의 경우 창작활동의 기간이 길고 작품량이 많다는 것은 외형적 사실에 지나지 않는다. 그는 놀랍게도 노년에 가까워질수록 창작의 활력이 더 왕성해지는 양상을 나타내고 있다. 그런 점에서 고은 문학 연구자들은 점점 더 강화되는 이 에너지의 근원이 무엇인지 또 어디서 온 것인지 밝히는 데 애를 먹을 것이며, 고은 문학의 변화무쌍한 전개과정을 어떻게 성격지어 시대를 구분할 것인지 큰 곤혹을 겪을 것이다. 사실 금년(2010)만 해도 『만인보』 같은 유례없는 대작을 완결한 뒤라 이제 좀 쉬면서 매듭을 짓나보다 예상했음에도, 그는 곧이어 새 작품의 집필계획을 밝히고 있다. 심지어 그는 어느 자리에서, 자신은 사후에도 시 쓰기를 계속하여 무덤 속이 시로 꽉 들어찰 거라는 무서운 언명을 한 바 있다. 그의 문학세계가 이처럼 일종의 제국적 규모로 확장을 거듭하고 있기 때문에, 적어도 지금까지의 모든 고은론(高銀論)은 어차피 불완전함을 면할 수 없다.

그는 작품량이 방대할뿐더러 활동영역 또한 다양하다. 그는 첫 시집 『피안감성(彼岸感性)』(1960)부터 등단 50년을 기념하는 최근의 시집 『허공』(2008)까지 무려 35권을 출간했으므로, 그것만으로도 엄청난 다작의 서정시인이다. 이 시집들 중 자주 화제에 오르는 것 몇권만 열거해보더라도 『해변의 운문집』(1966) 『문의(文義) 마을에 가서』(1974) 『입산(入山)』(1977) 『새벽길』(1978) 『조국의 별』(1984) 『네 눈동자』(1988) 『내일의 노래』(1992) 『독도』(1995) 『어느 기념비』(1997) 『남과 북』(2000) 『순간의 꽃』(2001) 『부끄러움 가득』(2006) 등이 있다.

그러나 그의 관심은 서정시의 창작에만 국한되지 않았다. 첫 시집 출간 이듬해 그는 『피안앵(彼岸櫻)』(1961)이라는 장편소설을 간행했다. 나 자신을 포함해서 많은 독자들이 시인 고은의 이미지에 가려 소설가 고은을 떠올리기 어렵지만, 실은 그는『피안앵』이후에도『어린 나그네』(1974)『일식(日蝕)』(1974)『밤주막』(1977)『떠도는 사람』(1978)『화엄경』(1991)『내가 만든 사막』(1992) 등 십여편의 장편소설 또는 소설집을 출간했으므로, 이만하면 소설가로서도 일가를 이룬 셈이다.

유감스럽게도 나는 고은의 소설을 읽겠다고 벼르기만 하고 아직 한권도 읽지 못했다. 일찍이 만해 선생의 장편소설『흑풍(黑風)』에 실망했던 기억이 무의식중에 독서를 가로막은 것인지도 모르겠다. 아무튼 내 생각에 그는 감성의 폭포를 내장한 천생의 서정시인인 동시에, 적지 않은 분량의 소설 발표가 입증하듯 완강한 서사적 욕구를 지닌 산문가임이 분명하다. 서정적 체질과 서사적 열망이 부딪치는 곳에서 생성된 문학적 결과물이 바로 서사시라고 할 수 있다. 연보를 보면 알 수 있듯이 그는 이미『사형(死刑)』(1969)『대륙(大陸)』(1977) 같은 장시를 시험한 바 있는데, 그러나 그가 본격적으로 대규모의 서사시를 구상한 것은 그 자신 여러차례 술회한 대로 1980년의 신군부 쿠데타 직후 남한산성 육군형무소 안에 갇혀 있을 때였다. 그 수난의 고통 속에서 잉태된 대작이 바로 서사시『백두산』(1987~94) 일곱권과『만인보』(1986~2010) 서른권이다.

그런데 그의 문필활동은 여기서 그치지도 않았다. 그가 10대 후반의 예민한 나이에 6·25전쟁의 참상을 목격하고 이에 충격을 받아 방황하다가 출가한 것은 잘 알려진 사실인데, 그는 총무원장을 맡게 된 스승 효봉(曉峰) 스님을 따라 상경하여『불교신문』을 창간, 초대 주필이 되었고 이 지면에「한산시(寒山詩)」를 번역, 연재했다. 중국 고전에 대한 이와 같은 관심은『당시선(唐詩選)』(1973)『초사(楚辭)』(1975)『두보시선(杜甫詩選)』(1976) 같은 역주작업으로 이어졌는데, 이들 한시의 번역이 고은 시에 어떤 내적 연관을 갖는지 하는 문제는 후일의 연구거리일 것이다. 중국 고전에 심취해 있는 동안에도 그는『이중섭 평전』(1973)『이상(李箱) 평전』(1974)『한용운 평전』(1975) 등을 잇따라 집필하여 화제를 불러모았고, 이

어서『문학과 민족』(1986)『시와 현실』(1987)『황혼과 전위』(1990) 등의 문
학평론집을 출간하기도 했다.

고은의 억제할 길 없는 창작욕구가 시 이외의 분야에서 가장 활발하
게 분출된 것은 에세이일 것이다. 그는『인간은 슬프려고 태어났다』(1968)
를 시발점으로 해서『한 시대가 가고 있다』(1971)『1950년대』(1973)『환멸
을 위하여』(1976)『역사와 더불어 비애와 더불어』(1977)『사랑을 위하여』
(1978)『고난의 꽃』(1986)『고은 통신』(1989) 등 아마 40~50권의 산문집을
출간했을 텐데, 그중 어떤 것들은 베스트셀러의 반열에 올랐다.

이상의 개관만 가지고서도 고은 문학의 엄청난 위용을 짐작할 수 있을
것이다. 물론 이 목록도 그의 문학적 소출을 망라한 것은 아니다. 그래도
이만하면 여러 분야에 걸친 그의 초인적 집필활동이 어느정도 드러난 셈
이다. 따라서 연구자·비평가로서는 고은 문학에 대해서 말할 때 불가피하
게 논의의 범위를 일정하게 제한할 수밖에 없을 것이다.

하지만 그렇게 하더라도 가령 시 비평의 경우에는 색다른 난관이 제기
됨을 알 수 있다. 고은은『부활』(1975)을 비롯해서 여러차례 자신의 시선
집을 묶어냈을 뿐만 아니라『고은 시전집』(민음사 1983, 2권)과『고은 전집』
(청하 1988~92, 20권)『고은 전집』(김영사 2002, 38권) 등의 전집도 두어 차례 간
행했는데, 그때마다 그는 작품에 다소간의 수정과 개작을 시도하여 확정
적 텍스트를 필요로 하는 연구자들로 하여금 곤경에 처하도록 만들었다.
알다시피 대학강단의 문학연구에서 원전비평은 건너뛸 수 없는 기초작
업의 하나이다. 비평이든 연구든 그 대상이 되는 작품의 원본이 엄밀하게
검토되지 않는다면 그 비평과 연구는 신뢰성에 금이 간다고 할 수 있다.
그런데 고은의 시를 논함에 있어서는 텍스트가 불확정적일 뿐만 아니라
그 불확정의 근원이 다름 아닌 바로 시인 자신이라는 데에서 독특한 문제
가 발생하는 것이다. 이 점과 관련하여 그는 등단 50주년 기념 인터뷰에서
다음과 같이 대답하고 있다.

시사(詩史)를 보면 어떤 시인은 한편을 수십번 고친 사람도 있습니다. 시집 자체를 여러번 손댄 사람들도 많이 있습니다. (…) 내 개고(改稿)행위를 그런 실례에 비추어 견강부회하는 것은 아니지만, 나에게 예술은 완성품이 아니라 예술의 미완성성, 거의 영원한 미완성성, 이게 무한한 매혹입니다. 모든 창조행위 자체의 미완성은 완성에 대한 허상을 성찰하게 만들 것입니다. 왜냐하면 언어의 절대란 불가능한 탓입니다.[2]

모든 문학행위는 본질적으로 미완성이고 완성이란 하나의 허상에 불과하며 모든 문학작품은 언제나 개작(改作)을 향해 열려 있다는 이 발언이 단순히 비평가와 연구자들을 골치 아프게 만든다는 차원의 문제가 아니다. 그것은 예술작품에 관한 기존의 절대주의적 존재론을 뒤엎는 발상으로서, 고은의 세계관 전체가 걸린 근본적 문제라고 할 수 있다. 이 대목을 잘 따지다보면 고은 문학의 미로를 뚫고 들어갈 핵심열쇠의 하나를 발견할 수 있으리라 기대한다.


2


한 예술가의 작품세계를 전체적으로 이해하려면 그 뿌리에 해당하는 출발기의 모습을 잘 살펴볼 필요가 있다. 기성예술계의 지배적 이념과 굳어진 관행들은 그것에 순응하든 거역하든 신참예술가의 순결을 오염시켜가기 마련인데, 따라서 오염되기 이전의 순수한 상태에서야말로 그 예술가의 전생애를 관통하는 기본특징이 가장 원형적으로 표출된다고 할 수

---

2 이장욱 「정박하지 않는 시정신, 고은 문학 50년」, 『창작과비평』 2008년 가을호.

있기 때문이다. 그런 점에서 나는 고은의 시를 검토하는 자리에서 늘 그가 문인이기 이전에 불교 승려였던 사실을 주목한다. 틀에 얽매이는 것을 거부하는 무한확장적 사유구조와 규칙이나 규범을 깨고 나가는 자유인의 체질은 어쩌면 그의 유전자 속에 이미 내재되어 있을지도 모르는 것인데, 그것은 10여년의 선승 경험을 통해 구체적 형태로 개발되고 강화되었을 것이다. 그 점을 고은 문학의 독특한 미학에 연관지어 살펴보자. 문단생활 초기의 어느 산문에서 그는 불교의 선(禪)에서 말하는 '불립문자(不立文字)'와 문학의 관계에 대해 이렇게 적은 바 있다.

　　선에서 고정된 것은 죽은 것이다. 문자로써 표현했을 때의 그 문자는 죽은 것이다. 그러나 고정된 문자가 표현하는 생(生)의 내용은 죽은 것이 아니다. 그것은 생의 유동(流動)을 의미한다. 여기서 선과 문학이 맺어지는 것이라 믿는다. 문자에 불관언(不關焉)하는 역대 선사들도 다 시로 그들의 도(道)를 이루지 않았던가, 언어도단 되는 경애(境涯)를 언어로 창조하는 의미로 표현하지 않았던가.[3]

'시작 노트' 형식으로 쓰인 이 글의 끝부분에서 그는 종교 때문에 시를 버리지는 않겠지만 시를 위해 종교를 버리지도 않을 것이라고 언명하고 있다. 고은의 환속이 1962년이므로 이 글은 환속을 겨우 1년 앞둔 시점에서 작성된 것이다. 불과 1년 뒤에 승복을 벗었다는 사실이 믿어지지 않을 만큼 그는 자신의 종교에 대해 확언을 하고 있다. 그러나 실제로는 약속과 달리 오래지 않아 환속했는데, 그렇다면 그가 무신(無信)한 사람인가. 하지만 다시 이 글의 내용을 잘 음미해보면 고은에게 있어 불교의 틀을

---

3 고은 「시(詩)의 사춘기(思春期)」, 『한국전후문제시집』, 신구문화사 1961. 인용자가 몇 글자 가필 수정함.

떠난다는 것이 무엇을 의미하는지 새삼 깨달을 수 있다.

그에게 진정 중요한 것은 시를 통해서건 종교를 통해서건 삶의 살아 있는 내용에 도달하는 것이었다. 따라서 종교의 외피를 유지하는 것은 본질적인 문제가 아니었다. 그에게 있어 고정된 것은 죽은 것이며, 문자로 정착된다는 것은 생명의 상실을 의미한다. 다시 말해 그에게 살아 있음의 핵심은 체계나 관념 같은 정지의 형식이 아니라 부정과 탈주 같은 운동의 형식에 있는 것이다.

그렇다면 문자라는 죽은 수단에 의존해야 하는 문학은 어떻게 살아 있는 존재로서의 가능성을 획득하는가. 그가 생각하는 선적(禪的) 사유에 따르면 문자로 고정된 것은 죽은 것이지만, "문자가 표현하는 내용"은 죽은 것이 아니다. 즉 언어에 의한 표현행위는 생의 유동성을 포획한다는 '순간성'의 기적을 통해 마치 매미가 껍질을 벗듯, 문자의 주검을 벗어던지고 살아 있는 존재로서의 번신(翻身)에 성공하는 것이다. 바로 여기에서 선과 시가 일치하는 계기가 주어진다. 진정한 시적 창조는 참된 선의 경지이며, 거꾸로 선도 자신을 드러내기 위해 시적 언어(말하자면 비유적 언어)에 의탁할 수밖에 없다. 그런 점에서 고은은 승복을 입었느냐 벗었느냐의 구별을 넘어선 차원에서 일생동안 언어를 통한 언어도단의 성취, 말하자면 언어선(言語禪)으로서의 구도행(求道行)을 실천해왔다고 할 수도 있다.

「시의 사춘기」라는 산문을 쓰고 나서 30여년의 세월이 지난 뒤 회갑기념 좌담에서 그는 선시(禪詩)에 관해 질문을 받고 다음과 같이 대답한다. 그 대답은 젊은 날 「시의 사춘기」에서 했던 언급과 놀랄 만큼 긴밀하게 연결되어 있다. 다시 말해 30여년에 걸친 작품 외관의 변화무쌍한 발전에도 불구하고 고은 문학의 내부에는 존재와 언어에 관한 동일한 관점이 변함없이 지속되고 있는 것이다.

시에는 어느 시든 그 안에 선적인 요소가 들어 있습니다. (…) 시는 원래 선적인 것입니다. 언어를 극소화하거나 언어의 법칙성으로부터 해방되는 새로운 세계입니다. 그렇다면 굳이 선시니 하고 판별할 까닭도 없어요. (…) 언어문자와 비문자 사이에서 나는 탕아입니다. 그리고 선 자체가 화엄경 세계의 대체계(大體系)에 대한 민중적·재야적인 저항으로 생긴 수행의 영역입니다.[4]

선과 마찬가지로 시는 고은에게 있어 언어의 고정성·법칙성을 초월하여 자유의 영역을 추구하는 해방적 활동이다. 사물은 문자언어의 경직된 틀에 잡히는 순간 본연의 생명성을 잃고 형해화하기 시작하므로, 시인은 언어라고 하는 자신의 유일한, 그러나 목적배반적인 수단을 비일상적·자기해방적인 방식으로 사용하지 않을 수 없다. 강물을 건너고 나면 뗏목을 버려야 하듯 시인은 언어라는 도구를 통해 사물의 근원에 다가가는 작업을 끝없이 계속하면서, 그와 동시에 언어적 포착의 순간에 벌써 텅 빈 기호로 굳어져가는 그 언어로부터 또한 끊임없이 떠나야 한다. "언어문자와 비문자 사이에서 나는 탕아입니다"라는 고백은 시인이 (그리고 어쩌면 선승이) 부닥친 그러한 역설적 상황을 비유적으로 표현한 것일 게다. 그런 점에서 고은 문학의 양적 방대성은 반세기 넘도록 지속된 언어와의, 또는 언어의 불완전성과의 불굴의 투쟁의 뜻하지 않은 부산물이라고 말할 수 있다.

---

**4** 대담 「고은 시인과의 대화 ─ 그의 문학과 삶」, 신경림·백낙청 엮음 『고은 문학의 세계』, 창작과비평사 1993.

3

이런 점들을 염두에 둘 때 먼저 우리의 주목을 끄는 것은 말을 사용하는 고은의 독특한 방식이다. 그가 사용하는 어휘나 조사법(措辭法)·수사법(修辭法)들은 흔한 상식적 평면성을 깨트리고 독자의 안이한 접근을 교란시킨다. 그의 문장에서는 — 연설이나 대화 같은 데서도 그렇지만 — 뜻밖의 단어가 느닷없이 튀어나오기도 하고 정상적인 문맥에서 이탈한 구절들도 수시로 등장한다. 특정한 인명이나 지명, 사물의 명칭이 아무렇지도 않은 듯 사용되지만, 그 명사들이 지시하는 배경적 맥락은 여러겹 뒤에 숨겨져 있기 일쑤다. 문장 속에, 또는 문장들 사이에 '그리하여' '마침내' '차라리' '비로소' 같은 접속사적 부사가 삽입됨으로써 일정한 논리적·심리적 인과관계가 설정되고 있는 듯하지만, 독자에게는 그것이 잘 납득되지 않을뿐더러 때로는 그러한 부사의 삽입 자체가 일종의 소외효과를 유발시킨다. 때로는 고은 특유의 조어(造語)도 있고 명백한 오문 내지 비문도 거리낌이 없다. 허다한 예문들 가운데 초기작 한편만 읽어보자.

　　이 유월의 유동나무 잎새로써
　　그대 襟度는 넓고 유연하여라
　　저문 들에는 노을이 短命하게 떠나가야 한다
　　산을 바라보면 며칠째 바라본 듯하고
　　나만 저 세상의 일을 알고 있는 양
　　벌써 朝天거리 쪽으로 들쥐놈들은 바쁘고
　　낮은 담 기슭에 상치는 쇠어간다
　　제 모가지를 달래면서 소와 말들이 돌아가서
　　차라리 馬珠樹꽃을 싫어하며 빈 새김질을 하리라
　　이제 저문 어린애 제 울음을 그친 쪽으로

나에게는 하나이던 것이
너무나 많은 것이어서
저 朝天 細花께 下弦달 하나만이라도
밤 이슥하게 떠올라 나를 자주자주 늦게 하거라

　　　　　　　　　——「저문 별도원(別刀原)에서」 전문[5]


이 작품은 두번째 시집 『해변의 운문집』(1966) 맨뒤에 수록되었다가 선집과 전집에 재수록되면서 부분적으로 개작된 것이다. 이른바 제주도 시절의 소산인데, 조천 세화·마주수꽃 등 낯선 단어들이 한자로 표기되어 이국적인 정서를 조성하고 있다. 지금 초여름의 저문 들에는 빠르게 노을이 지고 있고 들쥐와 가축들에게는 귀소(歸巢)의 시간이 다가온다. 멀리 산들은 변함없는 모습으로 서 있고 가까이에서는 아이들이 울음을 그친다. 시의 화자는 이 모든 풍경들을 외지인의 시선으로 바라본다.

그러나 이 작품은 단순한 서경시(敍景詩)가 아니다. 잘 살펴보면 이 시에서는 외부 풍경의 묘사에 병행하여 풍경을 바라보는 관찰자의 심리상태가 일정하게 개입하고 있음이 감지된다. 가령, 첫 두행, 초여름 더위에 늘어진 유동나무 잎사귀는 그 늘어진 모양과 넓이를 매개로 '그대'의 관대함과 유연함이라는 추상적 성질의 비유로 전이된다. 그런 점에서 시 「저문 별도원에서」는 자연경치에 기대어 시인의 심정을 노래하는 동양 전통시의 관행을 따르고 있다고 할 수 있다. 다만 이 경우 특징적인 것은 외부 풍경이 인상주의 그림처럼 화사한 생기에 넘치는 데 비해 풍경에 대응되는 시인의 내면은 극히 불투명하다는 사실이다.

한편, 풍경묘사에 관련이 없는 낱말과 어법이 동원되어 독자를 의아하게 만드는 점도 주목된다. 가령, "나만 저 세상의 일을 알고 있는 양"이라

---

5 『고은 시전집』, 민음사 1983, 155면.

는 구절은 외관상 바쁘게 달리는 들쥐떼와 쇠어가는 상치를 수식하지만, 수식하는 것과 수식된 것 사이의 관계는 모호하다. 여기서 '벌써' '차라리' '이제' 같은 부사들을 주목해볼 필요가 있다. 이 부사들은 텍스트 안에서 앞뒤의 시간과 장면을 연결하는 접속부사 본연의 기능을 하고 있지 않으며, 그래서 가령 '차라리' 같은 말은 당혹스럽기까지하다. 이것은 무엇을 말해주는가.

이 시는 여러개의 시각적 영상들로 다채롭게 구성되어 있다. 유월의 유동나무 잎사귀, 노을이 지고 있는 저문 들, 늘 바라보이는 산, 바쁘게 달리는 들쥐들, 담 기슭에서 쇠어가는 상치, 울음을 그친 어린애, 소와 말 등이 그것들인데, 그러나 이 작품은 관찰자의 눈에 포착된 이 다채로운 영상들의 질서정연한 배치를 보여주지 않는다. 오히려 그 영상들은 권태와 의욕상실의 늪에서 허우적거리는 화자의 심리세계 속에서 파편적으로 부유할 뿐이다. 따라서 '차라리' '이제' 같은 부사들은 문법적이라기보다 심리적인 기능을 가진다고 볼 수 있다.

생각건대 고은의 초기 시는 이 현세적 자연과 인생의 끝없는 소멸작용에 대한 필사적인 자기방어라고 할 수 있다. 그의 관점에서 볼 때 이 세계는 나타남과 사라짐의 영원한 반복이 이루어지는 미완성적 공간이다. 그의 시는 이 무한생멸(無限生滅)의 우주적 과정에서 시인에 의해 순간적으로 붙잡혀 언어의 형태로 응결된 가변성 자체이다. 눈앞을 지나가는 한 장면의 인상, 머릿속을 스쳐가는 한순간의 영감, 이것들은 삶의 영속성을 담보하기에는 너무나 찰나적이고 비상적이시만, 그러나 이 세계는 그 피편성과 순간성을 떠난 영속적 내지 초월적 공간을 별도로 가지고 있지 않다고 여겨지는 것이다. 고은의 많은 초기 시들이 풍경을 노래하면서도 정지된 장면을 안정적 공간으로 재구성하는 일에 무관심한 것은 당연하다. 왜냐하면 모든 가시적 자연은 소멸의 운명을 벗어날 수 없는 허상적 존재이기 때문이다. 그런 점에서 고은의 시적 언어는 인상의 즉물성과 감정의 직접성이 시간과 논리의 풍화작용에 의해 훼손되기 이전에 시인에게 붙잡힌 포로들인 것이다. 진정으로 상주(常住)하는 것은 세상에 있을 수 없고 모든 것은 허무의 나락으로 사라지며 다만 순간순간을 징검다리로 해서 존재가 지속된다고 믿어지기 때문에, 시인의 언어는 매 순간의 찰나적 영상을 포획하는 일에 필사적으로 매달릴 수밖에 없다.

이렇게 살펴본다면 아직 20대 젊은이였을 때의 발언인 "선에서 고정된 것은 죽은 것이다. 문자로써 표현했을 때의 그 문자는 죽은 것이다"(1961)부터 회갑 때의 발언 "시는 원래 선적인 것입니다. 언어를 극소화하거나 언어의 법칙성으로부터 해방되는 새로운 세계입니다"(1993)를 거쳐 70대 중반 노년의 발언 "모든 창조행위 자체의 미완성은 완성에 대한 허상을 성찰하게 만들 것입니다. 왜냐하면 언어의 절대란 불가능한 탓입니다"(2008)에 이르기까지 반세기 동안 고은 시인은 놀랄 만큼 일관된 정신 자세를 견지하고 있음을 알 수 있다. 그것은 백척간두의 파멸적 위험에도 불구하고 창조의 불길을 향해 나아가는 프로메테우스적 도전이 예술가의 운명이라고 그가 믿고 있음을 말해준다고 할 것이다.


4


세월의 변화에 초연한 것은 아무것도 없으며, 고은의 시도 예외는 아니다. 초기 시와 최근 시를 비교해보면 고은 시인 특유의 어떤 일관된 요소, 가령 생략·비약·전도(顚倒)·암시 같은 문체적 특징이라든가 틀에 얽매이지 않는 발상의 전복적 특성 같은 공통점과 함께, 많은 차이점이 발견되는 것도 사실이다. 이전 시대와 비교하여 가장 현저한 차이는 물론 그가 1970년대 이후 치열한 실천활동을 통해 '민족시인'으로서의 넓은 역사적 시야와 사상적 깊이를 확보한 것이다. 그러나 그는 고정적 개념으로 정의

될 수 있는 단세포적 시인이 결코 아니다. 가령, 그는 앞에 인용한 1961년의 산문 「시의 사춘기」에서 이렇게 말한 바 있다. "나의 시는 나의 생활의 표현이 아니라 생의 은닉이라고 할 수 있다. (…) 시는 이 시간, 이 현실, 이 역사의 속박에서 '사라진' 형이상학이다."

이것은 말하자면 고은 나름의 상징주의 선언인 셈이다. 그러나 이러한 유미주의적 태도가 1970년대 이후의 실천적 자세와 반드시 모순된다고만 말할 수 없다는 것이 주목할 점이다. 어떤 역사적 조건에서는 은닉과 초월이 선택 가능한 최고의 현실주의일 수도 있고, 때로는 미학적 고립을 통해서만 오물적(汚物的) 현실에 저항할 수 있는 시대도 있기 때문이다. 어떻든 1970년대 이래 수십년 격변의 세월을 통과하면서 고은의 문학은 역사의 속박에 기꺼이 자신을 헌납해왔다. 그럼에도 불구하고 우리가 잊지 말아야 할 것은 그가 가장 격렬한 현실참여의 순간에도 그 참여행과 상반된 초월적 계기, 즉 침묵과 은닉의 기술을 내버린 적이 없다는 사실이다. 참여시·선동시의 걸작으로 널리 회자된 「화살」이 수록된 시집 『새벽길』(1978)도 그렇지만, 광주항쟁의 희생과 고통을 겪고 난 뒤에 그 경험을 담은 시집 『조국의 별』(1984)은 최악의 상황 한복판에서 생산된 최고의 저항시편들임에도 단순한 저항시 이상의 고고한 정신주의의 승리의 기록이다. 그 가운데 「자작나무숲으로 가서」나 「한천을 따라」는 두말할 나위 없는 명작이지만, 나는 여기서 「화살」의 통렬성과도 다르고 「자작나무숲으로 가서」의 깊이와도 구별되는 또하나의 걸작을 소개하려고 한다.

1980년 이래 나는 절대로 구름하고는 말하지 않았습니다
그리운 사람 하나 없이
하루하루 견디는 일이 가장 괴로웠습니다
오 거짓이여
세상을 내 어머니라고 말하고

황량한 날의 계엄령을 그리운 사람이라고 말하면서
철창 사이로 한 조각 구름을 처음 보았을 때
그 구름조각에게 한 찰나의 추파도 던지지 않았습니다
그 구름 두둥실 사그라진 남천에 대고 애걸하지 않았습니다
나는 넘어가고 넘어가고 넘어가고 넘어가면서
끝내 무릎 꿇지 않았습니다
나는 밤에도 낮에도 암실에서도 별처럼 깨어나서
기원하지 않았습니다 나를 위해 기원하지 않았습니다
지난날 나는 구름에 너무 많이 걸었습니다
나는 그 구름의 역사를 역사 속에 파묻어버렸습니다

—「구름에 대하여」 전문

　이 시는 저항의 정신과 은닉의 기술이 절묘하게 조화를 이룬 옥중시의 절창이다. 알다시피 고은은 1980년 5월 소위 내란예비음모 혐의로 체포되어 육군형무소 밀실에 수감되었고 가혹한 절차를 거쳐 2년여 만에 석방되었다. 이 시는 그 경험의 한복판에서 겪은 개인적 고통에 대해 한마디 말도 하지 않으면서 고통과의 싸움에서 얻은 치열한 승리가 얼마나 고귀한 높이의 것인지 보여주고 있다. 「구름에 대하여」라는 제목부터가 경험의 즉자적 투영, 즉 감정적 분노와 감상적 서정을 뛰어넘어 무애득도(無礙得道)의 경지를 실현하고 있다고 할 수 있다.

　등단 50주년을 기념하는 시집 『허공』(2008)은 또 새로운 차원을 보여주준다. 나는 이 시집에 해설을 쓰면서 그 점을 검토한 적이 있는데, 민족문학의 고전이라 해도 지나침이 없는 다수의 작품들 가운데 비교적 짧은 작품 한편을 다시 읽기를 권한다. 다음에서 보는 바와 같이 이 시는 몽골의 야생적 자연에 대한 간결하고도 비유적인 암시를 배경으로 출산의 신비를 생명의 존엄에 대한 찬미의 노래로 승화하고 있다.

늦은 열이렛달이 떴다
모든 오만들아
어서 고개 숙여라
세상은 한 생애의 나 하나로 끝나지 않는다

어젯밤
무릉이 아기를 낳았다
아기의 첫 울음소리
뒤이어
멀리서 늑대가 따라 울었다

밖은 텅 비었고
안은 텅 차 있다

얼마나 지쳐 눈부시는가
열이렛날 밤
아기 엄마의 두 유방이 두둥실 떴다

—「울란바타르의 처음」 전문

## 5

마지막으로 최근 4반세기 동안 고은 시인이 심혈을 기울여 창작한 대작 『백두산』과 『만인보』를 간단히 언급하지 않을 수 없다. 이 작품들이 처음 구상된 것은 저자가 여러곳에서 밝힌 대로 1980년 육군형무소 감방 안에서였다. 지극히 억압적인 상황 한가운데서 도리어 호방한 문학적 상상력이 작동한 셈인데, 실은 한국의 1970~80년대는 군사독재의 광풍을 온몸으로 헤쳐나간 고은 같은 시인에게만이 아니라 폭압의 현실과 역설적 관계를 맺었던 문인들에게도 일찍이 없던 '거대서사'의 시대였다.

그런데 고은의 경우 주목할 것은 두 작품의 기획이 동일한 근원에서 출발한 것임에도 문학적 형상화의 방식에서는 아주 대조적인 결과로 나타났다는 사실이다. 시인 자신이 처음부터 이 점을 잘 의식하고 있음이 확인된다. 책의 머리말에서 "서사시 『백두산』은 사람을 총체화하는 것인 반면 『만인보』는 민족을 개체의 생명성으로부터 귀납하는" 작품이라고 구별하여 언급한 것이 그 증거다. 오늘의 시점에서 돌아볼 때 인간의 총체성을 목표로 했던 서사시 『백두산』은 사실상 미완으로 남겨진 반면에 개체의 생명성으로부터 민족을 귀납하고자 했던 거대장시 『만인보』는 미증유의 우람한 성취에 이르렀는데, 이것은 결코 우연한 결과가 아닐 것이다. 그리고자 하는 역사적 상황과 문학형식의 선택 사이에는 필연적이라 할 만한 내적 연관성이 있음이 분명하다.

『만인보』는 현대사의 총체적 인식을 겨냥하는 서사시적 충동과 거대서사의 해체를 압박하는 세계사적 현실 간의 화해 불가능한 난관을 돌파하기 위해 고안된 독특하면서도 야심적인 문학적 실험이다. 4천여명의 유명·무명의 인물들의 삶을 다룬 각 시편들 모두가 '이야기 시'로서의 개별적 독립성을 지니고 있다는 점에서 『만인보』는 집합명사이지만, 그와 동시에 4천여편 전체가 하나의 거대한 덩어리로 응집되어 일종의 서사적 통합을 이루어내고 있다는 점에서 『만인보』는 한 작품을 지칭하는 단수명사이다. 그러니까 이렇게 수많은 개인들의 갖가지 행적과 이력, 운명과 개성을 각각의 독립적 서정시(많은 경우 이야기 시) 안에 담아냈다는 점에서 『만인보』는 독립된 단시들의 모음, 즉 하나의 거대한 시집이다. 따라서 우리는 딴 시집들에서와 마찬가지로 아무데나 펼쳐서 한편 한편을 그것

자체의 자기완결성을 전제로 읽을 수 있고 굳이 통독의 의무에 시달릴 필요가 없다. 그러나 그와 동시에 시집 전체로서는 단시들에 그려진 개인들의 사적 일상과 개별적 사건들이 자연스럽게 누적되고 상호 연결되어 민족공동체의 거대한 보편적 운명을 형성하도록 배치되어 있다. 그런 점에서 『만인보』는 유례없이 독특한 이중성을 갖는다. 물론 보통의 서정시집에도 은연중 시집 전체를 아우르는 정서적 또는 방법적 일관성이 있게 마련이고, 또 반대로 기승전결(起承轉結)의 구성이 어느정도 분명한 장편소설에서도 '부분의 상대적 독자성'이 인지되는 수가 적지 않다. 하지만 『만인보』의 이중성은 이와 전혀 다른 예술적 기획의 소산이라는 점에서 문학사적으로 특이한 시도이고 새로운 업적이다.

되풀이하자면 『만인보』의 각 편들은 독립적 단시들이다. 그러나 동시에 그것들은 그러한 개별성의 손상 없이 시집 전체를 포괄하는 하나의 통합적 차원에 귀속되며, 이 새로운 차원과의 결합을 통해 더 넓은 시·공간적 좌표 즉 역사성과 사회성의 공간을 구성하는 것이다. 한마디로 『만인보』는 한반도의 모성적 대지와 민족의 현대사 전체를 그 실물크기에서 언어화한 서사시적 실험 그 자체로서, 아마 우리 문학사의 전무후무한 업적이라 해도 좋을 것이다. 그런데 놀라운 사실은 고은의 창조의 행보가 아직 끝나지 않았다는 것이다.

〔2010〕

# 역사에 바쳐진 시혼[1]

## 김남주를 다시 읽으며

## 뿌리에 있는 것들

김남주(金南柱, 1946~94)의 문학을 살펴보면 두개의 상이한 원천이 있음을 감지할 수 있다. 하나는 「어머니」 「아버지」 「그 집을 생각하면」 「편지」 「아우를 위하여」 등 가난한 농민의 아들로서의 존재기반에서 기원하는 것이고, 다른 하나는 「그들의 시를 읽고」 「전론(田論)을 읽으며」 「각주」 등 많은 작품에서 확인할 수 있는 그의 교양-독서체험에 관계된 것이다. 이 양자는 그의 사회적·문학적 실천이 진전됨에 따라 점점 더 긴밀하게 상호 침투, 결합하여 그를 혁명적 민주주의자, 전투적 시인으로 만들어나갔다. 계급해방과 민족해방은 그에게 분리된 목표가 아니었으며, 전통시대의 순박한 농민정서와 어린 시절부터 익히 보았던 농촌풍광은 진보적 이상의 추구에 힘과 진정성을 부여하는 감성적 토대가 되었다.

---

1 이 글은 김남주 20주기를 맞아 출간된 『김남주 문학의 세계』(창비 2014) 수록을 위해 과거에 발표했던 글들 중 일부를 깁고 보태서 새로 집필한 것이다.

그의 반항적 기질은 거의 생득적이라 할 만큼 일찍부터 표출되었다. 그는 입시위주의 획일적 교육이 못마땅해서 고등학교를 자퇴했고 대학에서도 틀에 박힌 강의에 실망하여 데모를 주동하는 것으로 일과를 삼았다. 하지만 학생시절의 그런 행보도 단순한 반항심의 표현이 아니라 치열한 지적 욕구에 동반된 것이었다. 시간 날 때마다 미국문화원 같은 데 가서 소위 불온서적들을 탐독했다는 사실이 그 점을 보여준다. 어느 에세이에서 그는 이렇게 회상한 적이 있다.

『들어라 양키들아』란 책을 손에 넣게 된 경위가 참 아이로니컬해요. 나는 고등학교 때부터 시내 책방이나 남의 집 서가에서 책을 도둑질하곤 했는데 이 책은 광주 미문화원에서 훔친 거였어요. 이상하지? 이런 책이 그런 곳에 있다니. 미국이란 나라는 참 엉뚱한 데가 있는 나라예요. 나는 또한 이 미국을 통해서 레닌을 알고, 매니페스토(「공산당선언」—인용자)를 읽고, 모택동을 읽고, 게바라를 알고 했어요.[2]

그러니까 그는 미문화원에 있는 책들을 통해 대한민국 체제 바깥에 있는 낯선 사상을 접했고, 이런 과정을 거치며 미국의 제국주의적 본질을 깨닫게 되었던 것이다. 한편, 시에 대한 관심은 대학에 들어와서야 본격화된다. 선배인 박석무(朴錫武, 현 다산연구소 이사장)의 하숙방에 놀러갔다가 그로부터 『창작과비평』이란 문학잡지를 소개받고 거기서 김수영(金洙暎)을 비롯한 새로운 시인들을 알게 된 것이 계기였다. 특히 그에게 큰 자극을 준 것은 그 잡지 1968년 여름호에 김수영 번역으로 소개된 파블로 네루다의 시였다. 그는 이렇게 적고 있다.

---

2 김남주 『불씨 하나가 광야를 태우리라』, 시와사회사 1994, 122면.

나는 지금도 「야아, 얼마나 밑이 빠진 토요일이냐!」를 달달 외울 수 있고 또 도시의 밤길을 걸으면서, 불려간 어떤 집회장이나 강연장 같은 데서 외우고 다니는데, 아마 이는 내가 대학 다닐 당시에 처했던 사회 정치적 상황과 사람 사는 꼬락서니들이 오늘의 그것들을 보아도 별로 변한 게 없기 때문이 아닐까 한다.[3]

하지만 정작 김남주에게 '이런 게 시라면 나도 쓰겠는데' 하는 의욕을 불러일으킨 것은 『창작과비평』 1970년 여름호에 실린 김준태(金準泰)의 「보리밥」 같은 작품이었다. 농민생활의 구체적인 모습과 정서를 노래한 김준태의 시에서 김남주는 고향 사투리를 들을 때와 같은 본능적인 친근 감을 느꼈던 것이다.

이런 점들로 미루어 김남주 문학의 두 상반된 측면은 그의 문학적 체질 안에 자연스럽게 공존하고 있었다고 볼 수 있다. 즉 김수영이나 네루다처 럼 도시적이고 현대적인 지적 취향의 시들, 즉 "나의 출생과 성장의 배경 과 감성과는 사뭇 다른 그런 시들"[4]이 지닌 매력과, 김준태처럼 "궁색하게 사는 농민들의 생활의 냄새가 물씬물씬 풍겨나는"[5] 시들이 주는 재미와 감동은 그 자체로서는 서로 이질적이고 상반된 것들임에도 그에게 모순 없이 받아들여졌던 것이다. 복잡한 비유체계로 무장된 현대적인 저항시 와 소박한 감성에 바탕을 둔 재래적인 농촌시 간에 양자택일의 갈등이 발 생하지 않았다는 것은 주목할 일이다.

그러나 당시 김남주에게 더 결정적인 것은 문학이 아니라 현실참여였 다. 1970년대 김남주의 삶에서 유일한 전선은 자유와 민주주의 세력을 한 편으로 하고 박정희 독재정권을 다른 편으로 하는 두 진영 사이에서 형성

---

3 같은 책 25면.
4 같은 책 같은 곳.
5 같은 책 23면.

되어 있었다. 러시아 역사를 비유적으로 끌어다 말하면 당시 김남주에게
는 서구파냐 슬라브파냐가 문제가 아니라 짜르 전제정치에 반대하느냐
않느냐가 유일하게 의미있는 기준이었다. 유신선포 직후 그는 친구와 함
께 유신반대 유인물을 만들어 뿌렸고, 그 때문에 붙잡힌 그는 심한 고문
끝에 국가보안법 위반으로 구속되어 8개월간 감옥살이를 했다. 처음 시를
써본 것은 그 감옥 안에서였지만, 이때도 주된 관심은 문학이 아니라 투
쟁이었다. 출옥 후 학교에서 제적된 김남주는 고향과 광주를 오가면서 농
민문제에 관심을 갖고 '해남농민회'를 만들기도 하고 서점 '카프카'를 중
심으로 문화운동을 벌이기도 하는 한편, 「잿더미」「진혼가」 등의 작품을
『창작과비평』(1974년 여름호)에 투고하여 시인으로 문단에 등장하였다. 이
무렵 3,4년간 발표된 25편 남짓한 작품들을 김남주의 초기 시라고 할 수
있을 텐데, 이 초기 시들은 「진혼가」「솔직히 말해서 나는」「잿더미」 등 옥
중체험을 반영한 작품과 「아우를 위하여」「추곡(秋穀)」「우습지 않느냐」
「노래」 등 농촌경험을 배경으로 한 작품으로 나누어볼 수 있다.


## 피와 불은 자유를 닮고

자유와 민주주의에 대한 신념 하나만 가지고 뛰어든 현실세계로부터
그에게 돌아온 것은 엄청난 물리적 폭력, 즉 수사기관의 혹독한 고문이었
다. 잔인한 육체적 학대 앞에서 '나의 양심' '나의 싸움'이라고 자부했던
그의 투쟁은 순식간에 박살이 나고, 그는 참담한 패배를 자인하지 않을
수 없게 된다. 그의 데뷔작 「진혼가」는 바로 이 패배의 기록이다. 그는 육
신에 가해진 무자비한 타격을 통해 자아의 내부에서 무엇이 부서지고 무
엇이 살아남는지 그 과정을 냉정하게 관찰한다. "권총을 이마에 대고 죽
이겠다고 위협하며 막무가내로 다그치는 수사관의 혹독한 대우"[6] 앞에서

양심이니 자존심이니 하는 어설픈 관념적 요소들은 여지없이 무너지고 동물적 수준의 몸뚱어리만이 자기동일성을 증거하는 마지막 보루로 남는 것을 경험한 것이다. 한마디로 그것은 죽음과도 같은 지옥의 체험이었다.

그러나 작품 「진혼가」에 패배와 좌절만 있는 것은 아니다. 패배를 승인하는 목소리치고는 시의 어조가 아주 기탄없고 당당하다는 것도 주목되지만, 무엇보다 가혹한 육체적 학대와 모멸의 극한상황을 통과하는 동안 시인의 내부에 고통을 넘어서는 다른 차원의 가능성이 생성되고 있기 때문이다. 그의 자아는 물리적 폭력에 의한 죽음 같은 경험 자체로부터 오히려 역전의 계기를 발견하는 것이다.

하지만 초기 시에 보이는 심리적 동요의 모습은 강고한 투사가 된 뒤에도 김남주의 내면에 어두운 그림자를 남기고 있는 것으로 보인다. 1980년대 옥중시의 강철 같은 확신 틈새로 때때로 자학과 울분의 감정적 실밥을 보이는 것은 그런 점과 연관이 있다고 추측된다. 하지만 전체적으로 볼 때 김남주 문학은 부정적 정서의 유혹을 극복하는 데 성공한다. 그럴 수 있는 힘은 어디에서 나오는 것인가. 「솔직히 말해서 나는」의 다음 구절에 은유적으로 표현된 바와 같은 자연의 순환적 질서에 대한 원천적 신뢰, 그리고 그 신뢰의 뿌리에 있는 농민의 아들로서의 성장경험이야말로 김남주의 삶과 문학을 밀고 나간 가장 중요한 동력이었다고 생각된다.

솔직히 말해서 나는
아무것도 아닌지 몰라
단 한방에 떨어지고 마는
모기인지도 몰라 파리인지도 몰라
(…)

---

6 박석무 「김남주 시인의 데뷔 무렵」, 김남주 『진혼가』 발문, 청사 1984, 96면.

아 그러나 그러나 나는
꽃잎인지도 몰라라 꽃잎인지도
피기가 무섭게 싹둑 잘리고
바람에 맞아 갈라지고 터지고
피투성이로 문드러진
꽃잎인지도 몰라라 기어코
기다려 봄을 기다려
피어나고야 말 꽃인지도 몰라라

——「솔직히 말해서 나는」 제1연

고문의 고통과 패배감 속에서 그는 자신이 '모기'나 '파리'처럼 하찮고 보잘것없는 소시민적 존재일지도 모른다고 자인하는데, 하지만 그런 인식을 통해 내부에 잠재된 그 반대의 가능성이 눈을 뜬다. 김남주 초기 시의 눈부신 상징으로서 '피'와 '꽃'은 그런 역전의 결과물로 탄생한다. 그런 점에서 본다면 하이네·브레히트·네루다 같은 서구 저항시인들의 영향도 중요하지만, 그보다 더 근본적인 의미에서 그의 시의 바탕이 된 것은 토착적 농민현실 속에서 양성된 민중정서와 민족감정이라 할 수 있다.

양심이 피를 닮고
싸움이 불을 닮고
피와 불이 자유를 닮고
자유가 시멘트바닥에 응집된
피 같은 불 같은 꽃을 닮고
있다는 것을 배울 때까지는
응집된 꽃이 죽음을 닮고
있다는 것을 알 때까지는

만질 수 있을 때까지는

온몸으로 죽음을

포옹할 수 있을 때까지는

칼자루를 잡는 행복으로

자유를 잡을 수 있을 때까지는

—「진혼가」뒷부분[7]

　이런 부분에서는 얼핏 김수영의 목소리가 울리는 듯도 하다. 대체로 김남주의 초기 시는 언어와 비유법에서 김수영의 깊은 영향을 받고 있음이 감지된다. 다만 김수영은 오랜 암중모색 끝에 「사랑의 변주곡」 같은 시에 와서야 비장의 단어 '사랑'을 입에 담은 데 비해 김남주는 더 직접적이고 전투적인 언어로서의 '피'와 '꽃'을 호명한다.

　그런 점에서 데뷔작 「잿더미」는 김남주 문학의 가장 순수한 원형이고 그의 상상력과 언어적 활력의 살아 있는 뿌리라고 생각된다. 물론 이 작품에는 남민전(남조선민족해방전선준비위원회) 가입 이후 김남주 문학을 전일적으로 지배하게 되는 이념적 요소, 즉 완강한 계급적 관점과 민족해방적 — 때로는 민족주의적 — 입장이 아직 표면화되고 있지 않다. 하지만 오히려 그렇기 때문에 이 작품에는 그의 이념지향을 진정한 것으로 믿게 하고 또 그것을 사회 속으로 밀고 나가게 만드는 정치적 동력으로서의 순수한 열정이 날것 그대로 물결치고 있으며, 독자들로 하여금 그렇게 실감하지 않을 수 없도록 만드는 설득의 힘, 즉 언어적 능력이 힘찬 리듬으로 형상화되어 있다.

---

7 1970년대의 김남주를 설명하기 위해 「진혼가」의 인용은 『창작과비평』 1974년 여름호를 따랐는데, 이 작품은 후일 옥중시전집 『저 창살에 햇살이 1·2』(창작과비평사 1992)에 수록되면서 적잖이 개작되었다.

그대는 타오르는 불길에
영혼을 던져보았는가
그대는 바다의 심연에
육신을 던져보았는가
죽음의 불길 속에서
영혼은 어떻게 꽃을 태우는가
파도의 심연에서
육신은 어떻게 피를 흘리는가

—「잿더미」제3연

    독자를 향해 연속적으로 던져지는 질문의 점층효과는 시에 급박한 격
정의 리듬감을 조성한다. 하지만 이것은 단순히 운율적 효과에만 관계된
것이 아니라 시의 화자가 처해 있는 실존적 상황의 절박성을 반영하는 것
이기도 하다. 말하자면 이 시의 속사포 같은 연속적 설의법(設疑法)은 화
자가 백척간두의 위기에 올라서서 던지는 벼랑 끝 질문인 것이다. 질문
형식의 그 호소 안에는 죽음의 불길로 뛰어드는 희생의 이미지와 죽음으
로부터 다시 생명의 꽃으로 피어나는 환생의 이미지가 하나로 결합되어
있다. 그것은 새로운 탄생을 위한 번제(燔祭)의 의식인 것이다. 다음 부분
에는 이와 같은 죽음과 재생의 신화가 김남주 특유의 농촌적 이미지로 구
체화되고 있다.

잡초는 어떻게 뿌리를 박고
박토에서 군거(群居)하던가
찔레꽃은 어떻게 바위를 뚫고
가시처럼 번식하던가
곰팡이는 왜 암실에서 생명을 키우며

누룩처럼 몰래몰래 번성하던가
죽순은 땅속에서 무엇을 준비하던가
뱀과 함께 하늘을 찌르려고
죽창을 깎고 있던가

―「잿더미」 제6연 일부

언어와 운율에 대한 세심한 배려, 이미지의 반복과 대조에 의한 점층적
효과, 반어법과 대화체 등의 활용을 통한 소격효과 따위를 용의주도하게
구사할 줄 알았다는 점에서 「잿더미」는 김남주의 시적 능력을 확고히 입
증한 수작이다. 거듭되는 말이지만, 그의 초기 시가 김수영 문학의 현대성
을 계승하고 있고 '자유' '죽음' 같은 개념도 김수영에게서 배운 것임을
부정할 수는 없다. 다만 김수영이 끝내 소시민 지식인의 한계 안에서 철
저하게 소시민성과 싸워 그 극복에 도달했다면, 김남주는 복잡한 절차 없
이 소시민성을 넘어설 수 있었다는 것이 새로운 점이다.


## 허기진 들판, 숨가쁜 골짜기

길지 않은 옥살이에서 풀려나 고향에 내려온 그가 새삼 발견한 것은 피
폐한 농촌현실과 그 구체적 대표자들로서의 가족이었다. 어려운 가정형
편에다 예측할 수 없는 미래를 앞에 놓고 김남주는 답답한 심정에 휩싸일
수밖에 없었다. 당시 그가 나에게 보낸 편지에는 다음과 같은 대목이 있
다. "형은 읍내에서 장사하다 망조 들어 서울로 내뺐습니다. 여동생 둘이
있는데 둘 다 서울로 보따리를 쌌습니다. 큰것은 어떤 녀석과 결혼한다고
돈을 달라는 편지가 오고, 작은것은 어느 음식점에 있다고, 춥다면서 다시
집에 오고 싶은데 허하여 주십사 하고 편지질입니다. 60이 넘은 부모는 찌

그러진 가정을 일으켜 세운답시고 새벽부터 밤까지 일손을 놓지 못하고 안간힘을 쓰고 있습니다. …"[8] 이것은 그 무렵 김남주의 스산한 가정형편인 동시에 1970년대 대다수 우리 농민의 보편적 현실이기도 하다. 김남주 문학의 근원에 있는 것은 바로 이 몰락하는 농촌이고 그 속에서 힘겹게 살아가는 아버지·어머니들의 인생이었다.

그런데 그의 귀향은 가족들에게 반가운 것이 아니었다. 가족들이 그에게 기대한 것은 제도교육의 관문을 뚫고 올라가 계층상승을 이루는 것, 그럼으로써 가족구성원 전체가 그를 통해 찌들고 억눌린 삶에서 벗어나는 것이었다. 이로부터 귀향지식인과 고향의 현실 사이에는 불가피하게 심리적 분열과 사회적 균열이 생기는데, 「우습지 않느냐」 「달도 부끄러워」 같은 작품들에서의 심한 자괴심과 쓰라린 자조감은 그런 데서 연유한다고 볼 수 있다. 1960년대 이후의 한국현실, 이른바 압축적 근대화가 만들어낸 현실을 다룬 수많은 시와 소설에서 우리는 김남주가 경험한 농촌붕괴의 각종 변형들이 다양하게 묘사되어 있음을 알고 있다.

그러나 소시민의식의 찌꺼기를 청산하는 문제는 김남주에게 그렇게 심각한 것이 아니었다. 방금 거명한 두세 작품을 제외하면 「아우를 위하여」 「편지 1」을 비롯한 대부분 작품에서는 이미 농촌현실에 대한 귀향자의 감정적 대응, 즉 시인과 농민 사이의 심리적 분열은 이미 김남주가 당면한 문제에서 중심적 지위를 잃어버린다. 오히려 양자간에는 정서적 결합과 연대의 양상이 뚜렷이 드러나는데, 예컨대 「추곡(秋穀)」 같은 작품에는 10여년 뒤 『섬진강』의 시인 김용택이 십중석으로 보여준 농촌시의 신구적 전형이 제시되어 있는 것이다.

여기서 다시 김수영을 불러내보자. 주지하듯 김수영은 철저히 도시적 감수성의 시인이었고 농민적 정서와 민요적 가락은 그에게 전혀 낯선 것

---

8 필자가 받은 1974년 12월 31일자 편지의 앞부분.

이었다. 「거대한 뿌리」에서 입증되듯이 그의 현대성은 늘 민족적 또는 민중적 전통과의 일정한 모순을 내장한 것이었으며, 바로 그랬기 때문에 우리의 1960년대 문학은 역설적으로 그를 통해 어떤 극한에까지 다다를 수 있었다. 반면 김남주에게 있어서의 김수영적 현대성은 삶의 과정에서 자생한 것이라기보다 외부에서 학습된 것이었다. 그에게는 소시민성이 내면화된 것이 아니었으므로 그것과의 투쟁이 김수영에게서처럼 전생애에 걸친 지속적 의의를 가질 수 없었다. 그러므로 「추곡」 같은 작품의 민요적 정형율격은 김수영에게는 생각될 수조차 없는 문학적 퇴행을 의미하지만 김남주에게는 시적 전진의 한 도정에서 자연스럽게 나타나는 하나의 문학적 시도였다. 그러므로 적어도 토착적 전통과의 관계라는 면에서 본다면 김수영은 임화(林和)의 계보이고 김남주는 신동엽(申東曄)의 후계자에 속한다고 할 수 있다.

이제 「편지 1」에서 「편지」[9]에 이르는 도정의 의미를 살펴보자. 두편 모두 간절한 그리움의 대상이고 김남주 정서의 살아 있는 원천이며 고향의 육화된 상징인 어머니에게 이르는 말로 되어 있다.

순사 한나 나고
산감 한나 나고
면서기 한나 나고
한 집안에 세 사람만 나면
웬만한 바람엔들 문풍지가 울까부냐

---

9 「편지」는 『16인신작시집: 그대가 밟고 가는 모든 길 위에』(창작과비평사 1985)에 처음 발표되었다. 그런데 김남주에게는 「편지 1」(『창작과비평』 1978년 봄호)을 비롯한 세편의 「편지」가 더 있어 그 작품들이 옥중시전집 『저 창살에 햇살이』(1992)에 수록될 때 「편지 2~4」로 번호를 부여받았다. 그런데 유고시집 『나와 함께 모든 노래가 사라진다면』(창작과비평사 1995)에는 또다른 「편지 1·2」가 있다.

아버지 푸념 앞에 고개 떨구시고
잡혀간 아들 생각에
다시 우셨다던 어머니

—「편지 1」제2연 후반부

순사·산감·면서기는 국가권력의 최말단이지만 농민들에게는 권력의 실체 그 자체로서, 아버지가 아들에게 되기를 바라는 것도 그런 것이었다. 농촌마을 안에서 지배적 위치에 올라서는 것, 적어도 남에게 굽실거리지 않고 살아보는 것이 아버지의 소원인데, 아들은 그 소원대로 되기는커녕 잡혀가는 신세가 되었다. 남편과 아들 사이에서 어머니는 어느 편에도 서지 못하는 수동적 존재로 나타난다.

하지만 김남주의 경우 중요한 것은 아버지·어머니·아들 간의 이런 관계가 첨예한 대립과 갈등으로 표출되지는 않는다는 점이다. 기대를 저버린 아들에 대해 원망이나 악담보다 푸념에 그치는 아버지, 안쓰럽지만 아버지에게 등을 돌릴 수밖에 없는 아들, 그리고 그들 틈에서 고통을 겪는 어머니 ── 이들 세 사람은 과거의 도식주의적 계급문학에서와 달리 적대적으로 분열되어 있지 않다. 김남주 문학의 근본적 전제는 농민대중이 약간의 내부적 균열에도 불구하고 자신들 모두를 억누르고 빼앗는 지배체제에 대항하여 느슨하지만 일종의 연합전선을 형성한다는 것이다. 이 연합을 가능하게 하는 고리가 어머니의 눈물인 셈인데, 그렇지만 아들은 어머니에게 무한한 연민과 사랑을 바치면서도 농촌을 떠나 새로운 부쟁의 길로 나선다.

어머니 어머니 어머니
다시는 동구 밖을 나서지 마세요
수수떡 옷가지 보자기에 싸들고

다시는 신작로 가엘랑 나서지 마세요

끌려간 아들의 서울

꿈에라도 못 보시면 한시라도 못 살세라

먼 길 팍팍한 길

다시는 나서지 마세요

허기진 들판 숨 가쁜 골짜기 어머니

시름의 바다 건너 선창가 정거장엘랑

다시는 나오지 마세요 어머니

—「편지 1」 마지막 연

　포승줄에 묶여 가는 자의 목소리가 들리는 듯한 이 대목에서 우리는 오래전 시집 『창(窓)』(정음사 1948) 한권을 유일한 혈육처럼 세상에 남기고 어둠속으로 사라진 시인 유진오(兪鎭五, 1922~50)의 목소리를 다시 듣는다. "시인이 되기는 바쁘지 않다. 먼저 철저한 민주주의자가 되어야겠다"고 시집 발문에서 다짐했던 유진오는 스스로 인정했던 대로 시인으로서는 아직 거칠고 미숙한 점이 많은 젊은이였다. 하지만 해방 직후 격동의 시기를 온몸으로 부딪쳐나가고자 했던 열정의 강도에 있어서는 당대의 전위시인으로서 빛나는 데가 있었다. 특히 그의 대표작 「한없는 노래」는 시인의식의 치열성에서나 감정의 절실한 울림에서 후배시인 김남주의 「편지 1」을 선취한 수작이었다고 기억된다.

　김남주는 시인보다 혁명전사가 되고자 결의했으나 제대로 투쟁을 시작하기도 전에 수사당국에 쫓기는 몸이 되고 잠행·구속·재판을 거쳐 결국 기결수가 되었다. 그런 과정에서 어머니의 존재는 유진오에게 그러했듯이 김남주에게도 단순한 혈연적 관계를 넘어 억압에 대한 저항의 심리적 거점으로 승화되었다. 시인은 어머니와의 동지적 연대를 발판으로 인간 주체의 독립과 해방된 민중의 자주를 선언하는 지평으로 나아간다.

어머니 저를 결정할 사람은 그들이 아니니까요
사형이다 무기다 10년이다 구형선고 놓기를
남의 집 개 이름 부르듯 하는 저 당당한 검사 나으리가 아니니까요
높은 공부 하여 높은 자리에 앉아
사슬 묶인 나를 굽어보는
저 준엄한 판사 나으리가 아니니까요
나를 결정할 사람은 결국 나 자신이고
날 낳으신 당신이고 당신 같으신 어머니들이고
나를 키워준 이 산하 이 하늘이니까요
해방된 민중이고 통일된 조국의 별이니까요

—「편지」 마지막 연


　김남주가 작고한 뒤 출간된 유고시집에는 또다른 「편지 1」이 들어 있다. 감옥 안에서 썼던 것을 바깥에 나와서 정리한 작품인데, 오랜 고초를 겪어 지칠 대로 지친 다음 그에게 마지막으로 남는 것이 무엇인지 보여준다. "그들과 더불어 내가 있고/그들과 더불어 내가 사고하고/그들과 더불어 내가 싸울 때/그때 나는 한 줄의 시가 됩니다." 작품의 이 마지막 구절은 김남주가 오랜 배회 끝에 돌아온 곳이 결국 농민들 곁이었음을 고백하고 있다. 시인이 농민공동체의 일원이 되어 농민과 더불어 생활하고 투쟁할 때 최후의 가능성으로 시가 주어진다는 것, 그런 시인이 김남주였다.


'나는 혁명시인' '나는 해방전사'

　김남주는 광주에서 민중문화운동을 하다가 1978년 서울로 피신했고,

피신생활 중 남민전에 가입함으로써 본격적으로 '혁명전사'의 길에 들어섰다. 그리고 이듬해 10월 남민전 사건으로 구속되어 15년형을 선고받고 9년 3개월의 옥중생활 끝에 1988년 말 형집행정지로 출감하였다. 이 10년 가까운 감옥살이는 그러나 그의 삶에서 결코 공백이 아니었다. 0.75평밖에 안 되는 부자유의 공간 속에서도 그는 혁명투사로서 또 시인으로서 더욱 치열하게 자신을 단련했다. 그는 그 안에서 수많은 시를 썼고 번역을 했으며 감옥 바깥의 상황변화에 대응하여 그 나름의 견결한 옥중투쟁을 전개하였다. 500편 가까운 김남주의 시들 중에 아마 4분의 3 정도가 감옥 안에서 쓰인 것으로 짐작되는데, 세계문학사상 이런 예는 아마 찾기 어려울 것이다.

그가 시를 쓰는 것도 번역을 하는 것도 혁명투쟁의 일환이라고 생각했다는 것은 그 자신의 산문을 통해 널리 알려져 있다. 남민전 가입 이후 그는 자신의 일체 사생활을 투쟁에 헌납하고자 했다. 그의 지극정성에 조금의 사심이나 거짓도 없었음을 우리는 믿을 수 있다. 그의 감옥살이가 얼마나 처절한 것이었는지도 잘 알려져 있다. 그는 감방의 악조건과 옥중생활의 고통에 관하여 끊임없이 증언했고, 특히 마음대로 책을 읽고 글을 쓰지 못하게 하는 대한민국 행형제도의 비인도성에 대하여 열렬히 규탄했다. 그러면서 그는 국가권력의 제도화된 폭력장치에 강인하게 맞섰고, 그럼으로써 그는 감옥을 정치적 징벌의 공간이 아니라 '전사의 휴식처' '정신의 연병장'으로 전화시켰다. 그러기 위해 그는 조금의 나태도 자신에게 허용하지 않았다.

    그들에게 있어서 감옥은 감옥이 아니다
    인간의 소리를 차단하는 벽도 아니고
    자유의 목을 졸라매는 밧줄도 아니고
    누군가 노리고 있는 공포와 죽음의 집도 아니다

감옥은 팔과 머리의 긴장이 잠시 쉬었다 가는 휴식처이고
세상에서 가장 완벽한 독서실이고 정신의 연병장이다.
──「정치범들」 제3연

실제로 감옥은 김남주에게 독서실이고 연병장이었을 뿐만 아니라 수백 편의 옥중시가 입증하듯이 가장 집중적인 창작의 산실이었다. 「투쟁과 그날그날」 「자유」 「함께 가자 우리 이 길을」 「조국은 하나다」 「학살 1」 「오월 그날이 다시 오면」 등 1980년대 한국 민주화운동사의 이념을 가장 치열한 목소리로, 또 가장 순결한 마음으로 대변하는 수많은 걸작들이 쓰인 것은 '납골당' '냉동실'로 불리던 그 감방 안에서였다.

혁명시인으로서 김남주의 남다른 점은 허위와 자기과시가 없다는 것이다. 가령 「별아 내 가슴에」란 작품에 묘사된 상황을 살펴보자. 학생들은 옥사 아래층에서 단식투쟁을 벌이고 있는데 그는 위층에서 입에 밥을 떠 넣고 있다. 하지만 밥이 목으로 잘 넘어가지 않는다. 불편한 심정으로 그는 자기가 학생들의 싸움에 동참하지 않는 진짜 이유가 무엇인지 자신의 내심을 향해 묻는다. 학생들의 투쟁방식이 미숙하다고 여겨서인가, 아니면 지금 누리는 조그만 혜택이나마 잃어버릴까봐 두려워서인가. 그는 자기 마음에 숨어 있을지 모를 손톱만 한 이기주의조차 가차 없이 까밝히는데, 이 혹독한 정직성이야말로 이 나라의 많은 명망가들에게 결여되기 쉬운 품성이다.

그렇기 때문에 우리는 김남주의 메시지 내용에 동조하기 어려운 경우에도 그가 혼신의 정직성과 헌신적 자세로 그렇게 말하고 있다는 사실을 의심 없이 믿을 수 있다. 자신에 대한 다음과 같은 선언이 터무니없는 과장이 아니라 비장한 결의로 느껴지고 예리한 시적 호소력과 강한 선전적 효력을 발휘하는 것은 그의 이념의 강고성보다 오히려 그의 소박하고 단순한 인격에 기인하는 것 아닌가 생각한다.

나는 혁명시인

나의 노래는 전투에의 나팔소리

전투적인 인간을 나는 찬양한다


나는 민중의 벗

나와 함께 가는 자 그는

무장이 잘 되어 있어야 한다

굶주림과 추위 사나운 적과 만나야 한다 싸워야 한다


나는 해방전사

내가 아는 것은 다만

하나도 용감 둘도 용감 셋도 용감해야 한다는 것

투쟁 속에서 승리와 패배 속에서 그 속에서

자유의 맛 빵의 맛을 보고 싶다는 것 그뿐이다

　　　　　　　　　　　　　—「나 자신을 노래한다」 뒷부분


　1980년대 김남주의 시들은 우리 시문학사상 그 누구와도 비교될 수 없는 첨예한 의식과 순결한 정신의 산물이다. 그는 민족과 민중의 억압자들에게 불타는 적대를 선언하며 민족민주전선에서의 시인의 드높은 사명을 확신에 넘쳐 공표한다. 물론 몇몇 작품들은 '나는 버림받았다'는 개인적 절망과 고독감을 내뱉기도 한다. 때로는 고립된 삶의 일상적 순간을 소박하게 스케치하는 데 그친 작품도 있다. 그런 면에서 어쩔 수 없이 쓴웃음을 자아내는 시가 예컨대 「청승맞게도 나는」 같은 작품으로, 여기에는 고통과 해학이 뒤섞인 비애의 정서가 나타나 있다. 하지만 다른 대부분의 작품들은 일관되게 전투적 정열과 불퇴전의 투지로 가득 차 있으며 계급적·민족적 모순에 대해 비타협적 노선을 견지한다. 하지만 그 모든 것의 밑바닥에 있는 것은 「부르다가 내가 죽을 이름이여」 같은 작품에 절실한 가락으로 표현된, 새처럼 바람처럼 하늘을 비상하는 자유의 꿈이었다.

되풀이하거니와 1980년대 김남주의 문학은 시대의 핵심적 모순에 대한 집요하고도 강인한 시적 사유의 결과이다. 그것은 퇴로를 차단당한 절박한 국면에서의 불가항력적 작업이었다. 시대의 산물로서의 그의 시들은 외관상 대부분 과격한 구호시처럼 보인다. 그러나 그럼에도 불구하고 상투적인 구호시와는 차원이 다른 예술성과 진정성을 가지고 있다. 그의 시들은 낱말 하나하나, 비유 하나하나가 놀라운 생동성을 얻고 있고 유례없이 강력한 힘으로 우리의 잠든 의식을 공격해오는 것이다.

하지만 그의 시를 지배하는 각박함 또한 지적하지 않을 수 없다. 아마 그것은 세계를 두개의 적대적 범주로 칼날같이 양분하고 모든 현실사회의 갈등과 불행을 그 적대적 모순의 표현으로만 보는 일종의 도식주의에 관계되어 있을 것이다. 나는 계급적 관점을 부정하지 않지만, 오늘의 세계현실을 설명하고 미래를 설계하기 위해서는 거기에 그쳐서는 안 된다고 생각한다.

그의 선명한 계급적 이분법, 그의 불타는 적개심과 격렬한 공격적 용어들, 그의 상황판단과 철저한 행동주의는 그 자체로서는 감동적이다. 하지만 현실사회에 대한 김남주의 판단에는 분명히 냉전시대의 역사적 고정관념이 기계적으로 관철되고 있다고 인정하지 않을 수 없다. 내 생각에 그는 주로 책을 통해 레닌을 읽고 스탈린 체제의 사회주의를 배웠을 것이다. 그는 스탈린주의가 사회주의로부터의 이탈이고 결과적으로 사회주의의 부정임을 현실 속에서 경험할 기회를 당연히 가질 수 없었다. 그가 유일하게 실제로 본 것은 독재에 반대하고 혁명에 헌신하는 남한사회의 순결한 투사들이었다. 그들은 섬처럼 고립된 땅에서 세계현실의 변화를 조망할 창구를 갖지 못한 불행한 혁명가들이었다. 그런 점에서 나는 분단현실에 대한 김남주의 인식에도 찬성할 수 없다. 박정희·전두환 체제의 폭력성과 반민족성은 두말할 나위가 없지만, 남쪽 체제의 부정성의 부정으로 김남주가 상정했던 '김일성의 나라'에도 치명적인 문제점이 있음이 명백하기 때문이다.

그럼에도 불구하고 나는 김남주가 자신의 주장을 순결하기 그지없는 마음으로 혼신의 힘을 다해 밀고 나갔으며 자신의 온 정신을 그 한곳에 치열하게 집중시켰음을 의심 없이 믿는다. 이 시종일관한 열성과 극진한 헌신성, 이 비타협적 혁명정신과 불퇴전의 투쟁의지야말로 바깥에서 주어진 것이 아닌 김남주 고유의 것으로서, 그의 문학에 진정한 힘과 가치를 부여하고 1980년대 민족민주운동의 험난한 역사에서 그를 핵심적 자리에 위치시킨 것이었다.


## 어둠의 끝에서 밝아오는 아침

김남주는 기회가 있을 때마다 자신의 시가 사회변혁을 이데올로기적으로 준비하기 위한 혁명운동의 부산물이라는 일종의 목적론적 문학관을 피력하였다. 시에 관한 그의 이러한 자의식이 그의 시적 성취에 어떻게 연관되어 있는지를 해명하는 것은 문학이론가의 중요한 과제이다. 김남주의 상당수 시들은 그의 언명대로 '이념'의 직접적·평면적 진술에 그친 것이 사실이다. 그러나 그의 더 많은 시들에 구사된 다채롭고도 활력에 넘치는 문학적 기법들은 그 자신의 주장과 달리 혁명운동의 성공을 위한 선전선동으로서의 정치적 수사학의 차원뿐만 아니라 동시에 극히 예각적인 의미에서 예술적 완성을 위한 미적 수사학의 차원을 획득하고 있다. 예컨대 광주항쟁의 비극을 최고의 예술로 승화시킨 명작 「학살 1」을 읽어보면 무엇보다도 거기 구사된 탁월한 예술적 기법에 감탄하게 된다.

그가 좋아한 시인들, 하이네와 브레히트와 네루다가 그러했듯이 그 역시 단순한 정치선동가가 아니라 뛰어난 언어예술가임이 분명하다.

김남주의 시와 서정성의 관계에 있어서도 비슷한 점이 관찰된다. 김남주는 서정성에 몰입한 시를 비판했지만, 서정 자체를 부인한 것이 아니라 서정의 특정한 이념적 왜곡을 부인한 것이었다. 그는 부인 박광숙 여사에게 보낸 옥중편지에서, 자신은 시에서 의식적으로 서정성을 제거하려고 애썼다면서 서정성의 사회적 내용에 관해 다음과 같이 말하고 있다.

> 내가 제거하려고 했던 서정성은 소시민적인 서정성, 자유주의적인 서정성, 봉건사회에서 자연스럽게 이루어진 고리타분한 무당굿이라든가 판소리 가락에서 묻어나오는 골계적, 해학적, 한(恨)적 서정성이었습니다. (…) 내가 시에서 무기로써 사용하고자 하는 서정성은 일하는 사람들의 서정성 중에서 진보적인 것, 전투적인 것, 혁명적인 것입니다.[10]

이 발언은 어느 면에서 김지하의 전통계승론에 대한 비판으로 읽힌다. 서정성에 대한 김남주의 이러한 이론은 물론 세계에 대한 그의 역사유물론적 인식에서 태어난 것이다. 그의 사유 속에서는 적과 동지, 자본가계급과 노동자계급, 제국주의 침략세력과 식민지 민족세력이 명확한 적대관계 속에 대치하고 있다. 이것은 그의 시에 강한 발화력과 탁월한 집중력을 결과하지만, 동시에 결함과 제약을 낳기도 한다. 복석분학석 요소의 극단적 강화는 서정성의 약화뿐만 아니라 문학 자체의 자기부정에 이를 수도 있기 때문이다. 그런데 역설적인 것은 「옛 마을을 지나며」「고목」「개똥벌레 하나」 같은 적지 않은 시들이 그가 제거하고자 했던 전통적 서정

---

10 『불씨 하나가 광야를 태우리라』 84면.

의 감동적인 실례를 보여준다는 사실이다.

따라서 그의 시에서 내용적·사상적 측면 못지않게, 어쩌면 그보다 더 예리하게 주목해야 할 것은 시의 방법적·형식적 측면일지 모른다. 그는 시의 언어적 호흡, 반복과 비유, 단검으로 찌를 듯이 육박하는 직선적 묘사와 그러다가 다시 물러나 새롭게 물결을 일으키며 파동 치듯 핵심에 다가서는 파상적인 시의 진행방식, 절묘한 행과 연의 구분, 정치(正置)와 도치(倒置)의 적절한 활용, 점강법과 점층법 등 다양한 기법들을 능숙하게 구사한다. 이러한 기법들을 그는 치열한 번역과정, 즉 외국어와의 침통한 투쟁 속에서 체득한 것으로 보이는데, 아닌 게 아니라 그는 자기 나름으로 시의 길을 찾게 된 것이 하이네, 브레히트, 네루다 같은 시인들의 작품을 읽고 번역한 덕분이라고 여러차례 고백한 바 있다.

이와 더불어 감옥 안에서 시를 썼다는 사실이 시의 스타일에 영향을 끼친 점도 간과되어서는 안 된다. "감옥이란 특수상황 속에서는 어떤 시상을 머릿속에서 잘 굴리고 있다가 담당이 없고 불이 켜 있는 밤을 이용해서 번개같이 적어둘 수밖에 없었어요. 그러니까 나중에 다듬고 고칠 수도 없고, 대개는 초고일 수밖에 없습니다."[11] 그는 자신의 시를 속으로 외우고 있다가 면회 온 사람이나 출옥하는 사람에게 구술을 통해 바깥으로 내보냈다. 담배갑 은박지에 뾰족한 도구로 눌러쓰거나 휴지로 사용하는 누런 종이에 깨알같이 적어두었다가 은밀하게 외부로 유출했던 것이다. 이런 형편이었으므로 그의 시는 복잡하고 까다로운 비유나 시각적 이미지에 의존할 수 없고, 압축적이고 단순간명하며 청각에 호소하는 언어적 특성을 가질 수밖에 없었다. 군중 앞에서 낭송될 때 그의 시가 더 폭발적인 감응력을 발휘했던 것은 이런 사정과도 관련되어 있다.

한편, 한국 민주화운동의 역사에서 차지하는 광주항쟁의 획기적 의의

---

11 같은 책 239면.

와 시인 김남주의 연관에 대해서도 지적할 필요가 있다. 광주항쟁 당시 김남주는 남민전 사건으로 반년째 광주교도소에 수감되어 있었으므로 항쟁의 발생과 진행에 관여하지도 않았고 현장을 목격하지도 못했다. 그러나 외부의 소식이 엄중하게 차단된 열악한 상황이었음에도 불구하고 그는 놀랍도록 정확하게 항쟁의 핵심을 투시하여 누구보다 생동성 있는 항쟁시를 썼을 뿐만 아니라 한국 현대사에서 차지하는 광주항쟁의 역사적 함축을 높은 수준의 문학적 형상으로 제시하였다. 1994년 2월 13일 그가 감기지 않는 눈을 감고 세상을 떠났을 때 그의 죽음은 많은 사람들에게 광주 비극의 또하나의 상징으로 비쳐졌고, 따라서 그의 주검이 망월동 묘역에 안장되는 것을 너무도 당연하게 받아들였다. 군사독재와 외세지배에 대한 불굴의 저항, '광주 꼬뮌'이라고 이름 붙일 수 있는 짧지만 강렬한 해방의 경험, 그리고 이 경험의 민중적 확산을 통한 역사의 반전 — 이러한 광주항쟁의 정신을 온몸으로 전생애에 걸쳐 살았던 인물로서 김남주를 빠뜨릴 수 없다는 것은 너무도 명백하다.

김남주는 1988년 12월 21일 형집행정지로 석방되었다. 출옥 후 그에게 닥친 것은 너무나도 급격하고 엄청난 현실의 변화였다. 나라 안에서는 오랜 군사독재가 종식을 고했고, 나라 밖에서는 소련을 비롯한 동구 사회주의 국가들이 붕괴하였다. 근본적 사회변혁의 길을 걷고자 했던 사람에게 이것은 감당하기 힘든 도전일 수밖에 없었다. 지난날의 정식화된 노선을 그대로 답습하는 것은 그 자체로서 혁명가의 성실성에 위반되는 안일함이었지만, 그러나 기존 노선에 내재된 이념적 핵심을 버리는 것은 더욱 용납할 수 없는 자기배반이었기 때문이다. 이 딜레마로부터 벗어나는 해결책은 어디에 있는가.

김남주는 얼마간의 방황 끝에 혁명시인·민주전사의 각오를 되찾는 데 성공한다. 하지만 그를 둘러싼 객관적 현실은 그가 각오한 대로 살도록 허락하지 않았다. '나는 어디에 서 있는가'라는 회의는 여전히 내심에 잠복해 있을 수밖에 없었다. 이 역사의 미로 속에서 온전한 출구를 찾지 못한 채 그는 고통스럽게 삶을 마감한다. 그러나 돌이켜보건대 그는 어떤 출구를 찾은 것은 아니었으나 안이한 해답에 굴복하지도 않았다. 그는 혼신의 질문 자체로서 여전히 우리 곁에 살아 외롭게 빛을 던진다. 유언처럼 들리는 그의 아름다운 시 한편을 꺼내든다.

빈 들에 어둠이 가득하다
물 흐르는 소리 내 귀에서 맑고
개똥벌레 하나 풀섶에서
자지 않고 깨어나 일어나
깜박깜박 빛을 내고 있다

그래 자지 마라 개똥벌레야
너마저 이 밤에 빛을 잃고 말면
나는 누구와 동무하여
이 어둠의 시절을 보내란 말이냐

밤은 깊어가고
이윽고
동편 하늘이 밝아온다
개똥벌레는 온데간데 없고
나만 남아 나만 남아
어둠의 끝에서 밝아오는 아침을 맞이한다

풀잎에 연 이슬이 아침 햇살에 곱다

개똥벌레야 나는 네가 이슬로 환생했다고
노래하는 시인으로 살련다
먼 훗날 하늘나라에 가서

—「개똥벌레 하나」 전문

이 시에는 패배의 현실을 견디는 자의 처절한 고독과 더불어 자연을 노래하는 시인으로 살려는 체념적·초월적 감정이 새겨져 있음이 아프게 느껴진다. 김남주의 정신이 마침내 도달한 곳이 한없이 정화된 무욕(無慾)의 세계였던가. 이 각성은 여전히 세속에 남아 있는 우리를 또다시 숙연하게 한다. 그는 생애도 문학도 미완의 것으로 남기고 떠났지만, 그 미완의 진정성이야말로 그의 최대의 유산일 것이다. 그의 순결과 진정, 헌신과 투쟁의 자세는 거듭 새로운 영감의 원천으로 살아날 것이며, 억압의 현실이 끝나지 않는 한 그는 영원히 우리 곁에 남아 있을 것이다.

〔2014〕

# 덧없음으로 가는 먼 길

### 권지숙 시집 『오래 들여다본다』

1

권지숙(權智淑)은 그의 문학적 친정인 창비의 독자에게도 낯익은 이름이 아니다. 오래전 문단에 이름을 올렸으나 활동이 부진했고 어쩌다가 시가 발표돼도 평단의 화제에 오르는 일이 별로 없었으므로, 창비 바깥에서는 그가 더욱 생소한 존재일 것이다. 단지 소수의 문우들만이 그의 시에 목말라하고 그의 지나친 결벽을 탓하면서, 모처럼 그의 시가 발표되면 제일처럼 반가워했을 뿐이다. 요컨대 권지숙은 그동안 문단에서 거의 사라진 시인이었다.

그러나 이번에 시집 원고를 통독하고서 나는 그가 시를 쓰지 않는 동안에도 시를 버리지 않았을 뿐만 아니라 시를 멀리하지도 않았음을 분명하게 알았다. 늘 시를 읽고 시적 사유를 지속해온 사람에게만 가능한 긴장감이 작품 전편에 깔려 있기 때문이다. 그럼에도 왜 그는 발표를 삼가왔을까. 침묵에 가까운 과작으로 지속된 그의 시 인생에 담긴 것은 무엇인가. 그를 문단에 소개한 사람으로서 나는 이 점을 살펴볼 의무조차 느낀다.

2

『창작과비평』 지난호들을 뒤적이다보면 1975년 여름호에 '신인투고작품'으로 권지숙의 이름 아래 「내 불행한 아우를 위하여」 외 4편이 실려 있음을 발견하게 된다. 시인 권지숙의 등장을 알린 작품들인데, 아주 오래전의 일이다. 이번 시집에 수록되면서 제목에서 '내 불행한'이 떨어져나가 그냥 「아우를 위하여」로 간명하게 다듬어지기도 하고 행갈이도 약간 달라졌음이 눈에 띈다. 설명적인 제목이 갖는 칙칙함을 제거한 것은 적절한 조치라고 생각된다. 연작시 「야행기(夜行記)」 역시 행갈이가 많이 바뀌고 연작의 순번이 새로 매겨진 것을 알 수 있다.

오랜 세월이 지나 다시 읽어보니 데뷔작 「아우를 위하여」는 제목이 시사하듯 젊음의 격정과 좌절에 바치는 한 시대의 정제되지 않은 헌사였던 것으로 보인다. 작품은 연극에서 막이 열릴 때처럼 화자의 긴박한 목소리를 통해 시적 주인공의 등장을 고지함으로써 극적 긴장을 유발하는 장면으로 시작한다.

　　부르는 소리가 난다
　　땀에 젖은 수건 휘두르며
　　누가 부르는 소리가 나나

하지만 주인공은 이렇게 독자의 주의를 끌어당긴 뒤에도 정작 무대에는 모습을 드러내지 않으며, 단지 화자의 서술을 통해서만 간접적으로 제시된다. 따라서 독자는 그가 "어둠에 대하여 혹은/꿈에 대하여" 이야기하는 것을 그 자신의 언술을 통해 직접 듣는 것이 아니다. 주인공의 형 또는 누이로 설정된 화자만이 그의 분노와 이상을 간접적으로 전달하는데, 그 결과 작품은 오래전 발표된 임화의 '단편서사시'를 연상케 하는 서술적 성격을 띤다.

정의 아닌 정의 불의 아닌 불의의 사슬에
아물 날 없던 너의 야윈 손 뜨거운 손

절망의 한가운데서도 아직 색칠하지 않은
너의 욕망
낡은 벽, 흔들리는 불빛
다 마셔버린 술병처럼 공허한 방 안에서
넌 이제 얼마만큼 수척해져가고 있는지

"정의 아닌 정의" "불의 아닌 불의" 같은 구절에서 대뜸 1970년대 중반의 억압적 정치현실을 떠올리는 것은 상투적인 발상법일지 모른다. 어떻든 중요한 것은 이 시에서 그 시대의 도착(倒錯)된 현실이 정면으로 문제시되고 있다는 것, 그리고 절망과 욕망 사이에서 비틀거리는 한 젊은이의 실존적 방황이 강렬한 톤으로 구체화되고 있다는 점이다. 그리하여 "낡은 벽, 흔들리는 불빛/다 마셔버린 술병"의 이미지는 억압의 시대를 살아가는 한 가난한 청춘의 방황과 저항에 시적 실감을 부여하고 있다.

그러나 거듭 지적하자면 작품 「아우를 위하여」는 젊은이다운 격정과 고뇌를 노래한 시이지만, 발화의 주체는 젊은이 자신이 아니다. 시의 텍스트 안에서 화자는 "내 불행한 아우여!"라고 되풀이 탄식한다. 하지만 텍스트 밖에서 독자들이 느끼기에 주인공은 단순히 불행한 청년이라기보다 불행에 거역하는 반항적인 청년의 영상으로 조형된다. 이 작품이 거침없는 수사와 빠른 템포에 의해 전체적으로 침통함보다 어떤 활력의 분위기를 나타내는 것은 그와 같은 반항성에 관계될 것이다. 하지만 불행을 말하는 화자와 불행에 저항하는 주인공 사이의 균열은 어쩔 수 없이 작품에 일정한 모호함을 초래한다고 생각된다. 마지막 연에 이르러서도 그 모호성이 사라지는 것은 아니지만, 뛰어난 시적 형상을 통한 정서적 고양이 이룩됨으로써 극복의 가능성이 제시된다.

> 아침의 붉은 햇살과 저녁의 녹슨 바람이 만날 땐
> 지나가던 작은 미물도 이마를 맞대고 입맞춤을 한다
> 만나기 힘든 시간들을 위하여
> 아무도 가르쳐주지 않아도, 이따금씩
> 쉬기도 하면서 때로는 시름시름 졸기도 하면서
> 그렇게 떠나렴
> 내 불행한 아우여!

"아침의 붉은 햇살"과 "저녁의 녹슨 바람"이 만나는 것을 상상하는 일은 시에서만 가능한 눈부신 물리학적 축제의 하나일 것이다. 그 축제의 황홀은 "지나가던 작은 미물도 이마를 맞대고 입맞춤"하게 만드는 생태학적 축제로 확장된다. 그렇게 "만나기 힘든 시간"의 기적을 예감하기에 화자는 "불행한 아우"에게 과감히 떠날 것을 권유할 수 있을 것이다.

1970년대 후반에 발표된 권지숙의 시들, 그러니까 이 시집의 제3부에 수록된 작품들은 대체로 「아우를 위하여」의 연장선 위에 있다. 그러나 「아우를 위하여」가 절망의 탄식에도 불구하고 절망을 압도하는 활기찬 가락으로 근본적 낙관의 정조를 내보임에 비하여 연작시 「야행기」를 비롯한 다수의 작품들은 극히 암울한 색조를 띠며, 말할 수 없이 캄캄한 시적 상황 속에서 '칠흑 같은 꿈'에 대하여 말한다.

이제 모든 병든 자들의 노래는 시작된다

모호한 몸짓으로 모두들 헤어져버린 거리에서
푸른 밤은 열리고
석고처럼 굳은 얼굴들
일제히 움직이기 시작한다

—「야행기 5」 앞부분


이미 소리란 소리는 다 묻히고
빛이란 빛은 다 거두어갔다 아무도
알아보지 못할 만큼
모든 것은 제 빛깔이 아니다

—「야행기 2」 첫연


창밖엔 암울한 모래바람
신문배달 소년 하나 황망히 바람 속을 지나가고
어디선가 날아든 종이비행기
봄이 봄 같지 않고 아침이 아침 같지 않고
한치 앞을 가로막는 안개 한다발
질긴 동아줄 되어
내 목을 전신을 조이네

—「유리창을 닦으며」 부분


　여기 보이듯이 이 무렵 권지숙의 시들은 온통 불안하고 부정적인 이미지들의 연속이다. 사람들이 떠나간 거리에 푸른 밤이 열리고 모든 병든 자들이 노래를 시작하는 광경은 그 자체 끔찍한 악몽이거나 악몽 같은 현실의 비유이다. 그런 악몽 속에서는 소리도 빛도 형체를 잃어버리므로 아무도 사물을 알아보지 못한다. 악몽에서 깨어나도 생시의 현실 자체가 또다른 악몽 같은 장면을 보여준다. 창밖엔 모래바람이 불고 그 바람 속을 불길한 예언처럼 신문배달 소년 하나가 황망히 지나가며, 한치 앞도 내다볼 수 없는 막막한 안개가 화자의 목을 조이는 것이다. 이것은 이미 시대 현실과의 싸움이라기보다 현실의 압박에 짓눌린 신경증적 자기학대라고 해야 할지 모른다.

3

후일 권지숙은 「시가 내게 오지 않았다」란 작품에서 문단에 나올 무렵 자신의 삶이 "말이 아니던 시절"이라고 요약하고 있다. 그리고 그는 자신이 시인으로 등장한 일을 "비분강개 하나로/어린 미혼모처럼 덜컥/들어선 시의 길"이라고 표현하고 있다. 심신이 공히 견디기 힘든 고통 속에 빠져 허우적거리다가 아무런 준비 없이 시인이 되었다고 털어놓은 것인데, 다음 구절도 그 시절의 죽음 같은 삶의 역설적 자유를 노래하고 있다.

죽었지만 숨은 쉬었어
살았지만 움직이진 않았지
붉은 흙더미 속
갇혀 있어 오히려 자유로운
한 시절 바람 빠진 공처럼
그렇게 죽어지냈지

—「실눈 뜨고」 앞부분

권지숙의 인생역정과 관련하여 이 작품에서 주목할 것은 여기 묘사된 극한적 상황이 당면한 현재가 아니라 한 고비 넘긴 과거라는 점이다. 그는 최악의 상태에서 겨우 벗어나 한숨 돌리면서 '죽어지낸 한 시절'을 반추하는 것이다. 이제 그는 새 삶을 위해 어디론가 떠날 수 있게 되었는데, 실제로 그는 소문 없이 서울 문단을 떠났던 것이다. 그로부터 상당한 세월이 지나고서 발간된 『창작과비평』 1996년 봄호는 흥미롭게도 꼭 20년 만에 권지숙의 시 두편을 실어, 문학적 실종으로부터의 그의 시적 생환을 알리고 있다. 「다시 서울」과 「겨울비 오는 날」이 그 시편들이다.

「다시 서울」에서 권지숙은 모처럼 자신의 개인사를 입에 올린다.(아마 그런 점이 쑥스러워 그는 이 작품을 시집에서 빼버린 것 같다.) 제목이 말해주는 것처럼 그는 '도망치듯' 서울을 떠났다가 중년의 나이에 두 아이 엄마가 되어 '다시 서울'로 돌아온다. 이 작품은 이렇게 돌아온 화자가 오랜만에 인사동 거리에 나갔다가 옛 지인을 만나고, 이를 계기로 그 지인의 변해버린 모습과 자신의 지난날을 교차시키면서 현재의 소회를 토로하고 있다. 이 대목에서 우리의 관심을 끄는 것은 '못난 서울 붙드느라' 살이 빠지고 허리가 휘어버린 그 지인의 근황이 아니라 시인 자신의 이력이다.

> 그해 여름
> 도착점이 다시 출발점이 되어버린
> 남대문 기둥 뿌리째 흔들리는
> 서울이 지겨워
> 5톤 트럭에 꾸역꾸역
> 짐 싣고 떠났지
> 싫증난 애인마냥 버려두고

이어서 그는 이렇게도 회고한다.

나 혼자 따뜻한 남쪽나라
두루 돌며 80년대를
한걸음에 건너뛰는 동안
글 한줄 안 쓰고 편안할 동안

　이처럼 그는 저 치열한 격동의 연대를 서울에서 멀리 떠나 따뜻한 남쪽
나라에서 편안하게 지냈다고 말한다. 하지만 그의 내면이 그렇게 고요했
을 리는 없다. 짐작건대 그는 시대현실에 촉각을 곤두세우고 중심부의 동
향을 주시하면서도 주변지대의 사생활에 매몰되어 있는 자신의 삶을 불
편한 심기 속에서 묵묵히 견뎠을 것이다. 「다시 서울」에는 바로 그러한 자
기분열의 곤혹스러움과 자책감이 반영되어 있다.
　또하나의 작품 「겨울비 오는 날」은 그러한 자책의 시간조차 얼마쯤 지
나고 난 뒤의 외롭고 헐벗은 자아를 처연하게 그리고 있다. 시의 주인공은
현실적 거점을 완전히 상실했다고 느끼며 그 절망적 자의식은 '나뭇가지
위에서 솜털 세우고 오소소 떨고 있는' 한마리 새의 형상으로 나타난다.
「아우를 위하여」나 「야행기」의 반항적 열정을 기억하는 독자라면 이 작
품에 이르러 비로소 권지숙 문학이 변하고 있음을 실감하게 될지 모른다.
그런데 잡지에 발표됐던 「겨울비 오는 날」은 시집에는 상당 부분 개작되
어 「새」라는 제목으로 수록되어 있다. 개작된 텍스트는 다음과 같다.

해는 지는데 나뭇가지에서 떨고 있다
가야 할 길과 지나온 길을 지우며 등 구부려
가야지 가야지
찢긴 플래카드처럼 낙심에 떨며
차가운 낮달 사이로 흩뿌리는 겨울비

머리 기댈 마른 잎 하나 없는 굴욕의 빈 가지 위에서

저 무한천공 갈 길은 아직 먼데

감기는 눈 치켜뜨며

정신 차려 정신 차려야지

온몸 쪼아대는

—「새」전문

'찢긴 플래카드처럼' '차가운 낮달 사이로' '마른 잎 하나 없는 빈 가지' 등의 이미지에는 여전히 초기 시의 부정적 사유가 깔려 있다. 하지만 초기 시의 부정은 저항의 열정에 동반된 것이었고 그 자신의 용어대로 '비분강개'에 넘친 것이었다고 할 수 있다. 이에 비해 이 작품의 근본적 지향은 시대현실과 시인 사이의 외면적 불화가 아니라 '새'로 표상되는 고독한 자아의 내면을 응시하는 것이다. "갈 길은 먼데" 해는 지고 "차가운 낮달 사이로" 겨울비가 흩뿌리는 상황은 다름 아닌 내면의 풍경이다. 그 황량한 곳에서 시의 주체는 "굴욕의 빈 가지 위에" 앉아 "찢긴 플래카드처럼 낙심에" 떨고 있을 뿐이다.(그런데 「겨울비 오는 날」과 「새」 가운데 어느 것이 더 정리된 작품인지, 몇차례 읽어도 나로서는 판별이 쉽지 않다.)

이렇게 살펴본다면 '나 혼자 편안히' 보낸 젊은 엄마의 나날이 실은 진정한 안식과 거리가 먼 고뇌의 나날일 수도 있었음이 감지된다. 다음에 예시하는 두 작품은 시인이 겪었던 거의 똑같은 현실적·심리적 상황을 섬세하게 다듬어진 비유와 절제된 언어로 형상화하고 있어 애절한 감동을 준다.

아이는 끝없이 졸라대고

벌은 머리 위로 윙윙대고

아카시아는 허리 휘도록 웃고

풀은 자꾸만 밟히고
들꽃은 하얗게 바래가고
머리칼은 자꾸만 눈을 가리고
눈물은 입속으로 흘러들고

—「언덕에서」 전문

우는 아이를 업고
낯선 길을 한없이 헤매었다

길 위에 던져진 무수한 신발들 중에
내 신발 찾다 찾다 잠이 들었다

붉은 황톳물 넘치는 강을 내려다보며
해가 지도록 울었다

그렇게, 한 해가 갔다

—「길 위에서」 전문

앞의 시에서 아이 → 벌 → 아카시아 → 풀 → 들꽃 → 머리칼 → 눈물로
진행되는, 언뜻 보기에 단순나열처럼 보이는 평면적 구조는 실은 잘 계산
된 점층법의 방식으로 단순치 않은 심리적 추이를 표현하고 있다. 행마다
바뀌는 장면들의 현란한 파노라마는 야외에서 롱테이크 기법으로 촬영한
영화 화면처럼 화자의 내면을 섬세하게 시각화한다. 뒤의 시에서 시인은
이런 정교한 기법을 구사할 여유를 찾지 못할 만큼 처절한 비극적 정념에
사로잡혀 있음을 드러내고 있다. 두 작품 모두에서 화자를 결정적으로 구
속하는 것은 아마 '아이'일 것이다. 아이로 표상되는 '생활'의 짐을 어깨

에 짊어진 채 시인은 언덕에 올라 '졸라대는 아이'와는 소속이 다른 세계를 잊지 못해 눈물을 흘리거나 '낯선 길을 한없이 헤매다' 잠이 든다. 그리고 그렇게 세월이 갔음을 시는 회한처럼 드러내고 있다.


4


시인으로 등단하고 나서 35년 만에 처음으로 시집을 내는 것은 우리 문단에서도 희귀한 사례에 속할 것이다. 그러나 이 시집이 단지 그런 희귀성으로만 화제에 오르는 것은 억울한 일이다. 작품들 자체의 문학적 완성도가 그의 침묵과 과작에 대해 어떤 특별한 종류의 해석을 요구하고 있기 때문이다. 서울을 떠나고서 "글 한줄 안 쓰고" 15년을 보냈다고 그 자신이 말한 바 있고, 문단에 복귀한 뒤에도 그가 부지런히 시를 쓴다는 증거를 보인 적이 없음은 다 아는 사실이다. 그렇다면 묵독(默讀)이란 말에 빗대어 그는 묵필(默筆)의 형식으로 남모르게 시를 써왔단 말인가. 무수하게 시들이 남발되는 시대에 그의 남다른 과작 자체가 하나의 적극적인 문학행위로 평가될 수 있을까. 이 의문은 풀리지 않는 숙제로 남겨놓기로 하고, 여기서는 다만 '길'을 주제로 한 그의 아름다운 시 몇편을 감상하는 것으로 마무리하겠다.

조금 전에 읽은 「길 위에서」의 길은 주인공의 방황이 이루어지는 공간으로서의 낯선 길이었고, 그래서 "길 위에 던져진 무수한 신발들" 중에 "내 신발 찾다 찾다 잠이" 든 자기상실의 위험 앞에 놓인 길이었다. 그러면 작품 「빈 길」은 어떤가. "지난밤 꿈속에 당신과 있었어요/아시지요 그 길"——이렇게 시작하는 이 시에는 '아버님께'라는 부제가 붙어 있다. 지금은 이 세상 사람이 아닌 분에게 소곤거리듯 바치는 헌시(獻詩)이면서 뜻밖에도 애절한 연시(戀詩)의 정서를 품고 있다. 사실 헌시와 연시는 서정시의 기본형식인데, "마른 강이 저녁빛에 붉어지던/그 낯익은 길"이 문득 "칼바람 부는 빈 길"로 변해버린 것을 발견한 데서 오는 상실감과 공허감이 이 작품을 서정시 본래의 형식으로 돌아가게 했을 것이다.

반면에 「먼 길」은 어머니가 떠난 죽음의 길을 노래한다. 어머니의 죽음에 가슴 저리지 않은 사람이 없을 테지만, 권지숙은 새(「먼 길」), 별(「임종」), 나비(「나비, 날아가고」) 등 어머니를 상징하는 동일계열의 이미지를 빌려 어머니와의 작별을 못내 서러워한다.

또다른 작품 「길」도 「먼 길」이나 「길 위에서」처럼 서정시의 오랜 주제를 다루고 있다. 이번의 길은 고향으로 가는 길이다. "마을과 작은 산과 긴 강을 지나/눈 감고도 찾아갈 수 있는 길/눈 감으면 더 환한 길"이란 구절은 어떤 점에서는 낡고 닳은 표현이라고도 할 수 있다. 그럼에도 이 시가 실내악처럼 또는 수채화처럼 쩡한 울림을 주는 것은 여기 묘사된 고향이 오늘의 현실에서는 이 세상 어디에도 존재하지 않는 허구가 되어버렸기 때문이다. 고향으로 가는 기억여행의 도정에서 만나게 되는 또하나의 작품이 「밤길」이다. 이 작품은 화자가 겪은 대여섯살 어릴 적의 일을 마치 신경숙의 오래전 단편소설 「풍금이 있던 자리」 같은 느낌이 들도록 설화적으로 풀어내고 있다. 다음에 전문을 옮긴다.

반달이 희미하게 비춰주는 산길을 엄마와 가고 있다 어디로 가는지
왜 가는지 엄마는 말하지 않고 나도 묻지 않는다 오일장이 서는
장터 가는 길 내 동무 양순이네 집으로 가는 길 너무도 익숙한
그 길을 엄마는 내 손을 꼭 잡은 채 땀이 배도록 꼭 잡은 채
앞만 보고 가고 있다 부엉이 우는 소리에 머리끝이 쭈뼛 선다

엄마가 찾아간 곳은 장터 끝 작은 집 엄마는
망설임 없이 찔레덩굴 우거진 뒤꼍을 돌아 작은 봉창 틈을

오래 들여다본다 나는 갑자기 오줌이 마려워서 동동거리다가
뒤꼍 모서리에 앉아 오줌을 눈다 대여섯살 적의 일이다

돌아가는 길은 달이 구름 속에 숨어 온통 깜깜했고 엄마는
몇번이고 발을 헛디뎠다
그날 밤에도 아버지는 집에 들어오시지 않았다

이 작품의 텍스트는 특별한 시적 장치를 내장하고 있지 않아 순탄하게
읽힌다. 우리는 수십년 전의 아련한 풍경 속으로 돌아가 시장통 작은 집
을 둘러싸고 벌어지는 아버지와 엄마의 숨겨진 사연을 목격하는데, 화자
인 어린 '나'는 어른들의 은밀한 갈등을 짐작조차 못한다. 이 작품을 권지
숙의 다른 시 「아버지는 웃고 계시고」에 대비하면 더 흥미로운 스토리가
구성된다. 딴살림을 차리고 바람을 피우던 아버지는 세상을 떠났고, 여든
여섯 어머니는 조그맣게 쪼그리고 앉아 있으며, 어린 나는 어느덧 서른아
홉살의 아버지가 아들처럼 보이는 육십대의 나이가 되어 있다. 시간의 파
괴적 리듬이 만들어낸 이 덧없음이야말로 시인 권지숙이 이 시집에서 여
러 길들의 착종을 통해 찾아낸 마지막 귀착점이었는지도 모른다. 그것은
고단한 인생행로가 시인에게 가르쳐준 뒤늦은 깨달음일 것이다.

〔2010〕

# 혼돈을 건너는 미학적 모험

### 구광렬 시집 『슬프다 할 뻔했다』

1

자신이 누구라고 이름을 대면서 시집 해설을 부탁하는 전화를 해 올 때까지 나는 시인 구광렬에 대해 아무런 예비지식도 가지고 있지 않았다. 그런데 수화기를 통해 들려오는 그의 음성은 낯선 사람에게 말을 건네는 이의 것이라고는 믿을 수 없게 활발하고 도무지 거리낌이 없어, 나는 전화를 받는 중에도 속으로 내가 이 사람과 몇번 만난 적이 있는데 그걸 까맣게 잊어버린 게 아닌가 의심을 했다. 결국 그의 친근한 기세에 밀려, 원고를 읽어본 다음에 능력이 닿으면 써보겠노라고 반쯤 승낙을 했는데, 그러자 며칠 지나지 않아 시집 원고뿐 아니라 나른 참고자료들도 청탁시와 함께 날아들었다. 꼼짝없이 글을 쓸 수밖에 없는 처지가 된 것이다. 서두에 구차하게 이런 사연을 늘어놓는 까닭은 전화 목소리를 통해 전달되는 그의 낙천적 에너지와 적극적 소통방식이 그의 문학에 있어 ― 어쩌면 그의 인생에 있어서도 ― 대단히 중요한 요소일 거라고 믿어지기 때문이다. 말하자면 이 시집을 읽는 독자들에게 저자인 구광렬에 대한 모종의 인상을 미리 알려주는 것이 그의 시를 이해하는 데도 조금은 도움이 되겠다는 생각이 든 것이다.

보내준 자료를 통해서 안 사실이지만, 그에게는 이미 『자해하는 원숭이』(미래문화사 1997)『밥벌레가 쓴 시(詩)』(미래문화사 2002)『나 기꺼이 막차를 놓치리』(고요아침 2006)『불맛』(실천문학사 2009) 등 여러권의 한글시집이 있을 뿐 아니라 그보다 먼저 멕시코에서 출판된 스페인어 시집도 있고, 『체 게바라의 홀쭉한 배낭』(실천문학사 2009)을 비롯한 10여권의 문학관련 저서도 있다. 나는 이 글을 위해 시집『불맛』과 산문「나의 문학세계에 대한 소고」를 읽었고 그보다 먼저 다른 지면에서 「체 게바라의 홀쭉한 배낭」을 읽었다. 그 정도의 빈약한 독서를 바탕으로 구광렬의 문학에 대한 일반론을 전개하는 것은 당연히 나무 몇그루를 보고 숲에 대해서 논하는 것과 같은 오류가 될 수 있을 것이다. 그런 위험을 무릅쓰고 먼저 개괄적인 요약부터 한다면, 그의 문학에는 그의 목소리에 들어 있는 것과 같은 야생의 활력, 즉 어떤 강렬한 원시적 힘이 작동하고 있다는 것이다. 그러나 물론 그의 문학을 밀고 나가는 동력으로서의 역동적 세계관은 단순치 않은 복합적 진화과정의 산물이다. 이 시집『슬프다 할 뻔했다』(문학과지성사 2013)의 세계를 살펴보기에 앞서 시집『불맛』에서 두세편의 시를 감상하는 것은 그런 점을 확인하기 위해서이다.

약력에 의하면 구광렬은 1980년대에 멕시코에서 중남미 문학을 전공하여 학위를 받았고 그곳에서 스페인어로 시를 발표하기 시작했다. 그는 단지 멕시코 문단에 시인으로 등단한 데 그치지 않고 멕시코문인협회 특별상을 비롯한 몇차례의 수상경력도 가지고 있으며, 활동범위도 멕시코를 넘어 브라질과 아르헨티나로까지 뻗고 있다. 우리나라 문단의 일반적 관례로 볼 때 아주 이색적이고 특출한 경우라 하겠는데, 나처럼 라틴아메리카에 대해 피상적 지식밖에 없는 사람이 판단을 내리기는 어렵지만, 그의 이런 야심적인 활동은 그의 문학적 자아형성에도 핵심적으로 연관되어 있으리라 생각된다. 왜냐하면 그것은 구광렬 문학의 내부세계를 들여다보는 데 필요한 다음과 같은 질문들로 우리를 인도하기 때문이다. 무엇이 그를 낯선 땅 멕시코로 건너가게 밀었을까. 거기서 그는 무엇을 보았고, 그가 본 그 '무엇'들은 그의 내면에 이미 존재하고 있던 것들과 어떻게 충돌하고 또 어떻게 결합했을까. 그가 자신을 시적으로 표현하기 위해 먼저 선택한 언어가 스페인어라는 사실은 그의 문학에 어떤 특징을 부여했을까. 그리고 귀국 후 한국에서 교수가 되고 시인도 되었는데, 이 새로운 인생경력은 그의 시에 어떻게 반영되어 있는가. 이런 의문들에 대한 대답을 찾아보는 것이 시집 『슬프다 할 뻔했다』의 해설로 연결되기를 기대한다.


2


알다시피 멕시코부터 파타고니아까지, 즉 라틴아메리카라고 불리는 대륙은 북아메리카와는 아주 다른 역사, 다른 문화를 가지고 있고 정치적으로도 극히 대조적인 성향을 보인다. 유럽의 모험가들에게 '발견'된 15세기 말부터 백인들의 침략을 피할 수 없었던 것은 두 대륙이 마찬가지지만, 북아메리카는 1620년 메이플라워호 도래 이후 250년 동안 토착원주민에 대한 무자비한 인종청소 끝에 백인이 주인노릇을 하는 또하나의 유럽으로 변전한 반면에, 라틴아메리카에서는 스페인과 포르투갈 침입자들의 학살과 약탈에도 불구하고 원수님과 백인 사이에 다양한 인종적·문화적 혼합이 이루어지고 원주민 자신의 고유한 혈통과 문화도 상당 부분 원형대로 남겨지게 되었으며, 여기에 흑인노예와 아시아 이주민 후예들의 또다른 요소가 가미되었다. 그런 점에서 오늘날 라틴아메리카야말로 백인침략사의 살아 있는 박물관이자 다문화사회의 움직이는 전시장이라 할 수 있다. 체 게바라의 존재는 말하자면 그 세계사의 모순 한복판에서 솟아오른 해방과 저항의 이미지인데, 예컨대 「뉴욕 브롱크스 동물원」(『불맛』) 같은 작품은 그런 모순들의 용광로 아메리카에서 구광렬이 무엇을 보고 어떻게 느꼈는지를 집약적으로 극화하고 있다.


난, 사람입니다

1904년 콩고 전쟁에서 아내와 애들을 잃고 미국으로 팔려와 관람객들에게 인간이 원숭이로부터 진화해왔다는 사실을 시청각적으로 보여주기 위해 뉴욕 브롱크스 동물원 원숭이 우리에

갇혀 있을 뿐입니다

백인아이들이 침을 발라 밀어넣는 바나나 조각, 치즈 토막, 빵 부스러기들을 페인트 벗겨진 철망 사이에서 빼내먹곤, 깨진 멜론만 한 엉덩일 숨길 길 없어 둥근 우리 안을 뱅뱅 돌다 배설하는 모습까지 적나라하게 보여줍니다

잠 역시 원숭이와 함께 자니 원숭이와 사람의 교미 장면을 특종 삼으려는 기자들이 암놈 원숭이의 붉은 엉덩이를 수놈인 내가 수시로 탐내주길 바라지만, 그럴 순 없어요

원숭이보다 더 진화된 동물이어서? 죽은 아내가 떠올라서? 성욕이 없어서? 사방으로 트인 우리 때문에?

아닙니다 우린 서로 다르기 때문입니다


작품의 앞부분이다. 시의 화자는 오타 벵가라는 이름을 가진 아프리카 피그미족 출신의 한 남성이다. 1883(?)년생으로 알려진 그는 전쟁으로 아내와 아이들을 잃고 백인에게 붙잡힌 다음 미국으로 팔려와 동물원의 원숭이우리에 갇힌 채 미국 관람객들에게 전시되고 있다. 작품의 소재인 오타 벵가의 일화는 너무도 우리의 상식을 벗어나는 것이어서 꾸며낸 얘기처럼 들리지만, 결코 허구적 상상이 아닐 것이다. 오래전 나는 데오도라

크로버(Theodora Kroeber)라는 미국 인류학자가 쓴 『북미 최후의 석기인 이쉬』(창작과비평사 1981)라는 책을 읽은 적이 있고, 이 책을 바탕으로 만든 영화도 텔레비전에서 보고 감격한 적이 있다. 세상과 단절된 곳에서 석기시대의 삶을 살던 북아메리카의 야히족이 백인 정복자에게 몰살되고 혼자 살아남은 야히족 청년 이쉬만이 붙잡혀 박물관에 전시되다가 적응하지 못하고 죽게 되는데, 이 책은 이쉬를 돌보며 북미 원주민의 고유 문화를 연구하던 백인 인류학자가 그 과정을 기록한 것이다. 나는 인간이란 무엇이고 문명이란 무엇인가에 대한 근본적 회의와 비통한 심정 속에서 그 책을 읽은 바 있다. 구광렬의 시「뉴욕 브롱크스 동물원」이 오타 벵가라는 피그미족 생존자의 입을 통해 이 세계의 우월적 지배자들에게 던지는 메시지도 다름 아닌 인간의 본질에 관한 질문이다. 그러나 구광렬의 시는 거기에 그치지 않고 한걸음 더 나아간다. 오타는 이쉬와 마찬가지로 박물관에서 나와 담배공장의 굴뚝 청소부가 되지만, 이쉬와 달리 체제에 순응하는 삶을 끝내 거부한다. 그는 돈을 모아 권총을 구입하고 자살을 선택한다. 마치 액션영화의 최후 장면에서처럼 시는 한방의 총성을 삽입하고 나서 오타의 죽음이 자살인가 타살인가, 타살이라면 누가 누구를 죽인 것인가, 그리고 죽은 것이 사람인가 짐승인가를 묻는다. 시의 마지막 부분은 다음과 같다.

    쾅!

    뜻밖에도 자살이 아니네요
    我가 我中他를 살해한 것이네요
    아니,
    我中他의 공격에 我가 정당방위 한 것이네요
    아니,

총을 갖고 놀던 한마리 침팬지가 총기사고를 낸 거네요
아니,
神에게 바쳐질 흑염소 한마리가 도살됐을 뿐이네요

세상은 날, 비운의 인간으로 기억하겠지만 오히려 동물원에서 더 행복했어요 비록 비좁은 곳이었으나 가슴속은 광활한 열대우림이었으며 그들과 나, 우린 결코 서로 다르지 않음을 온몸으로 느꼈어요

그러나 구광렬의 라틴아메리카 체험이 체 게바라의 시를 번역하고 메르세데스 소사의 노래에 심취하는 것과 같은 정치적 래디컬리즘으로만 표현되는 것은 아니다. 내가 보기에 그의 삶과 문학은 멕시코 유학생활을 통해 두 측면에서 커다란 전환을 겪은 것 같다. 하나는 눈에 잘 띄는 것으로 라틴아메리카 예술의 독특한 미학적 방법론을 학습한 것이고, 다른 하나는 간과되기 쉬운 것으로 구광렬 인생의 심층에 가로놓인 가족사적 원체험 위에 멕시코(내지 중남미)에서의 문화적 경험이 포개진 것이다. 우선 전자의 측면을 간단히 살펴보자.

흔히 '마술적 리얼리즘'이란 이름으로 불리는 라틴아메리카 예술의 미학적 경향은 보기에 따라서는 유럽 초현실주의의 남미적 변형이라고 할 수도 있다. 하지만 유럽의 초현실주의는 세계대전의 위기와 서구문명의 몰락의 징후 속에서 부르주아 예술가들에 의해 이론적으로 고안된 것이었지만, 라틴아메리카 예술의 초현실적 표현기법은 단순히 서구예술의 영향에 의해 타율적으로 만들어진 것이 아니라 인종적 혼혈과 문화적 혼융, 독재와 혁명 등 리얼리즘과 모더니즘의 이분법으로 포괄되지 않는 중남미 특유의 역사적 현실 자체에서 자생적으로 형성된 것이었다. 1930년대 유럽의 초현실주의와 네루다를 비롯한 남미의 전위문학이 갈라지는 것은 그런 지점에서라고 생각되는데, 바로 그런 네루다적인 요소가 구광

렬의 시적 개성을 라틴아메리카적인 세계 안으로 끌어들였을 것으로 추측된다.


## 3

그러나 시집 『불맛』에는 시인의 라틴아메리카적 미학과 양립하기 어려워 보이는 또다른 세계가 비중있게 자리하고 있다. 한마디로 그것은 그의 가족사에 얽힌 빈궁의 기억이다. "어머닌, 사진만 보고 결혼하셨다/시집이라고 와 보니 솥엔 구멍이 나 있고/양은주걱은 닳아 자루까지 닳았으며/숟가락은 없고, 나뭇가지를 분질러 만든/짝 모를 젓가락들만 내동댕이쳐져 있었다"고 시작하는 「최무룡」이 대표적이지만, 「누나」「마지막 김치」「흙맛」「불맛」「아버지의 입김」「제삿밥」「어머니의 별자리」「내 마음의 MP3」 등 시집 제3부의 수록작 대부분이 그의 쓰라린 성장사를 증언하고 있다.

이 계열의 시들은 시집 『슬프다 할 뻔했다』에 이르러 차츰 자취를 감추지만, 「풀무질과 어머니」「피난길」「어머니 전상서」 등에서 보듯 아예 사라지지는 않는다. 그러나 간과할 수 없는 점은 이들 작품이 『불맛』에서와 같은 유년체험의 직설적 토로에만 머물지 않고 있다는 사실이다. 『불맛』에서는 「뉴욕 브롱크스 동물원」의 치열한 비판정신과 「최무룡」의 직설적 화법 사이에 심한 방법론적 격차가 존재했고, 따라서 시십으로서의 내직 통일성에 일정한 균열이 조성될 수밖에 없었다. 그러나 「풀무질과 어머니」「피난길」「어머니 전상서」 같은 작품들은 똑같이 유년기 체험에 기반하면서도 체험의 시적 승화, 즉 작품마다의 독특한 미학적 의장(意匠)의 구성에 성공하고 있다. 이런 점과 관련하여 외관상 전혀 상반된 뿌리에서 출발한 다음의 두 작품이 어느 지점에서 만나고 어떻게 헤어지는지 살펴보자.


아버지 지게 속엔
쌀, 고구마, 감자, 옥수수가 담긴 마대,
요강, 솥, 그릇, 내가 들어 있었다


대포 소리 들리자
아버지 뒤돌아봤다
뒤에는 동생을 업고도 한아름 옷 보따리를 든 어머니,
홑청에 이불, 담요, 책 보따리를 말아 든 누나,
어머니 허리에 감긴 새끼줄을 잡고서
울며불며 따라오는 일곱살 형이 있었다


따발총 소리 들리자
아버지, 지게에서 짐을 버리기 시작했다
요강 없어, 똥오줌 못 누겠나
놋쇠요강을 버렸다
그릇 없어, 밥 못 먹겠나
놋그릇을 버렸다
솥 없어, 밥 못 해 먹겠나
무쇠솥을 버릴 차례였건만
아버지, 놀랍게도 솥 안의 날 빼냈다


솥 밖의 난,
어머니 허리를 감쌌다
어머니, 주저 없이 옷 없다 못 살겠나

옷 보따리를 내팽개친 뒤
고무줄 터진 고쟁이를 추어올리며
날 안고 뛰었다

—「피난길」 전문

　제목 그대로 피난길의 풍경이 생생하게 그려져 있다. 아버지와 어머니, 누나와 형, 나와 동생으로 이루어진 여섯 사람의 남루한 행렬이 다큐멘터리 영화의 한 장면처럼 선명하다. 이 글을 쓰고 있는 나 자신도 초등학교 3학년 때 6·25전쟁을 만나 바로 이 시에 묘사된 것과 비슷한 모습으로 피난을 떠났으므로 땡볕 아래 걸어가던 그 여름날의 숨막힌 고달픔을 지금도 잊지 못하고 있다. 그런데 이 작품의 탁월한 점은 그런 위급한 상황을 지극히 경쾌한 리듬과 해학적 서사형식으로 객관화한 것이다. "요강 없어, 똥오줌 못 누겠나" "그릇 없어, 밥 못 먹겠나" "솥 없어, 밥 못 해 먹겠나"—이렇게 아버지가 더 중요한 것을 지키기 위해 덜 중요한 것들을 차례로 버린 데 이어 어머니가 "옷 없다 못 살겠나"라며 옷 보따리를 팽개치고 '나'를 안고 뛰는 대목은 웃음과 감동의 복합정서를 유발한다. 이 시의 리듬과 비유법이 품바나 육자배기 같은 우리네 토착적·민속적 전통예술에 뿌리를 둔 것이라면, 다음 작품은 독자를 구광렬의 청춘과 고독과 방황이 묻혀 있는 멕시코의 음악적 황홀 속으로 데려간다.

오늘은 악기별로 취하고 싶은 밤,
바이올린은 소 혓바닥 요리와 함께하는 쿠바쿠바
콘트라베이스는 엄지와 인지 사이 소금 덩어리와 테킬라
비올라는 양고기 바비큐에 풀케 한 사발!
딴다다 따다딴— 데킬라—

그 언덕을 넘으면 스무살의 그녀를 만난다네
쉰의 그녀가 스물이 된다네
손자들이 레몬알처럼 주렁한 노파도 처녀가 된다네
빨간 그 언덕을 넘으면
딴다다 따다딴, 테킬라——

행복이란 부족한 것과 넘치는 것 사이에 있는
조그만 역이라네
사람들은 너무 빨리 지나치기에 이 작은 역을 못 본다네
그 작은 역 또한 그 빨간 언덕 너머에 있다네
그 역의 역장이 바로 내 사촌이라네
딴다다 따다딴, 테킬라——

오늘은 악기별로 취하고 싶은 밤,
당신의 몸 같은 첼로는
파도의 허리를 휘감는 은빛 갈치구이, 메스칼 두잔!
오늘밤 나에게 넘치는 건 술이라네
오늘밤 나에게 부족한 건 여자라네
시를 쓰지 않아도 남자에게 여자는 시인이라네
오, 센세마야—— 푸!

—「테킬라Tequila」전문

흥거운 가락과 감미로운 속삭임에 마춰되듯 감정이입이 되는 매력적인
시다. 어쩌면 이 작품은 네 연으로 이루어진 시라기보다 마리아치 앙상블
의 구슬픈 연주가 흐르는 네 악장의 소규모 희가극 같다. 그런데 세심하
게 살펴보면 이 시의 언술 속에는 두 화자의 서로 다른 음성이 교묘하게

겹쳐지고 있다. 즉 카바레(cabaré, 술집을 겸한 대중예술 공연장)의 객석에 앉아 술과 음악과 환락에 점점 더 깊이 빠져드는 등장인물의 시점과 그 바깥에서 카바레 안의 장면(시각)과 음악(청각)을 객관적으로 관찰하는 서술자의 시점이 은밀하게 공존, 교차하고 있는 것이다. 구체적으로 말하면 "오늘은 악기별로 취하고 싶은 밤,/바이올린은 소 혓바닥 요리와 함께하는 쿠바쿠바/콘트라베이스는 엄지와 인지 사이 소금 덩어리와 테킬라/비올라는 양고기 바비큐에 풀케 한 사발!"이라고 외치는 건 주인공 화자이고, "행복이란 부족한 것과 넘치는 것 사이에 있는/조그만 역이라네/사람들은 너무 빨리 지나치기에 이 작은 역을 못 본다네/그 작은 역 또한 그 빨간 언덕 너머에 있다네/그 역의 역장이 바로 내 사촌이라네"라고 노래하는 건 카바레 무대의 가수이다. 그러나 이 시는 그 점을 알아채지 못할 만큼, 또는 알아챌 필요가 없을 만큼 독자에게 강한 흡인력을 발휘한다.


4


구광렬 시인에게 멕시코는 깊이 빠져들수록 더 낯설어지는 땅이다. 하지만 돌아온 고국 땅에서도 그는 이방인으로 변해버린 자신을 발견한다. 정리해서 말한다면 그의 삶의 역정은 세월의 흐름에 따라 몇개의 단층으로 구획된다고 할 수 있는데, 시인에게 문제적인 것은 한 단계에서 다음 단계로의 이동이 거의 언제나 단절 또는 도약을 동반하는 것이어서 그때마다 그가 심각한 정체성의 혼란에 부딪쳤다는 사실이다. 그 자신은 「나의 문학세계에 대한 소고」라는 글에서 그 점을 이렇게 설명하고 있다. "중남미에서 시인으로 활동하기 시작한 80년대 중반 이래, 인종 도가니 속의 혼종문화 틈에서 '나(我)'의 정체성에 관해 회의를 느끼기 시작했다. 그 결과 이번 작품집의 주제 역시 시간(時間), 공간(空間), 인간(人間) 속에서의 '나'의 재발견이라고 할 수 있다." 아마 "중남미에서 시인으로 활동하기" 이전에도, 즉 한국에서의 청소년시절과 멕시코에서의 유학생활 사이에도 간단치 않은 생활적 굴절과 심리적 비약이 개재해 있을 것이다. 그리고 중남미에서 스페인어로 시를 쓰는 일로부터 한국에서 모국어로 활동하는 일로 옮겨오는 과정에서도 상상하지 못한 복잡한 장애와 갈등의 요소를 극복해야 했을 것이다. 그것은 미국과 칠레를 오가며 영어와 스페인어로 이중언어 작업을 하는 아리엘 도르프만(Ariel Dorfman)이 겪고 있는 것과는 전혀 성질을 달리하는, 말하자면 정치적인 압박보다 문화적인 단절에서 유래하는 어려움일 것이다. 그런 점에서 「최무룡」이나 「피난길」 같은 작품에 표현된 원초적 궁핍체험의 세계와 「테킬라Tequila」 같은 작품에서 보는 바와 같은 라틴적 리듬 속으로의 황홀한 도취의 세계 사이에는 건너기 힘든 심연이 가로놓여 있는 것으로 여겨진다. 그리고 고국에서 교수-시인 노릇을 하게 되기까지의 변신은 고국을 떠날 때와는 또다른 역(逆)방향에서의 재적응훈련을 요하는 과정일 수밖에 없을 것이다. 그런 과정에서 봉착하는 정체성의 혼란과 자아해체의 위험은 시인으로서의 실존의 근거 자체에 대한 위협일 수도 있을 것이다. 누구보다 그 자신이 이런 점을 날카롭게 의식하고 있고, 바로 그 점이 시집 『슬프다 할 뻔했다』의 최대 화두라고 할 수 있다.

오늘처럼 겨울비 내리면, 난 누구냐. 물만두 한 접시 먹고 타인의 우산을 들고 나오는 난, 누구냐

번지를 떠올릴 수 없구나. 내 몇자 몸이 아무렇게나 구부려져 있던 밤. 그래, 1980년 12월 며칠이라 쓴다
오늘처럼 눈 내릴 날 비 내렸으니, 짧아진 혀뿌리론 아무런 말도 뱉을 수 없었다. 거리엔 裸木보다 더 벗은 그림자들, 빛은 그들 사이를 빠

져나간 지 오래. 젖은 우산 속 내 곁에는 안개만, 안개만……

　곧 비가 그치면 새들도 울겠지. 겨울새, 깃털이 맑고도 고운, 아니, 겨울치가 따로 있나 겨울에도 부르르 떨지 않으면 겨울치지

　간사한 혀는 수초 전 만두피의 쫄깃함을 잊어버리곤 수십년 전 씹었던 葛皮를 못 뱉어 안달이다. 그때 그 혀로 '사랑'을 말하기엔 여전히 神이 필요한 계절. 아, 내 몸은 겨울에 매춘했구나

　오늘처럼 눈 대신 비 내리면, 난 누구냐. 타인의 우산대 끝에 매달린 난……

　　　　　　　　　　　　　　　　　　　　　—「개성만두집」 전문


　이 시에는 세개의 시간이 존재한다. 바꾸어 말하면 서로 다른 시간들을 살고 있는 세개의 '나'가 존재한다. 물만두 한 접시를 사 먹고 음식점에서 남의 우산을 들고 나온 것은 현재의 '나'이다. 마치 액자소설의 액자처럼 첫 행과 끝 행에 배치되어 있는 이 현재는 '겨울비'를 매개로 그를 과거로 데려간다. 그리고 자연스럽게 그로 하여금 지난날의 번뇌와 고독, 가난과 일탈을 떠오르게 한다. 그날도 오늘처럼 비가 내렸고, 낯선 외국어로 말 붙일 사람도 찾을 수 없었으며, 젖은 우산 속으론 안개만 자욱했다. "곧 비가 그치면 새들도 울겠지." — 이 구절은 낯선 땅에서 밤을 지새웠던 그 1980년 12월과 이제 멕시코보다 더 낯설어진 오늘의 시점에 이중으로 관계한다. 어디에서도 소속감을 확보하지 못한 부랑(浮浪)의 신세이기에 겨울비는 그의 혀에 오늘의 만두 맛을 넘어 수십년 전에 씹던 칡껍질(葛皮) 맛을, 즉 가난했던 유년시절의 기억을 호출한다. 그것은 원초적 출발점에로의 무의식적 회귀본능이다. 이 분열된 시간 속에서 "타인의 우산대 끝에 매달린" 나의 모습은 자아상실의 위기로 확대되는 것이다.

연구실에서 면도를 하다,
하나밖에 없는 거울을 떨어뜨린다

그중 큰 조각을 들어서 본다
얼굴의 일부가 거울 밖에 놓인다
왼쪽 귀가 전기면도기의 소음을 듣는 동안
오른쪽 귀는 60년 여름장마를 듣고
오른손이 파랗게 깎인 턱수염을 더듬는 동안
열 있는 이마에는 90년 대설주의보가 내려진다

거울 속 살점과 거울 밖 살점이 그리워한다
거울 밖 왼쪽 눈이 70년,
광교 낙지집에서 소주잔을 기울일 때
거울 안 오른쪽 눈은 80년,
멕시코시티 소나 로사 한국정에서 냉면을 먹는다

— 「간(間) 41」 앞부분

이 시에서 자아의 내적 분열상은 시각적 명료성조차 띠면서 거의 카프카적 초현실주의에 근접한다. 타인의 우산에 해당하는 소도구는 여기서는 깨진 거울이다. 남의 우산을 들고 나오는 것이나 거울을 깨트리는 것이나 동일한 심리적 맥락 위에서 일어나는 사건인데, 그것은 물만두를 사먹는 일 또는 연구실에서 면도를 하는 일과 같은 일상생활의 운행에 돌연한 파문과 교란을 일으킨다. 이 장면들이 구광렬의 최근 실제생활을 반영한 것인지 어쩐지 나로서는 알 길이 없지만, 어떻든 시인의 청소년기 체험들이 가족사적 유대에 강력히 묶여 있음으로써 경제적 궁핍에도 불구하고 심리적 안정성을 잃지 않음에 비해, 오늘의 그의 생활과 정서는 교수라는 안정적 신분에도 불구하고 평온한 가정으로부터의 심리적 추방이라는 불안정에 의해 규정된다. 도시의 유목민 같은 이런 삶이야말로 내면세계의 균열을 조장하는 또하나의 객관적 조건이다.

깨진 거울은 물론 조각난 자아를 상징한다. 그런데 이 시에서 특이한 것은 자아의 분열이 시간적 단층을 절개하면서 거울 안과 밖을 무차별적으로 가로지르고 있다는 점이다. 따라서 "60년 여름장마" "70년,/광교 낙지집에서 소주잔을 기울일 때" "80년,/멕시코시티 소나 로사 한국정에서 냉면을" "90년 대설주의보" 같은 구절들이 얼핏 환기하는 일화들은 화자의 인생역정을 순차적으로 종단하는 질서있는 연대기가 아니라 현재의 분열된 의식을 자동기술의 기법으로 비춰주는 파편적 영상일 뿐이다. 그러므로 '얼굴의 일부'는 아직 '거울 밖에' 놓여 있고, '난 누구냐'(「개성만두집」)는 질문은 여전히 미해결의 장으로 남아 화자에게 번민의 시간을 강요한다.


5


시집 맨 앞에 수록된 작품 「슬쁨」은 구광렬 시인이 겪고 있는 자아의 분열 또는 다중적 정체성의 혼돈을 미묘한 초현실주의적 구도 속에 형상화한다. 시인은 '슬쁨'이란 조어가 슬픔과 기쁨의 합성어라고 설명하고 있는데, 다시 말하면 그것은 정반대되는 감정의 샴쌍둥이 같은 결합상대, 즉 분리될 수 없이 하나를 이루고 있는 미묘한 복합감정이다. 그러나 이 작품에서 슬픔과 기쁨이라는 상반된 감정이 시인의 설명처럼 어떻게 하나의 상태 안에서 이종접합(heterojunction)을 구현하고 있는지 이해하기는 쉽지 않다.

새 한마리 날자 숲의 밑자락 굳기 시작한다 나무들과 난 거친 파피루스 속 풍경이 되어 원근을 잃어간다 그림 속에 갇히기 싫은 새는 푸드득 날갯짓하지만 다리와 꽁지가 그림 속에 갇힌다

반 이상 그림이 돼버린 산 그림자, 산들바람에도 팔랑인다 그림 밖새의 몸통에서 떨어지는 깃털은 그림 속 치켜든 내 얼굴을 간질이다 옷자락 무늬가 되기도, 하지만 부피 없이 가라앉는다

난 무량한 점으로 이루어진 선, 기력을 다해 몸의 끝점을 그림 밖으로 밀쳐보지만 빠져나가는 건 해질녘 연기 같은 내 그림자뿐. 믿을 건 기도밖에 없으나 기도는 내 몸의 지도를 더듬을 때만 역사하는 것이니 부피 없는 두 손을 모을 순 없고

흐르는 구름 아래 정지된 숲, 몸통의 반이 그림 밖으로 돌출된 새, 까악까악 슬피 노래하다 기쁨으로 우는, 막 빠져나가버린 내 그림자 반 장
—「슬픔」 전문

지금까지 검토해온 시들과 이 작품이 결정적으로 구별되는 것은 그 현실관련성에 의해서이다. 구광렬의 대부분 작품은 초현실적 기법에도 불구하고 「개성만두집」이나 「간(間) 41」에서 확인했듯이 그가 경험한 전기적 사실들과 일정하게 연관되어 있다. 이것은 물론 시의 화자가 말하는 내용들이 시인의 경험을 실제 그대로 기록한 것이라는 뜻은 결코 아니다. 예술과 현실은 당연히 다른 평면 위에 존재하며, 아무리 극사실주의적으로 그려진 작품에서라 하더라도 묘사가 실물을 대체하는 것은 아니다. 그러나 수많은 이론가들이 설명했듯이 예술은 실제를 '모방'함으로써 우리에게 현실의 그림(illusion)을 제공하는 것으로 믿어져왔다. 그런데 20세기 모더니즘 이후 예술의 혁명적인 점은 작품과 현실 사이의 이런 전통적 관계가 무너졌다는 것이다. 「슬픔」의 화자인 '나'는 숲속을 거닐다가 돌연한 계기에 '나'를 포함한 풍경의 일부가 하나의 정지화면 안에 갇히게

된다고 기술하는데, 이렇게 하나의 묘사대상을 캔버스의 테두리 안에 갇히는 부분과 그 바깥으로 삐져나오는 부분으로 나누는 발상은 과연 초현실적이다. 이런 기발한 발상법은 다음의 인용에서는 거의 코믹하다고까지 할 수 있는 개성적 연출을 통해 매우 특이한 작품을 만들어낸다.

화가가 아닌 A, 벽에다 캔버스를 걸어놓곤 그림을 즉석에서 그린다.
늘대 그림,
하지만 머리와 몸통이 너무 크게 그려진 나머지, 꼬리와 다리가 담기질 않는다

조각가가 아닌 A, 못 그린 다리 부분을 점토로 만들어
다리 부분이라 예상되는 캔버스 하단에다 붙인다

닥종이 작가가 아닌 A, 꼬리를 닥종이로 만들어
꼬리 부분이라 예상되는 캔버스 가장자리에다 잇는다

행위예술가가 아닌 A, 중절모를 벗어던진 뒤 토끼 가면을 쓰곤
늘대 머리 부분 앞에서 바들바들 떠는 시늉을 한다
——「간(間) 31」 앞부분


아주 단순하고 구체적이어서 언뜻 읽기에는 이상한 데가 없이 보인다. 사실 카프카의 소설들도 「변신」 같은 작품을 제외하면 디테일에서는 대체로 평범하고 즉물적인 묘사들로 일관되어 있어서, 기괴하거나 난삽한 것과는 거리가 멀다는 느낌을 준다. 그러나 카프카 소설의 놀라운 점은 세부묘사가 구체적이고 사실적일수록 작품 전체는 더욱 부조리하고 불가해한 양상을 띤다는 점이다. 그런데 더 놀라운 것은 카프카가 자기 시대

의 유행적 문학을 "있는 그대로의 세계에서 메이크업〔扮裝〕의 세계로 도피해 들어가는 현상"이라고 통렬히 비판하고 그 자신은 '정직한 기록자'의 길을 간다고 자부했다는 점이다. 카프카가 자신의 문학을 '정직한 기록'으로 보는 데는 동의하기 어려울 수도 있겠지만, 그가 자기 시대의 위선과 속물주의를 단연코 거부했다는 것은 믿을 수 있다. 이런 맥락에서 우리는 구광렬의 문학적 열정에 신뢰를 가지면 가질수록 「슬픔」 같은 작품이나 연작시 「간(間)」에서 그가 진정으로 고민하고 있는 것이 무엇인지 새삼 묻게 된다. 왜냐하면 이들 작품에서는 단순히 정체성의 혼돈 또는 자아의 분열이라는 수사적 설명으로는 모자란 심각한 정신적 위기상황의 문제화가 다루어지고 있기 때문이다. 이것은 단지 한 개인의 심리적 위기에만 관련된 사안이 아닐 것이다. 그것은 소외와 분열에 신음하는 현대문명 전체의 위기와도 무관치 않으리라 믿어지는데, 그의 새로운 작업이 주목되는 이유이기도 하다.

〔2013〕

# 소설『임꺽정』과 벽초의 민족주의[1]

## 1

나의 세대에게 소설『임꺽정』은 일찍부터 전설처럼 회자되어왔다. 하지만 독서에 눈을 뜨기 시작할 무렵 주위에서 벽초『임꺽정』은 이미 찾아보기 어려운 물건이 되어 있었다. 저자의 월북으로 책뿐만 아니라 홍명희(洪命憙, 1888~1968)라는 이름 자체가 금기의 대상이 되었기 때문이다. 내경우 중학생이던 1950년대 중엽 대본서점에서 처음 만난 것은 엉뚱하게도 조영암(趙靈巖, 1918~?)의 소설이었는데, 벽초의 작품을 모델로 하되 여기에『고금소총(古今笑叢)』류의 음담패설을 많이 섞어 만든 통속소설이었다. 1960년대에는 최인욱(崔仁旭, 1920~72)의 다섯권짜리『임꺽정』이 시중에 나왔다. 그 무렵 이것도 읽어보았지만, 별 특색이 없는 작품으로 희미하게 기억에 남아 있을 뿐이다.

---

1 이 글은 2010년 10월 30일 충북 청주 예술의전당에서 있었던 〈제15회 홍명희문학제〉에서 '벽초 다시 읽기'라는 제목으로 강연한 내용을 보완 정리한 것이다. 이날 행사는 벽초의 부친 홍범식 선생의 순국 100주기를 기념하는 자리를 겸하고 있어서 더욱 뜻이 깊었다.

벽초 『임꺽정』을 읽은 것은 이런 우여곡절을 거친 다음이었는데, 그나마 〈의형제편〉에서 한권, 〈화적편〉에서 한권…… 하는 식으로 소설의 전개와 관계없이 책이 얻어걸리는 순서대로 읽었다. 그러다가 1980년대 초반 신문연재 스크랩을 복사하여 제본한 〈봉단편〉〈피장편〉〈양반편〉을 구했을 때에는 책의 인쇄상태가 극히 불량했음에도 차츰 몰입독서의 황홀경에 빠져들었다. 물론 작품 전체를 제대로 읽은 것은 1985년 사계절출판사판이 완간된 다음이었다.

『임꺽정』을 비롯한 벽초의 문필과 벽초에 관한 논문들을 이번 기회에 다시 읽으며 예전처럼 황홀경에 빠지지는 않았다. 여전히 재미있었고 위대한 고전이란 평이 과장이 아니라는 데엔 이의가 없지만, 젊었을 때와는 다르게 읽히는 것도 사실이었다. 그 점을 벽초의 삶과 관련지어 살펴보는 것이 이 글의 목표이다.

다들 아는 것처럼 벽초는 가정적으로 유복한 집안 출신이다. 명문가의 장손으로 태어나 다섯살 적에 벌써 독선생에게 한문을 배우기 시작했고, 그 후에도 부친의 후원으로 일본 도쿄에 유학 가서 경제적인 어려움을 모르고 학업에 정진할 수 있었다. 유학시절 친하게 지낸 춘원 이광수의 고아 같은 처지에 비하면 아주 대조적이다. 이렇게 주어진 여건이 유복했을 뿐만 아니라 타고난 재주 또한 뛰어나서 그는 어려서부터 신동 소리를 들었다고 한다.

그가 세살 때 어머니를 잃은 것은 연보가 알려주는 사실이지만, 양반가의 전통적 대가족주의는 그를 결손감 속에 방치하지 않았나. 어머니 여읜 것 때문에 그가 상처를 입고 우울한 소년으로 성장했다는 증거는 보이지 않는다. 하지만 젊은 시절을 회고한 짧막한 글 「자서전」(1929)에는 다음과 같은 구절이 있어, 새삼스러운 눈으로 그의 어린 시절을 돌아보게 만든다.

나에게 할머니와 꼬까어머니가 있는 까닭으로 어머니 없는 것이 슬픈 줄 모르던 것을 어머니 본집에서 어머니 따라온 사람이 나 혼자 있는 것을 보면 질금질금 울면서 어머니가 나를 낳은 뒤에 산후탈이 병이 되어 삼년을 끌다 돌아갔다. 어머니가 돌아갈 임시에 어린 나에게 젖을 물리고 '이 애는 어미 얼굴도 모를 것이다' 하고 말씀하셨다.[2]

나는 벽초의 이 「자서전」을 이번에 처음 읽었다. 그런데 이 대목을 읽자마자 나에게는 수십년 전에 읽었던 『임꺽정』의 몇 장면이 저절로 떠올랐다. 이제 소설의 그 대목 얘기로 옮겨가보자.

많은 사람들이 공감하듯 소설 『임꺽정』에서 곽오주라는 존재는 아주 매력적인 캐릭터의 하나이다. 그는 단순한 허구가 아니라 마치 역사적으로 실재했던 인물이 차츰 설화화되는 과정을 거친 끝에 벽초에 의해 소설 인물로 채택된 듯한 존재감을 가진다. 우직한 농사꾼 곽오주가 아기 우는 소리만 들으면 미쳐 날뛰는 쇠도리깨 도적으로 변신하는 과정이 특히 기가 막힌다. 어쩌다가 그렇게 되었나. 곽오주의 병약한 아내는 산후더침으로 앓다가 목숨이 다해갈 무렵 곁에 누웠던 갓난아기가 몹시 우니까 아기를 끌어다 젖을 물리면서 다음과 같이 중얼거린다. 나는 이 대목이 너무나 가슴이 아팠었고, 오래도록 그 대목을 잊지 못했다.

"어미 죽기 전에 어미 젖 남기지 말고 다 먹어라. 아모쪼록 병 없이 잘 자라서 수명장수 오래 살고 불쌍한 어미 생각해라. 어미가 세상에 났던 표적이 너 하나뿐이다. 어미 명이 남은 것 있으면 네게 이어주마. 죄 없는 어린것이 어미 없이도 잘 자라도록 도와줍소사, 어미가 죽어 혼만 남더라도 신명께 축수하마. …"[3]

2 임형택·강영주 편 『벽초 홍명희와 『임꺽정』의 연구자료』, 사계절 1996, 21면. 이하 『연구자료』로 약칭.
3 『임꺽정』, 제4권, 사계절 2008, 362면. 『임꺽정』은 1928년부터 1940년까지 간헐적으로 연

이번에 다시 읽어도 예전의 그 간절함이 되살아남을 느끼게 되는데, 다만 과거에 무심코 넘겼던 간절함의 근원에 대해 생각이 미쳤다. 한점 혈육을 떨구고 세상을 하직하는 어미의 애절한 심정에 대한 공감적 이해의 바탕에는 분명 벽초 자신이 보낸 유년기 의식이 투사되어 있으리라는 것이다. 거듭되는 애기지만, 벽초가 일찍 어머니를 여읜 것 때문에 큰 상처를 입었다는 표시를 내보인 적은 없다. 하지만 생모 없이 지낸 유년체험이 그의 생애에 아무 흔적도 의미도 남기지 않았을 리는 없으리라 생각한다.

오랫동안 벽초를 연구해온 강영주(姜玲珠) 교수에 의하면[4] 벽초의 가문은 영·정조 시절 많은 고위직을 배출한 명문 사대부가에 속했으나 그후 몇대에 걸쳐 과거급제자를 내지 못했다. 그러다가 벽초의 증조 대에 이르러 다시 고위직에 진출하기 시작했는데, 부친 홍범식(洪範植, 1871~1910)은 30대의 나이에 군수가 되었다. 이런 집안에서 자손에게 기대하는 것은 의례 관직에 나가는 것이었다. 그런데 벽초는 어려서부터 소설읽기를 좋아했고 도쿄 유학시절에도 학자나 관료의 길과는 거리가 먼 문학독서에 파묻혀 지냈다. 그것도 바이런의 시와 도스토옙스키의 소설 등 주로 서양 근대문학에 매혹되어 있었다. 한때 그는 러시아문학을 전공해보고 싶은 생각으로 그 방면의 책을 사 모은 적이 있었다고 회고한 바 있다. 무엇이 그를 관직에 나가는 것과 거리가 먼 길로 빠지게 만들었는가. 하기는 그의 유학시절은 일본의 침략으로 나라가 거의 기울어져, 의병투쟁과 애

---

재되다가 미완인 상태에서 〈의형제편〉과 〈화적편〉만 조선일보사 출판부(1940)와 을유문화사(1948)에서 간행되었으나 벽초의 월북으로 판금된 후 오랫동안 절판상태에 있었다. 그러다가 1985년 사계절출판사에서 〈봉단편〉〈피장편〉〈양반편〉을 보탠 완성본 초판이 간행되었고, 이후 더 보완 개정하여 2008년 제4판이 나왔다. 이하 작품인용은 모두 이 제4판에 따른다.

4 강영주 『벽초 홍명희 연구』, 창작과비평사 1999, 20~22면; 『벽초 홍명희 평전』, 사계절 2004, 35~38면 참조.

국계몽운동이 마지막 불꽃을 태우던 때였다. 정치적 전망을 가질 수 없는 암울한 조건에서 벽초를 비롯한 육당·춘원 등 동시대의 유학생들 및 그 뒤를 이은 많은 일본 유학생들은 문예 방면으로 기울어진 것은 어쩌면 당연한 일이었다.

이런 면에서도 벽초의 생모부재에 생각이 미치게 된다. 어머니의 죽음은 그가 얼굴조차 기억하지 못할 만큼 어린 날의 일이었을 뿐만 아니라 (증조)할머니를 비롯한 가족들의 보살핌이 너무나 자상해서, 그는 스스로도 "어머니 없는 것이 슬픈 줄도" 모르고 자랐다고 고백한 바 있다. 가부장제가 확립된 봉건시대에 가부장 이외의 가족구성원의 죽음은 가정의 안정을 위협하는 심각한 문제가 아니었을지 모른다. 하지만 유아시절 어머니를 잃은 당사자의 내면까지 조용했을 리는 없을 것이다. 양반가문 특유의 평온함에도 불구하고 어머니를 잃은 깊은 공허감이 청소년시절 그의 무의식에 어두운 그림자를 드리웠을 것이라고 추론하는 근거는 여기에 있다. 이 잡힐 듯 말 듯한 감성의 통증이 서양 근대문학의 매혹이라는 강력한 효모균을 만나 급속도로 발효된 끝에 드디어 그를 문학청년의 세계로 끌어간 것은 아닐까.[5] 이런 의문을 가지고 『임꺽정』의 다른 한 대목을 읽어보기로 하자.

봉분 앞에 원수의 머리를 놓고 한 걸음 물러가 꿇어앉아서 유복이는 무덤에 대고 말하였다.

"어머니, 유복이가 아버지의 원수를 갚았소. 아버지께 말씀하오. 앞에 놓은 것이 노가의 대가리요. 아버지가 같이 다닐 때는 젊었겠지만 지금은 늙어서 그 모양이오. 아버지가 요전에 내 등에 업혀 오셨으니까

---

5 홍명희 문학제에서 이 강연을 마치고 난 다음, 동석했던 강영주 교수는 벽초의 부친 홍범식 선생이 한시(漢詩)에 능한 분이었으므로 벽초를 문학으로 이끈 문사적(文士的) 기질의 유래가 부친에게 있을 수 있음을 지적했다.

혹시 나를 아실는지, 나는 아버지 얼굴을 몰라요. 아버지 얼굴이 내 얼굴과 같다지요? 노가놈이 나를 보고 아버지가 왔다구 놀랍디다. (…) 어머니, 내가 이번에 가면 다시 산소에를 올지말지하니 부디 안녕히들 계시구 이다음 내가 어디서 죽든지 내 혼은 이리 데려다 주시오."

하고 유복이는 복받쳐 올라오는 슬픔을 억제하지 못하여 어린아이같이 엉엉 울었다. 처음에는 꿇어앉은 채 울다가 나중에는 두 다리를 뻗고 울고 어머니 아버지를 찾아가며 울었다. 소나무를 흔들어 물소리를 지어내던 새벽바람도 그치고 죽은 사람의 대가리를 보고 날아와서 근처 나무에 앉은 까마귀들도 짖지 아니하고 유복이의 울음소리만 온 산에 가득하였다.[6]

다들 기억하겠지만, 이것은 유복자로 태어난 탓에 이름마저 그렇게 지어진 박유복이가 온갖 고초를 겪은 끝에 마침내 아버지 원수를 죽이고 어머니 무덤 앞에 와서 사설하며 우는 대목이다. 유복이가 어머니 뱃속에 있을 때 아버지는 모함을 당해 억울하게 죽었고, 어머니는 서울 와서 행랑살이를 하며 어렵게 자식을 키웠다. 유복이는 소년시절에 평생의 친구들인 꺽정이와 봉학이를 만나 형제처럼 함께 자랐다. 그러다가 원수를 꼭 갚으라는 유언을 남기고 어머니마저 세상을 떠나자 유복이는 복수에 나섰던 것이다. 그러니까 여기 유복이의 울음은 아버지 어머니의 두 죽음에 이중으로 관련되어 있다. 즉 아버지의 억울한 죽음과 고생만 하다가 세상을 떠난 어머니의 죽음이 유복이의 울음 속에 하나로 녹아들어 있는 것이다. 유복이가 끝내 아버지의 원수를 갚도록 설정한 이 작품의 구성은 저자인 벽초가 부친의 순절에 대해 어떤 결의를 심중에 품고 있는지를 떠올리게 한다. 그런데 유복이는 아버지에 대한 기억이 있을 리 없어, 오직 어

---

6 『임꺽정』 제4권, 139~40면.

머니를 통해서만 아버지와 연결될 뿐이다. 그러므로 어머니의 무덤 앞이 야말로 유복이의 발걸음의 목적지이고 그의 감정의 귀결점이다. 유복이 가 어머니 무덤 앞에 아버지 원수의 머리를 잘라다놓고 목놓아 우는 장 면에 대한 벽초의 묘사는 너무도 절실한 것이어서, 벽초의 문학세계 전체 가운데서도 백미에 해당한다. 이 대목에 부딪쳐 독자의 격앙된 감정은 소 설의 문맥을 벗어난다. 나무와 바람도 움직임을 그치고 새와 짐승도 소리 를 멈춘 가운데 온 산에 가득한 유복이의 울음소리만 시대를 뛰어넘어 헐 벗은 식민지조선 민중의 가슴을 흔드는 듯하다.


## 2


주지하듯 벽초의 부친은 금산 군수로 재임하던 중 경술국치를 당하자 합병조약이 공표되던 바로 그날로 순국을 결행한다. 이 사건은 벽초의 생 애에 결정적인 전기가 되었다. 부친 자결 이전의 벽초는 일본유학을 통해 서양 근대문화를 받아들이던 당시의 일반적인 지식인들과 본질적으로 다 른 존재가 아니었다. 물론 그는 풍부한 전통교양과 해박한 한문지식의 소 유자였으므로, 서양문화를 받아들임에 있어서도 무비판적 수용에만 급 급하지는 않았을 것이다. 전통의 압박에서 자유로웠던 춘원 같은 사람과 는 그 점에서도 아주 대조적이다. 그러나 유학시절 벽초와 춘원의 사고와 행동에 나타나는 문화적 양상의 상이(相異)는 근본적 차이라기보다 단순 한 정도의 차이가 아니었을까 짐작된다. 그런데 이제 벽초에게는 절체절 명의 일대 정신적 충격이 가해졌던 것이다. 부친 홍범식은 자결을 결심하 면서 여러통의 유서를 남겼는데, 그중 아들 벽초에게는 다음과 같은 말을 남겼다.

기울어진 국운을 바로잡기엔 내 힘이 무력하기 그지없고, 망국노의 수치와 설움을 감추려니 비분을 금할 수 없어, 스스로 순국의 길을 택하지 않을 수 없구나. 피치 못해 가는 길이니, 내 아들아, 너희들은 어떻게 하든 조선사람으로서의 의무와 도리를 다하여 잃어진 나라를 기어이 찾아야 한다. 죽을지언정 친일을 하지 말고 먼 훗날에라도 나를 욕되게 하지 말아라.[7]

더할 나위 없이 간절한 문장이다. 이 간절함이 벽초의 일생을 지배한 것은 너무도 당연하다. 월북 후에도 벽초는 부친의 유서를 액자에 넣어 책상 앞에 걸어놓고 아침저녁으로 쳐다보며 자신을 다스렸다고 한다.[8] 말년에는 어느날 자식들 앞에서 "나는 작가도 아니고 학자도 아니다. 홍범식의 아들, 애국자다. 일생 동안 애국자라는 그 명예를 잃을까봐, 그 명예에 티끌조차 묻을세라 마음을 쓰며 살아왔다"라고 말했다 한다. 실로 옷깃을 여밀 수밖에 없지 아니한가.

아무튼 부친의 죽음으로 큰 충격을 받은 벽초는 부친 삼년상을 마치자 중국 상하이로 건너가 독립운동에 참여할 길을 모색하면서 비슷한 뜻을 품고 망명해 있던 신규식·신채호·김규식·정인보·조소앙 등 많은 애국지사들과 친교를 맺었다. 그러나 거기서 지내는 동안 벽초가 확실하게 깨달은 사실은 망명지사의 험난한 생활을 감당하기에는 자신에게 투쟁적 기질이 모자란다는 점이었던 것 같다. 싱가포르에서 보낸 3년을 포함하여 6년의 해외체류 기간에도 실상 그는 운동가로서의 활동보다 책 읽고 견문을 넓히는 학자적인 일에 더 흥미를 느꼈다. 이런 암중모색을 거듭한 끝에 결국 벽초는 망명독립투사의 길을 접고 국내로 들어와 좀더 자기 체질

---

7 강영주 『벽초 홍명희 평전』 96면에서 재인용.
8 같은 책 97면 참조.

에 맞는 활동영역을 찾게 되었다.

조금 전에 나는 1910년 이전의 벽초가 당시의 일반적인 계몽지식인과 본질적으로 구별되는 존재는 아니라고 지적한 바 있다. 근대계몽기라고 일컬어지는 그 시대는 한편으로 일본을 통해 서양문화를 받아들이기에 여념이 없던 시기인 동시에 다른 한편 독립적·자주적 사고의 기반이 허물어지던 때였다. 이런 현실변화에 앞장서고 있었던 것이 소위 지도층이고 지식인이었을 것이다. 일제강점기를 지나는 동안 우리 사회의 의존성과 외래지향성은 점점 더 강화되었다고 생각되는데, 그것은 당시 국내 지도층의 대부분이 일본 유학생 출신이거나 주로 일본이라는 창구를 통해 세계를 바라보았다는 사실과도 관계가 있을 것이다. 그런데 벽초는 부친의 순국을 계기로 지금까지의 관성을 타파하고 당대의 지적 유행에서 벗어나는 길을 찾아나섰던 것이다. 그는 도쿄 유학기간보다 더 오랜 중국·싱가포르 체류를 통해 서양제국주의 세력의 아시아침략의 실상과 피압박 민족의 각성의 현장을 생생하게 목격했고, 이를 통해 일본적 시각의 편향성을 탈피할 수 있었다. 상반된 지적 지향과 사상적 전통을 지닌 일본과 중국을 두루 체험했다는 것이야말로 벽초를 이해하는 데 있어 핵심적인 고려사항이라고 생각한다.

다른 한편, 벽초는 자신의 능력과 진로에 대해 부단히 반성하고 돌아보는 성찰적 인격의 소유자라는 점이 주목된다. 이 역시 부친의 순국이 결정적인 전기가 되어 그의 성격조차 변화를 겪은 것이라고 스스로 말한다. 벽초가 평생 투철한 민족주의자로 일관했던 것 자체가 부친의 유훈을 지키고자 노력한 결과이지만, 부친의 영향은 그런 이념적 측면에만 그치는 것이 아니었다. 파인 김동환의 간청에 못 이겨 그는 앞서 잠깐 인용했던 짧은 회고록 「자서전」을 집필하게 되는데, 그 글머리에서 그는 이렇게 탄식한다.[9] "나는 고집을 세우지 못하는 약점을 가졌다. 어릴 때 악지는 말하지 말고라도, 20 시절까지 좀처럼 남에게 지지 아니하던 내가 어느 틈에 이 약점을 가지게 되었는가?" 이어서 그는 이렇게 자신을 분석하고 있다. "내가 세변(世變)을 겪게 된 뒤로 부지불식간에 성질이 변화되어 분경심(奔競心)이 줄어지고 자신력(自信力)이 적어져서 이 약점이 생기기 시작한 것이다." 벽초가 유달리 겸손한 인품을 지녔음은 많은 기록들의 한결같은 증언인데, 이로써 본다면 그의 겸손하고 양보적인 성품도 선천적인 것이라기보다 시대의 격변에 적응하는 과정에서 후천적으로 형성된 것임을 알 수 있다.

후일 아들 홍기문(洪起文)은 부친에 대해 이렇게 말한 적이 있다.[10] "총괄해 말한다면, 우리 아버지는 용감하게 나아가지는 못하나 날카롭게 보고 굳게 지키는 분이다. 거기 우리 아버지의 흠점과 단처도 있지마는 놀라운 점도 있다." 과연 예리한 평가라 하겠는데, 다만 용감하게 나아가지 못하는 흠점과 굳게 지키는 놀라움의 뿌리까지 홍기문이 파악했었는지는 의문이다. 한마디로 벽초는 끊임없는 반성을 통해 정직한 자기인식에 이르고자 애썼고, 이를 바탕으로 자신의 능력과 체질이 감당할 만한 범위 안에서 최선의 올바른 실천활동으로 나아가고자 했던 것이다. 이것은 그때나 지금이나 소위 지도층 인사들에게서 좀체 찾아보기 어려운 특징이다.

이런 흐트러짐 없는 수기치인(修己治人)의 자세는 벽초가 현대사상의 조류에 대해 누구보다 해박한 조예를 갖고 있고 장기간의 해외체류를 통해 다방면적인 견문을 쌓았음에도 불구하고 그런 외래적 지식보다 조선 유학자의 서릿발 같은 지사의 전통 위에 굳건히 서 있는 인물임을 말해준다. 그가 지체 높은 양반사대부 출신임은 서두 생기힐 민헌 시 실인데, 그렇다면 우리는 그의 계급적 성분과 그의 도덕주의적 수행자세가 하나의 인격체 안에서 조화롭게 통합되어 있었던가 아니면 서로 갈등하고 길항

---

9 임형택·강영주 편 『연구자료』 19면.
10 홍기문 「아들로서 본 아버지」, 『조광』 1936.5; 임형택·강영주 편 『연구자료』 240면.

했던가를 문제로서 제기해볼 수 있다. 그리고 그런 점이 『임꺽정』 같은 문학작품에는 어떻게 나타났는가 하는 것이 중요한 고찰의 대상이 될 수 있다.

『임꺽정』의 〈피장편〉과 〈양반편〉에는 주지하듯이 조광조·김식·서경덕·이황·조식·이지함 등 당대의 이름 높은 선비와 유학자들이 대체로 긍정적인 조명 속에 등장한다. 특히 도학적 이상주의에 입각한 순결한 개혁정치가 조광조의 죽음에 이르는 과정은 실로 비극적인 후광에 싸여 있어, 벽초가 자신의 시대상황을 염두에 두면서 특별히 힘을 기울여 묘사하고 있음을 느끼게 한다. 그런데 이미 오래전 퇴계와 율곡은 조광조의 실패를 냉정하게 분석하고 거기서 얻은 교훈을 엄정하게 기록한 바 있다. 퇴계는 "기묘년 영수(=趙光祖)가 도(道)를 배웠으나 아직 완성되기도 전에 갑자기 큰 명성을 얻자, 성급히 나라를 경영하고 백성을 구제하는 일을 스스로 담당했다"고 말했고,[11] 율곡도 거의 같은 취지에서 "(조광조가) 어질고 밝은 자질과 나라 다스릴 재주를 타고났음에도 학문이 채 이루어지기 전에 정치 일선에 나간 결과, 위로는 왕의 잘못을 시정하지 못하고 아래로는 구(舊)세력의 비방을 막지 못했다"고 지적했던 것이다.[12] 벽초는 퇴계와 율곡의 이와 같은 평가를 틀림없이 접했을 것이다. 그럼에도 불구하고 그는 조광조의 실패를 냉정하게 평가하기보다 그의 인격적 진정성에 대한 사무치는 공감을 간절하게 소설화하는 작업에 전념했다.

이에 비할 때 개혁승려 보우에 대한 『임꺽정』의 묘사는 너무나 냉혹하고 무자비하다. 우리는 묘청·신돈·보우 등 이른바 요승(妖僧)이라고 지탄받는 존재들의 역사적 진실에 접근할 실증적 수단을 별로 가지고 있지 못하다. 역사의 패배자들에 대한 기록이란 왜곡되거나 흩어지게 마련이다.

---

11 금장태 『퇴계평전』, 지식과교양 2012, 70~72면 참조.
12 금장태 『율곡평전』, 지식과교양 2011, 228면 참조.

물론 그들에 대한 후대의 평가가 허무맹랑한 것만은 아니고 일정한 사실적 근거를 가진 것일지도 모른다. 그러나 거기에는 현실투쟁에서 승리한 자들의 관점, 즉 지배자의 관점에 의해 덧붙여지고 재구성된 측면이 있음도 잊지 말아야 한다. 김부식과 정도전 및 조선후기 사류(士類)들의 시선에 의해 조작되고 과장된 정치승려의 이미지를 벽초도 그대로 받아들인 것은 아닐까. 만약 그렇다면 그 점에서도 벽초는 아직 조선 유학자의 전통에서 크게 벗어난 인물이 아니라고 말할 수 있다.


3

벽초가 우리 역사와 문화에 대해 깊은 연찬이 있었음은 잘 알려져 있다. 짐작건대 그의 최대의 학문적 관심은 자기 자신의 출신계급이자 근대전환기 조선사회의 근본문제인 양반계급에 대해 역사적·이론적으로 해명하는 일이었을 것이다. 실제로 언젠가 그는 "양반을 한번 과학적 방법으로 연구"해보고 싶은 마음이 있다고 하면서 '양반계급의 사적(史的) 연구'라는 제목까지 정해두고 있음을 내비쳤지만,[13] 결국 계획은 실현되지 않았다. 어떻든 그가 그 내공에 걸맞은 학문적 결과물을 많이 남기지 않은 것은 유감이다. 하지만 그는 「양아잡록(養疴雜錄)」(『조선일보』 1936.2.13~26)이라는 민속학적 성격의 연재에세이 가운데 '양반' 항목을 두어 양반계급의 역사와 폐해에 대해 꽤 선문직인 인급을 허고 있고, 「이조정치제도와 양반사상의 전모」(『조선일보』 1938.1.3~5)라는 글도 제목에 합당한 본격적인 논문은 아니지만 양반계급의 특징에 대해 간명하게 정리하고 있어서, 벽초의 양반연구가 어떤 내용을 담으려 했을지에 대해 대강이

---

13 임형택·강영주 편 『연구자료』 117면.

나마 짐작해보게 한다.[14]

우선 그는 "한양 500여년 역사를 잘 알려면 양반연구를 잘할 필요가 있다. 양반이 이제 와서는 자랑거리도 아니고 욕거리도 아니고 오직 연구거리다"라고 지적한다. 이 언급은 대단히 중요한 내용을 담고 있다. 우선 그것은 조선왕조의 지배계급이었던 양반의 정치적 지배력이 소진되어, 이제 양반이 하나의 역사적 존재로 전화되었다는 것을 의미한다. 그러니까 벽초는 양반이 이제 역사의 지배자의 위치에서 퇴장하여 사멸하는 계급으로 되었다고 판단하는 것이다. 그 자신이 속한 계급에 대해 이렇게 발언한다는 것은 그 판단의 옳고 그름 여부를 떠나 매우 대담한 역사의식의 발로이다. 사실 벽초가 말한 양반계급의 역사적 종말론은 여러 면으로 반론이 가능한 아주 논쟁적인 의제로서, 내가 보기에는 벽초의 이 언급으로부터 70년이 넘는 세월이 지난 오늘도 현실적으로 종결된 사안은 아니라고 여겨진다. 어떻든 양반계급이 이제 단순한 연구대상으로 과거화되었다는 벽초의 언명은 양반권력의 잔재가 여전히 조선사회의 근간을 장악하고 있던 그 시대에 있어서는 하나의 강력한 반봉건 선언에 다름 아니라고 할 수 있다.

이상과 같은 검토를 근거로 나는 벽초가 대체로 3·1운동 전후의 시기에 반봉건적 민족주의자로서의 사상적 자아를 확립했을 것으로 추론한다. 이 시기는 중국에서 돌아온 벽초가 고향에서 기미년 만세시위를 주동하고 체포되어 1년여의 징역형을 살고 나오는 기간에 해당한다. 출옥을 계기로 벽초는 지금까지와는 근본적으로 다른 존재로 변모하는 것이다. 이것은 벽초의 생애에 있어 극히 중요한 전환이라 생각되는데, 그 핵심은 양반지주로서의 모든 주어진 특권과 환경을 자발적으로 버리고 자신의 능력과 노동으로 생활하는 평민지식인이 되는 것이었다.

---

**14** 다음 단락에서의 서술은 같은 책 115~20면 및 130~33면 참조.

그 결심의 구체적 실행은 우선 고향을 떠나 서울로 솔가 이사한 것으로 나타났다. 이것은 부친별세 이후 가세가 기울어진 탓도 있었지만, 계급이전의 상징적 표현이기도 했다. 서울로 이사한 뒤 그는 자식들 앞에서 이제부터 우리는 문필로 생계를 해결해야 한다고 말했다 한다. 또 그는 어느 자리에서 자신을 소부르주아적 인텔리라고 자평한 적도 있다. 짐작건대 이 발언들의 심층에는 단순치 않은 복합심리가 작용하고 있을 것이다. 무엇보다 그것은 자기 자신에게 던지는 탈(脫)양반 선언이었다. 예의 그 겸손한 성품도 엿볼 수 있다. 반면에 비타협적 민족주의 지식인의 외유내강한 결의도 배어나온다. 그런가 하면 당장의 생계를 걱정해야 하는 처지에 대해 명문대가 출신으로서 느끼는 씁쓸함도 들어 있을지 모르겠다. 실제로 당시에 그는 경제적으로 상당히 어려웠다 한다.

어떻든 벽초의 이념적 모색이 가닿은 실천적 귀결은 그가 좌우합작 민족운동 단체인 신간회(新幹會)에서 주동적인 발기인의 한 사람이 되어 그 단체의 활동에 적극 참여한 것이었다. 「신간회의 사명」(『현대평론』 1927.1)이라는 글에 나온 다음의 문장은 바로 벽초 자신의 정치노선에 대한 가장 분명한 규정일 것이다.

대체 신간회의 나갈 길은 민족운동만으로 보면 가장 왼편 길이나 사회주의운동까지 겹치어 생각하면 중간 길이 될 것이다. 중간 길이라고 반드시 평탄한 길이란 법이 없을 뿐 아니라 이 중간 길은 도리어 험할 것이 사실이요, 또 이 길의 첫머리는 살래가 많을 깃도 같다.[15]

이 문장의 의미는 한눈에 명백하다. 그것은 다름 아니라 중도적 민족노선의 선택이다. 그러나 벽초가 지향하는 중도노선이 안이한 절충주의

---

**15** 같은 책 145면.

가 아님을 이해하는 것은 쉬운 일이 아니며, 그 중도노선이 초기에 많은 분파의 발생 때문에 내부적 갈등을 겪으리라는 언급도 쉽지 않은 예견이다. 신간회 결성 직후에 신간회의 자매단체라 할 근우회(槿友會)가 조직되었는데, 이때에도 벽초는 「근우회에 희망」(『동아일보』 1927.5.29)이라는 짧은 글에서 여성운동의 지도자가 가져야 할 이념적 좌표에 대해 이렇게 요약했다. "간단히 말하면, 우리 민족운동의 이론이 세계 무산계급운동의 일부분인 것과 같이, 우리 여성운동의 이론이 조선 민족운동의 일부분이 될 것입니다."[16] 계급운동과 민족운동, 여성운동과 민족운동이 그의 말처럼 이렇게 간명한 도식으로 정리될 수 없다는 것은 지난 시대의 복잡다기한 운동사와 논쟁사가 증명한다. 그러나 1927년의 시점에서 벽초가 제국주의 식민지배에 반대하는 운동전선의 국제적·국내적 단일대오를 열망했던 사실은 분명히 인지할 수 있고, 그것이 당대의 운동가·이론가들 대부분이 생각했던 것보다 훨씬 더 중요했다는 사실 또한 이후 분단시대의 쓰라린 경험을 통해 나날이 입증되고 있다고 하겠다.


4


벽초는 기미년 만세사건이나 신간회 결성에서 보듯 실천적인 사회운동가의 경력도 쌓았고 해박한 지적 온축에 기반하여 학자의 능력도 보여주었으며 해방 후 북조선에서처럼 국가의 고위직에 머물기도 했으나, 내 생각에 그 어느 것보다 영속적 가치를 지닌 업적으로 남을 것은 단연 소설 『임꺽정』의 창작일 것이다. 지하의 벽초 선생이 이 말을 들으면 좀 언짢게 여기실지 모르겠지만.

---

16 같은 책 147면.

돌이켜보면 벽초 홍명희의 이름을 입에 올리는 것조차 두려웠던 시절 간신히 구해 읽은 소설『임꺽정』낙장본은 기대했던 것과 아주 다른 작품으로 다가왔던 것이 사실이다. 암호처럼 은밀히 유통되던 거물 월북작가의 이미지를 근거로『임꺽정』에서 기대했던 것은 완강한 이념서적이었는데, 실제로 그때 소설에서 읽어진 것은 너무나도 걸쭉하고 풍성한 대중문학이었던 것이다. 그런데 이번에 다시 읽으면서 이 작품에서 발견한 것은 젊은 날의 독서에서와는 반대로 문학적 형상 안에 들어 있는 벽초의 사상적 모색과 인간적 고뇌였다. 심지어 때로는 그것이 너무 적나라하다 할 만큼 드러나 보이기도 했다. 그런 점을 포함해서 분명히 확인한 것은『임꺽정』이 봉건왕조사회로부터 근대시민사회로의 역사적 전환의 시대에, 그리고 계급운동과 민족운동이 교차하는 첨예한 갈등의 시대에 극히 우회적인 방식으로일망정 그 시대의 이념적 문제점을 탁월하게 형상화한 우리 민족문학의 위대한 고전이라는 사실이다.

소설『임꺽정』의 성취와 미덕에 대해서는 그동안 적지 않은 논의가 이루어져왔다. 작품이 연재될 때부터 많은 찬사와 감탄이 쏟아졌고 독자들의 호응 또한 뜨거웠다. 그러다가 벽초의 월북 이후『임꺽정』은 '일제 36년'보다 더 오랜 세월 동안 접근불가의 위험한 전설이 되어 지하를 떠돌았다. 본격적 논의가 시작된 것은 주지하는 바와 같이 1985년 사계절판이 간행되고 이어서 1988년에 해금이 이루어진 뒤부터이다. 아마 여기서 특기해야 할 것은 강영주 교수의 노고일 것이다. 논문「홍명희와 역사소설『임꺽정』」(1988)부터 20년 이상 시속된 강 교수의 치밀히고 성실한 고증과 연구는 그야말로 독보적이다. 오늘 내 이야기도 많은 부분 강 교수의 선행연구에 힘입고 있다.

그런데 방금 전에 나는 벽초 자신의 이념적 입장이『임꺽정』안에 때로는 지나치다 할 만큼 적나라하게 드러나기도 한다는 점을 지적했다. 젊은 날의 나와 같은 급진적 성향의 독자에게는 그것도 모자라게 느껴질 것이고, 보수적 취향의 독자에게는 그것만 해도 과하게 여겨질지 모르지만, 여하튼 작가의 정치적 입장과 이념적 주장이 문학작품 속에 개입하는 방식은 실로 미묘한 것이어서 과불급(過不及)을 일률적으로 말하기 어렵다고 하겠다. 벽초 자신은 이 문제를 어떻게 생각했던가. 그는 「문학청년들의 갈 길」(『조광』 1937.1)이라는 짤막한 글에서 다음과 같이 말하고 있어 주목에 값한다.

나는 (…) 독특한 혼에서 흘러나오는 독특한 내용과 형식이 있어야 겠다고 생각합니다. 일시 관심되던 프로문학도 이러한 산 혼에서 우러나오는 문학이 아니면 문학적으로 실패할 것은 정한 일입니다.

우리는 외부의 사상적 척도 그것보다 먼저 순진하게 참되고 죽지 않는 정열로 번민하고 생산하는 문학에서 다시 출발하는 데 이 앞에 올 조선문학의 살길이 있다고 생각합니다.[17]

벽초에 대해 월북문인이라는 선입견만 가진 이들에게 이 발언은 뜻밖일지 모르겠다. 하지만 가슴을 열고 읽어보라. 문학은 외부의 사상적 척도에 좌우되기보다 자신의 내면에서 우러나오는 영혼의 소리에 귀를 기울여야 살길이 있다고 하는 이 발언은 오늘의 우리에게도 큰 울림을 주지 않는가. 하지만 다른 한편 그의 말이 의외인 듯이 들리는 것도 사실이다. 한때 그는 조선공산당 비밀당원이라는 잘못된 소문도 있었고, 비록 공산주의자가 아님은 분명하더라도 사회주의운동에 대해 개방적 태도를 견지한 민족주의자였음은 분명하기 때문이다. 그러나 그런 인물에게 씌워진 한국사회의 편견과 달리 그는 앞의 인용문에 보이듯 당시 프로문학 일부의 시류에 편승한 교조주의와 도식주의에 대해 분명한 비판적 입장을 표

---

17 같은 책 93~94면.

했던 것이다.

그의 이런 유연한 입장은 다른 자리에서도 거듭 표명된다. 그는 모윤숙(毛允淑)과의 인터뷰 「이조문학 기타」(『삼천리문학』 1938.1)에서 기계적 도덕주의에 반대하면서 문학의 자율성과 창작의 자발성을 다음과 같이 강조하여 주장한다.[18] "의무를 가지고서야 어찌 예술작품을 완성합니까? 먼저 정서가 주가 되어야지요." "저 생긴 대로 제 생각나는 대로 쓰는 것이 작품이지 '이렇게 해야 되겠다' 해가지고 쓰면 그 작품이 비록 문자적으로는 도덕적이고 선적(善的)이라 하더라도 독자가 신용하지 않지요."

해방 후에도 그의 이런 입장에는 변함이 없다. 「벽초 홍명희 선생을 둘러싼 문학담의」(『대조大潮』 1946.1)에서 참석자 중의 한 사람인 이원조(李源朝)가 "문학이 정치를 도와나가는 것은 좋으나 그 때문에 문학의 독자성을 잃어서는 안 되리라 생각하는데…"라고 말을 꺼내자, 벽초는 오히려 여기서 한걸음 더 나아가 "문학이 독자성을 잃으면 벌써 문학이 아닐 테지"라고 단언하는 것이다.[19] 「홍명희·설정식 대담기」(『신세대』 1948.5)에서도 벽초는, 새로운 문학건설을 위해 작가가 어떤 태도를 취하는 게 좋겠느냐는 설정식(薛貞植)의 물음에, "그것은 무어 그렇게 공식적으로 생각할 필요가 있을까?"라고 물음 자체에 회의를 표하면서, 공장에 생산계획 할당하듯이 예술가에게 창작을 주문할 수는 없는 노릇 아니냐고, 공식주의에 대한 반대를 분명히 나타낸다.[20]

그러나 물론 벽초가 미학적 순수주의자였던 것은 결코 아니다. 방금 인용한 설정식과의 대담에서도 그는 문학과 정치의 관계에 대해 틀에 박힌 공식의 기계적 적용을 배격하고 구체적 시대현실 속에서 유연하게 사고할 것을 주문한다. 그는 문학을 정치에 예속시켜서도 안 되고 예속시킬

---

18 같은 책 175면.
19 같은 책 192면.
20 같은 책 220면.

수도 없다는 원칙을 분명히 지지하면서도 문학인이 현실의 국외자일 수 없다고 보고 시대의 추세를 안 따라갈 수 없다는 점을 인정한다. 소련의 경우 언뜻 보면 문학이 정치에 예속되어 있는 것 같기도 하지만 그것은 과도기의 불가피한 현상일 뿐이라고 그는 설명한다. 정치를 광범위하게 해석할 때 문학인이 정치를 떠날 수는 없다는 것이 그의 생각인 것이다.[21] 문학예술과 시대현실 간의 적절한 균형을 지향하는 벽초의 중도적 문학 관을 엿볼 수 있다고 하겠다.


## 5

주지하듯 『임꺽정』은 연산군 때의 갑자사화(1504)부터 명종 때의 을묘 왜변(1555)에 이르기까지 50여년을 배경으로 그 시대의 굵직한 정치적 변 동과 거기 연계된 각계각층 사회구성원의 생활현실을 다루고 있을뿐더러 작가의 다채로운 경험과 풍부한 학식이 녹아들어 있으므로, 단일한 관점 에서 일목요연하게 분석한다는 것은 처음부터 바랄 수 없는 일이다. 이런 점을 전제로 하면서 앞에서 논의한 벽초의 이념적 지향, 특히 양반계급의 역사적 운명에 관한 벽초의 사색이 어떻게 소설 속에 구체화되고 있는지, 주로 그 문제를 중심으로 살펴보려고 한다.

"당신에게는 나 하나 있고 없는 것이 대사가 아니지만, 나는 그렇지 아니하여 당신에게서 떨어지면 다시 붙을 곳이 없는 사람이오."
"당신이 말이오, 무어요? 당신이 그런 말을 진정으로 한다면 나는 당 신을 잘못 믿었소. (…) 당신이 나를 못 믿으시는 게지, 사람의 맘을 몰

21 같은 책 217면.

라주어도 분수가 있습네다."

"내가 말을 잘못했어. 울지 말고 내 이야기나 좀 들어주어."[22]

　중간의 지문은 빼고 대화만 여기에 옮겨놓았다. 이 부분만 읽고 소설의 어느 대목인지 짐작할 수 있을는지 모르겠다. 사화(士禍)를 만나 구명도생하던 〈봉단편〉의 주인공 이장곤은 함경도로 흘러들었다가 고리백정네 집 사위가 된다. 아내 봉단이는 백정의 딸답지 않게 곱고 총명하다. 도망길에 잠깐 쉬던 이장곤이 냇가에서 물을 얻어 마시려다가 봉단이와 눈이 맞아 결국 부부의 연을 맺게 되었던 것이다. 이장곤이 그녀를 아내로 택한 것이 다만 잠시의 피난을 위한 방편이 아니었듯이, 봉단이는 그보다 더 진정한 의미에서 생애를 건 선택을 한 것이었다. 그런데 그들의 신혼은 평탄치 못하다. 억척스러운 봉단 어머니는 게으른 사위를 보다 못해 집에서 내쫓고, 그 때문에 죽네사네 하던 봉단이는 작은아버지 양주팔(뒷날의 갓바치)의 집에 숨어 있던 이장곤을 몰래 찾아와, 부부간에 위와 같은 대화를 나눈다. 그러니까 그들은 결혼파탄의 위기를 맞아 새삼 애정의 진정성을 확인하는 절차를 밟는 것이다. 결국 이장곤은 자신의 진짜 신분과 내력을 봉단에게 사실대로 털어놓게 된다. 다음은 그러고 난 뒤 부부가 주고받는 대화이다.

"좋은 세상이 되면 다시 나가실 수 있겠지요?"

"암, 그렇지."

"대체 양반도 없고 백정도 없는 세상은 없나요? (…) 여보세요, 좀 일어나 앉으세요. 인제는 내 이야기를 들어주세요."

"무슨 이야기?"

---

22 『임꺽정』 제1권, 121면.

"당신이 녹록한 사나이가 아닌 것은 미리부터 짐작한 바이지마는 삼한갑족의 양반인 것만은 생각지 못한 일입니다. 그런 줄을 알았더면 뒷일을 한번 더 생각하였을 것인데, 그리 못한 것이 당신에게 속은 셈입니다. 당신은 잠시 액회(厄會)를 면하시려고 만리 전정을 생각지 않으실 리가 없으셨겠지요? 좋은 세상이 되는 날에는 백정의 사위가 우세거리요, 망신거리지요? 그때 나를 어찌하실 생각이세요?"

"(…) 남편에게 좋은 세상이면 아내에게도 좋을 것이고 아내에게 좋지 못한 세상이면 남편에게도 좋지 못할 터이지."

"서울 양반에게 좋은 세상이 시골 백정의 딸에게 좋을는지 누가 알아요? 도리어 좋지 못할는지도 모르지요."

"여보! (…) 장래에 좋은 세상이 올는지 말는지 지금으로서는 모르는 일이거니와 설혹 온다손 잡더라도 그대를 버리고 나 혼자 누릴 생각은 없소. 저기 하늘이 내려다보시오."[23]

작가가 주인공들의 이 대화를 통해 무엇을 문제삼고 있는지, 그 주제를 파악하는 것은 어려운 일이 아니다. 핵심개념은 아마 '좋은 세상'일 것이다. '서방정토'라든가 '천년왕국' 같은 개념들도 따지고 보면 '좋은 세상'의 종교적 확장이겠지만, 그렇게까지 멀리 가지 않더라도 억압과 천대가 없는 평등하고 평화로운 세계에 대한 인간의 꿈은 유사 이래 끝없이 이어져왔다고 할 것이다. 계급해방·민족해방·인간해방 같은 말들은 그런 꿈으로부터 솟아오른 그때그때의 구호일 뿐이다.

그런데 이장곤과 봉단 부부를 둘러싼 객관적 현실은 꿈의 실현에 적대적이다. 길게 설명할 필요 없이 그들은 양반과 천민 간의 계급적 장벽이 철통같이 높았던 시대를 살고 있는 것이다. 소설 속에서 이장곤은 봉단이

---

**23** 같은 책 122~23면.

와 함께 철벽을 넘어 끝까지 동행할 것을 하늘에 맹세한다. "남편에게 좋은 세상이면 아내에게도 좋을" 것이란 이장곤의 발언은 자신과 봉단이 사이에 있는 모든 성적·신분적·사회적 차별을 초월하겠다는 맹약이다. 그것은 그 자체로서 높은 이상의 표명임이 분명하다. 하지만 소설 바깥에서 생각해보면 그것은 비현실에 가깝다. 그런데 벽초는 소설 『임꺽정』에서 보는 바와 같이 역사상의 실존인물 이장곤에 얽힌 희미한 민간설화를 바탕으로 비현실을 현실로 바꾸어 실감나는 문학적 초상을 창조하는 데 성공했다. 〈봉단편〉〈피장편〉을 끌고 가는 문학적 흥미의 요체는 바로 그 기적에 있다.

앞에서도 언급했듯 벽초는 양반계급의 운명에 대해 본격적으로 연구하고 싶다는 희망을 피력한 바 있었다. 「양아잡록」이나 「이조 정치제도와 양반사상의 전모」 같은 글은 그런 희망의 부분적 실현이라고 할 수 있다. 다른 좌담이나 대담에서도 그는 양반정치의 폐해를 신랄하게 지적한다. 예컨대 『조선유학사』(민중서관 1949)의 저자 현상윤(玄相允)과 가진 대담 (1941.8)에서, 당쟁이 겉으로는 대의명분을 내세우지만 본질적으로는 "벼슬자리는 적고 벼슬할 양반 수효는 많은" 데서 오는 밥그릇싸움이라고 주장한다.[24]

그런데 「양아잡록」의 양반 항목이나 「이조 정치제도와 양반사상의 전모」 같은 글에서 주목되는 것은 그가 양반과 선비〔儒者〕를 구별하고 있다는 사실이다. 어떤 의미에서 그것은 양반계급 내부의 분열이라 해석할 수도 있는데, 벽초 자신 한 사람의 재야지식인으로서 서경덕·신이·조식 같은 은자들의 주변적 삶을 공감과 연민 속에 묘사하는 것은 어쩌면 자연스러운 일인지 모른다. 양반과 선비의 모순은 다음의 장면에서도 예리하게 부각된다.

---

24 임형택·강영주 편 『연구자료』, 184~85면.

"이씨가 이상한 사람이에요."

"그 사람이 예사 선비가 아니다. 지모방략이 삼군의 대장이 될 만한 사람이다. 그러나 일평생 크게 쓰이지는 못할 것이다."

"그 사람이 양반인 모양인데 어째서 쓰이지 못할까요?"

"양반이라고 저마다 쓰이게 되나. 때를 못 만나면 할 수 없지."

"때를 못 만나다니요? 양반이면 쥐새끼만 못한 것도 잘 쓰이는 때에 때를 못 만나면 다시 만날 때가 어디 있소?"

"그 사람의 팔자도 있지."

"팔자가 아니라 아마 양반이라도 사람이 쓸 만하면 세상에서 써주지 않는 게지요."

"너의 말을 둘러 들으면 세상에 쓰이는 양반은 대개가 몹쓸 사람이겠구나."

"대개뿐 아니라 일개로 몹쓸 것들이라고 해도 좋지요."

"무엇을 가지고 쓸 사람, 몹쓸 사람을 구별하는지 네 말은 모르겠다만, 이씨 같은 인재가 쓰이지 못하고 그대로 늙는 것은 아깝다고 하겠지."

"이씨는 양반이니까 일평생 천대만 받고 늙는 인재와는 다르지요."[25]

이것은 갖바치와 꺽정이가 팔도유람 중 제주도를 구경하고 돌아오다가 동행했던 이지함과 헤어지고 나서 그에 대해 주고받는 대화이다. 이지함은 『토정비결』로 유명한 바로 그 토정 선생이다. 알다시피 꺽정이는 천대받는 백정 아들로서 양반이 지배하는 세상에 대해 원한과 적대감이 넘치고, 갖바치는 백정 출신이되 학식과 지혜를 겸비한 이인(異人)이다. 한편 토정은 탁월한 역량을 지닌 인재이나 당대 정치현실에 치여 빛을 못 보는

---

25 『임꺽정』제2권, 391면.

소외된 양반이다. 앞의 인용에 보이듯 꺽정이는 거침없이 양반사회의 모순을 비난하고 양반계급의 죄악을 공격한다. 갖바치는 꺽정이와 동일한 계급적 기반 위에 서 있지만, 꺽정이의 감정적 과잉과 논리적 과오를 바로잡는 균형자 노릇을 한다.

이런 장면을 포함하여 소설 『임꺽정』 전편은 벽초가 갖바치나 꺽정이 같은 인물들의 설정을 통해 ── 그뿐만 아니라 조선시대 중기(16세기)에 실존했던 수많은 선비·관료들의 묘사를 통해 ── 자신의 계급적 뿌리인 양반계급에 대해 준엄한 비판적 검토를 행하고 있음을 보여준다. 그러나 거듭되는 얘기지만, 벽초는 사회적 실천에 있어서나 문학적 표현에 있어서나 어느 한 계급의 관점에 고착된 단색적 계급주의자가 아니었다. 한마디로 그는 여러 계급들의 애국적 연합이 절실히 요구되는 시대의 민족주의자였다. 때로는 그의 눈에 민족주의보다 더 근원적인 차원의 인간평등주의가 어른거리기도 했던 것 같다. 『임꺽정』의 다른 한 대목을 더 읽어 그점을 살펴보자.


"존대, 하오, 하게, 해라, 말이 모두 몇가지람. 말이 성가시게 생겨먹었어."

하고 말의 구별 많은 것을 타박하니 덕순이가 웃으면서

"말의 구별이 성가시다고 하자. 그러하니 너는 어쨌으면 좋겠단 말이냐?"

하고 물었다.

"말을 한가지만 쓰게 되면 좋을 것 아니오."

"어른 아이 구별 없이 말을 한가지만 쓰는 데가 천하에 어디 있단 말이냐?"

"두만강 건너 오랑캐들의 말은 우리말같이 성가시지 않은갑디다. 천왕동이의 말을 들으면 아비가 자식보고도 해라, 자식이 아비보고도 해라랍디다.”

“그러니까 오랑캐라지.”

“오랑캐가 어떻소? 그것들도 조선양반 마찬가지 사람이라오.”

하고 꺽정이가 덕순이와 말을 다툴 때에 대사가

“우리말에 층하가 너무 많은 것은 사실이겠지. 그렇지만 어른 아이는 고사하고 양반이니 상사람이니 차별이 있는 바에야 말이 자연 그렇게 된 것 아닌가.”

하고 말참례하고 나섰다.

“그런 차별이 있는 덕에 세상이 이 모양 아닌가요.”

“그런 차별은 있어온 지가 오랠세.”[26]


갖바치 병해대사가 주석하는 칠장사에 꺽정이와 김덕순(기묘사화 때 조광조와 함께 죽은 김식의 둘째아들)이 잠시 머무르는데, 이때 이봉학이 나타난다. 김덕순은 아이 때 헤어졌던 봉학이를 20여년 만에 보는지라 “자네를 만나기는 의외일세” 하고 반기고, 그러자 꺽정이는 왜 봉학이에게는 ‘하게’를 하고 자기에게는 ‘해라’를 하느냐며 덕순에게 대들어 위와 같은 장면이 벌어진 것이다. 우리말의 존칭체계가 복잡하다는 것은 누구나 실감하는 사실인데, 벽초는 그 점을 소재로 하여 위에 보이는 바와 같은 일종의 언어사회학적 고찰을 시도한다. 요컨대 우리말의 층하가 많은 것은 언어 자체의 문제가 아니라 현실 속에 실재하는 복잡한 계급구조의 반영이라는 것, 따라서 어떻게 하면 현실 자체를 평등한 인간사회로 개혁해나갈 것인가가 문제라는 것이 벽초의 생각인 셈이다.

여기서도 우리는 벽초의 기본사상을 다시 만난다. 그가 희구하는 것은 양반과 평민, 남자와 여자, 부자와 빈자가 “정치적·문화적으로 활동할 균

---

26 『임꺽정』 제3권, 362~63면.

일한 기회를 가지는" "완전한 합리적 인류사회"[27]의 실현이었다. 그런데 벽초에게 특징적인 것은 그 목표를 이루어가는 과정에서의 비현실적 과격주의와 관념적인 도식주의를 배격했다는 점이다. 그는 언제나 현실에 굳건히 발을 딛고 유연하고 점진적인 태도로 중도주의의 길을 걷고자 했다. 유일한 소설『임꺽정』에서나, 높은 지조로 일관한 생애에서나 그 점을 확인할 수 있다고 생각한다. 적어도 1948년 월북 이전까지는 그러했음이 확실하다.


6


벽초의 삶은 8·15해방과 더불어 격류에 휘말리게 된다. 그는 일제의 탄압에 굴하지 않은 고명한 민족지사의 한분이었기에 자의 반 타의 반 많은 단체에 이름이 차용될 수밖에 없었다. 하지만 난마처럼 얽힌 정치현실을 뚫고 나가는 것은 그의 경험과 체질로는 감당할 만한 것이 아니었다. 더욱이 미군정하의 남한은 벽초 같은 진정한 민족주의자들로서는 용서하기 어려운 방향으로 가고 있었다. 그것은 단순히 정치탄압이라든가 부정부패라든가 하는 말로 요약될 성질의 것이 아니라 역사의 반동으로서의 새로운 식민지체제의 등장이라고 할 만한 것이었기 때문이다. 마침내 그는 신간회 시기의 좌우합작과 남북협상운동의 연장선에서 개최된 남북연석회의에 참석한다는 명문으로 1948년 4월 월북했고, 회의가 끝닌 뒤에도 그대로 북에 남았다. 그가 북조선에서 융숭한 대우를 받고 고위직에 있었던 것은 잘 알려진 사실인데, 이러한 행보가 그동안 그가 추구해온 또는 견지해온 삶의 방식이나 정치적 이념에 진정으로 맞는 삶을 그에게 허용

---

27 「근우회(槿友會)에 희망」, 『동아일보』 1927.5.29; 임형택·강영주 편 『연구자료』 146면.

했는지는 의문이다. 어떻든 해방 이후의 그의 행적에 대해서는 다른 기준의 적용이 불가피하고 분단현실의 전개라는 전체적 맥락 속에서 별도의 심층적 검토가 필요하다. 하지만 분명히 단언할 수 있는 것은 고귀한 이상과 민족적 양심을 지키고자 했던 수많은 지식인과 활동가들에게 해방 후의 남북의 현실은 그 어느 쪽도 끝내 품위있는 삶을 허락하지 않았다는 사실이다. 숙청 또는 처형을 피했다는 것조차 치욕이 될 수밖에 없는 시대를 그들은 살았다.

〔2011〕

# 염상섭의 중도적 민족노선[1]

### 그의 50주기를 기념하여

## 1. 시작하는 말

다들 알고 있듯이 염상섭(廉想涉, 1897~1963)은 남긴 작품의 분량이 워낙 방대해서, 소수의 연구자 아니면 통독할 엄두를 내지 못한다. 대충 어림잡아도 장편소설 20여편, 중·단편 150여편, 평론·수필·잡문 등 250여편에 이른다. 이 모두를 통독한 사람은 많지 않을 것이다. 오랫동안 염상섭 논의가「표본실의 청개구리」(1921)『만세전』(1924)『삼대』(1931) 등 몇몇 이름난 작품에 집중되거나 특정 시기에 국한되었던 것은 그런 점에서 이해할 만한 일이다. 그러다가 전집의 발간(민음사 1987)과 탄생 100주년 기념 학술행사를 계기로『사랑과 죄』(1928)『무화과』(1932)『효풍』(1948)『취우』(1953) 등의 장편소설과 일련의 단편소설로 논의가 확장되었다. 하지만 그럼에도 염상섭의 대중화가 이루어졌다거나 그의 작품이 널리 읽힌다고

---

1 이 글은 2013년 6월 21일 경향신문사·한국작가회의·국제어문학회가 공동주최한 〈2013 염상섭 문학제〉에서 기조발제문으로 발표한 원고를 수정 보완한 것이다.

하기는 어렵다. 그 이유도 단순히 분량 때문만은 아니다. 일반 독자뿐 아니라 전문 연구자에게도 염상섭의 문학세계는 다니기 편치 않은 자갈밭이다. 그의 문체에 익숙지 않은 오늘의 독자에게는 이런 현상이 틀림없이 더 심할 것이다.

나 자신도 염상섭의 작품을 일부밖에 읽지 못한 부실한 독자의 한 사람이다. 그의 문학을 논하는 글도 조금밖에 쓰지 않았다.『만세전』의 뛰어난 성과를 염두에 두면서 장편소설『삼대』에 다루어진 시대적 변화의 의미를 등장인물의 갈등구조를 통해 분석해본 평론이「식민지적 변모와 그 한계」(『한국문학』3호, 현암사 1966)인데, 실로 오래전의 일이다. 이 글은 후일 「식민지적 근대인」이란 제목으로 고쳐서 평론집『민중시대의 문학』(창작과비평사 1979)에 실었다.

어찌 보면『만세전』과『삼대』는 염상섭 소설 가운데 예외적인 위치에 있다. 그의 대다수 작품들이 독자에게 경원되어온 것과 달리 이 두 작품은 국민적 교양소설이라 할 만큼 많이 읽히고 있을뿐더러 평론가들에게도 집중적인 논의의 대상이 되어왔는데, 내가『삼대』에 관해 글을 쓸 무렵은 아직 그런 붐이 일기 전이었다. 당시 나는 식민지사관의 극복이라는 지식인사회의 새로운 흐름에 공감하고 그 방면에 관심을 가지면서, 그런 과제가 일제강점기 문학 속에 어떻게 반영되어 있는지 찾아보려고 하였다.『삼대』는 바로 그런 문제를 점검하기에 아주 적합한 텍스트라고 여겨졌던 것이다. 다들 알다시피 '식민지 근대화론'은 오늘날에도 매우 논쟁적인 화두로 남아 있는데, 당시 내가 받아들인 '식민지적 근대'는 근년 소위 뉴라이트 계열이 주장하는 '식민지 근대화론'과 반대로 일제의 강압적 식민통치에 의해 부분적으로는 봉건적 퇴행조차 수반되었던 반동적 근대화, 말하자면 근대화의 '왜곡'을 강조하는 개념이었다. 그러니까『삼대』는 구한말부터 식민지 초기까지를 살았던 전환기의 인간적 전형들이 어떻게 '식민지적 왜곡'의 도정을 밟았고, 또 그것을 극복하고자 애썼는지하는 문제를 집중적으로 파고든 소설이라고 파악되었다.

유신독재 시대의 한복판에서 맞은 해방 30주년의 의미를 음미하기 위해 쓴 글이 「8·15 직후의 한국문학」(『창작과비평』 1975년 가을호)이다. 역시 오래전이다. 이 글에서 나는 김동인, 채만식, 이태준, 김동리, 계용묵, 황순원, 이선희 등 여러 작가들의 단편소설을 검토했다. 그 주안점은 우리 민중이 일제 식민통치에 의해 어떤 고난을 겪었고 8·15를 통해 얻고자 한 것은 무엇이며 8·15가 우리 민중에게 실제로 가져다준 것은 무엇인지, 대상 작품들에 그려진 바를 통해 따져보는 것이었다. 결과적으로 8·15가 우리 민중의 삶에 가져온 것은 기대에 어긋나는 또다른 고통일 뿐이라는 것이 다수 작가들의 문학적 증언이었고, 그런 점에서 8·15는 미완의 해방이라는 것이 내 결론이었다.

위의 여러 작가들 작품과 함께 다룬 것이 염상섭의 연작단편 「이합(離合)」과 「재회」(1948) 및 「그 초기」(1948)이다. 이 작품들을 통해 나는 염상섭이 분단시대 초기의 정치사회 현실을 어떻게 묘사하고 있는지, 그리고 분단상황에서의 그의 정치적 입장이 어디를 향하고 있었는지 검토하고자 했다. 그 작품들에서 내가 받은 인상은 외세에 의해 분단된 남과 북 어느 쪽에서도 진정한 자기실현의 공간을 발견하지 못하는 '실존적 방황'의 정서가 염상섭 문학의 기반을 이루고 있다는 것이었고, 그런 점이 그를 비관적인 내지 염세적인 회의주의자로 만들었다는 것이었다.


## 2. '만연체' 문장의 사회적 기원

염상섭의 문체가 만연체라는 점은 두루 지적된 바로서, 거의 같은 시기에 문단에 등장하여 여러 면에서 대척적인 위치에 있었던 김동인(金東仁, 1900~51)과 비교해보면 그 점이 더욱 뚜렷하게 부각된다. 알다시피 김동인의 문장은 대체로 단문이어서 짧고 속도감이 있으며, 대상의 특징을 간명하게 포착하는 데 능하다. 장면의 전환도 빠르고 명쾌하며 인물의 묘사도 예리하고 직접적이다. 김동인의 소설이 잘 읽히고 더 인기가 있었던 것은 주로 그런 기술적인 면과 연관이 있을 것이다.

반면에 염상섭의 문장은 이와 아주 다르다. 그의 길게 늘어진 복문들은 대상을 곧바로 공략하는 것이 아니라 주위를 맴돌며 여기저기를 건드림으로써, 독자가 소설에 몰입하는 것을 방해하는 것처럼 보인다. 작가의 붓끝은 인물 행동을 서술할 때나 심리 추이를 묘사할 때나 결정적 포인트를 단숨에 타격하지 않고, 주변의 다양한 국면들과 연관된 복잡한 실타래를 끈질기게 추적할 뿐이라는 느낌을 준다. 등장인물 간에 지루하게 이어지는 대화들 역시 사건의 진행을 지연시키고 독자의 손쉬운 진입을 가로막는다. 상황의 다면성을 남김없이 포획하려는 작가의 거의 신경증적 집착은 독자의 선명한 이해를 어지럽혀 대상에 대한 통일적 영상을 해체하는 미학적 딜레마를 낳는 것이다.

동지 추위에 영하 십칠도 삼부 타던 것이 이틀지간에 내일이 크리스마스라는데 오늘은 아침결부터 고드름이 녹아내리더니 한나절 절쩌거리던 진고개 어구는 석양판이 되니까 벌써 먼지가 날릴 듯이 뽀송뽀송하고 날씨는 여전히 푸근하다.[2]

이것은 장편소설 『효풍』의 첫 문장이다. '엊그제까지 심하게 동지 추위를 하더니, 크리스마스를 하루 앞둔 오늘은 날씨가 확 풀렸다'는 내용인데, 위에 보이는 바와 같은 늘어진 문장 때문에 독자로서는 묘사의 목표

---

2 염상섭 『효풍(曉風)』, 실천문학사 1998, 9면. 1948년 『자유신문』에 연재되고 나서 50년 만에 단행본으로 출간되었다.

자체가 몽롱해지는 느낌이다. 하지만 따져보면 몽롱 효과의 발생에 관여하는 것이 묘사의 상세함 자체는 아니다. 위의 문장을 몇개의 단위로 분해해보면, '이틀 전 동지 때는 영하 17도 3부까지 추웠다' '내일은 크리스마스란다' '오늘은 날씨가 풀려 아침엔 고드름도 녹아내렸다' '진고개 어구는 한나절 질척거리더니 저녁엔 뽀송뽀송해졌다'—이렇게 적어도 네 부분으로 나눌 수 있는데, 각각의 부분들은 누구에게나 매우 구체적이고 선명하다. 그렇다면 염상섭 소설문장의 독특한 불투명은 어디에서 연유한 것인가.

우선 생각해볼 수 있는 것은 위의 예문에서처럼 상이한 요소들이 한 문장 안에 잡다하게 군거(群居)하고 있어 인상의 분산에 기여하고 있다는 점이다. 더구나 이 요소들은 소설의 도입부에 위치해 있기 때문에, 저마다 앞으로 전개될 사건의 복선으로 활용되거나 중심적 배경이 될 권리를 주장할 수 있다. 이어지는 문장들에서도 단일한 서술초점이라 할 만한 것이 명확하게 제시되지 않음으로써 상황의 불투명, 즉 독서의 불편은 한동안 계속되는 것이다. 이것은 생각건대 사물을 관찰하는 주인공 화자의 시선 안에 어떤 보이지 않는 장애가 개입하여 모종의 분산작용을 하는 것이 아닌가 하는 의구심을 자아낸다. 그렇다면 이것은 단순히 문체의 문제를 넘어서는, 염상섭 문학의 더 깊은 차원에 대한 고찰을 요하는 문제일 것이다.

염상섭 소설의 화자인물 내지 시점인물이 갖는 공통점은 그들이 회의주의자라는 데 있다. 이 용어가 지나치게 단정적이라면 염상섭 주인공들은 삶의 순간마다 입장선택을 끊임없이 유보하는 사람들이라고 할 수 있다. 그들은 대체로 특정의 이념에 투철한 이상주의자가 아니다. 그들은 인생에서 고수해야 할 어떤 철학적 원칙을 가지지 않는다. 이런 인물들을 낳은 원천적 존재로서의 염상섭 자신이 내가 보기에는 생활과 이념, 작품과 세계관의 일치를 추구한 완벽주의자가 아닌 것이다. 오히려 작가는 평생 일정한 정도의 내적 균열을 지니고 살았던 것으로 추측된다. 이런 점과 관련하여「문학소년 시대의 회상」이란 글이 주목된다.

신문학에 있어서는 이 시대 사람들이 개척자의 소임을 맡는 수밖에 없으니까 불가피한 일이라고 하겠지마는, 자국(自國)의 고유한 문학 속에서 자라나지 못하고 전연 문화적 혹은 문학적 이민(移民)으로 나가서 외국문화·타방(他邦)문학 속에서 성장하여 가지고 돌아와서 자기 문학을 세운다는 것은 불행한 일이요 불명예하기도 한 일이다.[3]

역시 염상섭 특유의 길게 헝클어진 문장인데, 그러나 꼼꼼히 따져 읽으면 자신의 문학적 출발에 관한 중요한 자기인식이 표명되어 있음을 간취할 수 있다. 널리 알려진 사실은 아니지만, 염상섭은 불과 15세의 나이에 일본으로 건너가 그곳에서 23세까지 체류하면서 중등학교와 대학과정을 이수했다. 그리고 주로 일본 작품의 독서를 통해 문학에 입문했다. 초창기의 문인들 다수가 일본유학 경험자들이라 해도 염상섭처럼 한창 예민한 청소년기를 8년씩이나 일본에서 보낸 것은 아주 이례적인 경우일 것이다. 그 뒤에도 1926년부터 이태 동안 다시 일본에 머물면서 일본문단 데뷔를 모색했다. 그런 까닭에 그는 동시대의 문인들 가운데 누구보다도 일본어 구사에 능했다고 한다. 하지만 그만큼 우리말 구사에는 장애가 있었다고 짐작할 수 있다. 그런데 위에 인용된 진술은 그런 사실들이 그의 내면에 하나의 상처로 또는 일종의 죄책감으로 남아서 은연중 그를 속박하고 있었음을 증언한다. '자국의 고유한 문학 속에서 자라나지 못했다'는 문학적 이주민의식 같은 것이 그의 무의식을 압박하고 있었던 것이다. 존중해야 할 의무감으로 다가오는 고유문화와 깊숙이 침윤된 외래문화 사이에

---

3 한기형·이혜령 편『염상섭 문장전집』III권, 소명출판 2014, 307면. 처음 글을 쓸 때는 양주동(梁柱東)이 엮은『민족문화독본』(문연사 1955)을 참고했으나『염상섭 문장전집』출간 뒤 이를 재확인함.

서 그는 다소간에 자기분열의 질환을 앓았던 것으로 추측되는데, 그런 것들이 그의 만연체 문장으로 그리고 회의주의적 세계관으로 나타났을 것이다.

## 3. 민족의식의 발생과 발전

최근 세권으로 간행된 『염상섭 문장전집』[4]을 보면 염상섭은 소설이 아니라 평론으로 문필활동을 시작했음을 알 수 있다. 그런데 우리의 상식을 깨는 것은 그의 평론이 문학에만 국한되지 않은 광범한 사회적 주제에 관한 것이고 또 그 평론들이 일본에서 근대교육을 받은 사람답게 근대적 계몽주의자의 시각을 적극적으로 드러내고 있다는 사실이다. 그의 최초의 문장이 여성의 각성에 관한 것이라는 것은 염상섭의 문제의식이 그보다 시기적으로 조금 앞섰던 이광수의 자유연애론으로부터 확실하게 한걸음 더 나아간 것임을 말해준다. 그는 1920년대 내내 계급문학과 입장을 달리하는 문학평론을 발표하여 보수진영의 논객으로 통했음에도 불구하고 「노동운동의 경향과 노동의 진의」[5] 같은 글에 보이는 바와 같이 대학생시절 노동자체험의 소유자일 뿐 아니라 노동문제 자체에 대해서도 상당한 이론적 이해를 가진 새로운 종류의 지식인임을 입증하고 있다.

물론 소설과 평론을 통틀어 염상섭 초기의 대표작은 『만세전』이다. 그런데 일찍이 이재선(李在銑) 교수는 『만세전』이 일제 종뇨부낭국의 섬얼과 해방 후 재출판을 거치는 동안 여러차례 개작되었음을 상세히 고증

---

4 한기형·이혜령 엮음 『염상섭 문장 전집』 I·II권(2013), III권(2014), 소명출판. 필자는 〈2013 염상섭 문학제〉에서 발제를 하고 난 뒤에 이 공들인 전집을 보고 이에 근거하여 약간의 보완을 했다.

5 『동아일보』 1920.4.20~26.

한 바 있다.[6] 정치적 탄압과 사회적 격변이 심했던 우리나라의 경우 작품의 완성도를 높이기 위한 '미학적 수정'과는 다른 차원에서 개작과 첨삭이 행해지는 수가 적지 않았고, 이것은 불가피하게 정본(定本) 문제를 야기할 수밖에 없다. 따라서 『만세전』처럼 개작과정을 거친 작품을 대상으로 작가의 식민지시대에 관한 인식을 논한다면 이재선 교수의 지적대로 1948년의 텍스트가 아니라 1924년의 텍스트를 근거로 삼는 것이 정당하다. 그런 점을 감안하면서 『만세전』의 한 대목을 읽어보자.

사실 말이지, 나는 그 소위 우국지사는 아니나 자기가 망국 백성이라는 것은 어느 때나 잊지 않고 있기는 하다. 학교나 하숙에서 지내는 데는 일본 사람과 오히려 서로 통사정을 하느니만큼 좀 낫다. 그러나 그 외의 경우의 고통은 참을 수 없는 때가 많다. 그러나 또 한편으로 생각하면 망국 백성이 된 지 벌써 근 십년 동안 인제는 무관심하도록 주위가 관대하게 내버려두었었다. 도리어 소학교 시대에는 일본 교사와 충돌하여 퇴학을 하고 조선 역사를 가르치는 사립학교로 전학을 하는 등, 솔직한 어린 마음에 애국심이 비교적 열렬하였지마는, 차차 지각이 나자마자 일본으로 건너간 뒤에는 간혹 심사 틀리는 일을 당하거나 일년에 한번씩 귀국하는 길에 하관이나 부산·경성에서 조사를 당하고, 성이 가시게 할 때에는 귀찮기도 하고 분하기도 하지마는 그때뿐이요, 그리

6 이재선 「일제의 검열과 『만세전』의 개작」, 『문학사상』 1979.11. 이 교수의 연구에 따르면 『만세전』은 1922년 7월부터 『신생활(新生活)』지에 '묘지(墓地)'란 제목으로 3회까지 연재되다가 잡지의 폐간으로 중단되었고(3회 연재분은 전문 삭제 처분), 1924년 4월부터 『시대일보』에 '만세전'으로 제목을 바꾸어 연재를 재개함으로써 완성되었다. 곧이어 그 해 8월 개작을 거친 단행본이 고려공사(高麗公司)에서 간행되었는바, 이 초간본에는 검열로 삭제되었던 연재분이 그대로 수록되어 있어 신문·잡지와 단행본에 대한 검열의 기준이 달랐다는 추론을 낳는다. 그리고 해방 후 1948년 2월에는 다시 개작한 판본이 수선사(首善社)에서 간행되었다. 대부분의 문학전집·선집에 수록된 것은 이 수선사본인데, 1960년대 초 필자가 개작인 줄 모르고 읽었던 것도 이 판본이었다.

적개심이나 반항심을 일으킬 기회가 적었었다. 적개심이나 반항심이란 것은 압박과 학대에 정비례하는 것이나, 기실 그것은 민족적으로 활로를 얻는 유일한 수단이다.[7]

이것은 일본 도쿄에서 대학을 다니던 주인공 이인화가 아내 위독의 전보를 받고 귀국길에 오른 셋째날 승선수속 도중 심한 수색을 당하고는 분해서 하는 생각이다. 위의 인용은 1948년판 수선사본에 근거한 창비판 『만세전』에서 옮긴 것인데, 이재선 교수에 의하면 바로 이 대목에 검열당국의 '삭제' 날인과 '금(禁)'이란 붉은 색연필이 그어져 있고, 이런 대목들 때문에 연재 3회분 전체가 삭제되었을뿐더러 『신생활』지 자체가 폐간되었다고 한다. 그런데 이 교수가 찾아낸 1922년의 연재원본과 위에 인용된 창비판을 비교해보면 마지막 문장("적개심이나 (…) 유일한 수단이다") 이 추가된 것 이외에도 부분적으로 적잖은 수정이 가해졌음을 알 수 있다. 그러나 작품 전체로 볼 때에는 작가가 표현상의 이유로 문장을 깁고 다듬은 것이지 8·15해방이라는 정치적 계기 때문에 빼거나 보탠 것은 아니라고 볼 만하다. 따라서 이 작품이 비평가에게 제기하는 근본문제는 이 교수가 해결한 서지(書誌)상의 혼란이 아니다. 더구나 1920~30년대의 독자와 비평가들에게는 그런 차원의 개작문제가 생기기도 전이었다.

『만세전』의 화자인물은 아직 학생 신분이고 스스로 자인하듯이 '우국지사'도 아니다. '망국 백성'이라는 것을 항시 잊지 않고는 있으나 적극적인 의미에서 민족주의를 추구한 적이 없는 뜅뜅한 인물이다. 그러니끼 주인공 이인화는 당시의 좌파 평론가들이 극력 비판하던 부르주아 출신의 보수주의자로서, 루카치 소설론에서 말하는 '중간적 개인'이라 할 수 있는 존재이다. 어쩌면 작가가 그런 인물을 관찰자-서술자로 선택했기 때

---

7 염상섭 『20세기 한국소설 02: 염상섭』, 창비 2005, 86~87면.

문에 1919년 만세운동 전야의 조선 풍경은 민족 또는 계급이념을 의식적으로 표방한 동시대 다른 작가의 소설에서보다 더 통렬하고 전면적으로 그려질 수 있었을 것이다. 후일 임화(林和)가 문학사 연구에 몰두할 때 근대소설 20년을 개관하는 논문에서 염상섭의 비관적 현실인식을 '페시미즘'으로 명명하고 "그의 청춘기를 대표하는 장편『만세전』은 이러한 페시미즘으로 충만되어 있는 걸작이다"[8]라고 지적한 것은 그런 점에서 정당한 평가였다.

『만세전』에 이어 발표된, 염상섭의 작가적 성숙을 대표하는 걸작은 두말할 것 없이 장편소설『삼대』이다. 연재에 앞서 작가는 "새로운 뜻을 뼈로 삼고 조선의 현실사회의 움직이는 모양을 피로 하고 중산계급의 살림과 그들의 생각을 살로 붙여서 그리려는 것"[9]이라고 작의(作意)를 밝히고 있다. 그가 말하는 '새로운 뜻'이 무엇인지, 그리고 그가 그려낸 '조선 현실사회의 움직임'이 구체적으로 어떤 것인지는 결국 작품을 다시 읽어서 점검하는 수밖에 없는데, 이것은 간단한 일이 아니다. 다만『삼대』역시 해방 이후 만만찮게 개작이 이루어졌음을 상기하면서 이 작품에 드러난 작가의 사회의식에 관해 잠시 언급하는 것으로 책임을 면하려 한다.

알다시피 이 작품에는 조선 봉건체제의 몰락과 근대적 전환의 양상이 한편으로는 봉건지주인 할아버지 조의관과 타락한 개화신사로서의 아버지 조상훈을 거쳐 양심적 지식인 조덕기에 이르는 세대간의 갈등으로 표출되고, 다른 한편으로는 청년 부르주아 조덕기와 그의 친구인 청년 맑스주의자 김병화의 대립으로 나타나 있다. 염상섭 나름으로 당대의 사회변화와 이념적 분열을 포괄적으로 그리고자 시도한 것이었음은 작품 자체의 성과로도 입증되지만, 후일 그가 「횡보(橫步) 문단회상기」에서 다음과

---

8 임화「소설문학의 20년」, 임화문학예술전집 편찬위원회 엮음『임화문학예술전집 2: 문학사』, 소명출판 2009, 449면.
9 『조선일보』1930.12.27.

같이 회고한 데서도 거듭 확인된다. "『삼대』는 신구시대(新舊時代)를 조손(祖孫)으로, 그 중간의 신구완충지대적인 시대, 즉 흑백의 중간적이요 흐릿한 회색적 존재로서 부친의 대를 개재시켜 세 시대상의 추이와 그 특징을 밝힌 작품이다. (…) 조부는 만세전 사람이요, 부친은 만세후의 허탈상태에서 자타락(自墮落)한 생활에 헤매던 무이상(無理想)·무해결(無解決)인 자연주의 문학의 본질과 같이 현실폭로를 상징한 부정적인 존재이며, 손자의 대에 와서 비로소 새 길을 찾아들려고 허덕이다가 손에 잡힌 것이, 그 소위 심퍼사이저라고 하는, 즉 좌익에의 동조자 혹은 동정자라는 것이었다."[10] 이런 점이 『삼대』를 염상섭의 대표적인 리얼리즘 업적으로 평가하게 만들었던 것이다.

그런데 소설의 중심인물이자 "중산계급의 살림"을 대표하는 덕기는 대학진학을 앞두고 "법과보다는 경제과나 상과를 하면 어떻겠니?"라고 묻는 부친에게 법과를 택하겠다고 답하면서, "법과 중에도 형법에 주력을 써서 장래에는 변호사가 되겠다는 생각을" 피력한다. 그러면서 그는 속으로 이렇게 자기 입장을 정리한다.

어쨌든 덕기는 무산운동에 대하여 무관심으로 냉담히 방관할 수 없고 그렇다고 제일선에 나서서 싸울 성격도 아니요 처지도 아니니까 차라리 일 간호졸 격으로 변호사나 되어서 뒷일이나 보면 좋겠다는 생각이었다. 덮어놓고 크게 되겠다는 공상도 가지고 있지 않으나, 책상물림의 뒷방 서방님으로 일생을 마치기도 싫었다. 제 분수대로는 무어나 하고 싶었다.[11]

10 염상섭 「횡보 문단회상기」, 『사상계』 1962.11; 『염상섭 문장전집』 III권, 605면.
11 염상섭 『삼대』, 창비 2007, 125면. 『삼대』는 1931년 『조선일보』에 연재되었고, 해방 후 개작하여 1948년 을유문화사에서 간행되었다. 필자가 1966년 「식민지적 변모와 그 한계」를 쓸 때 읽고 참고한 것은 『한국문학전집』(민중서관 1959)에 수록된 개작본인데, 창비판

염상섭의 문학생애 전체를 놓고 볼 때에도 이것은 매우 중대한 발언이다. 앞서도 언급했듯이 당시까지 그는 기성문단을 대표하는 보수논객의 일원으로 신경향파 비평가들과 논전을 벌이고 있었고 사회적으로도 그렇게 인식되고 있었다. 그렇다면 비판적 관찰자로서의 이인화나 그 연장선에서 무산운동의 후원자가 될 것을 결심하는 조덕기 같은 염상섭 소설인물들과 보수진영 논객으로서의 작가 염상섭은 어떤 관계에 있는가. 물론 인화나 덕기가 설사 염상섭 자신의 소설적 분신이라 해도 그것이 작가의 사상적 전환을 직접적으로 증명한다고 볼 수는 없다. 그러나 어쨌든 그가 치열한 논쟁의 적방이었던 무산계급운동에 대해 포용적 자세를 나타낸 것은 분명한 사실이다. 이제 시기적으로 『만세전』과 『삼대』 사이에 위치한 단편소설 한편과 그 작품을 둘러싸고 벌어진 비평적 논란들을 살펴봄으로써 『만세전』부터 『삼대』까지 이르는 동안 염상섭의 문학적 사유가 어떤 변천경로를 밟았는지 살펴보자.

## 4. 민족주의와 계급주의가 경합하는 지점에서

"상섭은 당시에 비평가로서 자임하고 있었지 이 위에 소설가로 출세할 자기를 예상치 않았기에 이런 비평가 만세적(批評家萬歲的) 비평론을 주장하였으리라."[12] 이렇게 김동인은 염상섭에 관해 회고한 적이 있다. 이 문장에서 김동인이 말한 '당시'란 염상섭이 소설가로 등장하기 직전을 가

---

『삼대』는 1931년의 『조선일보』 연재를 저본으로 삼되 을유문화사 개작본을 참고했다고 한다. 다행히 인용된 부분은 연재본과 개작본이 일치한다.

12 김동인 「조선근대소설고」(1929), 권영민 편 『한국현대문학비평사: 자료 3-1』, 한국학술정보 2004, 154면.

리키는데, 이때 두 사람은 김환(金煥)의 단편소설 「자연의 자각」(1920)을 둘러싸고 비평가의 역할에 관해 잠깐 논쟁을 벌인 바 있었다. 염상섭이 "범죄를 탐구하는 재판관" 같은 비평가의 객관적 역할을 주장한 데 대해 김동인은 "활동사진 변사" 같은 작품해설자로서의 비평가의 역할을 강조한 것이었다.

논쟁 직후 염상섭은 「표본실의 청개구리」 발표로 김동인에게 소설계의 새로운 '강적'이 출현했음을 알렸다. 하지만 그런 다음에도 그는 소설로 완전히 전향한 것이 아니라 활발하게 평론을 집필했다. 예컨대 그는 카프(KAPF)가 결성되고 평단의 중심이 박영희(朴英熙)·김팔봉(金八峰) 등 좌파에게 옮겨간 시기에도 「계급문학을 논하여 소위 신경향파에 여(與)함」[13] 같은 도발적인 제목의 논설을 발표했다. 물론 카프 측의 즉각적인 반론이 나왔다. 염상섭의 논문연재가 미처 끝나기도 전에 박영희는 「신흥예술의 이론적 근거를 논하여 염상섭 군의 무지를 박(駁)함」[14]을 연재하기 시작한 것이다. 논쟁의 내용 여하를 떠나 당시 젊은 문인들이 얼마나 열의에 가득 차 있었는지 짐작케 하는 일화이다.

그런데 지금의 관점에서 흥미로운 것은 박영희가 염상섭을 비판하면서 터무니없이 과격한 용어와 노골적인 인신공격을 퍼붓는 중에도 작품의 예를 들어 자신의 논지를 정당화하려고 했던 점이다. 오늘에 와서는 박영희의 글에서 설익은 관념들이 줄줄이 나열된 '이론'의 대목보다 염상섭의 단편 「윤전기」(1925) 분석을 통해 구체적 논증을 시도한 '비평'의 대목이 살아 있는 부분으로 읽힌다. 「윤전기」 자체는 『만세전』에 비할 수 없이 떨어지는 소품이지만, 이후에도 이 작품을 중심으로 쟁점들이 교차했기에 비평사적 의의를 얻게 되었다. 이 점을 차례로 살펴보자.

---

**13** 『조선일보』 1926.1.22~2.4.
**14** 『조선일보』 1926.2.3~19.

「윤전기」의 구성은 비교적 단순하다. 신문사는 경영난으로 두세달 넘게 급료를 지급하지 못했고, 견디다 못한 공무국 노동자들은 태업 중이다. 하지만 신문사에는 경영주가 따로 있는 것이 아니다. 사원회의에서 선출된 위원들이 경영을 공동으로 책임지고 있는데, 작품의 시점인물인 편집국의 A가 야간관리를 맡고 있고 다른 편집국원은 밤 10시까지 돈을 구해 돌아오기로 약속하고 출타 중이다. 공무국 직원들은 일손을 놓은 채 불만을 터뜨리며 A에게 항의한다. 하지만 A도 사주(社主)가 아닐뿐더러 공무국 직원보다 형편이 크게 더 나은 사람이 아니다. 그도 집에 "장근 넉달 동안에 단돈 일원도 들여간 일이 없고" "사흘 전에 나올 때에 쌀이 떨어졌다던 말"을 아내에게서 들은 처지인 것이다. 그러면서도 A는 신문 발행을 포기할 수 없다고 생각한다. 다음 대목에 개진된 그의 생각은 아마 작품의 핵심에 관련되어 있을 것이다.

신문이 아무리 중하여도 먹어야 하지! 지당한 말이다. 그러나 굶고라도 신문을 죽여서는 아니 되겠다는 것은 허영심에서 나온 말인가? 야심인가? 달관인가 봉공심인가? 훌륭한 영혼에서 나온 의지의 활동이라 할까? 누구에게 물어볼까? 예수는 무어라고 하였나? 카알 맑스는 무어라구 하였누? 아니 세상에서는 무어라구들 하는구? (…) 하지만 신념만은 모든 것을 초월할 수 있고 모든 것을 포화(포괄―인용자)할 수 있는 것이다![15]

이렇게 생각하는 편집국 간부 A와 공무국 노동자 간에 갈등이 지속되다가 마지막 순간에 인천지국에서 돈이 도착하고, 그리하여 모든 것은 화해로 끝난다. 주먹으로 책상을 내리치며 거칠게 항의하던 공원(덕삼이)

---

15 『조선문단』 1925.10.

은 눈물을 글썽이며 A에게 용서를 빌고, A도 "우리의 지금 하는 일이 노
자관계(勞資關係)로 싸우는 게 아니라고 그렇게 말을 하여도 끝끝내 그 야
단들을 하더니……" 하며 덕삼이의 손을 잡는 것이다. 노사화해의 결말인
셈이다.

이에 대해 박영희는「윤전기」를 "부르주아의 충복인 A와 공장 사람들"
이 임금을 둘러싸고 투쟁하는 과정을 철저히 A의 관점에서 그린 작품이
라고 혹독하게 비판하고 있다. A는 자본주와 사(社)를 대표하는 인물인바,
지극히 오만한 태도로 노동자를 조소하고 있다는 것이 박영희의 비난의
요지이다. "우리가 지금 노자관계로 싸우는 게 아니라"는 A의 말은 교활
한 속임수일 뿐이라고 그는 주장한다. 요컨대 싸움은 자본가와 노동자 사
이에서 벌어지고 있는바 A는 오직 자본가의 앞잡이일 뿐이며, A의 눈으
로 신문사 태업사태를 그린 작품으로서의「윤전기」는 전형적인 부르주아
문학이라는 것이다.[16]

그러나 이것은 계급주의적 도식에 맞추기 위한 억지 해석이다. 연보에
따르면 염상섭은 1920년 선배인 진학문(秦學文, 1890~1948)의 추천으로 언
론계에 입문한 이후 주간지 『동명(東明)』 편집주간(1923), 시대일보 사회
부장(1925), 조선일보 학예부장(1929) 등을 역임했다. 여러 언론사를 전전
한 셈인데, 그때마다 그가 경험한 것은 만성적인 경영난이었다.「윤전기」
를 집필하던 1925년 9월 염상섭은 시대일보사에 근무하고 있었는데, 이
신문도 극심한 재정난에 허덕이고 있었고, 그 때문에 제호와 사장이 몇차
례 바뀐 끝에 결국 폐간되었다. 그러니까「윤전기」는 시대일보·조선일보
등 식민지시대 우리말 언론기관들이 처한 열악한 경제상황의 문학적 반
영으로서, 계급적 모순을 자본가 편에서 그린 작품이라고 보는 것은 민족
현실을 외면한 도식주의적 판단이다.

---

16 『조선일보』 1926.2.16~17; 『박영희전집』 제3권, 영남대출판부 1997, 170~72면.

알다시피 박영희는 1933년 카프를 탈퇴하고 나서 자신의 입장을 변호하는 유명한 논문 「최근 문예이론의 신전개와 그 경향」[17]을 발표했고, 몇 해 뒤에는 「전쟁과 조선문학」[18] 같은 글에서 "일본정신의 예술화와 문학화"가 세계문학의 새로운 이상을 만들어낼 것이라고 주장함으로써 일제 파쇼체제에 굴복했다. 그런데 그는 그런 굴곡을 겪고 난 뒤에 집필한 「현대조선문학사」(1948)에서도 「윤전기」에 대한 비판적 입장을 버리지 않고 있다. 그는 그 문학사에서 「윤전기」의 스토리를 간단히 개관한 다음 이렇게 결론짓는다. "이리하여 프로문학에서 중요한 내용으로 되어 있는 노동자와 자본가와의 투쟁에 대하여 민족적으로 협조 일치하여야 할 것을 암시하는 한편 프롤레타리아운동의 공식적인 투쟁을 풍자하였다."[19]

같은 카프진영에 속해 있으면서도 박영희보다 더 진전된 미학적 사고를 전개한 비평가는 김팔봉이다. 그는 「변증적 사실주의」[20]라는 글에서 — '양식문제에 대한 초고'라는 글의 부제가 말해주듯이 — 당시 좌파 비평의 불치의 병폐인 유물론적 도식의 기계적 적용에서 한걸음 나아가 문학예술의 고유한 형식원리에 대해 고민하였고, 그 고민을 구체적인 작품분석을 통해 이론화하고자 하였다. 그러나 그 역시 프로문학 이론의 관념성을 극복하는 데까지 충분히 나아가지 못했고, 결국 박영희의 뒤를 이어 '친일'의 길로 들어섰다. 그럼에도 불구하고 그는 카프 초기 박영희·임화 등과의 논쟁과정에서 가장 균형잡힌 비평을 보여준 이론가였다고 생각된다. 「윤전기」의 공과를 평가함에 있어서도 그는 다음과 같이 미학과

---

**17** 『동아일보』 1934.1.2~11.

**18** 『인문평론』 1939.10.

**19** 박영희 「현대조선문학사」, 『사상계』 1959.2; 『박영희전집』 제2권, 478~79면. 박영희의 「현대조선문학사」는 1948년경 집필되었으나 발표되지 못한 상태에서 저자가 6·25 때 납북되었다. 가족이 보관하고 있던 원고는 백철에게 맡겨졌는데, 후일 이런 경위에 대한 백철의 '소개의 말'과 함께 『사상계』(1958~59)에 연재로 발표되었다.

**20** 『동아일보』 1929.2.25~3.7.

유물론의 적절한 결합을 시도한다.

　작자는 이 작품에 있어서 어디까지든지 사실을 사실대로 A의 심리라든지 직공들의 분요(紛擾)를 묘사하려 하였다. 이 작자의 태도는 리얼리즘이다. 그럼에도 불구하고, 이 종결(작품의 결말—인용자)은 노자협조의 감격에 눈물짓는 센티멘털한 장면으로 끝을 맺어버렸다. 이 실로 무슨 까닭인가? (…) 현재의 A의 처지는 준(準) 경영자다. (…) 그 역시 그가 종사하는 신문사에서 돈을 뜯어다 쓰지 않고는 생활할 수 없는 정도에 있는 사람인 것은 사실이다. 그의 이러한 중간적 처지는 그로 하여금 노자협조로써 문제를 해결케 하였다. 실로 이 점에서 작자의 소부르적 편견은 정체를 노현(露現)하지 않고서는 못 견디게 되었다.[21]

　작품의 리얼리즘적 성과와 작자의 계급적 한계를 통일적으로 파악한 대단히 날카로운 분석이다. 그러나 김팔봉의 이 해석으로도 A가 신문사를 살리고자 애쓴 이유가 온전히 밝혀졌다고 할 수는 없다. 앞의 인용문에서 A가 "허영심에서 나온 말인가? 야심인가? 달관인가 봉공심인가?"라고 자문했던 것의 정체, 즉 "모든 것을 초월할 수 있고 모든 것을 포화(포괄)할 수 있는" 신념의 내용은 여전히 불분명하게 남아 있는 것이다.

　「윤전기」는 8·15 이후 간행된 단편집 『해방의 아들』에 다른 다섯편의 작품과 함께 처음 수록되었다. 그런데 주목되는 것은 여기 수록된 「윤전기」도 『조선문단』 발표작 그대로가 아니라 상당한 수준에서 개작된 깃이라는 점이다. 개작의 전모를 밝히고 그 의미를 검토하는 것은 또다른 과제라 하겠지만, 앞의 인용문이 어떻게 달라졌는지 살펴보는 것만으로도 그 일단을 짐작할 수는 있다. 다음의 인용과 비교해보라.

---

21 김팔봉 「변증적 사실주의」, 홍정선 엮음 『김팔봉문학전집』 I권, 문학과지성사 1988, 70면.

신문이 아무리 중하여도 먹어야 하겠지마는, 굶고라도 신문을 죽여서 안 되겠다는 것은 허영심도 야심도 아니다. 누구고 간에 다시는 총독부의 허가를 얻을 가망이 없는, 그 발행권(發行權)의 취소가 무서운 까닭이다. 적당한 경영자가 나서기까지 발행권을 유지하는 것이, 민족과 사회에 대한 의무라고 믿기 때문인 것이다. 일반 사원은 거기까지 생각이 못 미치는 것도 할 수 없는 일이었다.[22]

대폭적인 개작이라 할 수 있는데, 여기서 비로소 작가는 무슨 수를 써서라도 신문을 지켜야 하는 까닭이 총독부의 신문발행 허가권 때문이라고, 혹은 그것에 대한 민족적 저항의 의무 때문이라고 명시하고 있다. 왜 신문발행을 사수해야 하는가 하는 물음에 대해 1926년에는 "허영심에서 나온 말인가? 야심인가? 달관인가 봉공심인가?"라는 또다른 물음으로 대답을 회피했다면 1949년에는 "허영심도 야심도 아니다"라고 명백히 대답했던 것이다. 어떻든 이로써 염상섭은 민족주의와 계급주의가 시대정신의 내용을 점거하기 위해 치열하게 경합하는 근대사의 이념적 교차로에서 민족노선을 분명하게 선택한 셈이었다고 말할 수 있다.


## 5. 민족통합노선의 침몰

일제강점기 염상섭의 문학활동은 1936년에 마감된다. 이듬해 창간되는 만선일보(滿鮮日報)의 편집국장직 제의를 받아들였기 때문인데, 이번에도 언론계 선배 진학문의 천거였다. 만선일보는 괴뢰국 만주에서 발행된 조

---

22 염상섭 「윤전기」, 『해방의 아들』, 금룡도서주식회사 1949, 191면.

선인 상대 조선어신문으로서, 일본관동군 보도부에서 파견한 일본인 주간의 지휘를 받게 되어 있었다. 그런 한계 안에서나마 만선일보가 "할 말을 하는 창구로서의 존재가치"를 발휘했다고 후일 염상섭은 회고했고, 당시 염상섭 밑에서 기자로 일했던 소설가 안수길(安壽吉, 1911~77)도 그렇게 증언하고 있다.[23] 하지만 신문창간의 본래 취지에 비추어 그들의 회고담을 액면 그대로 받아들이는 데는 저어되는 바가 있다.[24] 어쨌든 그는 2년 남짓 만에 만선일보를 그만두고 단둥(丹東, 당시에는 안둥安東)으로 이주했다. 그리고 거기서 해방을 맞아 잠시 거류민단 부회장 노릇을 했다. 1945년 초 겨울 압록강을 건너 신의주로 왔고, 1946년 봄에는 다시 38선을 넘어 서울로 내려왔다. 실로 격동의 시대를 가로지른 10년 만의 귀향이었다.

그렇다면 이 엄혹한 시대를 염상섭은 어떤 정신적 좌표에 의지하여 살았고 어떻게 그것을 작품화했던가. 해방시기 염상섭의 입장을 보여주는 단서의 하나는 그가 서울에 돌아오고 나서 얼마 뒤인 1946년 10월 가톨릭계 경향신문 창간에 간부로 참여했다는 사실이다. 시인 정지용(鄭芝溶,

---

**23** 후일 염상섭은 「횡보 문단회상기」에서 다음과 같이 만선일보에 대해 회고하고 있다. "그때의 M지는 그야말로 100만 재만동포의 표현기관이요, 복지와 문화적 향상을 위하여서는 물론이요, 당장 아쉬운 고비에는 '여기 나 있노라'라고 외마디소리라도 칠 수 있고, 떳떳이 할 말은 하여야 할 창구멍으로서라도 그 존재가치는 실로 중한 것이었다. 여하간 그때의 감독기관인 관동군 보도부에서 보낸 일인주간의 날카로운 감시를 받아가면서 신문의 제호부터 고치고 인재들을 끌어들여 내 딴에는 지면을 쇄신하여 놓았었다." 『염상섭 문장전집』 III권, 598~99면.

**24** 이 글을 발표한 뒤에 읽은 김효순의 『간도특설대』(서해문집 2014)에 따르면, 1933년 8월 만주국 수도 신경(新京)에서 창간된 국한문 혼용신문 만몽일보(滿蒙日報)가 1937년 10월 간도일보(間島日報)를 인수 합병한 것이 만선일보(滿鮮日報)이다. 경영진은 만주의 친일 조선인 사업가로서, 진학문(秦學文)이 맡고 있던 편집고문은 1938년 3월 최남선(崔南善)으로 바뀌었다. 만선일보는 "재만 150만 조선인"뿐만 아니라 "조선반도와 중국 대륙에 거주하는 2,400만 조선민족 전체"의 관심을 받았다고 스스로 주장했는데, 그러나 1940년 국내에서 동아일보, 조선일보 등 신문이 폐간된 뒤에도 일제 패망 시까지 침략정책을 찬양하는 역할을 계속했다.

1902~50)이 주간이고 그가 편집국장이었다. 김동리(金東里, 1913~95)의 회고에 따르면, 가톨릭계 신문창간에 관여하게 된 정지용이 편집국장 할 만한 분을 물색해보자고 의논해와 자신이 염상섭을 추천했다고 한다. 그후 정지용은 점차 좌경적인 색채를 보인 반면, 염상섭은 "그때도 결코 좌익이라고 자처하지 않았고, 언제든지 좌우익을 통합시켜보겠노라"고 포부를 말했다 한다.[25] 10월 6일 발행된 창간호 1면에는 사장 양기섭(梁基涉, 1905~82) 신부의 공정보도를 천명하는 창간사와 경제평론가 배성룡(裵成龍, 1896~1964)의 「좌우합작의 전망」이란 논설문이 실려 있고, 정계를 대표하여 이승만과 여운형의 축필(祝筆)이 장식되고 있다. 좌우익이 격렬하게 대립하던 시기에 이 신문이 어떤 노선을 추구했는지 짐작케 하는 지면구성이다.

하지만 염상섭과 정지용은 1947년 8월 2일자로 경향신문사를 떠난다. 정지용 시인은 원래 언론경력이 없어 신문사 주간직을 감당하는 데 적임이 아니었을지 모르지만, 염상섭은 언론계의 베테랑이다. 그런 차이에도 불구하고 그들의 비판적 기질은 공히 천주교 고위층의 보수적 경향과 부딪쳤을 가능성이 있다. 염상섭은 1948년 1월부터 자유신문에 장편 『효풍』을 연재하는 동시에 또다른 신문 신민일보 창간에 적극 참여하여 다시 언론계로 돌아갔다. 그런데 이 신문들은 경향신문보다 좀더 분명하게 남북합작을 지지하는 편이었다. 특히 신민일보는 단독정부 수립 반대운동에 앞장선 김구와의 인터뷰를 크게 실어 이승만과 미군정의 심기를 건드렸고, 그 때문에 염상섭은 며칠 구류를 살기도 했다.

그렇다고 물론 그가 좌파로 전향한 것은 아니었다. 이 시기의 염상섭을 권영민 교수는 '중간파'로 규정했고,[26] 김재용 교수는 1930년 전후의

---

25 김동리 「횡보 선생의 일면」, 『현대문학』 1963.5.
26 권영민 『염상섭전집』 제10권 해설, 민음사 1987.

신간회운동과 해방시기 남북협상운동을 민족주의와 사회주의 간에 이룩된 민족통합노선의 구현으로 보고 그 노선에 적극 호응한 염상섭의 문학적 성과로서『사랑과 죄』『삼대』『효풍』을 분석한 바 있다.[27] 나는 대체로 이런 견해에 찬성한다. 하지만 중간파란 말은 염상섭 문학의 정치적 입장을 나타내는 용어로 적절하다고 보기 어렵다. 회색분자 또는 기회주의자를 연상시키기 때문이다. 1920년대 후반의 신간회운동과 해방시기의 좌우합작·남북협상 운동은 단순히 좌와 우의 중간 또는 양자간의 기계적 절충을 추구했다기보다 양극단의 비현실적 편향을 넘어서 민족의 자주적 통합을 추구한 적극적 운동노선이었다고 보아야 한다. 해방시기의 복잡한 정치지형 속에서 김규식·안재홍·조소앙과 말년의 김구 등 중도우파와 여운형을 중심으로 하는 중도좌파 및 홍명희 같은 순수중도파를 아우르는 인맥이라 할 수 있는데, 윤민재는『중도파의 민족주의운동과 분단국가』라는 책에서 해방시기의 중도파를 ① 외세에 대한 자주적 태도, ② 평화통일과 외국군 철수 주장, ③ 토지개혁과 정치구조 개혁 등 자본주의와 사회주의를 절충하는 모습, ④ 식민지 잔재의 청산을 통한 자주독립의 실현, 요컨대 "좌우의 대립 속에서 특정 이데올로기를 취하기보다 좌우를 결합할 수 있는 노선과 정책개발"에 주력하는 입장으로 규정하였다.[28] 염상섭은『만세전』시기 이후 거의 언제나 이런 노선을 지지하는 입장이었던 것으로 보인다.

이 시기에 염상섭은 일제강점기 말의 10년 공백을 벌충하듯 소설창작에 몰두하는 한편 자신의 문학적 입장을 밝히는 평론도 활발하게 발표했다. 가령「'민족문학'이란 용어에 관하여」(『호남문화』1948.5)「'자유주의자'의 문학」(『삼천리』1948.7)「문단의 자유 분위기」(『민성』1948.12)「우리말의 갈

---

27 김재용「염상섭과 민족의식」, 문학과사상연구회 엮음『염상섭문학의 재인식』, 깊은샘 1998.
28 윤민재『중도파의 민족주의운동과 분단국가』, 서울대출판부 2004, 5~6면.

길」(『신천지』 1949.10) 「민족문학 수립의 이념」(『조선일보』 1950.1.1~5) 등이 그런 글들인데, 여기서 그는 문학이 자유롭고 불편부당한 중립적 존재여야 하며 그런 바탕 위에서 "인생과 사회의 진실한 표현"을 추구해야 한다고 주장했다. 따라서 그는 민족문학의 임무가 특정계급의 이익에 복무하는 것이어서는 안 되고 민족 전체를 아우르는 공동체 건설을 위해 새로운 문화와 시대윤리의 창출에 힘쓰는 것이어야 한다고 강조했다.

이러한 주장이 요령있게 개진된 예로서 「사회성과 시대성의 중시」란 짤막한 글을 제시할 수 있다.[29] 이 글에서 그는 조선문학의 옳은 건설을 위해 ① 일제잔재의 청산, ② 새로운 외세가 개입하는 상황과 문학이 또다시 거기에 빌붙는 사태의 경계, ③ 봉건적 관념과 구습을 타파하는 데 문학이 앞장설 것, ④ 편협한 국수주의를 철폐하고 자주적인 민족관을 세우는 데 문학이 기여할 것, ⑤ 좌익문학을 무조건 배격할 것이 아니라 필요한 요소를 취할 것 등 다섯 항목을 제시했다. 정치계의 남북협상노선을 연상케 하는, 포용적이고 중도적인 민족주의자의 모습이 약여하다 하겠다.

그의 온건한 정치적 성향은 소설에도 그대로 반영되어 있다. 나는 해방시기의 격동과 수난을 다룬 두 작품을 최근에야 읽었는데, 그 작품들은 소련군 진주 직후 북한지역의 힘들고 불안한 민중현실을 노련한 리얼리스트의 눈길로 포착한 당대 최고의 문학적 업적이라 불릴 만했다. 오랜 절필 이후의 첫 발표작인 「해방의 아들」[30]에는 작가가 단둥에서 신의주로 건너와 살던 때의 경험이, 그리고 「38선」[31]에는 온갖 고초와 위험을 겪으며 38선을 넘기까지의 과정이 실로 생생하고 구체적으로 그려져 있다. 두

---

29 「조선문학 재건에 대한 제의」라는 제목으로 마련된 문예지 『백민』(1948.5)의 지상토론에 기고한 글. 『염상섭 문장전집』 III권, 82~84면.
30 발표 당시의 제목은 「첫걸음」(『신문학』 1946.11).
31 단편집 『38선』, 금룡도서 1948.

편 모두 상당히 긴 단편인데, 특히 후자 「38선」은 염상섭 문학 전체를 통틀어볼 때에도 『만세전』에 비견될 만한 걸작이라고 생각한다.

「해방의 아들」은 작가가 신의주에 머물던 때의 정치사회적 분위기를 배경으로 하고 있다. 주민들은 소련군 진주에 따라 결성된 인민위원회·여성동맹 같은 조직에 재빨리 편승하기도 했지만, 대부분 불안하게 시국을 관망하고 있다. 거리에는 태극기와 소련기가 함께 걸려 있고, 일본인 집들은 조선인의 차지가 되고 있다. 일인들은 숨죽인 채 무사히 본국으로 돌아갈 날만 기다리는 중이다. 당시의 어수선한 국경도시 풍경을 잠시 구경하자.

사실 옆집 일인들은 조석이야 끓여 먹겠지마는 하루 온종일 또드락 소리도 없고 드나드는 기척도 아니 냈다. 앞문에 붙인 김 모라는 문패는 접수가옥의 선취권을 표시하는 것일 것이요, 동시에 이 집은 이 시기의 어느 집에나 써붙인 카렌스키 돔(조선인의 집)이란 확적한 표시도 되는 것이겠지마는, 그래도 캄푸라쥬의 효과가 적을까 보아서 문설주에는 어느 때 보나 벌써 후락해진 태극기와 소련의 붉은 깃발이 좌우로 축 늘어져 있는 것이다.[32]

이런 가운데 작가의 분신이라 여겨지는 작중화자 홍규는 '중간에 엉거주춤한' 태도이면서도 차츰 더 분명하게 민족주의적 입장을 드러낸다. 그런데 홍규네 이웃에는 하야시라는 일인이 있는데, 그의 집에 머무는 젊은 여인은 소문처럼 그 일본남자의 조선인 아내가 아니라 하야시의 조카이다. 하야시의 하소연에 따르면 오히려 그의 조카사위가 조선인이다. 하야시의 조선인 조카사위는 '어엿한 조선사람'임에도 부득이한 사정으로 일

---

32 단편집 『해방의 아들』, 금룡도서 1949, 3면.

본인 행세를 해왔고, 그래서 지금 단둥에 떨어져 이리 못 건너오고 있다. "조선사람 편에서 미워하는 것은 물론이요 일본인 측에서도 탐탁히 여겨주지 않고 만인(滿人)도 좋아 않는" 그 조카사위를 단둥에서 이곳 신의주로 데려다달라는 것이 하야시의 간절한 청이었다. 홍규는 단둥 교민사회의 조선인 유지로서, 그가 보증해서 피난민증만 발급받으면 압록강 다리를 통행할 수 있기 때문이었다. 결국 홍규는 자기 볼일을 겸해서 그의 조카사위를 데려오는데, 이 작품의 몸통은 '마쓰노'로 행세하던 그 젊은이가 본명 조준식을 찾아가는 과정에서의 다양한 일화들이다. 그것은 상실했던 민족의식의 회복이라고 부를 만한 과정이다. 그러나 해방 직후라는 흥분된 시기의 작품이라는 점을 감안하더라도 「해방의 아들」은 염상섭의 소설답지 않게 때때로 민족주의적 이념이 과도하게 노출됨으로써 리얼리즘의 성취에 문학적 손상이 가해진 예라고 할 수 있다.

중편 「38선」은 신의주를 떠난 한 떼의 피난민집단이 사리원부터 개성까지 남하하는 동안 겪는 우여곡절을 극히 사실적으로 묘사한 소설이다. 그들 피난민은 때로는 기차편을 이용하다가 자동차를 얻어 타기도 하고 때로는 걷기도 하는 힘들고 위험한 노정을 거쳐 남하한다. "나는 아무래도 좋았다. 몸에 감춘 것이 없으니 뒤진대야 빼앗길 것이 없고, 어여쁜 색시면 봉변도 한다지마는 늙어가는 아내와 업고 걸리고 한 올망졸망한 어린것 서넛을 앞세웠을 뿐이요, 동행인 젊은 부처라야 부인이 만삭이니 도리어 겁날 것이 없고 거리낄 것이 없다."[33] 그러나 그들은 토성과 해주 사이가 전염병(호열자)으로 통행이 차단되어 한동안 진퇴양난에 빠지는가 하면, 남루한 피난행렬조차 부러운 눈빛으로 바라보는 일본인 여자와 아이들 무리를 만나기도 한다. 하지만 고초를 겪는 와중에도 주인공 화자는 인간에게 희망이란 무엇이며 민족의 운명이 왜 이런 고통 속에 있어야 하

---

33 단편집 『38선』, 3면.

는지 이성적 숙고를 행한다.

　어두워가는지라 차도 제정신이 드는지, 낮에 한눈만 팔던 당나귀처럼 제법 속력을 낸다. 휙 지나쳐놓고 다시 돌아다보니 어스레한 길에 지게를 진 아이가 책을 펴들고 간다. 해방 이후에 비로소 반가운 꼴을 본 듯싶다. 어쩐지 마음에 좋았다. 해방의 꼴을 그 아이에게서 본 것 같다. 텅 빈 내 가슴에도 희망이 차츰차츰 차오르는 듯싶다.[34]

　행진이 시작되는 것을 보니, 저절로 비장한 마음이 든다. 추방당한 약소민족의 이동과는 다르다. 아무리 약소민족이기로 손바닥만 한 제 땅 속에서 왔다 갔다 하는데 이렇듯 들볶이는 것을 생각하면 절통하다. 배 주고 뱃속 빌어먹기에 이골이 나고 예사로 알게끔 된 이 민족이기로 이 꼴이 되다니, 총부리가 올 테면 오라고 악에 받치는 생각도 든다.[35]

　외세에 의한 국토의 분단, 일제 식민지 잔재의 미청산, 민족 내부의 이념적 분열, 그리고 귀환동포를 비롯한 서민들의 극심한 생활난은 해방시기 우리 민족 앞에 가로놓인 가장 핵심적인 문제이자 최대의 난제였다. 당시 우리 문학은 어떤 방식으로든 이 문제와의 연관을 피할 수 없었다. 그런데 염상섭이 기대를 품고 내려온 남쪽의 현실도 뜻과 같지 않았다. 연작단편 「이합」과 「재회」는 그의 방대한 생산 가운데 일부에 불과하지만, 젊은 주인공들이 "남북에 내하여 역시 시로 똑같은 기대와 희망을 가지고 똑같은 불안과 의문을 품는" 모습을 통해 그의 비판적 입장을 확인하기에는 충분하다. 때때로 그의 중도적 자세는 남북 어느 쪽에도 제대

---

**34** 같은 책 54면.
**35** 같은 책 70면.

로 속하지 못한 방관적 의식 소유자의 기계적 중립 같은 느낌도 준다. 그럼에도 당시의 살벌한 남북현실을 오늘의 시점에서 돌아보면 염상섭 소설이 갖는 강력한 리얼리티는 단연코 설득력이 있다. 하지만 미구에 닥친 압도적 현실, 즉 전쟁과 반공체제의 중압은 그나마 남아 있던 중도적 양심의 자리를 박살내고 작가로 하여금 비근한 일상의 속물적 세계로 퇴각하는 것 이외의 다른 선택을 불가능하게 만들었다.

그렇게 된 것은 당연히 작가의 탓이 아니다. 염상섭과 정지용을 비롯한 수많은 양심적 문인과 무고한 백성들이 국가보안법 시행(1948.12)에 따라 강제로 소위 국민보도연맹(1949.6)에 가입했고, 6·25전쟁의 발발과 더불어 수십만 양민에 대한 집단학살이 자행되는 가운데 소설가는 구차하게 해군소령의 군복 안에서 구명(救命)에 성공했고 시인은 안타깝게도 이름없는 전장에서 비명횡사의 운명을 맞았다. 때때로 역사는 개인들의 의지와 용기로도 어찌할 수 없는 비극을 연출하는 것 같다.

다행히도 염상섭은 후일 가난에 지친 병든 몸으로 4·19혁명을 목격하는 행운을 누린다. 1960년 8월 무더운 여름, 그는 단편집 『일대의 유업』을 내게 되었을 때 기쁜 마음으로 다음과 같이 '머리말'을 쓸 수 있었다. "새 정부의 수립을 전후하여 (이 책이) 풀려나오게 된 것도 시기의 우연한 일치이겠지만, 무슨 기연(奇緣)이나 있는 듯이 저절로 기꺼운 미소를 떠오르게 한다. 건국 후 12년간의 독재로부터 해방된 기쁨을 나의 작품들마저 함께 맞이하는 듯이 시원하기 짝이 없다."[36] 건강이 허락했다면 서문에서 토로한 이 "독재로부터 해방된 기쁨"은 그에게 1930년 전후, 해방 시기에 이은 세번째의 문학적 전성기를 선사했을지 모른다. 하지만 『일대의 유업』은 생전에 간행된 그의 마지막 소설집이 되었다.

---

**36** 염상섭 『일대의 유업』, 을유문화사 1960.

## 6. 끝내는 말

돌이켜보면 염상섭이 태어난 1897년은 대한제국의 선포로 조선왕조가 독립국가의 위엄을 내외에 과시한 것처럼 보인 해이다. 하지만 사실에 있어서는 봉건조선의 내부적 붕괴가 천하에 폭로되어가는 시점이었다. 그 시대는 한마디로 서세동점의 거대한 파도에 밀려 반(半)강제적 근대화가 조선천지를 압도하고 있었다. 외세의 이러한 압박을 물리치고 스스로의 힘으로 개혁을 이룩하지 못한 결과는 바로 나라의 식민지화였다. 염상섭의 대부분 생애는 그 식민지 현실과의 고된 싸움의 과정이었다고 할 수 있다.

그 시대는 세계사적으로도 거대한 변혁의 물결이 소용돌이친 격동기였다. 18세기에 영국에서 시작된 산업혁명과 더불어 자본주의가 점차 온 세상 사람들의 삶을 지배하게 됨으로써 소위 선진국과 후진국, 부자와 빈자 간의 모순과 대립은 지구현실 전체를 끝없는 격랑 속으로 몰아넣었다. 엄청난 인명살상과 재산파괴를 낳은 두 차례의 세계대전은 대표적인 사건이었다. 이 와중에 발생한 1917년의 러시아혁명은 평등세상의 구현이라는 이상으로 전세계 피억압 인민들에게 새로운 희망을 고취했으나, 결과적으로는 또다른 분쟁의 시발점이 되었다. 염상섭의 삶에 부과된 과제는 그 분쟁의 시련을 헤쳐가는 것이었다.

앞에서 살펴보았듯이 염상섭이 선택한 수단은 글쓰기, 그중에서도 소설창작이었다. 그는 일찍부터 근대 계몽주의의 세례를 받아 서구적인 의미의 자유주의자가 되었다. 그러나 그는 나라 잃은 식민지 백성이라는 자각을 잊지 않았다는 뜻에서 심정적으로는 민족주의 이념의 소유자이기도 했다. 젊은 날 그는 당시 유행하던 무산계급의 유물론적 문학이념에 대립하는 보수적 입장의 논설을 썼으나, 논쟁의 상대방인 계급해방론자들의 주장을 배타적으로 부정하기보다 넓은 민족적 견지에서 포용하려고 노력했다. 그런 면에서 그는 1920년대 후반의 신간회운동이나 1940년대 후반의 좌우합작운동에 공감하는 중도적 입장에 섰다. 물론 그는 소설가이자 언론인의 자리에 머물렀을 뿐, 현실정치에는 관여한 적이 없다. 불행히도 해방 후 우리 역사는 남에서고 북에서고 염상섭이 지지했던 민족통합노선을 철저히 부정하고 배제하는 방향에서 전개되었다. 따라서 생활인으로서 염상섭의 일생은 행복한 것일 수 없었다. 그는 평생 강직하게 살았고 가난을 면치 못했다. 그러나 소설가로서 그는 20세기 한국문학의 가장 큰 산맥이 되어 세월이 지날수록 점점 더 웅장한 그림자를 후대에 남기고 있다. 그런 점에서 그의 삶과 문학은 분단시대를 살고 있는 우리에게 여전히 큰 울림으로 다가온다고 하겠다.

〔2013〕

# 소설의 법정에 소환된 전쟁체험

박완서 선생을 추모하며

## 1

여든의 나이에도 여전히 현역작가의 이미지로 우리들 마음에 자리하고 있던 박완서(朴婉緖, 1931.10.20.~2011.1.22) 선생의 갑작스러운 부음은 동료 문인들에게뿐 아니라 사회적으로도 커다란 슬픔과 상실감을 안겨주었다. 작고하기 불과 반년 전만 해도 새로운 산문집을 출간했고, 그 책에 실린 「내 생애의 밑줄」에서 "신이 나를 속아낼 때까지는 이승에서 사랑받고 싶고, 필요한 사람이고 싶고, 좋은 글도 쓰고 싶으니 계속해서 정신의 탄력만은 유지하고 싶다"[1]고 말한 분이었으므로, 그리고 그러한 소망이 조금도 과욕으로 들리지 않을 만큼 꿋꿋한 사세와 풍요토운 감성을 보여주던 분이었으므로 그의 죽음은 너무도 뜻밖이고 충격이었다.

그러나 근년에 발표한 몇몇 산문들을 읽어보면 그가 점점 더 자신의 노년을 의식하면서 다가오는 이승과의 결별을 예감하고 있었음을 느낄 수

---

1 산문집 『못 가본 길이 더 아름답다』, 현대문학 2010, 156면.

있다. 앞에 인용한 문장에서도 그런 낌새를 챌 수 있지만, 10여년 전의 산문집 『두부』에서도 이미 그런 걸 찾아볼 수 있다. 가령, 「노년」이란 수필의 마지막 대목에서 그는 초가을 마당의 살구나무 사이로 한잎 두잎 잎사귀들이 지는 것을 바라보며 이런 감회를 토로한다. "나도 내 몸하고 저렇게 소리도 없이 사뿐히, 뒤돌아보지 않고, 아무렇지도 않게 헤어질 수 있으면 얼마나 좋을까."[2] 이렇게 육신의 고통 없이, 또 세속에 대한 미련 없이 죽음을 맞이할 수 있기를 그는 바랐던 것이다.

같은 책의 「모두모두 새가 되었네」라는 글에는 이런 대목도 있다. 그는 어느 조각가의 작업실에 갔다가 그 조각가가 빚은 수많은 새들을 보고 어릴 때 돌아가신 할아버지를 떠올린다. 그리고 이런 내심의 소망을 말한다. "나도 죽으면 새가 되고 싶다. 날아다니고 짝짓고 알 낳고 새끼 키우고 총에 맞거나 독극물을 먹을 수도 있는 구체적인 새가 아니라 영혼이 육신을 떠날 때 순간적으로라도 지구의 중력과 인간의 한계를 벗어나는 황홀한 자유, 비상(飛翔)의 쾌감이 있었으면 좋겠다."[3] 아마 이것은 순간적으로 떠오른 즉흥적 소망이 아니라 쓰라린 인생경험에서 유래한 오래된 비원일 것이다.

또다른 수필은 여기서 한걸음 더 나아간다. 그는 지상의 삶에 대한 부정적 감정을 노골적으로 드러내는 것이다. 선배작가 박경리의 유고시집을 읽고 그 시집에 실린 「일 잘하는 사내」라는 작품을 인용하면서 그는 다음과 같은 감상을 적는다. "나는 사람으로 다시 태어나고 싶지 않으니까 다음 세상에 하고 싶은 것도 없는 대신 내가 십년만 더 젊어질 수 있다면 꼭 해보고 싶은 게 한가지 있긴 하다. (…) 깊고 깊은 산골에서 세금 걱정도 안 하고 대통령이 누군지 얼굴도 이름도 모르고 살고 싶다. 신역(身役)

2 산문집 『두부』, 창작과비평사 2002, 66면.
3 같은 책 234면.

이 고돼 몸보신하고 싶으면 기르던 누렁이라도 잡아먹으며 살다가 어느 날 고요히 땅으로 스미고 싶다."[4]

돌이켜보면 박완서는 지난 40년 동안 누구 못지않은 정력적인 집필활동을 통해 수많은 독자들과의 사이에 지적·정서적 교감의 공동체를 만들어냈고, 그럼으로써 우리 시대의 대표적인 국민작가로 떠올랐다. 이것은 그가 가장 뛰어난 소설의 작가였다는 것과는 좀 다른 이야기다. 소설가에 대한 수사로서의 예술적 탁월성이라는 것은 시대의 변천에 따라, 또 개인들의 취향에 따라 다른 내용을 가리킬 수도 있는 것이어서 한 사람의 소설가를 묘사하는 개념으로서는 단순한 찬사에 그치는 것이기 쉽다. 하지만 한 시대의 국민작가로 받아들여진다는 것은 그의 문학이 동시대의 국민들 다수가 공감하고 애호하는 공공의 자산이 되었음을 뜻한다고 말할 수 있다.

물론 우리 문단에는 박완서보다 더 오래, 더 많은 작품을 써온 작가들이 적지 않고 대중적 인지도가 더 높은 작가도 있다. 그러나 박완서처럼 자기 나름의 문학적 품격과 수준을 견지하면서 줄기차게 한 방향에 몰두함으로써 일종의 국민적 동의라고 할 만한 것을 얻어내는 데 성공한 소설가를 찾기는 쉽지 않다. 그 한가지 일이란 우리 시대의 평균적인 한국인들이 실제의 삶에서 겪었음직한 생활현실의 세목을 그들이 실감할 수 있는 방식으로 그려내는 것이다. 그런데 '우리 시대'란 말은 백낙청(白樂晴) 교수의 지적대로 상당히 융통성 있는 개념인데, 백 교수처럼 특정한 문맥에서 "1987년 6월항쟁 이후의 20여년"으로 범위를 좁혀서 사용할 수도 있지만,[5] 그보다 상한선을 올려서 훨씬 더 넓은 기간을 지칭할 수도 있다. 구체적으로 이 글에서는 박완서가 살았던 시대이자 박완서의 문학이 주

---

4 『못 가본 길이 더 아름답다』 231~32면.
5 백낙청 「우리시대 한국문학의 활력과 빈곤」, 『창작과비평』 2010년 겨울호 참조.

로 다루고 있는 시대, 즉 1930년대 중반부터 21세기가 열리는 시점까지를 '우리 시대'라고 부를 수도 있다.

그러나 이렇게 되면 일제시대와 6·25전쟁은 물론이고 4·19와 광주항쟁도 겪지 못한 세대들에게는 그 '우리 시대'가 너무 멀고 넓어서 몸에 닿는 실감이 공허할 수밖에 없다. 실제로 박완서 문학의 시간 속에서 작가가 스무살 나이에 겪은 6·25전쟁의 경험은 다양한 형식으로 끊임없이 반추되는 데 비해 중년기 이후 민주화를 위한 투쟁시대의 현실이나 좀더 가까이 외환위기 이후 시대의 각박한 현실은 상대적으로 덜 주목을 받는 것이 사실이다. 오늘의 당면한 삶에 대해, 적어도 그 핵심적 문제점에 대해 말해주는 바가 있어야 우리 시대의 작가라는 호칭에 부합한다고 할 때 박완서를 그렇게 부르는 데 저항감을 느끼는 사람이 있는 것은 당연하다. 하지만 그럼에도 불구하고 50년, 60년 전의 과거 사건과 경험들을 오늘 이 현실의 불가결한 토대로 절실하게 살려낸 것이 그의 문학의 진정한 성취라고 보는 관점에 선다면 그의 문학에 '우리 시대'라는 관사를 붙이는 데 반대하지 않을 것이다. 이 글의 문제의식은 거기에 있다.


2


알다시피 박완서는 불혹의 나이에 장편소설 『나목(裸木)』(1970)이 당선되어 문단에 나왔다. 그때까지 전업주부로 있다가 "습작기를 거치지도 않고" 쓴 작품이 당선되었다고 하는데,[6] 등단 이후 만만찮은 후속타들이 이어진 것을 보면 습작기 없었다는 말이 곧이들리지 않을 만큼 그는 처음부터 '준비된 작가'였다. 그런데 문단활동 기간에 그가 작품을 얼마나 썼는

---

6 『못 가본 길이 더 아름답다』 221면.

지 알려고 자료를 찾아보니 그게 쉬운 일이 아니다.

그동안 장편소설은 세계사에서 『박완서 소설전집』의 이름으로 제1권 『휘청거리는 오후』(1993)부터 제17권 『그 산이 정말 거기 있었을까』(2008)까지 순차적으로 간행되었고, 단편소설은 문학동네에서 『박완서 단편소설전집』(1999, 개정증보판 2006) 여섯권으로 묶여 있어, 주요소설은 대체로 정리되어 있다. 하지만 전집(全集)이라곤 해도 엄밀한 뜻에서 작품이 망라되어 있는 것은 아니다. 장편소설 『아주 오래된 농담』(실천문학사 2000)과 소설집 『친절한 복희씨』(문학과지성사 2007)가 따로 나와 있을뿐더러 그 이후 발표작들도 남아 있기 때문이다. 그런데 박완서의 문필작업은 소설에 국한되지 않았다. 콩트집이 세권이고 동화책이 여덟권일 뿐만 아니라 소설에 버금가는 중요성을 갖는 산문집 내지 에세이집도 스무권쯤이나 된다.

이 방대한 분량 이외에 박완서 연구자들에게 부과된 또하나의 난점은 그의 작품들이 첫 발표 이후 여러 출판사를 옮겨가면서 판을 달리했다는 사실이다. 가령, 장편 『목마른 계절』은 처음에 '한발기(旱魃記)'라는 제목으로 잡지(『여성동아』 1971.7~1972.11)에 연재되었다가 지금 제목의 단행본(수문서관 1978)으로 출판되면서 마지막 장이 추가되었고, 다시 두 군데 출판사(열린책들 1987, 세계사 1994)로 옮겨졌다. 역시 잡지(『여성동아』 1978.8~1979.11)에 연재된 장편 『욕망의 응달』은 초판(수문서관 1979)의 제목이 재판(1984) 때 『인간의 꽃』으로 개제되었다가 출판사를 옮기면서(우리문학사 1989, 세계사 1993) 다시 원래의 제목으로 돌아갔다. 서의 모든 작품들이 이렇게 두세군데 출판사를 옮기고 판을 달리해서 출판되었는데, 앞으로 본격적인 전집 기획자와 연구자들은 개정판들에서 어떤 의미있는 수정이 가해졌는지 꼼꼼히 살펴보아야 할 것이다.

나는 박완서의 저서들 가운데 일부밖에 읽지 못했다. 그나마 초판과 개정판을 비교하는 일은 엄두도 내지 못한 채, 어떤 것은 오래전에 읽었던 기억만 가지고 있고 다른 것은 최근의 단행본을 읽는 데 만족했다. 예컨 대, 『휘청거리는 오후』(초판 창작과비평사 1977)는 초판 교정 때 꼼꼼히 읽었 고 이를 바탕으로 섣부른 논평까지 발표한 적이 있으나,[7] 지금으로선 자 신이 썼던 논평조차 낯뜨거운 기억으로 남아 있을 뿐이다. 단편소설은 적 잖이 읽었다고 믿었는데, 이번에 목록을 살펴보니 절반도 훨씬 못 읽었 음이 드러났다. 그런 가운데 『나목』(초판 열화당 1976, 신판 세계사 2002, 2판)과 『엄마의 말뚝』(세계사 2002, 2판)을 다시 읽어보니, 처음 읽는 것과 다를 바 없는 생소함을 확인할 수 있었다. 그동안 벼르던 『그 많던 싱아는 누가 다 먹었을까』(웅진, 초판 1992, 한정판 2006)와 『그 산이 정말 거기 있었을까』(웅 진, 초판 1995, 한정판 2006)를 이 기회에 정독한 것은 모처럼 누린 큰 행복이 었고, 곁들여 『목마른 계절』(세계사 2003, 2판)이 주는 아픔도 새삼스러웠다. 많은 산문집들 중에서는 겨우 『두부』와 『못 가본 길이 더 아름답다』만 읽 었으나, 그것만으로도 진솔하게 토로된 작가의 일상과 의식을 손금 보듯 짐작할 수 있었다. 반면에 그의 동화와 콩트들이 박완서 문학의 빈자리를 어떻게 보완하는지는 손도 대지 못했다.

이상과 같은 제한된 독서에도 불구하고 나는 6·25전쟁이 박완서 문학 의 뿌리이고 원점이라는 사실을 확언할 수 있다고 믿는다. 그의 글쓰기 는 언제나 전쟁의 경험에서 출발하여 전쟁의 기억으로 회귀한다. 글을 써 서 이 기막힌 경험을 기록으로 남겨야겠다는 사명감 자체가 바로 전쟁 터 한복판에서 솟아올랐음을 그는 여러 곳에서 밝힌 바 있지만, 최근 출 간된 산문집의 표제 수필 「못 가본 길이 더 아름답다」에서도 이렇게 털어 놓고 있다. "6·25의 경험이 없었으면 내가 소설가가 되지 않았을지도 모 른다고 나도 느끼고 남들도 그렇게 알아줄 정도로 나는 전쟁경험을 줄기 차게 울궈먹었고 앞으로도 할 말이 얼마든지 더 남아 있는 것처럼 느끼곤

<hr />

7 졸고 「사회적 허위에 대한 인생론적 고발」, 『세계의문학』 1977년 여름호.

한다."[8] 「놓여나기 위해, 가벼워지기 위해」라는 수필에서는 이렇게도 고백한다. "아직도 내 기억은 '6·25동란'에 못박혀 있다. 못이 녹슬고 썩고 삭아서 흙이 되고도 남을 세월이 지났건만 못자국의 통증은 자주 도진다. 6·25는 내 기억의 원점이다. 나는 지금도 그때의 고통이 도져서 혼자 신음하며 울 적이 있다."[9] 저주인지 원한인지 분간 안 되는 막막한 절망감에 '혼자 신음하며 우는' 사람의 어깨가 흔들리고 있음을 느끼고 우리는 그 처절함에 망연자실한다. 1·4후퇴 무렵의 혹독한 추위를 회상하는 다른 산문 「나는 다만 바퀴 없는 이들의 편이다」에서도 그는 이렇게 치를 떨고 있다. "그 추위는 그 후에 우리에게 닥친 온갖 고난의 역정까지를 얼어붙게 하는 무서운 추위였다. 그 후에 일어난 일들을 나는 날짜별로 기억할 수 있을 정도로 생생하게 간직하고 있다. 그 겨울의 추위가 냉동보관시킨 기억은 마치 장구한 세월을 냉동보관된 식품처럼 썩은 것보다 더 기분 나쁜 신선도를 유지하고 있으니, 이건 기억이 아니라 차라리 질병이다."[10]

물론 그가 소설에서 전쟁경험만 다루었을 리는 없다. 주지하듯이 그는 1953년 휴전 직전에 결혼하여 다섯 아이를 낳아 키운 전형적인 주부이기도 했으므로, 그의 소설과 수필에는 한 사람의 주부가 보고 듣고 겪은 우리 시대 서민의 생활사가 예민하고도 풍성하게 녹아들어 있다. 그가 주부로서 가사에 전념했던 기간은 이 나라가 전쟁의 폐허에서 일어나 점차 안정을 되찾고 경제발전의 발걸음을 떼놓던 시기와 겹쳤으므로 당연히 그러한 변화가 여성들의 생활과 의식에 가져온 인격적 각성이 날카로운 탐구의 대상이 되어 있다. 이런 면에서도 박완서의 소설은 남다른 성취를 보여주었다. 그러나 생각해보면 단순한 세태소설 내지 풍속소설에 그칠 수도 있었을 그의 서사의 붓끝을 일상성의 더 깊은 심층 안으로 끌고 들

---

8 『못 가본 길이 더 아름답다』 24면.
9 『두부』 201면.
10 『못 가본 길이 더 아름답다』 65면.

어간 동력의 원천은 역시 다름 아닌 전쟁체험이었다고 여겨지는 것이다. 그것은 벗어나려 해도 벗어나지 않는 영혼의 질곡, 평생을 따라다니는 불치의 트라우마였다. 그 끔찍한 기억들은 중산층 주부 박완서에게나 성공한 작가 박완서에게나 안일과 부패의 공세로부터 그를 지켜준 무서운 '냉동장치'였다.


3


첫 작품 『나목』(1970)은 발표 당시 신선한 인상으로 독자를 매혹했지만, 오랜 세월이 지나 다시 읽어보면 원숙기의 박완서를 예감케 하는 섬세한 감각과 날카로운 관찰들 사이로 약간의 통속취향과 감상주의도 혼재되어 있음을 어렵지 않게 발견할 수 있다. 주인공 화자인 이경은 미8군 피엑스 내 한국물산 매장에 취직해서 가족의 생계를 책임지고 있는 처녀가장인데, 그의 시선에 포착된 다양한 풍경들은 전시(戰時) 서울의 일그러진 사회상을 생동감 있게 재현하고 있다. 한 대목 인용해보기로 하자.


청소부 아줌마들이 쓰레기가 담긴 커다란 상자를 밀고 들어오더니 치마를 홀러덩 걷어올리고 내의는 종아리까지 내려 허연 속살을 거침없이 드러내고 휴지통 속에서 치약이니 비누니 꾸역꾸역 꺼내더니 종아리서부터 쌓아올리기 시작했다. 한줄 쌓고는 내복을 그만큼 올려서 고무줄로 동이고 또 한층 쌓고는 내복을 그만큼 올려서 고무줄로 동이고 하여 삽시간에 종아리를 지나 엉덩이 허리를 입혀갔다.
그리고 치마를 내리고 코트를 걸치고는 어기죽어기죽 걸어 나갔다. 점심시간에 한탕 하러 나가는 꼴이었다.[11]

피엑스에서 일하는 청소부 아줌마들이 감시원의 눈을 속이고 물건을 반출하는 과정이 세밀하고도 거침없이 묘사되고 있다. 이 피엑스 물건은 훔친 건 아니지만 바깥 암시장에 나가면 비싸게 팔리기 때문에 반출이 금지되어 있고, 들키면 당장 해고였다. 그러나 미8군 피엑스와 주변 암시장은 당시 유일하게 활기를 띤 전시경제의 중심이었고, 따라서 도시가 파괴되고 정상적 시장기능이 마비된 상황에서 일반 서민들로서는 미군부대 근처에 빌붙어서라도 어떻게든 먹고사는 것이 최우선의 과제였다. 그렇기에 몸에 잔뜩 물건을 감추고 어기적거리며 걸어나가는 청소부 아줌마들의 모습은 화자의 눈에 약간 코믹하면서도 마치 중무장하고 싸움터로 나가는 병사처럼 나름으로 위엄있게 비치는 것이다. 이 아줌마들 중의 한 사람은 뒷날 단편 「공항에서 만난 사람」(1978)에 다시 등장하여 자신의 기구한 인생유전을 따로 전한다.

전체적으로 『나목』은 외부정경을 묘사할 때에는 이처럼 리얼리티에 가득 차 생기를 발한다. 아직 공식적인 환도(還都)가 허용되지 않던 1951년 초겨울의 서울거리 풍경과 시민생활의 단면을 체험적 실감에 기초하여 증언하고 있다는 점에서 이 작품은 일정한 사회사적 의의조차 가진다고 할 수 있다. 그러나 이 작품이 목표하는 것은 소설의 형식으로 전쟁의 사회사를 쓰는 것이 아니고 전시상황의 불안 속에 던져진 젊은 여주인공의 실존의 모험을 추적하는 것이다. 내일을 확신할 수 없는 격동의 시대에 처녀 주인공의 감정세계가 혼란과 자기분열의 양상을 드러내는 것은 어쩌면 불가피했을지 모른다. 화가 박수근(朴壽根, 1914~65)을 모델로 했다는 작중의 인물 옥희도에 대한 주인공의 태도에서 그 점은 특히 두드러져 보인다. 한두 대목 읽어보자.

---

11 『나목』, 세계사 2002, 33면.

그의 말끝을 다시 기침이 가로막았다. 나는 나도 모르게 사기 재떨이를 그의 입에 대주고 등을 어루만지는 동작을 할 뻔했으나 그런 일은 벌써 부인이 당연히 하고 있었다. 내가 그렇게 하고 싶다는 욕망으로 가슴이 타는 듯했다.[12]

"그림은 시각언어예요. 전 그분의 그림을 보고 곧 그분의 빈곤과 절망을 읽었어요. 아주머닌 좀더 그분에게 삶의 기쁨을 줄 수도 있었을 텐데."
"아무도 나만큼은 그분을 모실 수는 없을걸."
"전 할 수 있어요."
"어떻게? 도대체 어떻게 하겠다는 건가?"
"저라면 선생님이 죽은 나무등걸 따위를 그리는 걸 보느니, 차라리 옷을 벗고 제 몸뚱이를 그리도록 하겠어요."[13]

주인공 이경은 같은 부서에 근무하는 중년의 화가 옥희도에게 은연중 강한 연정을 느낀다. 그런데 옥희도가 며칠째 결근을 하자 그녀는 그의 고향 후배이자 친구처럼 사귀는 청년 태수를 졸라서 함께 그의 집으로 찾아간다. 앞의 인용에서 보듯이 이경은 옥희도 부인에게 솟구치는 질투를 겨우 참고 있다. 뒤의 인용에서 이경은 한걸음 더 나아가고 있다. 그녀는 다시 옥희도의 집을 방문했다가 그의 나무 그림을 보고 나오면서 배웅하러 따라나온 부인과 그림에 관해 말다툼을 벌이는 것이다. 1980년대 이후의 박완서라면 아무리 사랑의 미혹에 눈이 멀었더라도 이처럼 '인간에 대한 예의'를 잃어버린 철없는 인물을 비평적 거리 없이 소설의 주인공으로

---

12 같은 책 85면.
13 같은 책 198면.

만들지는 않았을 것이다.

『나목』 이후에도 화가 박수근은 박완서의 소설과 수필에 조금씩 모습을 바꿔가며 여러차례 등장한다. 내가 읽은 수필만 하더라도 「그는 그 잔혹한 시대를 어떻게 살아냈나」(『두부』)와 「보석처럼 빛나던 나무와 여인」(『못 가본 길이 더 아름답다』) 같은 글은 바로 박수근을 추모하기 위해 쓰여진 것이다. 아마 수필에서는 소설적 변형이 없을 터인데, 거기 따르면 박완서는 박수근의 집을 방문한 적도 없고 그의 부인을 처음 본 것도 유작전(遺作展)이 열리는 자리에서였다. 유작전에서의 일을 그는 이렇게 적고 있다. "부인은 내가 상상하던 것과는 딴판으로 미모와 교양과 품위를 고루 갖추고 있었다. 그때 나는 어찌나 놀랐는지 먼발치로 바라만 보다가 인사도 못하고 나왔다. 놀랐을 뿐 아니라 쓰라린 배신감까지 가졌던 것 같다. 그가 나에게 한번도 그의 부인을 나쁘게 말한 적이 없었으니 나는 순전히 내 상상력에 배신을 당한 셈이었다."[14] 수필의 이 대목에도 감정의 미묘한 파장이 감출 수 없이 드러나 있는데, 어쨌든 박수근과의 만남은 젊은 날 박완서의 인간적 성장에 결정적인 계기의 하나였다.

박수근이 단순히 호구지책에 목을 맨 속된 간판장이가 아니라 선전(鮮展)에 입선한 적이 있는 어엿한 화가임을 알았을 때 박완서는 문득 미몽에서 깨어나는 듯한 충격과 각성을 경험한다. 그때까지 그는 같은 부서에서 일하는 화가들을 내심 간판장이로 능멸해오고 있었던 것이다. "나는 부끄러움을 느꼈고, 내가 그동안 그다지도 열중한 불행감으로부터 문득 깨어나는 기분을 맛보았다." 그리고 "내 불행에만 몰입했던 눈을 들어 남의 불행을 바라볼 수 있게 되고 (…) 비로소 내가 막되어가는 모습을 그가 얼마나 연민에 찬 시선으로 지켜보아주었는지도 알 것 같았다."[15] 그것은

14 「그는 그 잔혹한 시대를 어떻게 살아냈나」, 『두부』 227면.
15 「보석처럼 빛나던 나무와 여인」, 『못 가본 길이 더 아름답다』 264~65면.

폐허처럼 망가진 땅에서 운명처럼 다가온 고귀한 정신과의 만남이었고 그런 만남을 통한 획기적인 자아상승의 기회였다.

하지만 박완서가 자신의 내면에서 진행되는 자아상승의 변화를 자각하고 그것을 언어예술의 형상 속에 담기까지는 얼마간의 시간이 필요했던 것 같다. 왜냐하면 앞에서 잠깐 살펴보았듯이 『나목』의 경우만 하더라도 주인공 이경의 때때로 '막되어가는 모습'에 대한 작가의 비판적 성찰은 아직 충분히 숙성되어 있지 않기 때문이다. 적어도 분명한 것은 화가 옥희도를 대하는 『나목』의 이경에게서 수필 「보석처럼 빛나던 나무와 여인」에 묘사된 것과 같은 화가 박수근의 깊은 인생을 기대할 수는 없다는 점이다.

두번째 장편 『목마른 계절』에서 이제 작가는 6·25 체험의 본격적 서사화에 착수한다. 『나목』에서 소설적 시간은 전시(戰時)이되 전선이 휴전선 근처로 올라간 뒤이고, 따라서 전쟁은 등장인물들의 행동과 의식을 간접적으로 제약하는 원경으로서만 암시된다. 그리고 앞서 지적했듯이 소설의 초점도 전시 서울의 사회현실을 객관적으로 형상화하는 데 있다기보다 그 현실을 헤쳐가는 동안 주인공이 어떻게 심리적 자기와해의 위험으로부터 벗어나 정체성을 지켜내는가 하는 문제에 맞추어져 있다고 할 수 있다. 그런 점에서 『나목』은 일종의 성장소설이다.

반면에 『목마른 계절』은 1950년 6월 전쟁의 발발시점부터 1951년 5월 피난에서 돌아오기까지의 기간을 월별로 연대기적인 서술을 해나간다. 그런 점에서 이 작품은 박완서가 6·25전쟁에 대해 좀더 객관적으로 고찰을 시작한 첫 사례라 할 수 있다. 『나목』의 이경과 『목마른 계절』의 하진을 비롯한 많은 박완서 소설의 여성주인공들은 누가 보더라도 작가 자신의 분신 내지 소설적 대변자로 여겨지지만, 『나목』이 1인칭 서술임에 비해 『목마른 계절』이 3인칭 서술인 것도 두 작품의 대조적인 성격과 관련되어 있다. 그러나 당연한 얘기지만 3인칭 시점의 선택이 소설의 객관적 성취를 저절로 보장하는 것은 아니다.

　나는 이번에『그 많던 싱아는 누가 다 먹었을까』와『그 산이 정말 거기 있었을까』를 먼저 읽고 다음에『엄마의 말뚝』과『나목』, 그리고 맨 나중에『목마른 계절』을 읽었는데, 이런 순서로 읽은 것이 박완서처럼 유사한 소재를 반복 사용한 작가의 경우에는 작품 감상에 심각한 영향을 끼칠 수도 있다는 것을 실감했다. 왜냐하면 특히『목마른 계절』의 경우 이미 읽은 것을 또 읽는 것 같은 기시감이 독서를 방해했고 원본을 흉내낸 모작을 대하는 듯한 착각이 들기도 했기 때문이다. 만약 순서가 바뀌었다면 어땠을까. 나의 독서행로가 1970년대의『나목』과『목마른 계절』을 시발점으로 1980년대의『엄마의 말뚝』같은 중간단계를 거쳐 1990년대의『그 많던 싱아는 누가 다 먹었을까』『그 산이 정말 거기 있었을까』라는 절정에 이르렀다면 아마 틀림없이 박완서 문학의 치열한 발전과정에 더욱 경탄했을 것이다.


　4


　내가 읽어본 한에서『그 많던 싱아는 누가 다 먹었을까』와『그 산이 정말 거기 있었을까』는 6·25 전쟁체험에서 태어난 최고의 걸작들 중 하나이다. 여기서 '하나'라고 말한 것은 무심코 사용한 서양식 말투가 아니라 두 저서가 각기 별도의 제목으로 따로 출간되었지만 완전히 한 작품이라는 뜻을 포함한다.『그 산이 정말 거기 있었을까』초판의 '작가의 말'에서 저자는 "**미완**으로 끝낸『그 많던 싱아는 누가 다 먹었을까』를 이렇게 **완결토록 꾸준히 격려해준**"(강조는 인용자) 출판사에 감사를 표하고 있는데, 이것이야말로 작가가 한 작품을 의도했다는 움직일 수 없는 증거이다. 그런 의도 여부를 떠나 작품의 됨됨이 자체가 본질적으로 하나의 구조물이다.

물론 작품의 서사가 일관된 맥락을 이루고 있기는 하지만, 그 맥락 안으로 흘러들어온 요소들의 기원은 단일하거나 단순한 것이 아니다.

앞에서 언급했듯이 박완서 문학의 한가지 특징은 동일한 또는 유사한 일화들의 반복적인 출현이다. 박수근과의 인연이 소설과 수필에서 몇차례 다루어진 것도 하나의 예가 되지만, 결혼 전 피엑스에 근무할 때 잠시 사귄 청년의 이야기도 다양하게 변주되다가 장편 『그 남자네 집』(현대문학 2004)으로 종합되었고, 여고시절 담임선생이자 문학교사였던 소설가 박노갑(朴魯甲, 1905~51)도 전쟁 중에 막연히 행방불명된 것이 아니라 박완서의 막내삼촌과 마찬가지로 9·28수복 직후 터무니없는 죄목을 뒤집어쓰고 형무소에서 처형되었음이 집요하게 추적된다.[16]

물론 박완서의 문학세계에서 가장 자주 등장하는 인물은 엄마다. 엄마의 존재를 의식하지 않고서는 그의 작품을 읽는 것이 불가능하달 만큼 엄마는 유년기부터 중년에 이르도록 그의 삶에 깊이 밀착되어 그의 문학에 넓고 긴 그림자를 드리운다. 오빠 또한 박완서 문학의 근원에 자리한 존재이다. 오빠는 나이도 열살이나 위이고 개성도 아주 다른 사람이었지만, 해방 전후부터 6·25에 이르는 격동기에 주체적 인간으로서의 자존감을 상실하고 점점 허물어져가다가 안타까운 죽음을 맞음으로써 작가에게는 가족의 불행이자 시대의 비극을 상징하는 평생의 상처로 남았다. 할아버지와 할머니, 숙부와 숙모들, 올케와 조카들도 빠뜨릴 수 없는 박완서 문학세계의 구성원들이다. 그의 작품이 대체로 가족사소설의 양상을 띠는 것은 이처럼 작가의 시선이 끊임없이 자신의 삶의 내력을 파고드는 데서 연유한다. 그런 점에서 기억작용이야말로 그에게는 소설작업 자체이고 소설가로서 그의 정체성의 핵심이다. 그 자신이 어느 수필에서 "유년기의 그 기억은 내가 우리고 우려내서 많은 이야기를 만들어낸 소설가로서의 나의 소중

---

16 단편 「복원되지 못한 것들을 위하여」(1989) 참조.

한 밑천이다. 요새 자주 부딪치는 '나는 무엇인가?'라는 의문에 대해 스스로 마련한 대답도 '나는 기억의 덩어리일 뿐이다'인데"라고 말한다.[17]

그런데 『그 많던 싱아는 누가 다 먹었을까』 초판 머리말에서 그는 "순전히 기억력에만 의지해서 써보았다"는 점을 새삼스럽게 강조하고 있다. 이어서 그는 기억에만 의존한 집필방식에 대해 이렇게 부연한다. "쓰다 보니까 소설이나 수필 속에서 한두번씩 우려먹지 않은 경험이 거의 없었다. 그러나 그때그때의 쓰임새에 따라 소설적인 윤색을 거치지 않은 경험 또한 없었으므로 이번에는 (…) 기억을 꾸미거나 다듬는 짓을 최대한으로 억제한 글짓기를 해보았다." 하지만 변형과 윤색을 최대한 억제했음에도 그는 기억의 불확실성이라는 미로에 빠질 수밖에 없었다고 자인한다. 따라서 과거사실의 문학적 복원에 있어서 기억이란 "결국은 각자의 상상력일 따름"이라고 한발 물러서는 것이다. 이것은 1945년 또는 1951년에 있었던 일이라고 기억된 것에 대해 그로부터 수십년의 세월이 지난 1992년 또는 1995년의 시점에서 글을 쓴다면 그 글 안에 들어 있는 것들의 시간적 귀속은 언제인가라는 물음으로 우리에게 돌아오는데, 이것은 박완서처럼 끊임없이 과거의 재구성을 시도해온 작가의 경우 피할 수 없는 문제다. 그런 점에서 나는 『그 많던 싱아는 누가 다 먹었을까』와 『그 산이 정말 거기 있었을까』의 소설적 성격이 '자전적'이라고 규정한 작가의 언명에 지나치게 구애될 필요가 없다고 생각한다.

이 작품에서 먼저 눈에 들어오는 것은 평화로운 농촌마을 박적골에서 보낸 주인공의 아름다운 유년기이다. 유년기의 중심에는 할아버지가 있다. 주목할 점은 할아버지를 정점으로 한 농경사회의 가부장적 질서와 전통적 가치관이 주인공의 철들 무렵에는 이미 시대의 변화를 맞아 불가피하게 해체될 운명에 놓이게 된다는 사실이다. 할아버지에 대한 최초의 반

---

17 「지루한 여름날을 넘기는 법」, 『못 가본 길이 더 아름답다』 226면

란자는 며느리('엄마')로서, 그녀는 아들('오빠')을 관리로 출세시키고 딸(주인공인 '나')을 '신여성'으로 키우고자 과감하게 고향을 벗어난다. 그녀는 아들과 딸을 차례로 서울로 데려다가 억척스러운 삯바느질로 어려운 셋방살림을 꾸려가며 신교육을 시키는 것이다. 그것은 할아버지의 봉건적 가치관에 맞선 엄마의 근대선언이었다.

이 과정에서 오빠는 순종적이고 의젓한 모범생으로 자라는 반면, '나'는 엄마의 교육에 영리하게 적응하면서도 다른 한편 엄마의 손아귀에 장악되지 않는 독립적 개성을 키워나간다. 이 작품은 이처럼 주인공 가족이 점차 서울에 '말뚝'을 박아가는 과정, 즉 할아버지의 세계로부터 벗어나는 과정을 서술하면서도 방학 때마다 빠뜨리지 않고 귀향하는 행사를 묘사함으로써 박적골의 아름다운 자연과 전통시대의 정겨운 세시풍속을 되풀이 환기시킨다. 한 대목을 읽어보자.

어른들은 한창 바쁠 때였다. 그래서 더욱 아이들의 천국이었다. 윗도리를 안 입거나 아예 고추까지 내놓고 사는 아이들의 맹꽁이처럼 부른 배 위로 참외 국물이 줄줄 흘러 그 위로 파리가 성가시게 엉겨붙으면, 개울로 풍덩 뛰어들면 그만이었다. 우리 집 뒷간 가는 길에 건너야 하는 실개천은 뛰어들 만큼 깊지는 않았지만 개울가에 당개나리가 한창이었다. 뒤란 안팎의 살구나무, 앵두나무, 돌배나무가 다 꽃이 진 뒤여서 주황색 꽃잎에 자주색 점이 박힌 당개나리의 만개상태가 유난히 화려해 보였다.[18]

이 광경은 1940년대 초의 박적골을 그린 것이지만, 사실 이것은 그 무렵 우리나라의 농촌 어디서나 볼 수 있는 보편적인 아름다움이었다. 하지만

---

18 『그 많던 싱아는 누가 다 먹었을까』, 웅진 2006(한정판), 113면.

오늘의 독자에게 이 전원적 풍경이 아름다움을 획득하는 것은 풍경의 현존을 통해서가 아니라 이제 한반도 어디에도 남아 있지 않다는 상실과 부재를 통해서이다. 따라서 박적골 묘사가 환기하는 아름다움이 절실할수록 역설적으로 그것은 우리에게 단순한 향수의 감정 이상의 것으로 인도한다. 과연 박적골은 가까운 도시 개성의 머리 위로 삼팔선이 지나는 탓에 8·15 직후 소련군과 미군이 번갈아 주둔하는가 하면 6·25전쟁 때에는 가장 치열한 전투의 현장이 되었다. 그런 점에서 생각해본다면 이 작품의 경우 고향과 유년에 대한 기억 자체가 역사적 책임추궁을 환기하는 계기로 된다고 할 수 있다.

그런데 잘 살펴보면 할아버지가 대표하는 구시대적 권위에 균열이 가기 시작한 것은 이미 대가족주의의 질서 안에서였다. 할아버지가 위세를 부릴 수 있는 근거는 봉건잔재로서의 '양반'이라는 신분이었는데, 가부장의 위세에 동조해야 할 할머니부터가 할아버지 안 보이는 데서는 기탄없이 남편의 양반타령을 조소했고, 소설가가 된 손녀딸은 후일 "양반타령만 유별났지 민족적 자부심이나 역사의식이 있는 분은 못 되셨다"[19]고 냉정하게 판정을 내렸던 것이다.

할아버지 권위의 추락과 가부장적 금기의 해체를 가장 통쾌하게 보여주는 장면은 할아버지 장례식 뒤 그가 남긴 한적(漢籍)을 며느리들 셋이 물에 담가 풀어서 그 풀어진 종이로 그릇을 만드는 일화에서이다. 작가는 1945년 초여름 고향집에 모여앉은 엄마들이 할아버지(시아버지)에 대한 애정어린 험담을 주고받으며 "말끝마다 허리를 삽고 웃었던" 상넌를 길게 묘사하면서, 엄마들이 그릇을 만들어 없애버린 고서들 중에 설사 귀중본이 있었다 하더라도 "그때 며느리들이 누린 해방감도 그에 못지않게 중요했다"고 엄마들의 거침없는 방담을 적극 두둔하는 편에 선다.

---

19 같은 책 43면.

5

이미 암시했듯이 지난날의 자연풍경과 세시풍속에 대한 섬세한 묘사가 아름답게 빛날수록 그것은 강력한 역광으로 암전되어 조만간 다가올 역사의 부조리와 비극의 참혹성을 더욱 강화한다. 오빠의 졸업과 취직, 집장만, 대동아전쟁, 할아버지의 죽음, 개성으로의 소개(疏開), 해방, 서울 복귀와 복학 등으로 소설의 진행에 따라 사건은 잇따라 벌어지는데, 그런 가운데 '나'는 독서에 빠져 지내는 문학소녀로 성장해간다. 하지만 해방 정국의 들뜬 분위기는 양심적 이상주의자였던 오빠로 하여금 좌익조직에 가입하게 만들었고, 그 때문에 그는 경찰에 쫓기는 처지가 된다. 나약한 성격의 오빠는 결국 조직에서 이탈하여 심한 갈등과 무력감에 시달린다. 반면에 '나'는 활동적인 학생은 아니었지만, 그럼에도 당시의 사회적 혼란을 "좌익과 우익, 진보와 반동의 대립이라는 이념적 관점으로 바라보고 이해하려 들었고, 내가 박수치고 역성들어줘야 할 편은 좌익이라는 생각에 망설임이 없었다."[20] 그렇게 된 데는 체질적인 정의감과 독서의 영향 이외에도 어려서부터 좋아하고 따르던 오빠의 영향이 컸다. 하지만 "나는 좌익이고 우익이고를 막론하고 집회나 시위, 구호 외치는 것 따위"를 싫어하는 개인주의적 성향이었다고 자인한다.[21]

그러는 동안 오빠는 똑똑하고 음전한 여자와 혼인해서 조카를 낳았고 보도연맹 가입으로 합법적 신분을 얻은 다음 중학교 교사로 취직을 한다. 그리고 '나'는 마침내 대학생이 되어 자유의 예감에 가슴이 부푼다. 오

20  같은 책 228면.
21  같은 책 235면.

랜 고생 끝에 이제 드디어 집안에 자유와 평화가 찾아왔다고 느끼는 순간, 돌연한 사변이 세상을 뒤집는다. 인민군이 삼팔선 전역에 걸쳐 남침을 시도했다는 뉴스를 듣는 것이다. 절대다수의 서울 시민들이 그러했듯이 '나'도 처음에는 그 뉴스를 대수롭게 생각지 않았다. 하지만 그것은 앞으로 3년간 한반도 전체를 오르내리며 전국토를 피바다에 잿더미로 만들 끔찍한 전쟁의 시작이었다. 사학자 김성칠(金聖七, 1913~51)의 『역사 앞에서』의 1950년 6월 27일자 일기에는 다음과 같이 기록되어 있다.

> 라디오를 틀어놓으니 대한민국 공보처 발표라 하고 (…) 정부는 대통령 이하 전원이 평상시와 같이 중앙청에 근무하고 있고 국회도 수도 서울을 사수(死守)하기로 결정하였으며, 일선에서도 충용무쌍한 우리 국군이 한결같이 싸워서 오늘 아침 의정부를 탈환하고 물러가는 적을 추격 중이니, 국민은 군과 정부를 신뢰하고 조금도 동요함이 없이 직장을 사수하라고 거듭 외치었다. 그러나 자꾸만 가까워지는 총포성은 무엇을 의미함일까?[22]

공보처 발표와 달리 대통령 이승만은 27일 새벽 비상국회가 열리고 있는 도중에 국회 요인들에게도 알리지 않은 채 서울을 떠나 도망치듯 대구까지 내려간 뒤였다. 그렇게까지 급박한 건 아니라는 보고를 받은 이승만은 대구에서 도로 대전으로 올라와 밤 10시에 국민들에게 안심하라는 내용의 녹음방송을 했다.[23] 그런 와중에 28일 새벽 2시 30분경에는 한강교가 폭파되었고, 같은 날 오전 11시 30분에는 중앙청에 북한 인공기가 올랐다. 이런 급박한 사태진전을 대부분의 국민들은 짐작조차 하지 못하고 있

---

**22** 김성칠 『역사 앞에서』, 창비 2009(개정판), 76면.
**23** 김동춘 『전쟁과 사회』, 돌베개 2000(개정판), 148~50면.

었다. 당연히 박완서 소설의 주인공들도 정보의 소외지대에 있었다. 오빠는 월요일(6.26)에 출근을 위해 집을 떠나 학교가 있는 구파발 쪽으로 갔고, 나머지 식구들은 포성이 가까워지자 돈암동 대로변에서 상점을 열고 있던 숙부네까지 한군데 모여 밤새 불안에 떨다가 28일 새벽을 맞았다. 다음은 그 순간의 기막힌 광경이다.

새벽녘에 전쟁의 소음이 한결 가라앉자 숙부는 이제 좀 마음이 놓인다는 듯이 우리더러 한숨 자자며 말했다.

"그러면 그렇지. 대통령이 수도 서울은 꼬옥 사수한다고 국민한테 철석같이 약속을 했으니까."

이러면서 하품을 늘어지게 하는 숙부를 엄마는 딱하다는 듯이 바라보면서 말했다.

"서방님도 참, 그 늙은이 말을 어떻게 믿어요?"

날이 밝자 숙부와 숙모는 오늘은 상점을 열 수 있을 것 같다며 집으로 떠났다. 우리도 다들 밖이 조용해진 걸 전쟁이 진정된 것과 같이 생각했기 때문에 붙들지 않았다. 그러나 얼마 안 있어 헐레벌떡 되돌아온 숙부는 몹시 얼뜬 목소리로 밤사이에 세상이 바뀐 걸 알려주었다.[24]

이 부분을 좀 자세히 살핀 까닭은 이 대목에서 박완서 가족의 삶이 급속도로 파탄의 나락으로 굴러떨어졌고 또 그것이 박완서 문학의 결정적인 원천이 되었기 때문이다. 소설의 진행을 더 따라가보자. 오빠는 학교에서 집으로 돌아오던 중 감옥에서 석방된 과거 좌익운동 시절의 동지들을 우연히 만나 부득이 그들을 집으로 데려온다. 그들은 술 마시고 노래 부르며 한바탕 떠들썩한 석방 잔치를 벌이는데, 이 때문에 우리 집은 엉뚱

---

24 『그 많던 싱아는 누가 다 먹었을까』 272~73면.

하게도 이웃들한테 좌익의 거물 가정으로 오해를 받게 된다. 그러나 오빠는 곧 의용군에 끌려갔고 '나'는 오빠와 달리 "바뀐 세상에 서슴없이 공감했다. 그들이 이승만 정부 욕하는 데 공감했고, 노동자 농민에 대한 약속에 공감했다."[25] 아직 세상의 무서움을 겪기 전이었던 것이다.

하지만 이윽고 '나'는 새로운 체제에 생리적인 부적응을 느끼게 된다. 그것은 그들의 주장이 옳지 않다고 생각되었기 때문이 아니라 그들의 주장하는 방식, 예컨대 수령에 대한 한없이 되풀이되는 예찬과 열광에 기가 질렸기 때문이었다.[26] 아마 이 점에서 박완서와 일맥상통하는 인물은 사학자 김성칠일 것이다. 전쟁 발발 순간 두 사람은 우연히도 한 학교에 속해 있었다. 한 사람은 신입생이고 다른 한 사람은 교수로서 나이와 지적 수준에 큰 격차가 있었지만, 남과 북의 정부에 대해 공히 비판적인 점, 근본적으로 자유주의적 민주주의의 지지자들이라는 점에서 공통된다. 한 사람은 사건 당시에 일기로써 기록을 남겼고 다른 한 사람은 그것을 수십 년 기억 속에 저장했다가 소설로 형상화했던 점이 다른데, 공교롭게도 두 사람의 증언은 비슷한 시기에 책으로 출판되었다.[27] 1950년 7월 16일자 김성칠의 일기는 인공 치하 서울 민심의 일단을 이렇게 전하고 있다.

이상한 것은 이러한 맹폭(猛爆)이 있음에도 미제에 대한 일반시민의 적개심이 별로 불타오르는 것 같지 않고, 더러는 시민의 머리에 폭탄을 퍼부음이나 다름없는 이 폭격에 되레 일종의 희망을 품는 것 같아 보이니 이상한 일이다. 그러한 사람들이 소위 반동분자로 지목받는 사람이라거나 또는 대한민국 군경의 가족만이 아님을 보면 더욱 놀라지 아니

---

**25** 같은 책 285면.
**26** 같은 책 286면.
**27** 일기『역사 앞에서』는 1993년에, 소설『그 많던 싱아는 누가 다 먹었을까』는 1992년에, 그리고『그 산이 정말 거기 있었을까』는 1995년에 각각 초판이 나왔다.

할 수 없다.[28]

이 관찰에 얼마나 신뢰를 부여할지 논란이 없지 않겠지만, 일단의 진실이 있음을 부인할 수는 없을 것이다. 김성칠의 일기(1950.7.11)는 당시 북한 군정이 서울 민심을 얻는 데 실패한 까닭으로서 ① 식량 부족, ② 의용군 강제모집, 그리고 ③ 시민들에 대한 전출령(轉出令) 등이 가장 큰 문제점이었다고 지적하고 있다. 공산 치하 석달 동안 서울에서만 8,800~9,500명의 민간인이 인민재판을 통해 처형된 것도 민심의 이반에 한몫했을 것이다. 그리하여 북한군은 처음에는 서울시민 앞에 "점령자가 아닌 해방자의 모습으로" 나타났으나 시간이 갈수록 "해방자가 아니라 점차 약탈자의 모습으로 변하고 있었다."[29] 시민들이 미군의 인천상륙 소식을 반기고 서울수복을 환영한 것은 그 귀결이었다.

그러나 9·28수복 이후의 상황은 박완서 가족을 포함해 서울에 남아 있던 시민들에게는 "참아내기 힘든 가혹한 고통의 시기"[30]가 닥쳤음을 의미했다. 군과 정부를 믿고 동요 없이 직장을 사수하라고 방송하고는 자기들끼리 도망쳤다 돌아온 권력자들은 남아서 고생한 시민들에게 사과와 위로는커녕 터무니없는 '부역의 혐의'를 걸었고, 심지어 "저기 빨갱이가 간다는 뒷손가락질 한번으로 그 자리에서 총을 맞고 즉사한 사례도 있었다."[31] 엉뚱하게 좌익의 거물로 오해받은 박완서네 집은 '동네 사람의 고발에 의해' 가택수색을 당했고, 그는 우후죽순처럼 생겨난 각종 우익단체에 끌려다니며 갖은 모욕을 당해야 했다.

**28** 『역사 앞에서』 122면.
**29** 전상인 「6·25전쟁의 사회사 ─ 서울시민의 6·25전쟁」, 유영익·이채진 엮음 『한국과 6·25전쟁』, 연세대출판부 2002, 193면.
**30** 『그 많던 싱아는 누가 다 먹었을까』 293면.
**31** 같은 책 292면.

그들은 나를 빨갱이년이라고 불렀다. (…) 그들은 마치 나를 짐승이나 벌레처럼 바라보았다. 나는 그들이 원하는 대로 돼주었다. 벌레처럼 기었다. (…) 나는 밤마다 벌레가 됐던 시간들을 내 기억 속에서 지우려고 고개를 미친 듯이 흔들며 몸부림쳤다. 그러다가도 문득 그들이 나를 벌레로 기억하는데 나만 기억상실증에 걸린다면 그야말로 정말 벌레가되는 일이 아닐까 하는 공포감 때문에 어떡하든지 망각을 물리쳐야 한다는 정신이 들곤 했다.[32]

하지만 이렇게 벌레나 짐승처럼 당했음에도 자신이 당한 것은 약과였다고 박완서는 말한다. 예컨대 돈암동 대로변에 살던 숙부네가 그랬다. 공산군이 지배하던 여름 동안 숙부네 집은 마당이 넓었던 탓에 인민군에게 강제로 수용되어 있었고, 그래서 숙모가 그들에게 밥해주는 것으로 근근이 두 사람이 얻어먹고 살 수밖에 없었다. 그런데 그 일로 고발당한 숙부는 부역죄로 약식재판을 받고 처형되었던 것이다. 수복 이후 서울과 각 지방 경찰서는 이렇게 부역혐의로 잡혀온 사람들로 초만원을 이루었는바, "1950년 11월 13일 당시 남한 각 도에서는 5만 5,900명의 부역자가 검거되었다."[33] 다른 책에는 다음과 같이 서술되어 있다. "한국전쟁 동안 벌어진 민간인 학살은 보도연맹원 학살 약 20만명, 형무소 수감자 학살 약 5만명, 북한군 및 인민위원회에 의한 학살 약 10만명 등으로 추산되고 있다. 아마 알려지지 않은 사건들을 합치면 훨씬 더 많은 민간인들이 피해를 입었을 것이다."[34] 한마디로 이것은 지옥도 그 자체라고 할밖에 없다.

---

32 같은 책 294~95면.
33 『전쟁과 사회』 245면.
34 박태균 『한국전쟁』, 책과함께 2005, 326면.

6

그러나 박완서네 가족에게는 더 모진 시간이 기다리고 있었다. 중국군의 참전으로 다시 전선이 밀려 내려오고 이번에는 정식으로 대통령의 피난명령이 떨어진다(1950.12.24). 마침 그때 의용군에 잡혀갔던 오빠가 용케, 그러나 너무도 달라진 모습으로 돌아왔다. 그는 심한 피해망상으로 온전한 정신상태가 아니었다. 그런데 피난을 가기 위해서는 시민증이 있어야 했고, 시민증을 만들려면 근무하던 학교를 다녀오는 수밖에 없었다. 할 수 없이 거기 갔다가 그는 주둔했던 군인의 오발사고로 다리에 관통상을 입는다. 그 상태로는 조금도 걸을 수가 없었다. 군인이고 민간인이고 다들 서울을 빠져나가는 바로 그 순간에 그들은 결정적으로 기동력을 잃어버린 것이었다. 이 절체절명의 상황에서 그들은 부득이 피난을 포기하고 옛날 살던 동네(현저동) 꼭대기에 있는 어느 집에 숨어들어 다시 죽음 같은 나날을 보내게 된다.

이때부터 오빠가 죽음에 이르기까지 8개월간의 처절한 생존투쟁 과정은 박완서 생애의 영원한 심연이다. 처음에 그들은 "오늘 우리가 안 죽었다는 것밖에는 앞으로 언제 어떤 일이 닥칠지 아무런 예측도 할 수 없었다. (…) 세상이 또 한번 바뀌었다면 우리는 인민공화국의 하늘 아래 있으련만 그 실감은 나지 않았다."[35] 그러나 세상이 어떻게 바뀌든 절대적으로 바뀔 수 없는 것은 먹는 일의 중요성이었다. 거의 굶다시피 며칠을 버틴 끝에 마침내 올케와 '나'는 밤마다 빈집을 더듬으며 남아 있는 양식을 훔쳐오기 시작한다. 얼마 후에는 동 인민위원회에 나가서 사무를 거드는 일도 맡게 된다. "나중에 빨갱이로 몰릴까봐 두렵다는 생각은 그닥 심각

---

35 『그 산이 정말 거기 있었을까』 21면.

하지 않았다. 도둑질에 죄의식이 없어지고부터 후환을 근심하는 것까지 배부른 수작으로 여겨졌다. 오로지 배고픈 것만이 진실이고 그 밖의 것은 모조리 엄살이요 가짜라고 여겨질 정도로 나는 악에 받쳐 있었다."[36]

소설 『그 많던 싱아는 누가 다 먹었을까』와 『그 산이 정말 거기 있었을까』는 작가 박완서가 이렇게 극한상황을 통과하면서 겪은 전쟁의 개인사적 증언이자 사회사적 기록이다. 그런 점에서만도 이 작품은 탁월한 업적이다. 작품의 도처에서 그가 이념의 불모성과 권력의 잔학성에 대해 절망적 분노를 터뜨리는 것은 너무도 당연하다. 그러나 다행히도 그는 극한적 상황에도 불구하고 이데올로기의 노예가 되지 않은 사람들을 더러 만날수 있었고, 그런 행운 덕분에 인간에 대한 희망의 끈을 아예 놓지 않을 수 있었다.

그가 지옥의 시간 가운데서 만난 꽤 괜찮은 인물의 하나로 예컨대 동인민위원회 위원장을 맡고 있던 강영구 같은 사람이 있다. 그는 마지못해 그 직책을 맡고는 있었지만, 매사에 지쳐 있고 우울한 표정이었다. '내'가 강영구에게 감동한 것은 혼자 살다 죽은 어떤 할머니를 장사지낼 때였다. 인민군 군관과 특무장은 "지금이 어느 땐데 관을 다 짜느냐"고 일소에 부쳤지만, 그는 그들과 싸우다시피 해서 못과 연장을 얻어다 관을 짜고 언 땅을 파서 나름으로 정중한 장례를 치르는 것이다. 인왕산 언덕바지 눈밭에서 치러진 이 보잘것없는 장례식은 화려하게 의전을 갖춘 평시의 어떤 장례보다 더 아름답고 감동적이며 그 자체가 전쟁의 반인간성에 대한 무언의 항의였다. 강영구는 헤어진 가족들에 대해 이야기하다가 이렇게 역설적인 탄식도 한다. "욕먹을 소리지만 이런저런 세상 다 겪어보고 나니 차라리 일제시대가 나았다 싶을 적이 다 있다니까요." 이 말에 뒤이어 작가는 이 작품 전체를 통틀어 가장 하고 싶었던 전언 하나를 다음과 같이

---

36 같은 책 56면.

토로하고 있다. "오랜만에 사람 같은 사람을 만난 기분까지 들었다. 잘났다는 뜻이 아니라 적당히 못나서 좋았다. 사람의 생각 속에는 좌우의 이념보다는 거기 속할 수 없는 생각들이 훨씬 더 많은데, 누굴 만나면 우선 저 사람 속이 흴까 붉을까부터 분간해야 하는 관습화된 심보가 부드럽게 누그러지는 것 같았다."[37]

그러나 이 작품은 단순한 이데올로기 비판소설이거나 상투적인 반전문학이 아니다. 작가가 혼신의 힘을 다해 그리고 싶어하는 것은 전쟁의 형식으로 폭발한 거대한 이념의 세계가 아니라 이름 없는 개인들이 가족의 일원으로서 자연에 조화되어 살아가는 소소한 풍경들, 그리고 그 안에서 구현되는 작은 인간적 가치들이다. 그 점에서 무엇보다 눈에 띄는 것은 사람이 먹어야 사는 존재라는 물질적 조건에 대해 말할 때, 그리하여 계절에 따른 갖가지 음식들의 조리법과 다양한 맛에 대해 서술할 때 작가의 필치가 유난히 빛을 발한다는 사실이다. "부엌에서 그릇 부딪치는 소리, 마당에서 펌프질하는 소리, 아이가 칭얼대는 소리, 여자들이 두런거리다가 킬킬대는 소리, 밥이 뜸 드는 냄새, 그리고 우리 집 된장만의 그 구뜰한 냄새, 이런 것들이 서로 어울려 집안을 자욱하게 채우고 있었다. 아, 이 자욱함, 그건 음향이나 냄새가 아니라 생활이요 평화였다."[38]

전쟁을 겪으면서 작가가 발견한 것은 집안을 자욱하게 채운 저 사소한 것들의 어울림이 다름 아닌 생활이고, 바로 그 안에 인간이 추구할 만한 적극적 목표로서의 평화가 있다는 것이었다. 그것이 위협받고 파괴되는 비극을 목격하고 그 극한적 상황 속에서 결심한 것이 소설쓰기였다. 결심의 실천을 위해 첫걸음을 떼는 데만 20년의 세월이 걸렸고 실천을 위해 헌신하는 데는 40년의 세월이 소모되었지만, 생각해보면 박완서 문학

---

**37** 같은 책 82면.
**38** 같은 책 130면.

의 경우 작가는 고통의 기억을 불러왔다기보다 반대로 그의 육신이 끊임없이 기억에 호출되었던 셈이라고 말하는 것이 옳을지 모른다. 소설의 법정에 소환된 작가는 세속의 안일과 명예가 제공하는 망각의 유혹과 싸우면서 허다한 자술서를 되풀이 써야 했다. 많은 이본들의 샛길을 악전고투 끝에 벗어나 드디어 완성한 『그 많던 싱아는 누가 다 먹었을까』 『그 산이 정말 거기 있었을까』는 박완서 최후의 정본(定本)이자 아직도 유효한 우리 시대 삶의 출발점이다. 이제 작가에게는 역사로부터의 관용과 노고로부터의 휴식이 주어져야 한다. 동시대인들이 바치는 가슴으로부터의 찬사와 함께.

〔2011〕

# 한남규의 문학을 돌아보며[1]

1

  '한남규'라고 하면 일반 독자들에게는 아주 낯선 이름이다. 새로 등장한 신인작가들 중의 한 사람인가 여길지 모르겠다. 물론 『『창작과비평』 창간 25주년'을 기념하는 신작소설집 『우정 반세기』(창작과비평사 1991)에서 한남규의 이름으로 발표된 「강 건너 저쪽에서」를 감명 깊게 읽은 독자라면 그것이 바로 왕년의 명작 「바닷가 소년」의 작자 한남철(韓南哲, 1937~93)의 본명임을 기억해낼 것이다.

  하지만 '한남철'이라고 하더라도 오늘의 문단에서 그리 널리 알려진 편은 아니다. 그가 한번도 소설가로서 크게 각광을 받은 바 없고 30년이 넘

---

1 이 글은 한남규(1937~93)의 소설집 『바닷가 소년』(창작과비평사 1992)에 발문으로 썼던 것이다. '한남철'이란 필명으로 활동하던 시절 아주 가깝게 지냈기 때문에 오히려 그의 문학을 무심하게 여기고 있다가, 뜻밖에 병이 깊어질 무렵 그에게 소설집 한권도 없는 것이 안타까워 책을 묶고 발문을 썼다. 그때부터 제대로 된 '한남철론'을 써야지 벼르기만 하면서 세월이 갔는데, 이러다간 끝내 못 쓰게 될 것이 두려워 소홀했던 발문이나마 새로 다듬어 조문(弔文)삼아 여기 수록한다.

는 문단경력에도 불구하고 단편집 한권 출간한 바 없으므로, 이것은 어쩌면 당연한 노릇이다. 일반 독자는 말할 것도 없고 문인들 사이에서도 한남철은 그저 잊히지 않을 만하게 띄엄띄엄 단편소설을 발표해온 주변적 작가의 한 사람으로 인식될 것이다.

나는 오랫동안 그를 소설가 한남철로 알고 친하게 지냈으므로, 그의 대학시절 친구들이 아무렇지도 않게 "야 남규야" 하고 부르는 걸 들으면 갑자기 그가 딴사람으로 변하는 느낌이 들곤 했다. 그러고 보면 그의 두 이름은 그가 속한 두 세계를 가리키는 기호와도 같다. 그는 약관 스물한살이던 1958년 단편소설 「실의(失意)」가 『사상계』에 당선되어 소설가로 등단했는데, 그때부터 문단에서는 당연히 한남철로 통했다. 1960년대 말경부터는 창비 사무실을 무대로 신동문·이호철·신경림·구중서·조태일·이문구·방영웅·황석영·최민 등과 자주 어울려 그룹 비슷한 걸 형성했으니, 이것이 말하자면 한남철의 세계였다. 그런데 그에게는 또다른 한 무리의 친구들이 있었다. 대학시절부터 독특한 개성으로 이름을 날린 1960년대의 사업가 채현국을 축으로 언론인 임재경·이계익·이종구, 문인 백낙청·황명걸, 그외에 제제다사들이 학교동창 내지 학과동기 또는 친구의 친구 같은 다양한 인연으로 얽혀 보일 듯 말 듯하게 역시 하나의 그룹을 이루고 있었으니, 이 모임에서는 그가 한남규로 불리었다.

내가 한남철과 급속히 가까워지게 된 것은 1969년 여름 백낙청 교수가 학위논문을 마치기 위해 다시 미국으로 떠난 뒤부터이다. 신동문 선생과 내가 창비의 책임을 맡아 청진동 신구문화사의 방 하나를 사무실로 쓰고 있었는데, 이때부터 그는 백 교수의 부탁이 있었는지 매주 한두 차례 창비에 들러 분위기를 북돋아주었다. 그는 서울대 문리대 철학과를 다니다 소설당선을 계기로 학교를 중퇴하고 『사상계』『신동아』『대한일보』 등을 거쳐 1960년대 말경에는 『월간중앙』에 기자로 근무하고 있었다. 모두들 형편이 어렵던 시절이라 모이면 청진동 골목에서 소주나 막걸리를 앞에 놓고 기염을 토하는 것이 고작이었는데, 그나마 번듯한 직장이 있는 한남철이 주로 술값을 감당했다.

술자리에서 그의 거침없는 활기는 얻어먹는 사람들을 아주 편하고 유쾌하게 만들었다. 하지만 알고 보면 그 자신도 처지가 궁하기는 마찬가지였다. 소설 「강 건너 저쪽에서」에도 나오듯이 이 무렵 그가 수유리 쪽에 집을 장만했고 그보다 조금 전에 나의 신혼살림도 그쪽에 터를 잡았으므로 우리는 자연 함께 귀가하는 일이 많았다. 삼선교 근처를 지날 무렵이면 가끔 그는 낙산을 가리키며 그 뒤쪽 빈민굴 같은 데서 살던 시절의 비참했던 일화들을 무슨 신나는 모험담처럼 얘기했다. 강화도 바닷가에서 어린 시절을 보내고 인천에서 고등학교를 다니던 이야기나 고기잡이배를 몰던 선주 아버지가 무슨 일로 쫄딱 망해서 거지신세가 된 이야기도 쓰면 그대로 소설이 될 만큼 실감나게 했다.

백 교수가 귀국하여 창비에 복귀한 뒤에도 한남규의 역할은 크게 달라지지 않았다. 아니, 한가지 더 추가되었다고 말하는 것이 옳을 것이다. 그는 앞서도 말했듯이 1950년대 말 『사상계』에 근무한 이래 계속 그 방면에서 일해왔으므로 문인들과의 교제범위가 아주 넓었다. 나도 문학출판사 편집부 경력이 있어 문인들을 꽤 많이 아는 편에 속했지만, 그래도 내 경우에는 제한이 있었다. 어떻든 우리의 문단교유는 원고 청탁하는 데뿐만 아니라 1974년 정초 개헌청원지지성명 발표 때부터 그해 11월 자유실천문인협의회 발족에 이르기까지 문인들 서명받는 데도 자못 쓸모가 있다는 것이 입증되었다. 아무튼 문단에 지인이 적은 백 교수 대신 그가 궂은 일을 꽤 맡았을 것이다.

소설집 출판을 위해 교정지를 집으로 들고 오면서 나는 주로 이런 지난날의 감상에 젖어 있었다. 맨 처음 읽기 시작한 작품은 「지붕 밑의 한낮」이었는데, 발표 당시 읽지 못한 것은 물론이고 그런 작품의 발표사실조차 까맣게 모르고 있었다. 그런데 읽어나가는 동안 차츰 긴장이 되었고 싱싱한 재미를 느꼈으며 마침내 감동하게 되었다. 참 좋은 작품이로구나, 지난번의 「강 건너 저쪽에서」가 결코 평지돌출로 나온 작품이 아니구나 하는 것이 가슴으로 실감되었다. 「지붕 밑의 한낮」뿐만 아니라 「어둠의 숲」 「손수레와 퉁소」 등 이번에 처음 읽은 작품들이 모두 실로 아름답고 놀라운 느낌으로 다가왔다. 「실의」 「강설(降雪)」 「음지부조(陰地浮彫)」 등 초기작들에 의해 만들어진 내 머릿속의 고정관념이 상당 부분 잘못된 것임을 분명히 깨달았다. 20여년 동안 잡지사·신문사의 기자로서 남의 글을 청탁하는 일을 주로 해오면서, 그리고 심지어 부인 이순(李筍) 씨가 한때 인기작가로 언론의 각광을 받게 된 것을 더러 입에 담기조차 하면서 자기 자신의 문학에 대해서는 일언반구 내색한 적 없는 이 한남규의 문학이 이렇게 기막힌 섬세함과 말할 수 없이 따뜻한 인간애와 세상살이의 고달픔에 대한 절실한 경험의 깨끗한 결합체였구나! 이것은 나에게 하나의 경이였다.

참고로 등단작 「실의」 이후 한남규의 소설들을 나열해보면 「강설」(1958) 「음지부조」(1960) 「공황」(1960) 「고도(孤島)」(1960) 「귀를 벽에」(1961) 「끊어진 다리」(1961) 「원색인형(原色人形)」(1961) 「귀향」(1962) 「바닷가 소년」(1963) 「함정」(1964) 「유산(流産)의 행렬」(1964) 「슬픈 변모」(1964) 「단색화」(1965) 「어둠의 숲」(1965) 「별장이 있는 풍경」(1965) 「검은 파도」(1966) 「쥐전(傳)」(1970) 「신(新)각설이」(1972) 「청산유수」(1972) 「연기」(1973) 「황구 이야기」(1973) 「길들이기」(1979) 「앵두나무 집」(1979) 「어느 날 잠든 채로」(1979) 「손수레와 퉁소」(1980) 「지붕 밑의 한낮」(1981) 「강 건너 저쪽에서」(1991) 등 대략 30편 정도가 꼽힌다. 이 가운데는 내가 못 읽은 작품도 상당수 있고, 읽었더라도 오래되어 기억이 희미해진 작품도 적지 않다. 따라서 제대로 논의하자면 전체를 새로 통독해야 하는데, 지금으로서는 그럴 형편이 못된다. 부득이 이 자리에서는 한남규 문학에 대한 간단한 소묘로써 책임을 면하려 한다.

2

등단작 「실의」를 비롯한 한남규의 초기작품들은 흔히 전후문학이라고 통칭되는 1950년대 문학의 영향권 아래에서 태어난 것으로 판단된다. 알다시피 6·25전쟁 이후 가난과 폐허 속에 정신적 피폐의 정서가 만연해 있을 때 손창섭·장용학·추식·오상원·서기원 등 신세대 작가들은 직간접적인 전쟁체험과 전후의 절망감을 도발적인 필치로 묘사함으로써 문단에 새바람을 일으킨 바 있다. 그런데 전후문학은 한국보다 먼저 유럽에서 성립되어 사르트르의 실존주의 유행과 함께 전세계로 퍼져나갔다. 제2차 세계대전이라는 역사상 유례없는 살육과 파괴의 전쟁을 겪으면서 거기서 살아남은 사람들로부터 극단적인 문학이 나오지 않는다면 그것이야말로 정상이 아닐 것이다. 그런 점에서 소외, 투기(投企), 한계상황, 실존, 자유, 책임 등 사르트르의 전형적 개념들은 종이 위에서 만들어진 관념이 아니라 생동하는 현실이었다.

그러나 한국의 전후문학은 양면적이다. 그것은 당면현실의 절실한 묘사와 외래유행의 피상적 모방이 혼용하고 길항하는 불안한 가설무대였다. 그렇다면 「강설」「음지부조」「원색인형」 등 한남규의 초기작들은 어떠한가. 예컨대 단편 「강설」을 살펴보자. 작품의 구성은 세명의 전쟁포로가 자유를 찾아 수용소를 탈출하는 것으로 시작한다. 그들은 추적을 피해 산속으로 들어가는데, 산은 한겨울 폭설로 덮여 있다. 그들은 살아나기 위해 필사적으로 발버둥치지만 결국 눈에서 벗어나지 못하고 굶주림과 피로에 지쳐 죽어간다. 극한상황의 설정이라든가 죽음에 직면한 의식과 행동의 묘사 등 이 작품은 어느 면에서 잘 고안된 문학적 장치의 소산이다. 그럼에도 이 작품을 단순히 외래사조의 소설적 번안이 아니고 아무런 희망도 전망도 가질 수 없었던 1950년대 시대현실의 진실한 반영이라고 규정하기에는 어딘가 망설임이 따른다. 이런 양면성은 다소간의 정도 차이는 있겠지만 한국 전후문학 전반에 걸쳐 확인할 수 있는 빛과 그림자일 것이다.

거의 비슷한 시기에 발표된 「바닷가 소년」에서 한남규 문학은 아주 다른 모습을 보인다. 짐작건대 이 작품에는 작가 자신의 소년시절 체험과 관찰이 실물 크기로 반영되어 있을 것이다. 가난한 어촌풍경이 가난하지 않게, 즉 수채화처럼 아름답게 그려져 있으며, 힘들게 살아가는 어민들의 모습이 힘들지 않게, 즉 가족사진처럼 정답게 묘사되어 있는 것이다. 「강설」 「함정」 같은 작품과 「바닷가 소년」 「어둠의 숲」 같은 작품의 발표에 시차가 별로 없다는 점을 상기하면 한남규 문학의 이런 두 면모는 변모라기보다 그의 문학세계 안에 병존해 있던 상반된 두 요소 가운데 「강설」적 측면이 약화되고 대신 「바닷가 소년」적 측면이 점차 우세해진 것이라고 설명할 수 있을 것이다. 데뷔작 「실의」는 기본적으로 전자 계열이면서 후자다운 분위기에 의해 실감을 얻고 있고 「별장이 있는 풍경」이나 「검은 파도」는 후자 계열이되 아직 전자의 요소를 탈피하지 못한 작품이라고 볼 수 있다.

그런데 한남규에게는 색다른 작품이 몇편 있다. 나는 그 작품들을 그의 부탁으로 발표 이전에 원고로 읽었는데, 「쥐전」 「신각설이」 「황구 이야기」 등이 그렇다. 종래의 작품과 완연히 다른 경향을 시험한 것이어서 확신이 안 섰는지, 나에게 먼저 검증을 의뢰했던 것이 아닌가 추측한다. 「쥐전」은 쥐의 눈으로 바라본 세상의 이면을, 「황구 이야기」는 개의 눈으로 바라본 세상의 타락을, 그리고 「신각설이」는 교통사고로 죽은 혼령의 입을 빌려 사회의 추악상을 신랄하게 풍자한 작품들이다. 실생활에서 한남규는 누구보다 활달한 언변으로 좌중을 즐겁게 하는데, 이 소설들에서 그의 언변은 날카로운 화살이 되어 개발성장시대의 부정과 비리를 폭로, 공격하고 있다. 김지하의 담시 「오적(五賊)」(1970)과 비슷한 무렵에 이 작품들이 쓰였음을 상기하면 당시 많은 시인·작가들이 풍자문학의 대의에 공명하고 있었음이 분명하다. 다만 안타까운 것은 원고를 읽은 내가 한남규 안에 잠재된 풍자소설가의 뛰어난 능력을 제대로 알아보고 적극 격려하지 못한 점이다. 뒤늦은 후회에 마음이 아프다.


3

돌아보면 아무래도 한남규 문학 본연의 성과는 「바닷가 소년」「어둠의 숲」「연기」「앵두나무 집」「어느 날 잠든 채로」「손수레와 통소」「지붕 밑의 한낮」「강 건너 저쪽에서」 등 단편소설에 묘사된 서민생활의 세계일 것이다. 서민들 살림살이의 궁핍이라는 주제 자체는 물론 일제 식민지시대부터 1960,70년대까지의 작가들 다수가 공유하는 바였다. 박정희 정부의 근대화정책으로 빈곤탈출 노력에 시동이 걸렸다곤 하지만 아직 초창기였으므로 '서민'이 곧 국민 전체를 지칭하던 시절이었다. 그런데 한남규 문학에서 주목할 점은 각박한 서민생활의 세부적 상황들이 작가의 맑고 투명한 감성과 섬세하고 서정적인 문체에 의해 훈훈하고 인정스러운 세계로 그려지게 되었다는 것이다. 그의 소설이 전해주는 따스한 느낌은 그의 상당수 작품이 자전소설의 측면을 가지는 것과 관련이 있을지 모른다. 그런 점에서 그의 문학은 동시대의 한국문학 전체가 공유하는 특징, 즉 전통사회의 해체를 특징으로 하는 과도기의 산물이다.

그리고 보면 그가 술자리 같은 데서 어쩌다 입에 올린 문학담화 중에 벽초의 『임꺽정』과 더불어 현덕(玄德, 1909~?)의 소설이 있었다. 특히 「남생이」「경칩」「군맹(群盲)」 같은 현덕 소설의 독특한 재미에 관해 그가 열변을 토했던 기억이 새로운데, 실은 벽초도 현덕도 일제시대 좌파평론가들로부터 이념보다 묘사에 치중하는 세태소설가라는 불평을 들은 바 있다. 그러나 충실한 묘사를 통하지 않는다면 이념이건 어디건 소설문학이 도달할 수 있는 곳은 없는 것 아닌가! 문학의 기본에 대한 당대 비평가들의 통찰의 부실함이 작가들에게는 불필요한 부담과 부적절한 상처를 주었을 것이다. 한남규의 문학에도 그런 피해의 흔적이 있다고 여겨진다.

살림살이의 고단함과 서민감정의 저변을 꿰뚫는 소설가 한남규의 특기가 특히 잘 발휘되는 것은 가족간, 이웃간의 대화에서이다. 『임꺽정』의 소설적 재미 중 타의 추종을 불허하는 것이 대화 부분이라고 나는 생각하는데, 한남규가 벽초에게 배운 것 중의 하나가 바로 대화를 만드는 기법이라는 느낌이 든다. 허다한 예가 있지만, 아쉬운 대로 단편 「지붕 밑의 한낮」에서 한 대목 인용하겠다.

"세상엔 별난 팔자두 다 있다."

언젠가 할머니와 어머니가 마주앉아 영권이에 관해 이렇듯 수작을 부린 일이 있었다.

"일본에서 나오긴 했지만 원래 고향은 강원도래죠?"

"난들 아니. 여하간 인천 사람은 아니라더라. 그 여편네가 먹구살기가 힘들어 집을 뛰쳐나왔다는 거야. 그래서 굴러다니다가 이곳까지 왔는데, 그 서방이라는 작자가 어떻게 수소문해가지구는 뒤쫓아왔다는구나."

"그 영권이라는 사람이 웬만치나 속이 무던한 모양이에요."

"한심한 작자지. 그래, 사대육신이 멀쩡해가지구 처자식 하나 건사 못해서 내돌린단 말이냐?"

"벌어먹구 살기가 어디 쉬운 일인가요?"

"쉽지 않으면? 다른 사람이라구 모두 먹구살라구."

"여편네가 워낙 못돼먹기두 했을 거예요."

"그년두 독한 년이다. 어떻게 지 속으로 난 어린것하구 서방을 내팽개치구 도망을 나오냐?"

동네에 떠돌이로 들어와 살게 된 한 인물(영권이)을 두고서 고부간의 대화가 이런 식으로 구수하게 이어져나간다. 시대적 배경이 분명하진 않으나, 해방되고 나서 오래지 않은 시점일 것으로 짐작된다. 이 대목을 읽으면 내 어린 시절이 자연스럽게 떠오른다. 저녁을 먹고 나면 으레 식구들은 등잔불 아래 느런히 둘러앉아 이야기꽃을 피우곤 했다. 아이들은 구석에서 잠이 들고 어머니는 양말을 깁거나 빨래를 다듬는데, 이런저런 이야기가 한도 끝도 없이 이어지는 것이다. 어떻든 앞의 인용 부분은 영권이라는 인물의 망가진 삶을 원경에서 조형하고 있을 뿐만 아니라 대화를 주고받는 시어머니와 며느리의 대조적인 사람됨 또한 날카롭게 드러내고 있다. 그리고 이런 장면을 통해 작가는 힘없고 가진 것 없는 서민들은 그 험한 시대를 어떻게 헤쳐나가는지, 복마전 같은 세월의 손아귀에서 벗어난 인간다운 삶은 어떻게 가능할지 우리에게 숙고하게 만든다.

물론 한남규의 문학적 화폭이 제한적이라는 것은 부인할 수 없을 것이다. 흔히 소년의 시선을 통해 관찰, 서술되는 그의 단편문학이 좁은 개인사적 내지 가족사적 지평 안에 갇혀 있는 것은 분명하기 때문이다. 개인의 체험에 기반을 두고 좁은 세계를 그린다는 것 자체가 문제가 아니라, 그렇게 하더라도 공동체 전체의 운명이라는 문제의식과의 연관을 잃지 말아야 개인적 지평을 넘어서는 문학이 태어날 수 있다는 말이다. 하기는 「어둠의 숲」에 나오는 강 씨, 「별장이 있는 풍경」과 「앵두나무 집」의 노인 같은 인물들을 통해 일제강점기와 해방과 전쟁으로 이어지는 민족사의 비극과 사회현실의 모순이 작은 규모에서나마 예리하게 다루어지기는 한다. 하지만 그런 일화들은 말하자면 상투적으로 삽입되어 있다는 느낌이고 역사를 보는 하나의 일관된 관점으로서 한남규의 문학 전체를 통일적으로 응집시키지 못하고 있다. 이렇게 본다면 그는 맑고 섬세한 감수성과 뛰어난 소설적 재능을 지녔으되 그것을 소설창작의 실제에서 충분히 구체화하는 데까지 나아가지 못한 불행한 시대의 작가였던 셈이다. 그의 때 이른 죽음이 더욱 가슴 아픈 까닭이기도 하다.

〔1992〕

# 보수적 정서와 실천적 의지 사이에서

## 이문구에 관한 단문 두개

## 한 작가의 운명 위에 드리운 두 줄기 역사

지난주(2003.2.25) 이 나라는 한 뛰어난 소설가를 저세상으로 떠나보냈다. 이문구(李文求, 1941~2003)가 바로 그 사람인데, 그는 우리 시대의 어느 문필가도 따르기 어려운 풍부한 우리말 어휘와 아무도 흉내낼 수 없는 독창적인 문체를 구사한 작가였다. 한국어 소설문장의 예술적 화장이라는 점에서만도 그는 홍명희·염상섭·채만식이 개척한 우리 소설사의 가장 우람한 산맥에 또하나의 높은 봉우리를 쌓았다.

하지만 그의 문단적 역할은 단순한 것이 아니었다. 그는 해방 뒤 순수문학의 깃발을 들고 문단 좌장 자리를 지켰던 작가 김동리의 수제자로서, 김동리가 이사장으로 있던 문협(한국문인협회) 기관지 『월간문학』에서 첫 직장생활을 시작했다. 문협 이사장 선거에서 김동리가 자신의 오랜 동반자 조연현에게 패한 뒤 창간한 문예지 『한국문학』에서도 이문구는 스승을 대신하여 실질적인 편집책임자 노릇을 했다.

그런데 완강한 보수주의자 김동리의 명의로 발행되는 잡지사 사무실에서 애제자 이문구가 한 일은 잡지편집이라는 본업만이 아니었다. 그는 사무실에서 스승이 알게 모르게 유신체제에 비판적이고 저항적인 문인들과 함께 1974년 11월 '자유실천문인협의회' 결성을 모의했고, 이듬해 초 동아일보 광고탄압 사태에 즈음해서는 문인들의 격려광고를 앞장서 모집했다. 이런 활동들 때문에 그는 몇차례 정보기관에 끌려가기도 했고, 심지어 우습게도 전두환의 5공정권 출범 때는 정치활동 금지자 명단에 끼기도 하였다.

김동리가 대표하는 보수적인 입장과 동료문인들의 저항적 자세 중에서 이문구의 정체성은 어떤 것인가. 우선 대답할 수 있는 것은 그에게 진정으로 중요한 것이 보수와 진보, 반공과 용공 같은 이념적 선택이 아니었다는 사실이다. 그가 자기 마음에 들지 않는 누군가를 향해 가끔 내뱉은 가장 심한 욕설은 "인간 같지 않은 것!"이라는 말이었는데, 이 막연한 표현이 겨냥하는 인간으로서의 비열함 이외의 모든 문학적·이념적 다양성을 그는 기꺼이 포용했다. 그의 교제범위는 그러니까 거의 제한이 없었다. 그의 장례식이 문협·민족문학작가회의·국제펜클럽 한국본부 등 이질적인 세 문인단체 합동으로 치러진 것은 한국문학사에 처음 있는 일로서, 아마 앞으로도 그런 일은 다시 있기 어려울 것이다.

그러나 문협과 민족문학작가회의는 이문구와의 개인적 인연을 떠나 생각해본다면 과거의 역사로 따지든 미래를 내다보는 지향으로 살피든 결코 화합할 수 없는 차이를 가진다. 문협은 군이 일제강점기의 '조선문인협회'까지 거슬러 올라가지 않더라도 떳떳치 못한 오욕의 얼룩으로 점철되어 있다. 이승만 정권 말기의 '만송족(晚松族, 이기붕의 호를 따서 만든 말로, 이승만 정권 말기의 어용지식인을 가리킴)'을 기억하는 사람이 이제는 별로 없겠지만, 돌이켜보면 그것은 4·19혁명 전야의 들끓는 현실 속에서 문학인이 얼마나 절개를 버리고 타락할 수 있는지 보여주는 치욕의 사례였다. 박정희가 유신체제라는 것을 선포했을 때나 전두환이 대통령 간접선거제도를 유지하겠다고 발표했을 때, 그 밖에 독재정권이 인권을 유린하고 민주주의를 짓밟는 폭거를 저질렀을 때 그때마다 문협을 비롯한 각종 어용단체들은 욕스럽게도 그 불법·불의를 지지하는 성명서를 발표하는 수치의 대열에 섰다. 권력에 굴복하여 기득권에 안주해오던 그런 반민족·반민주 단체들이 과거에 대한 한마디 반성과 사죄도 없이 이제 시대가 달라졌다는 것을 구실로 화해와 단합을 입에 올리는 것은 염치없는 일이다.

소설에도 간간이 묘사되어 있지만, 이문구는 6·25전쟁 시기 민족의 분열과 이념의 대립으로 죽고 죽이는 참극이 자행되는 와중에 가정이 쑥밭으로 망가지는 비극을 겪었다. 그의 부친은 양반가문 출신의 시골 유지였음에도 평등세상을 꿈꾸는 사회주의자가 되어 파멸의 길을 걸었다. 이문구는 전쟁 중 남로당의 지방당 중간간부였던 부친과 형이 포승에 묶여 산 채로 고향 앞바다에 수장되는 것을 목격했다고 한다. 반면에 할아버지는 그에게 양반의 체통을 전수하고 유학적 교양을 가르친 문학정신의 뿌리였다. 작가 이문구의 자부심은 그의 할아버지를 매개로 하여 저 조선시대의 카랑카랑한 선비정신에 튼튼히 연결되어 있었다. 연작소설 『관촌수필(冠村隨筆)』(1972~77)은 할아버지와 어머니를 중심으로 이루어져 있던 농촌공동체 사회의 몰락에 보내는 애절한 만가이다. 그는 자기 부친의 이단적 사상과 혁명활동에 동조한 적이 없었지만, 그럼에도 부친이 파렴치한 일로 감옥에 가거나 죽임을 당한 것이 아니라는 데에 내심 언제나 깊은 자랑스러움을 느꼈다. 그의 비판적 기질 안에는 아버지에게 물려받은 요소도 작동하고 있었음이 확실하다.

이문구는 1950년대 말 쫓기듯 고향을 떠나 5,6년 동안 막노동을 하면서 고난의 세월을 견디었다. 사회 밑바닥까지 흘러들어온 사람들과의 생활을 통한 이때의 접촉은 그의 민중감각을 강화하여 후일 풍부한 문학적 자산으로 그에게 돌아왔으니, 장편소설 『장한몽』(1971)은 그 경험의 직접적 형상화였다. 체질적으로 보수적 성향과 유교적 교양을 지녔으되, 현대사의 암흑을 통과하면서 서민적 생활현실 한가운데로 쫓겨나지 않을 수 없었던 작가 이문구의 찢어진 인생, 그 분열과 모순 자체가 어쩌면 그의 정체성인지 모른다.

〔2003〕


## 이문구 장편소설 『산너머 남촌』

장편소설 『장한몽』과 연작소설 『관촌수필』로 1970년대 독자들을 사로잡았던 이문구가 오랜만에 장편 『산너머 남촌』의 간행으로 문단에 돌아왔다. 이 작품은 이미 1984년 『농민신문』에 연재된 것이라 하는데, 나는 연재를 찾아 읽기는커녕 그런 사실조차 모르고 있었다. 다수의 독자들에게도 이번의 단행본 출간(1990)은 작품의 첫 발표와 같은 느낌으로 받아들여질 것이다.

나는 오랜만에 그의 소설을 읽고 지난날 이문구 문학이 주었던 것과 같은 감흥과 재미를 한껏 맛보았다. 하지만 동시에 과거의 이문구 문학에 맹아적으로 잠복해 있던 결함 내지 문제점들이 좀더 분명한 모습으로 구체화되었다고 느꼈다.

그의 소설을 손에 든 독자가 우선 부딪치게 되는 장애는 무엇보다 그의 문장이다. 흥미진진한 사건이나 독특한 인물을 만나게 되리라 예상하는 독자의 기대는 순탄치 않은 문장 때문에 끊임없이 방해를 받게 되는 것이다. 이 소설책 전권이 거의 그런 예문으로 가득 차 있다 하겠지만, 그래도 한 문장 예를 들어보자.

그윽이 생각하건대, 쥐구멍에 홍살문을 세우려고 주제넘은 궁리를 해본 적이 없었고, 쥐구멍에 소를 몰아넣으려는 허튼수작도 일찍이 삼가 마지않은 터였다. 남의 것이라 하여 함부로 쥐같이 물어나른 일만 없는 것이 아니라, 내 것이라 하여 쥐 소금 먹듯이 두고두고 갉작거려 마침내 자리가 날 만큼 축낸 것도 없었다.

이것은 소설의 시작 부분에서 주인공이 회갑의 나이를 맞아 잠깐 자신의 과거를 돌아보며 자기 삶의 역정을 은근히 대견하게 여기는 대목이다. 하지만 한두번 읽어서는 무슨 내용이 서술되고 있는지 얼른 머리에 들어오지 않는다. 그래도 실타래처럼 얽힌 것을 헤치고 읽다보면 점차 어떤 영상이 맺히는 것을 감지할 수 있다. 여기서 쥐 비유가 많은 것은 주인공이 쥐띠이기 때문인데, 요컨대 주인공은 평생 과욕을 부리지 않고 분수를 지키며 살아왔다고 회상하는 것이다.

그러나 이렇게 요약하는 것은 이문구 소설의 핵심에서 멀어지는 것이될 수 있다. 마치 등산을 하면서 나뭇가지에 얼굴이 걸리고 돌부리에 발이 채는 것을 등산의 즐거움 자체로 여겨야 하듯이 이문구 문장의 성가신 측면을 견디는 것이야말로 그의 소설의 묘미에 입문하는 것이라고 생각해야 한다. 그렇게 결심하고 수고를 마다 않는 독자에게 이문구 소설은 돌아드는 굽이마다 신기한 꽃과 묘한 바위를 보여주어 명산의 그윽함을 선사한다.

이문구는 우리 시대의 어떤 문장가보다도 풍부한 우리말 구사능력을 발휘하는 작가이다. 흔히 사어나 방언으로 여겨지는 궁벽한 어휘들이 그의 소설에서는 일상적 어휘인 것처럼 생생하게 살아난다. 그가 소설창작의 자리를 마치 근대화·서구화의 물결에 휩쓸려 사라져가는 민족언어의 발굴과 활용을 위한 기회라고 여기는 것처럼 보이기도 한다. 낱말의 선택뿐만 아니라 글월의 구성에 있어서도 그는 번역문을 상기시키는 서구적 문체나 현대적으로 다듬어진 깔끔한 문장을 배척하고 수많은 곁말과 속담들을 이리저리 얽어넣어 독특하게 복잡한 이문구 고유문체를 창조하는 것이다.

물론 이것은 문장에만 관계된 문제가 아니라 작가의 세계관 자체에서 유래된 근본적인 문제이다. 본격적으로 논의하기 어려운 자리이므로 이 소설 안에서 간단히 살펴보면, 그것은 주인공이 "사람의 도리, 동네의 전통, 이웃 간의 풍속, 그리고 사회의 해묵은 덕목을 애써 분별하고 몸소 실천하는"것을 최고의 가치로 여기는 태도에서 나온다. 그리고 그처럼 "겨레의 혼이 어리고 생활이 담긴 여러 미풍양속을 잇고 지키고 가르치고 물려주는" 삶의 사회적 실천자, 정서적 담지자는 작가가 보기에 다름 아닌 농민이다. 농민이야말로 우리 사회의 뿌리에 해당하는 근원적 존재다. 그런데 문제는 오늘의 현실 속에서 농민이 자본주의 경쟁사회의 무자비한 파괴력에 의해 끝없이 유린되고 수탈당하여 낙오자가 될 수밖에 없다는 데 있다. 이문구 소설이 점점 더 비관적인 색조를 띠어가는 것은 전통적 농경사회가 몰락해가는 데 대한 보수주의자의 무력감과 열패감을 반영하는 것이다.

소설 『산너머 남촌』이 정말 문제인 점은 농민의 몰락과 농촌의 피폐라는 중대한 사회변화를 응분의 소설적 형상으로 충분히 객관화하지 못한 데 있다. 이 작품의 주인공은 앞의 인용문에서 짐작되듯이 조선시대의 뼈대있는 선비 같은 형상으로 그려져 있는가 하면, 때로는 그와 반대로 시정잡배와 같은 속물적 인간으로 묘사되어 있기도 하다. 변화하는 현실에 대한 작가의 인식이 불안하게 흔들리고 있다는 증거인데, 새로운 분발이 요망되는 국면이라 하겠다.

〔1990〕

# 분단의 질곡에서 피어난 꽃

### 김하기 단편소설「노역장 이야기」「해미」

## 김하기 단편소설「노역장 이야기」

데뷔작「살아 있는 무덤」(『창작과비평』 1989년 가을호)에서 비전향장기수들의 죽음 같은 삶을 보고문학적 사실성과 차분한 문장력으로 묘사하여 충격과 감동을 주었던 신인작가 김하기는 비슷한 계열의「첫눈 내리는 날」(『녹두꽃』 2집, 1989)「뿌리 내리기」(『실천문학』 1990년 봄호)를 잇달아 내놓은 데 이어 다시 중편 규모의「노역장 이야기」(『창작과비평』 1990년 여름호)를 발표함으로써 90년대를 맞은 우리 문단에 뛰어난 형상력과 튼튼한 역사의식을 겸비한 한 사람의 믿음직한 소설일꾼이 탄생했음을 확고히 알려주고 있다.

이번「노역장 이야기」역시 소재는 전작들과 마찬가지로 감옥 안에서의 폐쇄된 삶이다. 감옥은 정상적인 사회생활로부터 차단된 극도로 억압적인 공간이고 인간실존의 진면목이 가식 없이 드러나는 한계지대이다. 따라서 감옥은 인간성의 근원적인 모습을 파헤치려는 작가들에게 늘 예사롭지 않은 탐구의 대상이 되어왔다. 언뜻 떠오르는 예를 들더라도 이광수의 「무명」(1939), 손창섭의 「인간동물원 초(抄)」(1955), 오영수의 「명암」(1958), 이호철의 「문」(1976) 같은 작품들이 있다. 그런데 김하기에게 주목할 것은 감옥이 어떤 종류의 형이상학적 관념과 연결된 실험적 무대가 아니라 민족분단의 비극과 한없는 인간적 고통 및 통일에의 열망이 얽히고 교차하는 구체적인 역사의 현장으로 표현된다는 점이다.

「노역장 이야기」의 주인공이자 작중화자는 김영배라는 인물이다. 그는 고학으로 어렵사리 공고를 마치고 자격증을 따서 어느 중소기업에 취직을 했다. 장차 조그만 회사라도 하나 차릴 꿈에 부풀어, 쟁의니 파업이니 하며 투쟁에 나선 동료 노동자들을 내심 비웃으며 착실하게 직장생활을 해나간다. 그러던 그가 어느날 느닷없이 기관원들에게 연행되어 혹독한 고문을 당하게 된다. 도무지 영문을 모른 채 닦달을 당하던 끝에 결국 어떤 엉뚱한 사람이 영배의 주민등록과 이력서를 위조하여 노동운동에 뛰어든 탓에 그 사람의 혐의를 뒤집어쓰고 대신 취조를 당한 것임이 드러난다. 하지만 사실이 밝혀졌는데도 그는 석방되지 않고 고무찬양죄로 기소되어 징역형을 받고 감옥에 오게 된다.

이 소설은 그가 인쇄공장으로 출역 나오는 장면에서 시작한다. 공장에서 일하는 동안 그는 갖가지 기막힌 사연들을 가진 죄수들을 만나게 되고, 특히 문선(文選)을 함께하는 천 영감이란 장기수에게 깊은 감화를 받게 된다. 처음 영배는 이름을 도용해서 자기 인생을 망쳐버린 미지의 인물에게 말할 수 없이 분노와 원한을 느끼고 이를 갈지만, 차츰 잘못의 근원이 어디에 있고 무엇이 자신을 불행에 빠트렸는지 깨달아가게 된다. 마침내 그는 그 위장취업자가 실제로 자기 자신일 수도 있다는 각성에 도달하는 것이다.

이 매우 거친 요약에서도 알 수 있듯이 이 작품은 일종의 성장소설로 읽을 수 있다. 국민학교(초등학교)만 졸업하고 주물공장 같은 데서 일하다가 중졸이라고 속여 군에 입대한 「첫눈 내리는 날」의 젊은이나 사랑에 실패한 「뿌리 내리기」의 운동권 대학생과 마찬가지로 영배 역시 우리 사회에서 흔히 볼 수 있는 보통 청년이다. 그들 김하기의 주인공들은 교육의 정도와 성장환경의 차이에도 불구하고 본질적으로 이 분단체제의 모순의 주형에서 찍혀져나온 똑같이 전형적인 존재들이다. 바로 이들이 자신들의 삶에 강제되어온 이념적 편견과 인간적 비열함의 역사적 근원을 차츰 깨우치고 그 분단논리의 암흑을 분연히 뚫고 새로운 인간으로 거듭나는 것이다. 여기에 김하기 소설의 감동의 원천이 있고, 또 여기에 분단현실의 두꺼운 벽과 대결하기 위한 효과적인 문학적 전략으로서의 성장소설이 가지는 적극적 의의가 있다고 하겠다.

이 「노역장 이야기」의 천 영감, 「첫눈 내리는 날」의 이상우, 「뿌리 내리기」의 박 선생, 그리고 「살아 있는 무덤」의 최해종·유환욱·허용철 같은 인물들은 우리에게 매우 생소하고 어떤 점에서는 비현실적이기까지 하다. 그들은 상상할 수 없이 가혹한 옥중생활을 20년, 30년 버티면서도 불굴의 신념과 소박하고 따뜻한 품성을 잃지 않으며 사태의 본질을 꿰뚫는 지혜로움조차 지니고 있다. 대체 무엇이 가장 열악한 조건에 처한 이들의 삶을 이처럼 고결하고 강인한 인간적 실천의 중심에 서게 만들었는가. 이 질문을 숙제처럼 간직하면서 작가의 자중자애를 당부하는 바이다.

〔1991〕


## 김하기 단편소설 「해미」

남북 당국자 간의 고위급회담이 개최됨과 때를 같이하여 체육·문화 부문의 남북 민간교류가 진행됨으로써 냉전시대의 마지막 유물이라고 일컬어지는 이 땅의 얼어붙은 분단체제도 변화의 훈풍 속에 어쩔 수 없이 노출되어가고 있는 듯하다. 이것은 두말할 필요 없는 희망의 조짐이다. 하지만 햇볕이 들면 잠시 녹았다가 찬바람이 불면 다시 얼어붙는 일시적 해빙을 자주 보았기에 새삼 조심스러운 마음이 드는 것도 사실이다. 생각건대 근본적 변화를 향해 나아가려면 무엇보다 분단의 역사적 원인과 구조에 대한 과학적인 성찰의 뒷받침이 있어야 한다. 분단의 극복은 그동안 분단으로 인해 고통받아온 절대다수 남북 민중의 자유롭고 창의적인 삶을 실현하는 과정이기 때문이다.

신예작가 김하기는 작금년「살아 있는 무덤」「노역장 이야기」등의 문제작을 잇달아 내놓음으로써 분단모순의 최심층부에 묻혀 있던 가장 침통한 비극의 하나를 뛰어난 소설적 형상 속에 담아 우리 시대의 통일운동이 어떤 범위에서 어떤 성격으로 전개되어야 할지에 대한 심각한 암시를 던졌다. 20년, 30년 넘게 갇혀 지내는 비전향장기수들의 죽음 같은 삶이 결코 화석화된 역사의 퇴적층이 아니고 외세의 압박과 파쇼적 폭력을 내용으로 하는 분단체제와의 지속적인 싸움의 현장임을 그의 소설은 깊은 감동 속에 보여주었다. 이번에 발표된 작품「해미」(『한길문학』 1990.10)에서도 김하기는 기본적으로 동일한 문제의식을 가지고 분단현실의 심장부에 접근한다. 작품 안으로 조금 들어가보자.

1960년대 말 네 사람의 북쪽 공작원이 비바람 몰아치는 야음을 뚫고 동해안으로 침투한다. 하지만 그들은 곧장 발각되어 총격을 받는다. 셋은 그 자리에서 죽고 나머지 한 사람 현석은 부상을 당해 동굴에 숨었다가 자기의 고향집을 찾아 숨어든다. 현석은 남쪽 출신이었던 것이다. 어머니와 동생 항석은 간절하게 자수를 권유하지만, 그는 이를 완강히 거부한 채 일제 때 징용을 피하기 위해 만들어놓은 비밀장소에서 북쪽의 구원이 오기를 기다리며 놀랍게도 5년간이나 지하생활을 한다. 그러다가 어느날 우연히 항석의 아들인 고등학생 형우에게 발견되어 그에게 자신의 내력을 털어놓는다. 심한 갈등 끝에 며칠 후 그는 해미(짙은 안개) 낀 바다 쪽으로 사라져 자폭하고 만다. 그러나 결국에는 이런 사실들이 모두 들통이 나서 항석의 가족과 친척들은 간첩단으로 체포되기에 이른다. 항석과 그의 외종인 김상규는 사형이 되고 형우도 10년형을 받는다. 이 소설은 징역형을 마치고 귀향하는 형우의 시점에서 회상의 형식으로 이상과 같은 한 가족의 파멸의 역사를 기술하고 있다.

계급과 이념의 차이를 넘어 화합하고 공생할 수 있는 혈연적 공동체의 역사를 공유하는 것이 우리 민족이라 할 때 이 작품은 오늘의 분단현실이 그러한 민족공동체의 가능성을 정면으로 거스르는 것임을 생생하게 증언하고 있다. 또한 이 작품은 그러한 공생과 화합의 가능성을 향해가는 것이 조금만 발을 헛디뎌도 치명타를 자초하는 극도의 위험일 수 있음을 엄중하게 제시한다. 그런 점에서 우리는 통일운동이 민족사의 거대한 비약을 겨냥하는 감격의 체험이기도 하지만, 동시에 시한폭탄에서 뇌관을 제거하는 것과도 같이 고도의 기술과 조심성을 요하는 냉정한 작업임을 잊지 말아야 한다. 소설 「해미」가 우리에게 심각하게 던지는 질문은 통일로 가는 길 곳곳에 매설된 지뢰가 얼마나 파괴적인 것인지, 그럼에도 과연 그 길로 갈 수밖에 없는 절실한 당위가 우리에게 있는 것인지 묻는 것이다.

소설 「해미」는 이런 중요한 질문과 더불어 작가의 앞날에 대해 우려를 자아내는 몇가지 반성점을 제공한다. 이 작품은 소설구조가 지나치게 복잡하여 작위성을 느끼게 하며, 적지 않은 부분에서 감상주의를 노출한다. 「살아 있는 무덤」처럼 감옥이라는 폐쇄된 공간을 묘사할 때에는 드러나지 않던 작가의 미숙성이 「해미」처럼 감옥 바깥의 세계를 다룰 때에는 작품상의 여러가지 결함으로 현재화되는 것 같다. 이것은 작가 김하기가 아직 개인적 체험의 영역에 갇혀 인간과 역사를 바라보는 보편적 시야를 확보하지 못했음을 뜻한다고 해석할 수 있다. 개인의 체험이라는 문학적 자산에 의존하는 단계에서 작가의 독립적 역량을 발휘하는 단계로 올라서야 할 시점이 김하기에게 왔다고 하겠다.

〔1991〕

# 고단한 일상과 미학적 초월

## 윤후명 단편소설 「소금 굽는 남자」

일찍이 단편소설 「귀」(1987)에서 윤후명(尹厚明)은 주인공으로 하여금 오래전에 헤어진 여자의 뜻하지 않은 전화를 받고 그 여자와 함께 옛 은 사를 찾아가게 한다. 수인선 협궤열차를 타고 가다가 버스를 갈아타고 그 런 다음 다시 이 골목 저 골목 헤매면서 어렵사리 찾아간 끝에 그들이 발 견한 것은 그 은사가 최근에 작고했다는 사실이었다.

작가는 이 단순한 구도 안에 인간운명의 해명하기 힘든 어긋남과 미묘 하기 그지없는 감정의 파장을 촘촘하게 짜넣은 바 있다. 서민들의 삶의 고단함을 실어나르는 협궤열차의 풍경이 그 곤핍한 현재성에도 불구하고 마치 이 현실에 존재하지 않는 먼 세상의 아름다움처럼 빛을 발하도록 묘 사한 데에 윤후명 문학의 고유한 미학이 있을 것이다. 그로부터 꼭 10년 만에 발표된 단편 「소금 굽는 남자」(『21세기문학』 1997, 창간호)에서도 작가는 「귀」의 그것과 비슷한 밑그림을 바탕으로 어찌 보면 좀더 원숙한 깨달음 의 세계를, 달리 보면 얼마간 감상적인 풍경화를 다시 그린다.

전작에서 주인공이 배신하듯 떠난 여자의 전화 때문에 어긋난 운명의 길을 되짚어갔듯이, 이번 주인공은 방송국 피디로 일하는 후배의 강청에 못 이겨 지금은 사라진 수인선 협궤열차의 흔적을 찾는 프로에 안내자 겸 해설자로 나서게 된다. 수인선은 이미 1년 전에 운행을 중단했는데, 그때 그는 마지막 열차를 타러 갔다가 그냥 돌아온 적이 있다. 그보다 더 오래전에 그는 서툰 사랑에 눈떠가던 한 여자와 그 시골간이역에서 불가항력의 작별을 한 바 있다. 그런가 하면 한때 그는 바로 그 철길 가까이에서 거주한 적이 있다. 따라서 그곳은 세속의 시간에 풍화되지 않은 모습으로 그의 내면의 깊은 지층에 저장된 아린 추억의 장소였다.

그러나 방송국 촬영팀과 함께 찾아가는 노정과 목적지에서마다 그가 실제로 목격하는 것은 너무도 달라진 광경들이었다. 그가 낚싯줄을 드리우고 청춘을 소모했던 저수지는 지금 한창 택지로 개발되는 중이고, 전형적인 시골마을이었던 곳은 어느 틈에 공단으로 변해 있다. 어딘가에 남아있을지 모를 지난날 삶의 흔적을 찾아 안타까운 눈빛을 던져보지만, 그에게 돌아오는 것은 개발의 발길에 짓밟히는 자연의 소리 없는 절규뿐이다. 방송국 촬영팀이 마침내 도착한 곳은 폐염전인데, 거기서 그는 이상한 제안을 한다. 자신이 수십년 전으로 돌아가 염전의 염부 노릇을 연기해보겠다는 것이었다. 그들은 아직도 그곳에 남아 살고 있는 염부의 집을 찾아가 고무장화를 빌려 신은 다음 고무래를 들고 염전으로 향한다. 시간의 미궁 속으로 사라져 없어진 과거를 복원해보는 것, 비가역(非可逆)의 톱니바퀴를 되돌리려는 불가능한 시도를 시늉하면서 그는 목이 멘다.

생각건대 윤후명 소설의 기본형식은 지층처럼 혹은 나이테처럼 수많은 추억을 남기면서 앞으로 나아가기만 하는 시간적 범주와의 싸움으로 이루어져 있다. 때로는 박물학적 호기심에 이끌려서, 때로는 문화인류학적 상상력에 힘입어, 그리고 무엇보다도 한 여자와의 만남과 헤어짐이라는 라이트모티프의 다양한 변주를 매개로 작가는 고단한 일상적 삶과 그 삶으로부터의 미학적 초월을 되풀이 소설화한다.

물론 「소금 굽는 남자」에서 우리 시대의 산업화가 낳은 파괴적 양상을 읽는 것은 독자의 당연한 권리에 속한다. 아마 그것은 『돈황의 사랑』(1983)이나 『알함브라 궁전의 추억』(1990) 같은 지난날 윤후명 작품들이 충분히 주목하지 못했던 영역일 것이다. 하지만 그럼에도 「소금 굽는 남자」가 현실사물에 대한 윤후명의 낭만적 연관을 아예 탈피한 작품이 아님은 분명하다. 이 점에서 그의 문학은 이제 하나의 고비를 맞은 것인지 모른다.

〔1997〕

# 가혹한 현실, 추방된 영혼[1]

### 강준용의 소설에 대하여

## 1

나는 아직 강준용이란 작가를 만나본 적이 없습니다. 따라서 그가 어떤 사람인지 아무런 지식도 선입견도 가지고 있지 않습니다. 그의 문학세계를 눈여겨 살펴볼 기회를 가진 적도 없습니다. 그렇게 된 까닭은 물론 평론가로서의 나의 게으름에 일차적 원인이 있겠지요. 하지만 변명할 말이 없는 건 아닙니다.

내가 문단에 데뷔할 무렵에는 작가의 숫자도 많지 않았고 평론가는 더욱 드물었습니다. 당시 문단의 주된 발표지면은 지금과 달리 『현대문학』 『자유문학』 『사상계』 같은 소수의 월간지뿐이었습니다. 따라서 그 무렵에는 문학하는 사람들이 대개 서로 인사를 나눈 처지였고, 좋은 작품이 발표되면 거의 모든 문단식구들이 읽고 함께 화제로 삼았습니다. 그리고 평

---

1 이 글은 2010년 11월 5일 '초설회'라는 문학모임의 청탁으로 강준용 소설집 『숭선에서』(이유 2007)에 관해 강연한 것이다. 강연문 그대로 싣는다.

론가라면 잡지에 발표되는 대부분의 작품을 읽게 마련이었습니다. 그러다가 1970년대가 되면서 문단이 팽창하기 시작했고, 1987년 6월항쟁 이후 팽창에 가속도가 붙었습니다. 수많은 계간지들이 생겨나고 엄청나게 많은 시인·소설가들이 등장했습니다. 한 사람의 평론가가 읽어낼 수 없을 만큼 많은 분량의 작품들이 쏟아져나오기 시작한 것입니다. 좋게 보면 일종의 문예부흥 같은 상황이 전개된 것인데, 연보에 보니 희곡을 쓰던 강준용이 소설로 전환한 것도 바로 이때군요. 그러나 이와 같은 외관상의 호황 이면에는 물론 부정적인 측면도 없지 않습니다. 다들 아시는 바와 같이 부와 명예를 얻기 위한 떳떳치 못한 경쟁방법들이 문단사회 일각을 타락시켰던 것입니다.

하지만 경쟁 그 자체는 유구한 문학의 역사에서 언제나 있었던 현상이고, 오히려 작품의 질적 향상을 촉진하는 활력소의 구실을 하는 면도 있습니다. 다만, 여기서 중요한 것은 경쟁의 심판자 노릇을 하는 언론과 비평이 엄정하고 객관적인 자세를 지녀야 한다는 것입니다. 정실과 파벌에 치우침 없이 공정한 평가를 수행하는 것이 얼마나 소중한지는 길게 설명할 필요도 없을 것입니다. 하지만 엄청나게 많은 작품이 생산되는 오늘의 문단에서 작가와 평론가의 적절한 만남은 불행히도 우연에 좌우되는 면이 많습니다. 그러니까 내가 뒤늦게라도 강준용의 문학을 만나게 된 것은 유민이라는 열성적인 중개자가 있었기에 가능한 하나의 우연이라 할 수 있습니다. 유민 씨의 간곡한 부탁이 없었더라면 저는 강준용이라는 독특한 개성을 영원히 접하지 못했을지 모릅니다.

나는 소설가 유민 씨와 몇해 전 어느 신문 신춘문예에서 심사자와 당선자로 만나 인연을 맺었습니다. 그의 당선작 「베드」는 삶에 대한 예민한 통찰과 아주 감성적인 문체가 잘 조화를 이룬 단편소설이었습니다. 나는 「베드」를 읽고서 이만한 작품을 쓸 수 있는 작가라면 반드시 믿을 만한 인물일 것이라는 신뢰감을 갖게 되었지요. 그런 유민 씨가 지극한 존경심을 가지고 천거하는 작가가 강준용이었으므로, 나는 유민 씨가 보내준 강준용 소설집 『숭선에서』를 기대를 갖고 펼쳐들었습니다.


2


내가 보기에 강준용은 타고난 그대로의 순수한 영혼의 소유자입니다. 말하자면 그는 세속에 오염되지 않은 원형적 심성의 파수꾼입니다. 그런 그의 강직하고 순정한 정신세계를 잘 보여주는 것은 무엇보다 책 앞에 실린 「작가의 말」입니다. 나는 강준용이 자신의 문학적 신념과 지향을 혼신의 힘으로 진술한 이 글을 아주 감동 깊게 읽었습니다. 그 글은 한마디로 강준용의 인간적 진실이 담긴 하나의 문학선언이라고도 할 수 있습니다.

그런데 이 작가의 정신을 지배하는 그 순수성은 어디에 뿌리를 두고 있는가, 강준용의 인간적 출발점, 그의 문학적 시원(始源)은 바로 그의 고향이라고 생각됩니다. 그는 다음과 같이 말합니다. "15살 때 결심한 문학가의 길이 철없는 사춘기를 지나 철든 고등학교에 들고부터 신념으로 굳혀졌다. 부자가 되거나 이름을 얻거나 유명인사가 되기 위한 절차라고는 전혀 판단하지 않았다. 오지 읍내인 내 고향 영양에서 보낸 시절 지천에 널려 있는 자연과 그 자연 속에 어울려져 지내는 내 고향사람들의 이야기를 글로 쓰고 싶었다." 다시 말해 고향의 때 묻지 않은 자연과 순박한 고향사람들이야말로 그의 문학의 원천이라고 생각됩니다.

여기 보이듯이 강준용이 태어나 청소년시절을 보낸 고장은 경북 영양입니다. 영양이라는 지명을 들으니 나 자신의 어린 시절이 떠오릅니다. 나는 강원도 속초에서 태어났지만, 속초가 38선 이북으로 들어갔으므로 해방 직후 부모님을 따라 월남해서 경북 봉화군 춘양에서 소년기를 보냈습니다. 영양과 춘양은 그리 멀지 않은 곳들로서 모두 태백산·일월산 아래에 위치한 오지입니다. 안동문화권에 속한다는 것도 공통점이지요. 지금은 그래도 도로가 발달해서 서울·대구에서 자동차로 서너시간이면 도착할 수 있지만, 1950년대에는 대구에서 버스로 하루 종일 가야 하는 벽촌이었습니다. 벽촌 또는 오지란 무엇인가, 도시에서 멀리 떨어진 곳, 도시인의 발길이 쉽게 닿을 수 없는 곳이 벽촌입니다. 그런데 오늘날 도시는 농촌이나 자연에 대비되는 단순한 지역적 호칭이 아닙니다. 오늘날 도시는 농촌을 억압하고 자연을 파괴하는 현대문명의 폭력성을 상징합니다. 오늘날 도시는 인간의 가슴 깊은 곳에 지하수처럼 숨어 있는 원시적 순수성의 강압적 훼손 그 자체를 의미합니다. 그런데 그렇게 자연을 버리고 농촌을 떠나 도시로 이주하는 삶을 사람들은 근대화라고 부르고 문명의 발전이라고 일컫습니다.

돌이켜보면 지난 100년의 우리 역사는 도시화·산업화의 역사이기도 했습니다. 그 과정에서 농민의 비중은 급속하게 줄어들고, 이와 더불어 국민경제에서 차지하는 농업의 중요성 또한 엄청나게 약화되었습니다. 일제강점기의 글에서 우리는 흔히 조선인의 8할이 농민이라는 구절을 접합니다. 해방되던 1945년의 통계를 보면 전체 인구의 85% 정도가 농촌인구였고, 1950년대에도 70% 정도가 농민이었습니다. 그래서 그 무렵의 『사상계』 같은 잡지에는 농촌의 과잉인구를 걱정하는 학자들의 논문이 많이 눈에 띕니다. 이러한 상태에 변화가 일어난 것은 우리 모두가 경험했던 바와 같이 1960년대 중반부터 시작된 압축적 근대화, 즉 박정희 정권의 공식 용어로 '조국근대화'를 통해서였습니다. 이 과정에서 급격한 도시화가 진행되고 서울은 포화상태에 이르렀습니다. 그러는 동안 농촌은 절대인구마저 감소하여 1970년경에는 도시와 농촌의 인구가 비등해지고 1980년대 초에는 농촌인구가 25%, 그리고 1990년대 중반에는 드디어 15% 정도로 농촌이 몰락해버립니다.

강준용이 소년시절의 꿈을 키웠던 그 농촌, 그 자연은 그러므로 이제 사실상 이 세상 어디에도 원래의 모습대로 남아 있지 않게 되었습니다. 그러나 강준용의 독특한 점은 농촌이 몰락하면 몰락할수록, 자연의 원형이 망가지면 망가질수록 40년, 50년 전의 고향의 기억들이 더욱 강력하게 그의 영혼을 사로잡는다는 데 있습니다. 언젠가 고향으로 돌아가 좋아하는 글을 쓰고 싶다는 소박한 욕망은 그의 생명을 지탱하게 하는 유일한 버팀목이 됩니다. 다음 글을 보시지요.

　　허물어진 담장을 넘어 이웃집에 놀러가고 목마르면 두레박으로 물을 퍼 통째로 마신 그 집이 아직도 나를 놓아주지 않는다. 가장과 허욕과 증오와 술수와 욕심이 없는 햇살이 툇마루를 비추면 나는 동화책이나 만화를 보며 나중에 글을 쓸 것이라고 맹세했다. 처마를 따르며 돋아나는 긴 고드름이 가지런히 달리는 한겨울날 고드름 속에 박힌 초가 짚풀 자락을 보며 신비하고 낭만적인 내 의식을 키웠다. 두쪽의 나무 부엌문의 삐걱거리는 소리는 고요한 초가집이 내는 가장 큰 기척이었고, 그 음성을 들으며 나는 외로움을 덜었다. (…) 나는 반드시 내 고향집으로 돌아가 그곳에서 내 좋아하는 소설을 쓰겠다는 희망으로 지나치는 생활고를 견뎠다.

나는 강준용 문학의 근저에 있는 것이 그의 고향이고 그의 정신적 순수의 뿌리가 유년체험이라는 점을 부각시켰습니다. 그러나 실제로 작품을 읽어보면 작가가 어린 시절을 보냈던 농촌이나 산촌, 그 자연에 대한 구체적인 묘사는 사실 별로 많지 않고, 오히려 서울에 와서 겪은 도시적인 삶이 주로 묘사되어 있는 것을 알 수 있습니다. 말하자면 그는 농촌공동체적인 질서와는 아주 거리가 먼 도시화되고 기계화된 현대적 생활을 문제삼고 있는 것입니다. 휴대폰이라든가 컴퓨터처럼 자본과 물질문명을 대표하는 현대적 소도구들이 주로 다루어지며, 그런 기계들에 의해 왜곡되고 파편화되고 위축된 인간들의 일그러진 모습이 주로 그의 작품에 등장합니다. 즉 물질과 자본이 지배하는 오늘 이 도시사회의 살풍경이야말로 강준용 문학의 표면입니다. 현대 도시사회의 삭막함에 잘 적응하지 못하는 소외된 개인, 그들의 메마른 내면풍경이 강준용 소설의 내용인 것입니다. 이것은 무엇을 말하는 걸까요.

내가 보기에 강준용의 정신적 뿌리, 그의 영원한 지향점은 고향이고 농촌이지만, 그러나 실제로 그의 문학이 시작되는 것은 '고향에 머물러 있음'이 아니라 '고향으로부터 떠남'이 그에게 부과한 고통입니다. 그러나 생각해보면 설사 그가 고향을 떠나지 않고 그 자연 속에 그대로 남아 있었다 하더라도 사정이 본질적으로 달라지지는 않았을 것입니다. 왜냐하면 우리가 아는 바와 같이 지난 반세기 동안 이 나라의 급격한 산업화는 도시뿐만 아니라 농촌사회에도 근본적인 변화를 가져왔기 때문입니다. 강준용 자신은 고향을 떠남으로써 실향민이 되었지만, 고향을 떠나지 않은 사람들도 사실상 정신적 실향민이 되었습니다. 어쩌면 바로 이 실향의 감정이야말로 모든 근대문학의 출발점이고 기본전제인지도 모릅니다.

어떤 점에서 문학은 어머니의 품, 즉 모태와의 분리를 계기로 성립하는 자기인식의 결과물입니다. 아담이 에덴동산을 떠나 고향상실자가 됨으로써 비로소 그는 의식을 가진 존재, 즉 독립적 인간이 될 수 있었습니다. 그러나 모태에서 분리된 인간은 모태의 기억, 즉 어머니의 자궁 속에서 지낸 완벽한 행복의 기억으로부터 벗어나지 못합니다. 그렇기 때문에 민족마다 그 나름으로 역사 이전의 황금시대의 신화가 있고, 종교마다 그 나름으로 잃어버린 성배를 찾아가는 순례의 설화가 있습니다.

그런 의미에서 볼 때 낙원으로부터 추방되어 죄와 타락으로 가득 찬 이 세상에 발을 들여놓음으로써 비로소 강준용의 문학이 시작된 것은 특별한 경우가 아니라 할 수 있습니다. 내가 보기에 강준용 소설의 모든 주인공들은 영원히 고향에 못 돌아가는 실향민, 낙원에서 쫓겨나 방황하는 유랑민, 경쟁에서 패배하는 낙오자, 날개를 잃어버린 천사, 자유의 이름으로 유죄판결을 받은 죄수 들입니다. 그러니까 그들은 운명적으로 현대인입니다. 왜냐하면 그들의 내면세계는 그들이 지금 있는 곳과 그들이 있고자하는 곳 사이에서 화해할 수 없이 찢어져 있기 때문입니다. 이 분열된 자아의 감옥에 갇혀 문학의 포로가 된 작가 강준용은 속세에서 불행할 수밖에 없습니다. 그러나 그 불행은 그가 고향을 떠나는 순간 기꺼이 선택한 영광스러운 불행이라고 할 수 있습니다. 그것은 이 시대 예술가의 피할 수 없는 운명인지도 모릅니다.

3

내가 가장 흥미롭게 읽은 작품은 「바람바퀴를 단 기형물」이라는 까다로운 제목의 작품인데, 거기 보면 주인공을 둘러싸고 여자 셋이 나옵니다. 즉 '임신한 소녀'가 있고, '함께 사는 여자' '떠나간 여자'가 등장합니다. 그런데 이 작품은 시간적 순서에 따라 서술되지 않고 주인공의 의식의 전개에 따라 과거·현재가 끊임없이 뒤섞입니다. 「바람바퀴를 단 기형물」은 시제의 혼돈이 좀 심한 편이어서 난해소설 같은 인상을 주지만, 실은 잘 살펴보면 그의 소설은 대부분 시간적 진행에 따른 평면적 서술을 하지 않고 있습니다. 이것은 무엇을 말하는가. 내가 보기에 강준용에게 중요한 것은 외면적 사건의 묘사가 아니라 주인공의 내면세계의 형상화입니다.

그런데 이 작품에서 '떠나간 여자'는 잠깐 나오고 사라지기 때문에 결국 주인공의 의식을 장악하고 있는 것은 '임신한 소녀'와 '함께 사는 여자'입니다. 그러니까 「바람바퀴를 단 기형물」은 '임신한 소녀'에 관련된 과거와 '함께 사는 여자'를 둘러싼 현재라는 이중적 구조로 이루어져 있습니다. 이 작품뿐만 아니라 강준용의 다른 작품들도 늘 어떤 대립적인 구조를 취하고 있음을 알 수 있습니다.

작품 속으로 조금 들어가봅시다. 주인공은 어린 시절 성장하지 못한 어린 소녀에게 임신을 시켜 농약 먹고 죽게 만듭니다. 그 여자를 망쳐 파멸에 이르게 한 일에 대해 주인공은 끊임없는 죄책감을 가집니다. 주인공은 과수원으로 상징되는 유토피아적 세계를 스스로의 손으로 파손시킴으로써 고향과의 결별을 수행합니다. 그것은 청년시대의 종말을 의미합니다. 이제부터 그에게는 방황과 갈등의 시대가 개막됩니다. 어쩌다 만난 여자가 떠나가는 바람에 아파트가 생기고 은행에 통장도 생겨서, 이번에는 다른 여자와 우연히 함께 삽니다. 왼쪽 팔이 좀 불구인 여자와 더불어 사는 과정이 단속적으로 서술되면서 이야기는 합리적이고 상식적인 플롯을 넘어선 복합적 장치를 통해 제시됩니다.

표제작 「숭선에서」도 이원적인 구조로 이루어져 있습니다. 숭선은 두만강변 화룡현의 아주 작고 아름다운 마을인데, 이 작품에서 그곳으로의 여행은 말하자면 잃어버린 자연을 찾아 떠나는 영혼의 순례이고 타락한 현실로부터의 탈출의 시도에 해당합니다. 그리고 한국 땅에서 '붉은 여우'라는 익명으로 불리는 한 여자와의 삶은 그 숭선과 대척적인 의미를 가진다고 하겠습니다. 때 묻지 않은 자연, 다시 돌아가고 싶은 낙원의 이미지가 숭선에 응축되어 있다면 기계화된 물질문명과 인간성의 황폐화를 표상하는 것이 붉은 여우인 셈입니다.

강준용 소설의 분열적인 모습은 스스로 망가뜨리고 떠나온 과거이자 언제나 돌아가고 싶은 미래로서의 낙원적 세계, 그 영원한 유토피아로 돌아갈 결단을 내리지도 못하고, 그렇다고 현재의 도시생활에도 제대로 적응하지 못하는 주인공의 해결할 길 없는 의식분열을 반영합니다. 그래서 나는 이런 생각을 합니다. 과거의 복원이 불가능하다는 사실을 인정하고 현재에 만족할 수 없다는 사실을 인식한다면 이제 우리는 새로운 미래를 창조하는 사업에 착수해야 하지 않겠는가. 그것이 작가 강준용에게 주어진 참된 과제가 아니겠는가.

거듭되는 얘기지만, 강준용의 순결한 영혼 속에는 그야말로 범접하기 어려운 깨끗함이 있다고 생각됩니다. 어떤 세속적인 것과도 타협하려 하지 않고 어떤 물질적인 욕망이나 이해타산에도 흔들림 없이 자기를 지키고자 하는 정신은 귀한 것입니다. 다만 그러한 고귀한 정신이 우리 사회에서 그 가치에 걸맞은 높은 성취를 이루자면 객관현실에 대한 좀더 냉정한 성찰과 작품의 형상화에 대한 미학적 수련이 더 뒷받침되어야 하겠다는 것을 강조하지 않을 수 없습니다. 말하자면 일종의 타협에 대한 요구인데, 그것은 가령 이런 것입니다. 우리가 글을 쓰려면 맞춤법을 비롯한 정서법을 익혀야 합니다. 맞춤법을 익히는 것은 맞춤법이라는 제도와 타협을 하는 겁니다. 작가가 자기 이름을 걸고 책을 내자면 출판사와 타협을 해야 하고 기존의 평론가들과도 타협을 해야 합니다. 타협이란 건 굴복하는 게 아닙니다. 맞춤법을 지키는 것은 타협처럼 보이지만 맞춤법을 따르지 않고서는 자기 생각을 객관적으로 드러낼 길이 없습니다. 그런 면에서 볼 때 강준용의 문학은 원광석은 뛰어난데 그 원광석의 정련과정이 모자란 귀금속 같다고 할 수 있습니다.


4


강준용은 문학을 두개의 범주로 나누어서 바라봅니다. 그는 이렇게 말합니다. "문학에는 문학과 문학예술이 있다. 문학은 글재간 있는 분이 직업적으로 남에게 재미난 이야기를 들려주기 위한 목적으로 글을 쓰고, 그 대가를 응당히 바란다. 그러나 문학예술은 남을 위한 이야기를 쓰는 것이 아니라 자신의 존재를 확인하기 위해 투쟁하는 것이다. 문학인은 독자가 필요하고 명예와 부를 원하나, 문학예술인이 원하는 것은 자아성취뿐이다." 그가 보기에 '문학'은 자본주의 시대에 시장의 요구에 따라 상업적인 형태로 존재하는 것이며, '문학예술'은 시장의 요구와 관계없이 글 쓰는 사람 자신의 자아성취를 위해 존재하는 것입니다. 물론 강준용이 추구하는 것은 순수한 문학예술입니다. 그래서 그는 이렇게도 주장합니다. "나는 소설을 쓰고 싶어 글을 썼을 뿐이다. 남한테 읽히려고 쓴 것은 아니다. 나를 위해 나만의 카타르시스를 혹은 나의 삶의 존재확인을 위해 작품을 썼을 수도 있다."

이 말에서는 사회적 접촉에 대한 강준용의 완강한 거부, 그의 단호한 절대고독이 감지됩니다. 그에게 문학은 이미 문학 자체라기보다 하나의 종교입니다. 마치 도를 닦는 스님이 누가 보건 말건 산속에 깊이 들어가 자기 자신이 용납할 때까지 수행에 정진하듯이 강준용도 누가 좋다고 하건 말건 비판을 하건 말건 그런 타인의 시선과는 아무 상관없이 자기 내부로 파고들어가 인간의 본질을 탐구하고자 합니다. 그는 자기와의 싸움이라는 말을 여러번 강조하는데, 그 자기와의 싸움이 그에게는 단순한 수사가 아닙니다. 독자의 존재는 오히려 방해물입니다. 신도들이 찾아오는 것이 깨달음을 향한 정진에 걸림돌이 될 수 있듯이 강준용의 경우 독자의 존재는 오히려 진정한 문학의 성취에 함정이 될 수 있다고 여겨집니다.

그는 이렇게 말합니다. "문학예술은 나 혼자의 투쟁이며 독자를 기다려서는 안 된다. 독자는 문학예술인의 일관된 사고를 이탈하게 하는 위험요소이다." 또, 그는 이렇게도 말합니다. "문학예술은 순수한 사람으로 존재하고 싶은 자의 방법론일 수 있다. 남이 알아주든 말든 나는 내 작품을 쓰면 된다. 발표야 되든 말든 전혀 관심 없다." 나아가 그는 자신의 결심을 이렇게 단호한 어조로 표명하기도 합니다. "내가 아직도 무명으로 지내는 소설가인 것은 당연하다. 앞으로도 그럴 것이고 누구와도 타협하지 않는다. 절대로!" 이런 대목에서는 거의 순교자의 정신마저 느끼게 됩니다.

이 시대의 세속주의·물질주의가 강준용에게 부과하는 것은 가혹한 시련뿐인 듯합니다. 시련에 시달린 끝에 마침내 그의 목소리는 어린이처럼 순진해져서 다음과 같이 간절한 귀향에의 소망을 발합니다. "시골의 한적한 곳에 싸리담 울이 쳐진 작은 오두막에서 여생을 보내고 싶다. 집 앞에 흐르는 작은 개울에 햇살이 담기고, 집 뒤에 솔솔한 바람소리를 내는 얕은 숲이 있는 곳, 창호지 발린 미닫이문을 열어놓고 흙마당에 노니는 닭들을 보며 글을 쓰고 싶다. (…) 문학예술을 찾는 나의 일생의 고통을 초가집은 멈추게 할 수도 있을 것이다. 햇살 내리는 툇마루에 앉아 동화책을 보고 싶다. 무쇠솥 달린 부엌 아궁이에서 나무 지피는 소리가 들리고 밥 내음이 포실히 퍼져나올 때, 나는 앞산 마루에 걸린 늦걸음 노을빛에 반해 책을 덮을 것이다. 두번 다시 문학예술을 찾고 싶지 않다. 나는 평범해지고 싶다." 시대의 가혹함에 쫓겨 원시의 세계로 퇴각해가는 그의 목소리가 남의 일 같지 않은 안타까운 울림으로 가슴을 때립니다.

〔2010〕

# 임화 문학사의 내재적 기원

## 1. 비평과 문학사, 이론과 실천

임화(林和, 1908~53)의 문학활동이 다방면에 걸쳐 이루어졌다는 것은 널리 알려진 사실이다. 창작과 비평을 겸하는 것은 동서양 어디서나 드문 일이 아니므로 굳이 거론하지 않아도 될지 모른다. 그의 경우 특별한 점은 문학운동가 내지 실천가로서도 뛰어난 역량을 발휘했던 것인데, 이 역시 아주 예외는 아니다. 가장 독보적인 것은 그가 우리 근대문학사 연구의 개척자 중 한 사람이라는 점일 것이다. 그는 우리 근대문학의 탄생과 초기 성장과정에 관해 체계적인 이론적 고찰을 수행하고 그 이론에 입각한 근대문학사 전개의 기본구도를 제시함으로써 이후의 모든 문학사가들에게 계승 또는 극복의 발판을 만들었다. 아마 가장 놀라운 점은 우리가 잘 아는 위의 여러 측면들이 임화라는 한 개인의 인격 안에 서로 긴밀하게 연관되고 상호간 전제를 이루고 있을 뿐 아니라 그와 같은 통합이 그 자신의 의식적인 추구·목표였다는 사실일 것이다. 그는 「집단과 개성의 문제」(『조선중앙일보』 1934.3.13~20)라는 논문의 서두 부분에서 다음과 같이

의미심장한 기술을 하고 있다.[1]

거의 무한에 가까운 문예과학의 여러 과제 가운데서 기본적인 것으로 우리는 대개 다음의 두 계열을 들 수가 있다. 하나는 문학 및 예술의 역사적 발전에 관한 일반적 학(學) 즉 역사적 과학으로서의 '사적(史的) 문예학'을 들 수 있으며, 둘째로는 예술적 형성의 과정에 관한 논리학과 인식론으로서의 '변증법적 문예과학'을 들 수가 있다.

그리하여 이러한 계열은 여태까지 전자는 문학사, 후자는 문예비평(혹은 문예학, 시학)이란 개념으로 표시되었다.

그러나 맑스주의 예술과학은 이 두 계열을 그 통일 가운데서 체현하는 것이며, 동시에 전자나 후자가 다 이러한 통일성 가운데서만 비로소 과학으로서의 독립적인 학문이 되는 것이다. (『평론』 413~14면)

문학연구의 기본범주에 관한 원론적인 설명이다. 미국이나 한국 대학의 문학부에서 오랫동안 교재로 사용되던 『문학의 이론』(1949) 저자들(르네 웰렉, 오스틴 워런)이 이론·비평·문학사로 연구의 범주를 구분하기 훨씬 전에, 임화가 원론적으로나마 이런 논의를 전개했다는 것은 경탄에 값한다. 물론 쉽게 짐작할 수 있듯이 이 구분은 임화의 독창이 아닐 것이다. 그것은 1920년대 말부터 그가 맹렬히 학습하고 있던 맑스주의 철학에서의 역사적 유물론과 변증법적 유물론 구분을 문학이론 분야로 옮겨 적용

---

1 이 글에서의 임화 인용은 모두 『임화문학예술전집』(전 5권, 소명출판 2009, 이하 전집)에 의거하되 『전집 2: 문학사』(임규찬 편)는 『문학사』로, 『전집 3: 문학의 논리』(신두원 편)는 『논리』로, 『전집 4: 평론 1』(신두원 편)은 『평론』으로 약칭하여 면수와 함께 본문 속에 포함시켰다. 거론된 논문의 경우 처음 나올 때에만 발표일자를 괄호 안에 넣어 임화 사유의 전개과정에서 그 논문이 어느 지점에 위치하고 있는지 상기시키고자 했다. 그리고 원문 인용의 경우 구투(舊套)에 얽매이지 않고 때로는 현대 독자의 문장감각에 맞게 다듬기도 했다. 예컨대 '급(及)'은 '및'으로, '제 과제'는 '여러 과제'로 고쳤다.

한 것이다. 어쩌면 일본을 통해 흡수한 소련 맑스주의 문예학의 가르침을 요약한 것일지도 모른다.

어떻든 임화가 보기에 문학연구의 분과들인 역사적 문예학(문학사)과 변증법적 문예학(비평과 이론)은 논리적으로는 구별되지만 실제로는 통일적으로 구체화되는 것이며, 그러한 통일성 속에서 연구될 때 비로소 각각의 분야는 과학으로서 독립적인 학문으로 된다. 그러나 그러한 통일성이 비평과 문학사 간의 혼동을 뜻하는 것은 결코 아니다. 이 무렵 임화는 스스로 문학사 연구에 착수하면서 이론과 실천의 상호매개에 관한 맑스주의적 일반명제를 열정적으로 자기화하였고, 이를 통해 1930년대 후반에 진행된 비평·문예학·문학사 연구의 분화과정에 이론적 근거를 마련하고자 했던 것이다. 그러나 임화 자신과 김기림·김남천을 포함하여 최재서·백철·안함광·김환태·김문집·이원조 등 전업적 비평가의 등장이라는 새로운 현상은 창작과 비평, 실천과 이론의 관계를 재정립하지 않을 수 없게 만들었다.

이때 임화가 강조한 것은 실천이었다. 실상 1930년대 이후 모든 임화의 문필에 깔려 있는 전제가 그런 것이라고 할 수 있지만, 카프가 해체되고 나서 카프진영에 속했던 작가·비평가들이 침체와 혼돈에 빠진 국면에서는 실천 없는 이론의 허구가 카프진영뿐 아니라 우리 문학 전체의 공멸의 위기로 닥칠 것처럼 보였던 것이다. 그가 평론 「사실주의의 재인식」(『동아일보』 1937.10.8~14)에서 주로 이론가들을 향해 다음처럼 거의 구호와 같은 외침을 발한 것은 그런 위기감의 발로였다.

실천으로부터의 유리! 아니 실천으로부터의 의식적 도피!
우리들의 이론적 사업은 모름지기 비(非)실천주의를 청산하지 않으면 아니 된다.
지도적 비평, 문학사, 문예학의 건설. (『논리』 76면)

이 긴급한 호소의 대상은 실상 누구보다 자기 자신이었다. 당시 그는 카프 해산의 핵심적 책임자였을뿐더러 변화된 현실 앞에서 그 자신도 정신적 동요를 겪고 있었고, 게다가 폐결핵으로 병원을 전전하고 있었기 때문이다. 어떻든 여기서 확인할 수 있는 사실은 임화의 문학사 연구가 순수한 역사적 관심 또는 학술적 동기에서 출발한 것이 아니라 당면한 현실적 난관을 돌파하려는 실천적 노력의 산물이라는 점이다. 그의 경우 문학사 연구가 다른 이론작업이나 비평활동과 분리될 수 없는 이유이기도 하다.

「개설 신문학사」(1939)를 집필하는 시점에 이르면 임화는 비평과 문학사의 관계에 관해 더욱 원숙한 이해에 도달하는 것 같다. 나로서는 어떻게 임화에게 그런 인식상의 비약이 가능해진 것일까 하는 구체적인 경위에 의문을 가지게 된다. 간단히 해명할 수 없는 인간활동의 신비에 해당한다고 할 수도 있겠지만, 어떻든 「신문학사의 방법」(『동아일보』 1940.1.13~20)에 나오는 다음과 같은 문장을 보면 그가 이 시기에 문학 그 자체의 존재방식에 대한 어떤 근본적인 깨달음에 다가서고 있었다고 믿게 된다.

　문예작품의 내용은 언제나 형식이라 불려지는 문학적 형상의 조직으로 은폐되어 있다. 혹은 형상이 됨으로써 내용은 비로소 진정하게 실재적이라고 말할 수가 있다. (…) 문학사나 비평은 형식을 벗겨버리고 내용과 사상을 연구하는 것이 아니다. 그러한 형식으로밖에 표현될 수 없는 내용 혹은 그러한 내용을 가질밖에 없는 형식을 연구하는 것이나. 바꿔 말하면 형식과 내용의 통일체로서의 문학작품을 연구하는 데 궁극목적이 있다. 한개 한개의 작품의 이런 것을 연구하는 것이 비평이요, 한 사람의 작품을 연구하는 것은 작가론이나 평전이나, 한 시대를 연구하는 데서부터 벌써 문학사에 접근한다. (『논리』 659면)

그뿐만 아니라 그는 비평과 문학사의 관계에 대해서도 단순히 양자간의 통일성을 말하는 것 이상으로 다음과 같이 좀더 진전된 견해를 피력하는데, 이것은 오늘의 우리도 심각하게 새겨듣고 진지하게 숙고해볼 과제라 하지 않을 수 없다. 왜냐하면 비평이 끝나는 데서 문학사 연구가 시작된다는 지적은 양자간에 작용하는 분리와 통일의 변증법을 탁월하게 드러낸 것이기 때문이다.

문학사는 (고전주의 또는 낭만주의 같은) 몇개의 특색있는 양식을 발견하는 게 언제나 큰 임무이다. 그러한 과제의 수행을 위하여 역사적 연구는 비평에서 얻는 바가 크다. 비평의 역사는 작품이나 작가의 역사를 연구하는 데 그 중요한 안내자다. 그것은 마치 비평이 문학사의 선구(先驅)인 것과 마찬가지다. 그러므로 양식의 설정은 비평의 최후의 과제이면서 문학사의 최초의 과제라 할 수 있다. (『논리』660면)

## 2. 역사적 사유의 내적 구조

그러나 현실적 필요가 절실하고 실천적 의지가 강하다 하더라도 문학사 연구는 학술적 사전준비 없이 되는 일이 아니다. 상식적인 얘기지만, 한 나라 문학의 발전과정에 대한 의미있는 연구는 일정하게 쌓인 선행업적의 토대 위에서만 가능하다. 국민문학사 전체의 기술에서도 그렇고 연구자 개인의 학문적 성숙과정에서도 그렇다. 그렇다면 임화는 근대문학사의 구상과 집필에 있어 어떤 선행업적을 출발점으로 삼았는가. 우리나라 '문학사 연구의 역사'를 제대로 공부해본 적도 없고 그런 연구사가 있는지 없는지조차 잘 알지 못하는 초보자임을 전제로, 임화 근대문학사의 형성과정에 대해 나름대로 한두가지 가설적인 견해를 피력해보려고 한다.

우리나라 최초의 문학사는 재야의 국학자 안확(自山 安廓, 1886~1946)의
『조선문학사』(한일서점 1922)이다. 고대의 「공후인(箜篌引)」부터 이광수의
『무정』(1917)과 김안서의 『오뇌의 무도』(1921)까지 개략적으로 훑어본 선
구적인 저서다. 『안자산 국학론선집』(최원식·정해렴 편역, 현대실학사 1996)에
따르면 안확은 이후에도 「조선 가시(歌詩)의 연구」(『조선』 1931.3) 「조선문
학의 변천」(『조선』 1932.5) 「조선문학의 기원」(『조선』 1932.6) 「이조시대의 문
학」(『조선』 1933.7) 「고구려의 문학」(『조광』 1939.7) 등 논문을 계속 발표했다.
하지만 당시의 학계나 문단으로부터 진지한 반응을 얻었다는 증거는 보
이지 않는다.

우리나라 문학(사)연구에서 획기적 의의를 가지는 것은 3·1운동 이
후 연희·보성·이화 등 사학들이 전문대학 체제를 갖추기 시작하고 특히
1926년 경성제대가 출범한 사실이다. 경성제대는 식민지조선의 유일한
대학으로서 식민주의의 학문적 관철이라는 본래의 설립목표에도 불구하
고 그 내부로부터의 식민성 극복을 위한 자생적·자주적 역량의 배출에
기여하였다. 경성제대 출신인 조윤제(趙潤濟, 1904~76, 1회), 이희승(李熙昇,
1896~1989, 2회), 김태준(金台俊, 1905~49, 3회), 김재철(金在喆, 1907~33, 3회)
등은 알다시피 이 나라 국어국문학 연구의 제1세대를 구성하게 되는데,
그들의 『조선소설사』(김태준, 1930.10.31~1931.2.14; 초판 1933; 증보판 1939) 『조
선연극사』(김재철, 1933년 사후 출판) 『조선시가사강』(조윤제, 1937) 등의 저서
들은 각 문학장르들의 역사에 대한 최초의 아카데믹한 연구일 뿐만 아니
라 후속연구와의 지적 교류의 출발점이 되었다는 점에서 결정적 의의를
가진다. 임화의 「개설 신문학사」에도 이들 세 저서에 대한 언급 또는 인용
이 있어, 이 시기에 바야흐로 한국문학(사) 연구가 본궤도에 오르기 시작
했음을 짐작케 한다.

그러나 임화에게 문학사 연구를 촉발한 직접적인 계기는 아카데미로
부터의 순수한 이론적 자극보다 오히려 당면한 문단현실의 실천적 필요

에서 주어졌다고 보는 것이 옳을 것이다. 알다시피 1930년대 들어 동(북)아시아에는 검은 먹구름이 몰려오기 시작했다. 만주사변(1931)에 이은 만주국 선포(1932)와 중국대륙 침략(1937)으로 일본 제국주의의 파시즘 체제가 공격적으로 팽창하는 가운데 국내 문단에서는 카프 맹원들에 대한 1차(1931), 2차(1934) 검거사건이 벌어지고 마침내 카프 해산(1935)에까지 이르렀다. 이러한 사태의 진행 속에서 지식인사회는 방황과 동요, 좌절과 전향의 분위기에 함몰되어 총체적 난국을 맞고 있었다. 1930년대 후반 임화가 평론문장 도처에서 강조한 대로 현대문명의 위기였고, 새로운 방향과 방법론을 찾지 않을 수 없는 상황이었다. 신문학이 출발한 1920년대부터의, 또는 봉건조선의 붕괴가 가시화된 1890년대부터의 역사전개에 대한 전면적인 재검토가 불가피한 시점이었다. 임화의 문학사 연구는 바로 이러한 위기적 현실에 대한 이론적 대응의 일환이었다고 생각된다.

나는 〈제2회 임화문학 심포지엄〉(2009.10.10)에서 「낭만적 주관주의와 급진적 계급의식」[2]이라는 논문을 통해 1930년대 임화의 시와 시론을 검토하면서, 비평가 임화에게 전환적 의미를 갖는 중요한 평론이 「33년을 통하여 본 현대조선의 시문학」(『조선중앙일보』 1934.1.1~12)이라고 지적하였다. 당시보다 조금 더 광범하게 임화를 읽고 난 지금은 그 생각이 더 확고해졌다고 할 수 있는데, 예컨대 그 글과 거의 동시에 쓰였고 제목조차 유사한 문제의식을 내포한 「1933년의 조선문학의 제 경향과 전망」(『조선일보』 1934.1.1~14) 역시 동일한 비평사적 의의를 지니고 있다고 말할 수 있다. 요컨대 임화의 비평적 통찰력과 유물론적 역사의식은 1933년경을 전환축으로 하여 본격적으로 문학사적 시야의 획득으로 확장되며, 그와 같은 발전과정 끝에 마침내 문학사가 임화의 탄생에 이르게 되었던 것이다.

그런데 방금 거명한 글들에서 임화의 중요한 방향전환이 일어나고는

---

2 평론집 『문학과 시대현실』, 창비 2010, 85~104면 참조.

있었지만, 지난날의 관념적 미숙성과 도식주의적 편향의 잔재들이 여전하다는 점도 간과할 수는 없다. 그러나 거듭 강조하고 싶은 것은 그런 과도기적 불균형에도 불구하고 임화 비평이론에 중대한 진전이 이룩되고 있음을 확인할 수 있다는 점이다. 「33년을 통하여 본 현대조선의 시문학」 「1933년의 조선문학의 제 경향과 전망」 등 1934년 초에 동시에 발표된 두 편의 논문을 통해 한 사람의 문학사가가 출현하는 광경이 생생하게 목격된다. 위의 논문들은 그 자신이 말했던 이론적 사유와 역사적 사유의 결합, 즉 비평과 문학사의 통일을 초보적 수준에서나마 일정하게 실현하고 있는 것이다. 그 점에 관해 2009년의 논의를 부분적으로 되풀이하면서 한 걸음 더 들어가보려고 한다.

첫째, 주목할 사실은 그가 『백조』 시대의 시로부터 신경향파 시가 분화되는 과정을 설명하기 위해 19세기 말 20세기 초 우리 근대문학이 출현하던 시기의 물질적 토대에 눈을 돌린 점이다. 그는 앞 세대의 감상적 낭만주의를 비판하는 데만 급급했던 1930년 전후의 볼셰비즘적 교조주의에서 벗어나 선배들의 그와 같은 낭만적 허약성이 생성될 수밖에 없었던 '황량한 토양'에 대해 논리적인 해명을 시도했다.[3] 그는 이렇게 말한다.

---

3 1933년경 임화의 비평이 어떤 계기로 조선의 사회경제적 토대에 관심을 돌리게 되었는지, 그리고 어떻게 그의 비평이 물질적 토대에 기반한 문학사 연구로 발전하게 되었는지는 확실하지 않다. 〈제2회 임화문학 심포지엄〉에서 나는 백남운(白南雲)의 『조선사회경제사』가 1933년에 출판되고 조선 부르주아계급의 경제적 허약성과 타협주의에 관한 백남운의 선명요료부터 임화가 '조선 근대문학의 불완전', 즉 '조선 낭만주의'의 사회적 근원에 대한 논리적 뒷받침을 얻었으리라고 추측하였다.(『문학과 시대현실』 100면) 그런데 내 발표에 앞서 김재용 교수가 「임화의 이식문학론과 조선적 특수성 인식의 명암」(『문예연구』 1999.6)에서 1930년대 중반 조선 맑스주의자 내부의 이론적 분화를 거론하면서 이미 그 문제에 접근했음을 나는 뒤늦게 발견하였다. 김 교수는 다음과 같이 지적하고 있다. "조선의 특수성을 설명하면서 한편에서는 아시아적 정체성론에 입각하여 논의를 진행하였고 다른 한편에서는 이러한 정체성론을 부정하면서 조선의 특수성을 설명하고자 하였다. 전자에는 이청원(李淸源)이, 후자에는 백남운이 중심적인 논자였다. (…) 임화는 이 중에서 전자의 견해를 수용하게 된다."(문학과사상연구회 『임화문학의 재인식』, 소명출

경제적으로 후진적인 지역, 국토 전체에 걸쳐 아직도 뿌리깊이 봉건적 관계들이 잔존한 곳, 민족 부르주아지가 자기의 요구를 들고 낡은 봉건제도에 대하여 투쟁하고 승리하기 전에 벌써 앞선 외래자본의 힘으로 말미암아 영향된 곳, 따라서 그들은 하등의 독자적인 생성의 힘을 갖지 못하고 봉건유제 및 그 밖의 것에 대하여 비상히 타협적인, 일분의 이니셔티브도 갖지 못한 시민계급, 협심(俠心)의 속물화한 귀족자류의 소부르주아지 등등 ── 이것이 젊은 낭만주의적 정열에 가득 찼던 조선 근대시가 생성한 황량한 토양이었다. (『평론』 331면)

조선 부르주아계급의 성장이 극히 초보적인 수준에 머물러 있었던 것은 자타가 공인하는 사실로서, 그랬기 때문에 이 땅에서는 봉건적 관계들이 여전히 지배적인 위치에 있었다. 경제적으로 허약하고 산업적으로 충분히 성숙하지 못한 19세기 말 20세기 초 조선 부르주아계급으로서는 자신의 역사적 책무를 제대로 수행하지 못한 채, 대내적으로는 봉건주의에 대해 타협적이고 대외적으로는 제국주의에 대해 굴복적일 수밖에 없었다. 이와 같은 '황량한 토양'이 조선 근대문학의 불완전, 즉 조선 낭만주의의 허약성의 사회적 근원이라고 임화는 보았던 것이다. 물론 이 사실을 설명하는 그의 문장은 거칠고 조악한 것이 사실이다. 하지만 그 숨가쁜 문장들의 표면을 뚫고 들어가보면 그가 동시대 젊은 시인들의 역사적 위상에 대한 사회학적 고찰을 통해 그 나름의 문학사적 정당화를 시도하고 있음을 간취할 수 있다. 그것은 실상 자신의 문학사적 정체성에 대한 자문자답이었다.

둘째, 그는 조선 프롤레타리아계급의 역사적 위치와 그 특수한 사명에

판 2004, 99면)

대해 발언하기 시작하였다. 서구에서는 근대 자본주의와 국민국가의 형성이 시민계급의 고유한 임무였으나, 우리의 경우에는 시민계급의 미발달로 인해 근대 국민국가의 형성뿐만 아니라 근대문학의 성취도 다음 단계로 지연되었다고 그는 생각한다. 즉 근대의 완성뿐만 아니라 근대 이후를 설계하는 것도 노동계급의 과제로 이월되었다는 것이다. 이러한 역사적 상황의 조선적 특수성은 문학사의 현 단계를 파악함에도 결정적인 참조사항이 된다. 그가 급진적 소부르주아지(임화 자신의 계급적 귀속)의 낭만주의에 대한 실패한 투쟁을 언급하는 과정에서 다음과 같이 언급한 것은 해방 후 그가 주창한 민족문학론의 단초가 이미 이때 싹트고 있었음을 엿보게 한다.

조선 근대문학은 부르주아 문학으로서의 자기를 여러 농촌적 협잡물로부터 정화하지 못하였다. 그러므로 1920년 이후 몇번째 급진적 소부르주아지의 손으로 반낭만주의적 낭화(狼火)가 들어졌음에도 불구하고 그들은 결국 낭만주의에 대하여 승리적일 수 없었던 것이다. 이곳에 낭만주의에 대한 진실한 투쟁이, 즉 원칙적으로는 부르주아지가 수행해야 할 문학상의 행동이 프롤레타리아문학 위에 이중적으로 걸려 있게 되는 특수성이 있는 것이다. (『평론』 332면)

조선 프롤레타리아계급의 이중적 임무에 관해서 임화는 다른 문맥의 논문 「언어와 문학 ── 특히 민속어와의 관계에 대하여」(『문학창조』 1934.6, 『예술』 1935.1 분재)에서도, 즉 민족적 통일어와 현대적 문학어의 완성이라는 과제에 관련해서도 다음과 같이 논하고 있다.

20년대의 염상섭, 춘원, 김동인, 김억, 주요한 등에 이르러 완성된 현대 문학어는 모든 재능있는 작가 시인들의 존경할 만한 노력에도 불구하고 언문일치의 문체적 이상, 또 언어문학상의 민주주의 개혁을 달성치 못한 채로 근대 노동계급의 문학세대로 유전(遺傳)된 것이다. (…) 그러므로 조선의 프로문학은 그 절정에 있어서도 완성하지 못한 문학·언어상의 민주적 개혁의 임무까지 어깨에 짊어져야 하는 것이다. (『평론』482면)

곧 이어서 씌어진 평론 「조선어와 위기하의 조선문학」(『조선중앙일보』 1936.3.8~24)에서도 비슷한 취지로 발언하고 있어, 조선 프롤레타리아계급의 역사적 임무에 대한 그의 신념이 조선 근대문학사의 형성과 전개를 해석함에 있어 지렛대와 같은 핵심적 위치에 있음을 알 수 있다.

신세대의 문학은 자기 세계의 생활을 창출하고 그것에 상응하는 새로운 언어를 발견 창조해야 하고, 일방 부르문학이 해결치 못한 언어상의 시민적 민주적인 점까지 동시에 해결해야 할 이중의 중하를 짊어지고 있는 것이다. (『평론』598면)

셋째, 그는 봉건조선의 몰락 이후 신문학의 등장과 함께 시작된 근대시의 생성과정에 대해 역사적 의미화를 시도한다. 그는 일종의 발전사관에 입각하여 우리 근대시가 육당의 신체시로부터 안서·요한의 정형적인 신시, 『백조』의 낭만주의적 자유시를 거쳐 프롤레타리아계급의 신흥시로 나아가는 과정을 밟아왔다고 본다. 이러한 해석에는 은연중 임화 자신을 포함한 카프시인들의 문학사적 자부심이 내재되어 있다고 할 터인데, 다만 그는 우리나라 프롤레타리아 시가 노동계급의 일상적 투쟁 가운데서가 아니라 부르주아 시의 선진적 부분에서, 즉 진보적 지식인의 손에서 태어났기 때문에 부르주아 시의 잔재로서의 낭만주의적 요소를 청산하지 못했다고 인정한다.[4] 이런 논의의 연장선 위에서 그는 「우리 오빠와 화로」

「우산 받은 요꼬하마의 부두」 같은 자기 업적 자체에 대한 자신의 전면부정을 철회하고 그들 작품이 가지고 있던 약점으로서의 감상주의를 '부르주아 감상주의'로부터 구별할 것을 주장하는 것이다.


## 3. 이식문화론

임화가 일찍이 이식문학론자의 악명을 얻었음은 잘 알려져 있다. 조선에 있어서 신문학사는 "서구적 문학의 이식으로부터 시작되는 것"(『문학사』 15면)이라는 단정적인 언명, 그리고 그 단정을 부연하여 "신문학이란 새 현실을 새 사상의 견지에서 엄숙하게 순(純)예술적으로 언문일치의 조선어로 쓴, 바꾸어 말하면 내용·형식 함께 서구적 형태를 갖춘 문학이다" (『문학사』 15면)라는 설명은 이식문학론자의 악명이 단지 오해나 모략만은 아니었음을 증명한다. 그러나 여기저기 산재해 있는 사론들을 읽어보면 그의 '이식문학론'이 조선 근대문학사의 실체적 진실에 접근하기 위한 논리적 출발에 불과함을 어렵지 않게 간파할 수 있다. 주지하는 대로 이미 1990년대 초에 임규찬의 「임화의 문학사 방법론과 문학사 서술」「임화 문

---

**4** 카프의 프롤레타리아 시가 『백조』의 낭만주의 가운데서 자라났다는 이론을 임화는 여러 곳에서 되풀이하고 있는데, 「33년을 통하여 본 현대조선의 시문학」에서의 언급은 아마 그러한 해석의 출발점일 것이다. 거친 문장이기도 하지만 중요한 내용을 닮고 있기에 그대로 인용해둔다. "우리나라 프롤레타리아 시의 발생, 특히 그것이 노동계급의 일상적 투쟁의 한가운데서가 아니라 아직 계급이 정치적 문화적으로 유소(幼少)하였을 때, 부르주아 시 가운데의 선진적 부분이나 (급진적) 소시민 인텔리 등의 손으로 그 운동이 일어났을 때, 그것이 부르주아 시의 잔재와 시인들의 심신적(心身的) 심리로부터 자유일 수 없었다는 것은 불가피한 일이다. (…) 그러므로 소설 희곡 등에 있어서도 그렇지만 더욱이 프롤레타리아 시가에 있어서는 조선의 정신적 환경의 공기에 충만한 낭만주의로부터 결별하려는 노력은 금일까지의 프롤레타리아 시가 발전한 한 측면사(側面史)인가 한다." (『평론』 360면)

학사를 바라보는 최근의 관점과 비판」 및 신승엽의 「이식과 창조의 변증법 ─ 임화 '이식문학론'의 정당한 이해를 위하여」 등 훌륭한 논문들이 나와 임화 문학사론의 올바른 이해를 통한 '복권'을 선언하고 실현했던 것이다. 단지 유감이라면 그런 노력에도 불구하고 임화에 대한 무지와 곡해가 아직도 가시지 않고 있는 점이라 하겠다. 이 자리에서 나는 한두가지 보충적인 언급을 하는 데 그치려 한다.

우선 그의 소위 이식문학론이 '조선'만을 위한, 그리고 '문학'만을 위한 이론이 아니었다는 점을 주목할 필요가 있다. 16세기 이후(우리의 경우 19세기 이후) 서구 제국주의의 팽창이 동아시아에서 '서세동점'의 이름으로 밀려오고 조선도 피할 수 없이 그 대세에 사로잡혀 있었으며 문학도 그 일부라는 것이 유물론자 임화의 확고한 인식이다.

> 역사는, 더구나 근대사회는 결코 한 국가나 지방의 폐쇄적 독존(獨存)을 허락하는 것은 아니다. 상업과 화폐에 의한 모든 지방의 세계화가 이 시대의 특징이다.
>
> 개국이 근대화의 유일한 길이다. (『문학사』 26면)

임화의 이 말은 부르주아계급의 맹렬한 활동에 힘입어 지구 전체가 하나의 단일한 세계시장으로 묶이고 이로 인해 각 나라의 산업들이 불가피하게 전지구적 성격을 띠어가게 되었음을 지적한 맑스와 엥겔스의 논리를 충실히 학습한 것이다. "복고주의자들에게는 매우 유감이겠지만, 부르주아지는 산업의 발밑으로부터 그 산업이 딛고 서 있던 일국적 발판을 제거하였다"는 맑스주의 창시자들의 선언을 임화는 조선적 입장에서 복창했다고 할 수 있다. 따라서 서구 사회제도와 문화의 이식은 조선만이 아니라 동양사회 전체의(또는 비서구사회 전체의) 근대화에 불가결의 강제였다. 따라서 "동양의 근대문학사는 사실 서구문학의 수입과 이식의 역사다"(『문학사』 17면)라는 그의 거듭된 언급은 시차와 정도차가 있을망정 유독 조선의 경우에만 해당되는 것이 아니었다.

물론 "이조 봉건사회 내부에서 자생적으로 성숙, 발전치 못한 것은 불행히 조선근대사의 기본적 특징이 되었었다. 이 점은 모든 연구자의 결론이었다"(『문학사』 22면)라든가 "동양사를 장구한 동안 지배해오던 소위 아세아적 정체성이란 것은 결국 서구의 근대사회제도를 수입 이식하지 않고는 봉건사회로부터 근대사회제에의 전화, 과도(過渡)를 불가능케 한 조건을 만드는 데 결착(結着)되는 것이다"(『문학사』 25면) 등의 언급은 오늘의 입장에서 보면 타율적 근대화론 내지 식민지 근대화론으로 해석될 여지가 많고, 1930년대의 조선 사회경제사학자들이 이의 없이 수용한 헤겔과 맑스의 '아시아적 정체성'론 또한 지금으로서는 동의하기 어려운 서구중심주의임이 분명하다. 그러나 서구 여러 나라와 조선과의 관계를 "조선 측으로서 보면 대구미(對歐美) 외교사이며 국제적 견지에서 보면 구미 자본주의의 동양침략사의 일환이다"(『문학사』 32면)라는 언급에서 입증되는 바와 같이 임화가 맹목적 근대주의자 내지 얼빠진 서구추종주의자였던 것은 아니다.

임화 이식문학론의 진정한 의의는 19세기 후반부터 조선 사회와 문화 전반에 걸쳐 진행되어온 '이식'현상을 그가 단순히 인지하는 데 그친 것이 아니라 신승엽의 뛰어난 분석대로 그 이식을 우리 고유문화 내부에서 어떻게 소화하고 극복했는가, 또 그럴 만한 역량의 축적이 우리 자신 안에 있는가 하는 문제를 제기한 데 있다. 상이한 문화들의 접촉과정에서 발생하는 변증법적 진화의 가능성을 임화는 문화이론의 최고수준에서 이미 명쾌하게 갈파한 바 있다.

문화의 이식, 외국문학의 수입은 이미 일정 한도로 축적된 자기 문화의 유산을 토대로 하지 않고는 불가능하다. 그러므로 일찍이 토대를 문

제삼을 제, 물질적 토대와 아울러 정신적 배경이 문제된 것이다. (『논리』 656면)

동양 제국(諸國)과 서양의 문화교섭은 일견 그것이 순연한 이식문화사를 형성함으로 종결하는 것 같으나, 내재적으로는 또한 이식문화사 자체를 해체하려는 과정이 진행되는 것이다. 즉 문화이식이 고도화되면 될수록 반대로 문화창조가 내부로부터 성숙한다. 이것은 이식된 문화가 고유의 문화와 심각히 교섭하는 과정이요 또한 고유의 문화가 이식된 문화를 섭취하는 과정이다. 동시에 이식문화를 섭취하면서 고유문화는 또한 자기의 구래(舊來)의 자태를 변화해 나아간다. (『논리』 657면)

물론 임화는 「신문학사의 방법」에서 개진한 자신의 이 이론을 실제의 문학사 서술에서 충분하게 구현하지 못했다. 그뿐만 아니라 '이식과 창조의 변증법'에 대한 그의 신념이 초지일관한 것이었다면 "동양의 근대문학사는 사실 서구문학의 수입과 이식의 역사다"와 같이 오해를 자초할 수 있는 단정적 표현을 좀더 정교하게 다듬어야 했을 것이다. 그의 연구(『개설 신문학사』)가 신문학사 초기에, 그것도 주로 신소설에 집중되다가 중단된 것은 애석하지만 부득이한 일이었다 치더라도, 고유문화와 이식문화 간의 교섭을 다룸에 있어 무엇보다 고유문화 지식의 절대적 빈곤은 치명적이었다고 하지 않을 수 없다.


## 4. 근대적 문학언어의 문제

마지막으로 한가지 문제만 짧게 더 거론하면서 후일을 기약하고자 한다. 〈제5회 임화문학 심포지엄〉(2012.10.12)에서 임형택 교수도 임화의 문학사론을 동조적으로 또는 비판적으로 검토한 바 있다.[5] 그 논문에서 임 교수는 고대의 향가부터 오늘의 근대문학에 이르는 우리 문학사 전체를 임화가 언문문학사, 한문학사 및 신문학사의 구도로 정리한 것에 대해 "특출한 고견"이라고 높이 평가하였다. 사실 조선문학의 개념과 범위에 관해서는 일제강점기 동안 논란이 간헐적으로 계속되었고, 이광수 같은 대표적 문인은 한문학 배제론을 적극 주장하여 큰 영향을 끼쳤다. 하지만 이광수의 주장은 임화가 암시한 것처럼 수천년 조선역사 자체의 부정에 가까운 비상식이다.

　그러나 한문학이 우리의 일상적 삶에서 가지는 본질적인 한계 또한 간과할 수 없을 것이다. 어렵게 설명할 것 없이 한자·한문은 조선인의 생활과 감정을 직접적으로 또 일상적으로 표현하는 도구가 아니다. 한문은 우리나라에서 장구한 세월 동안 지배적 표기수단으로 군림했음에도 문자언어의 울타리를 결코 벗어날 수 없었다. 더욱이 그것은 주지하듯 지식계급의 언어이자 지배계급의 언어였다. 따라서 훈민정음의 발명과 한글사용의 보편화는 근대적 민족국가의 형성과 국민문학의 발전을 위한 불가결한 전제였다. 심지어 근대 이전 시대에조차도 한문학은 조선문학의 범주 안에서 언문문학과 완전히 동일한 위상을 주장할 수 없는 결함을 갖고 있었다고 볼 수밖에 없다. 서포(西浦)나 다산(茶山)에게서 볼 수 있듯이, 봉건체제의 황혼이 멀지 않은 시대가 다가올수록 문자와 문학 간의 부조화는 섬섬 너 뚜렷이 노출되있음을 우리는 직품 자체를 통해 획인힌다.

　그 점을 임화는 어떻게 인식했던가. 그는 "한문문학사는 조선의 유학사(儒學史)와는 별개의 것으로 조선문학사의 한 특수영역일 따름이다. 일본문학사에 비하여도 더 다른 이와 같은 조건이 조선문학사에서 용인됨은,

5 임형택 「임화의 문학사 인식논리」, 『창작과비평』 2013년 봄호.

조선에서 고유문자의 발명이 극히 뒤늦은 점과 거기에 따라 한문에 의한 문화표현이 어느 곳보다 압도적이었던 특수성 때문이다"(『논리』 649면)라고 말하는데, 설득력 있는 설명이라 하겠다. 다음은 「언어와 문학」에서의 인용이다.

세계적 규모로 자본주의적 사회체제의 승리가 확립되면서, 문학에서는 문학어와 속어와의, 다시 말하면 문체와 언어와의 구별의 폐지, 소위 '언문일치'라는 언어상의 부르주아적 혁명이 요구되고 일부분 실행된 것이다. 동시에 이것은 언어상에 있어서의 각국어의 확립의 과정으로서, 이 현상은 대부분 먼저 문학상에 표시된 것이다. (『평론』 476면)

조선어가 진실로 통일적인 민족어로서 자기를 완성하고 더욱이 문학 위에서 실현되려면, 무엇보다도 과거의 우리를 지배하고 있던 한문에 대한 투쟁으로부터 시작되어야 할 것이다. 그러므로 개화 조선의 문화적·정신적 욕구라는 것이 한문과 유교적 정신으로부터의 해방을 부르짖고 일어난 것은 지극히 당연한 것이었다. (『평론』 477~78면)

따라서 "시민정신을 내용으로 하고 자유로운 산문을 형식으로 한 문학"(『문학사』 18면), 그리고 서구 현대문학에서처럼 유형적으로 장르가 나누어진 문학이 근대의 문학이라 할 때 우리의 신문학은 '언어적 해방'이라는 또하나의 투쟁을 과업으로 짊어져야 하는 것이다. 그것은 중국의 백화(白話)운동이나 서구의 속어운동에 비견될 만한, 외래문화의 주체적 극복운동의 일환이다. 이런 의미에서 임화가 조선의 근대적 자기해방운동에서 맡았던 전위의 영광을 신문학의 어깨 위에 다음과 같이 부여했던 것은 오늘의 입장에서는 그 절실성이 상당 부분 소진되었다고 여겨진다.

우리 신문학은 장구한 동안 자기 문학을 지배하고 있던 외국어로부터의 해방의 결과, 우리 신문학은 이러한 의미에서 언어, 형식, 내용 전부가 재래의 문학으로부터의 비약이다. 여기에 조선의 근대문학사가 그 창건자들에 의하여 불려진 '신문학'의 이름으로 씌어지는 이유가 있다. (『문학사』19면)

〔2014〕

# 한국문학 연구와 리얼리즘적 시각[1]

## 1

오늘날 리얼리즘이라는 용어가 문학연구에 얼마나 생산적인 기여를 할 수 있을까. 이 용어의 사용으로 문학을 바라보는 우리의 시야가 넓어지고 문학작품에 이루어진 예술적 성취가 잘 드러나게 될지, 아니면 반대로 문학연구자를 낡은 개념들의 복잡한 미로 속으로 밀어넣거나 특정한 이념적 도식에 얽어매어 문학으로부터 도리어 멀어지게 할지, 쉽게 단정하기는 어렵다. 일찍이 맑스주의 비평가로 알려진 한스 마이어(Hans Mayer, 1907~2001)는 「칼 맑스와 문학」이라는 논문에서 리얼리즘의 개념이 그 규범적·기계주의적 적용 때문에 문학적 논의를 더욱 빈곤하게 만들 뿐이라고 주장하면서 이제 그 용어의 창조성이 소진되었다고 지적한 바 있다. 그런데 한스 마이어가 그 글을 발표한 해가 1968년임을 주목할

---

1 이 글은 2002년 10월 18일 경북대학교 김재석 교수의 초청으로 동 대학 대학원 국문과에서 특강으로 행한 발제문이다.

필요가 있는데, 주지하듯이 '68혁명'은 서구의 보수주의 체제뿐만 아니라 동구의 스탈린주의 체제, 즉 모든 기득권체제에 대한 젊은 세대의 전복적 도전으로 이해되었던 것이다. 한스 마이어가 이미 1963년에 공산당으로부터 '수정주의자'로 낙인찍혔던 사실을 함께 상기하는 것도 좋을 것이다.

물론 리얼리즘은 스탈린주의와 공동운명체가 결코 아니다. 그러나 1930년대 초 스탈린 정권하에서 사회주의 리얼리즘이라는 슬로건이 정식화되고 그것이 소련작가동맹에 의해 창작방법론의 규범으로 채택됨에 따라, 사회주의 사회의 리얼리즘은 그 본연의 활동성을 대부분 잃어버리고 일종의 관제 이데올로기로 경직화되는 길을 걸었음이 분명하다. 주지하듯이 스탈린 체제가 러시아 민중의 자발성과 노동계급의 국제성에 기초하기보다 억압적 관료주의와 슬라브 민족주의로 퇴행함에 따라 '사회주의 리얼리즘'이라는 슬로건은 소련체제의 모순을 은폐하는 기만적 수사학으로 전화했던 것이다. 그러나 그럼에도 불구하고 공산당이 국가권력을 장악한 소련 바깥의 지역에서는 리얼리즘이 —— '사회주의적'이라는 관형사의 존재 여부 및 공산당의 국가권력 장악 여부와 상관없이 —— 상당 기간 문예이론의 전개과정에서 가장 중요한 축을 형성하고 있었다. 가령, 독일어권에서 1930년대는 루카치(Georg Lukács, 1885~1971), 블로흐(Ernst Bloch, 1885~1977), 벤야민(Walter Benjamin, 1892~1940), 브레히트(Bertolt Brecht, 1898~1956), 아도르노(Theodor W. Adorno, 1903~69) 등에 의해 엥겔스 이후 가장 치열한 리얼리즘 이론의 심화가 진행된 기간일 것이다.

그런데 당시 우리 문학은 자타가 공인하듯 일본문학의 압도적인 이론적 영향 밑에 있었다. 잘 아는 바와 같이 일본문학 자신이 19세기 중엽 메이지유신 이후 서구문학을 받아들이는 데 급급한 상태였으므로 각종 문학적 유파와 유행들이 내적 필연성의 성숙을 기다릴 여유 없이 주마등처럼 명멸하고 있었다. 맑스주의 이념도 일본에서는 일본적 현실에 맞게 유연한 형태로 자리잡지 못하고 관념적 급진성과 교조주의적 경직성에 의해 손상을 입었던 것으로 보인다. 식민지조선의 프로문학운동도 이러한 일본적 급진성과 경직성에 크게 오염되었던 것으로 생각되는데, 그러나 그런 가운데서도 식민지민중의 객관적 현실 자체가 맑스주의 이론의 정서적 토양으로서 교조주의에 대해 오염정화작용을 했던 사실은 일본과는 다른 조건일 것이다. 박영희(朴英熙, 1901~?), 김팔봉(金八峰, 1903~85) 등을 출발로 하여 임화(林和, 1908~53), 안함광(安含光, 1910~82), 김남천(金南天, 1911~53) 등이 수행한 비평적 기여와 이론적 결함은 종합적으로 평가될 필요가 있다. 여기서 한가지 확인해둘 사실은 1930년대 일본과 한국의 리얼리즘 논의에서 이론적 지도성을 행사한 것이 루카치를 중심으로 한 독일어권 맑시스트가 아니라 루나차르스키(Anatorly V. Lunacharsky, 1875~1933)를 비롯한 소련의 이론가들이었다는 점이다.

## 2

모든 개념은 선험적으로 의미내용이 주어지는 고정적 실체가 아니라 역사의 변화 속에서 생성, 발전하는 형성적 존재이다. 리얼리즘의 개념 역시 그 용어가 거쳐온 시간의 이념적 퇴적물이다. 따라서 그 개념은 당연히 중층적이고 다면적인 의미의 복합체일 수밖에 없다. 그런 점을 감안하면 리얼리즘 개념의 복합성을 살펴볼 필요가 있다. 생각건대 리얼리즘 개념의 복합성 가운데서 다음 세 차원이 중요할 것이다.

첫째, 19세기 중반 발자크, 스탕달, 디킨즈 같은 유럽 작가들의 문학적 경향을 지칭하는 문예사조로서의 차원이다. 흔히 '사실주의'로 번역되는 이 흐름은 문예사조의 역사에서 낭만주의에 대한 비판적 극복의 경향으로 해석되며 19세기 후반 자연주의·상징주의·인상주의 등으로 분화됨으로써 종말에 이르는 것으로 이야기된다. 우리의 경우 1920년대 초 신문학이 출발할 시기에 김동인·염상섭·현진건·나도향 등의 소설작업이 사실주의와의 연관 속에서 논의되었다. 100여년의 신문학 역사에 수많은 서구의 문예사조들이 출몰하였지만, 이 사실주의 소설기법만큼 우리 문학토양에 제대로 뿌리를 내려 큰 성과를 낸 양식은 없을 것이다. 그런 점에서 사실주의는 단순히 외래 문예사조라기보다 근대소설 자체의 내적 요구에서 발원한 본연의 장르적 특징이라고 해야 할지 모른다.

둘째, 예술가의 현실인식과 작품창작에 통일적으로 관철되는 미적 원리로서의 리얼리즘이다. 맑스와 엥겔스는 체계적인 예술론이나 미학이론을 전개한 적은 없지만 그리스·로마의 고전예술부터 근대 계몽주의와 고전주의 문학에 이르기까지 풍부한 교양을 가지고 단편적이지만 아주 암시성 높은 발언을 했다. 특히 엥겔스의 발자크에 관한 언급은 리얼리즘을 단순히 한 시대의 문예사조로 규정하는 데 그치지 않고 거기서 나아가 작가의 세계관과 그 시대의 사회현실 및 작품의 미학적 성취 간의 변증법적 연관성을 포괄적으로 해명하는 이론적 단초로 논의되었다. 루카치의 방대한 미학체계는 맑스주의의 유물론과 변증법을 예술작품의 존재해명 전체에로 확장한 이론이라 할 터인데, 물론 헤겔·맑스·엥겔스 등의 선행업적이 없었다면 그와 같은 체계화는 불가능했을 것이다.

1930년대의 우리 문단에서 리얼리즘(또는 사회주의 리얼리즘)은 주로 창작방법론으로서 거론되었다. 영국의 여류작가 하크네스에게 보낸 엥겔스의 편지가 1930년대 초에 뒤늦게 공개되어 소련에서 요란하게 검토되고 그것이 일본을 통해 이 땅에 소개됨으로써, 우리 문단에서도 작가의 세계관과 작품 사이에 모순이 있을 수 있다는 '리얼리즘 승리론'은 다양하게 거론되었다. 그러나 당시로서는 우리가 아직 그 이론을 소화하여 우리 자신의 내적 논리로 체화할 만한 충분한 준비가 되어 있지 않았다. 루카치를 비롯하여 벤야민·브레히트·아도르노 등이 소개된 것은 세월이 오래 지난 1970년대부터이고 본격적으로 논의된 것은 1980년대에 와서일 것이다.

셋째, 문예사조 및 창작방법론과 결부되어 있으면서도 그것과 범주적으로 구별되는 다른 하나의 리얼리즘적 관점을 상정해볼 수 있다. 리얼리즘을 지지하는 편에 선 비평가·문학사가·문예학자들은 당연히 리얼리즘의 관점에서 작품과 문학사를 해석하고자 할 것이다. 그리고 그러한 해석들을 토대로 리얼리즘적 문예학의 구성을 시도하게 마련이다. 독일의 경우 가령 프란츠 메링(Franz Mehring, 1846~1919)은 문학작품의 예술적 가치에 대한 부르주아적 평가를 뒤엎고 프롤레타리아계급의 당파적 입장에서 문학사를 새롭게 정립하고자 하였는바, 레싱에 관한 그의 연구(*Die Lessing-Legende*, 1893)는 맑스주의 문학사 해석의 최초의 저명한 사례로 평가된다. 이러한 연구와 비평 활동은 바이마르공화국 시대에 크게 활기를 띠었으나 나치의 등장으로 잠적하거나 미국·소련 등지로 뿔뿔이 흩어졌다.

우리의 경우 자료준비가 부실하고 이론적 축적이 미흡한 상태에서나마 일제강점기 김태준(金台俊, 1905~49)의 『조선소설사』(1933)와 『증보 조선소설사』(1939) 및 임화의 신문학사 연구(1935~41)가 사회경제적 토대와의 관련에서 문학적 생산물을 해석하는 유물론적 연구의 첫걸음을 뗴었다고 할 수 있겠다. 8·15해방과 더불어 그러한 연구는 폭발적으로 확산되고 또 부분적으로 매우 뛰어난 업적으로 결실을 맺기도 하였다. 민요와 장시조에 관한 고정옥(高貞玉, 1911~69)의 연구는 그로부터 반세기 이상의 세월이 지난 오늘에 있어서도 충분히 넘어섰다고 보기 어려운 탁월한 수준의 것이며, 이명선(李明善, 1914~?)의 『조선문학사』(1948)와 구자균(具滋均, 1912~64)의 『조선평민문학사』(1947)도 잊을 수 없는 저술이다. 개인적으로 나는 고정옥과 이명선의 책에서 우리 문학사의 기본구성에 대한 선구적 통찰을 배웠다고 믿고 있다. 방종현·고정옥·김형규·손낙범·정형용·구자

균 등이 참가한 '우리어문학회'의 활동도 구성원들의 이념적 성향은 각기 달랐지만 해방시기 고전문학연구의 가능성을 풍요롭게 넓힌 학문적 실천의 일환이다.

이상의 세 차원은 어느정도 편의상의 구분이고 실제로는 서로 겹치거나 혼재될 수 있다. 또 같은 용어를 쓰면서도 상반된 지향과 내용을 담을 수 있다. 가령, 어떤 논자에게 리얼리즘은 사태를 서술하는 단순한 중립적 용어인 반면에 다른 논자에게는 계급해방이라는 혁명성의 담보로 되기도 한다. 1990년대 들어 리얼리즘 논의가 급격히 퇴조한 것은 후자, 즉 리얼리즘의 이데올로기적 전압이 갑자기 하강한 사실과 연관될 터인데, 리얼리즘이 이데올로기적 왜곡을 넘어 새로운 창조의 동력으로 살아날 수 있을지 올바로 전망하는 것이 우리에게 주어진 과제라 할 것이다.


3


6·25전쟁을 겪으면서 남북분단이 고착화되고 남과 북이 세계 냉전체제의 최전선에 위치하게 되었다. 남한의 경우 일제강점기부터 해방시기에 이르는 동안 진보적 문예운동의 전통은 철저히 파괴되었고 문학의 현실비판적 기능은 가혹하게 억압되었다. 따라서 1950년대 남한 문단에서는 현실도피적 순수문학과 서구추종적 실험문학이 주류를 이루었고 리얼리즘은 문학논의의 중심에서 축출되었다. (물론 그럼에도 불구하고 1950년대의 작품들이 리얼리즘과 무관했던 것은 아니다. 그 시대의 참담한 현실을 외면하고서 작품다운 작품이 이루어질 수 없는 것이라면, 그런 작품에 리얼리즘의 이름을 부여하는 것은 너무도 정당한 권리이기 때문이다.) 전통론과 실존주의 논쟁이 당시 평단의 주요 화두였던 것은 그런 사정을 반영한다.

1930년대에 시작된 리얼리즘 논의가 1950년대의 시점에서 제대로 계승된 것은 북한 문학계에서였다. 1958~61년 사이 북한문단에서의 민족형식 논의를 정리한『우리 문학의 민족형식과 민족적 특성』(권순긍·정우택 엮음, 연구사 1990)도 그렇지만, 특히『우리나라 문학에서 사실주의의 발생, 발전 논쟁』(김시업 해제, 사계절 1989)을 보면 조선과학원 문학연구실에서는 1957년부터 1963년까지 리얼리즘에 관한 학술토론을 활발하게 조직, 전개했음을 알 수 있다. 안함광·고정옥 같은 필자는 일제강점기부터 활약해왔기 때문에 낯익은 이름이지만, 그외에 김하명·엄호석·이응수·현종호·한용옥 같은 사람은 우리에게 낯설다. 이들은 책의 머리말에도 밝혀져 있듯이 자유로운 논쟁과정을 통해 사실주의의 개념과 그 예술적 특성을 논하면서 우리나라 문학사에서 언제 사실주의가 처음 발생하여 어떻게 발전했는지 진지하게 규명하고자 하였다. 나로서는 '신라 말' '고려 말' '조선 후기 실학시대' 그리고 '20세기 들어서'라는 그들이 논한 네개의 발생설 중 어느 것이 더 적절한지에 대해 선뜻 판단이 서지 않는다. 발생시점 간의 간격이 너무 떨어져 있어서 쟁점 자체가 허황하다는 느낌조차 드는데, 어쨌든 분명히 알 수 있는 것은 당시 북한 문학이론의 수준이 동시대의 남한에 비해 훨씬 깊고 개방적이었다는 사실이다.

1960년대 후반에 이르러 남북한의 문학이론적 지형에는 중대한 변화가 일어나기 시작한 것 같다. 북의 경우 민족형식과 사실주의에 관한 활기있는 토론은 점차 주체문예이론이라는 단 하나의 초점으로 수렴되어 일원화된다. 즉 토론의 활력이 급속도로 저하하다가 토론다운 토론이 아예 사라지고 마는 것이다. 반면에 남한문단은 1960년대 내내 참여문학론으로 떠들썩한 논쟁의 시기를 거친 다음 1970년대로 넘어오면서 리얼리즘과 민족문학론으로 점차 가닥을 잡아가게 된다. 이 과정에는 나 자신도 당사자의 한 사람으로 참가했기 때문에 아무래도 주관적 판단을 배제하기 어려울지 모르겠다. 어떻든 리얼리즘 논자들은 계간지『창작과비평』을 주요거점으로 하여 많은 반발과 오해를 극복하면서 이론의 심화를 통해 민족문학 건설의 대의에 복무하고자 하였다.

역사적 맥락 위에서 살펴본다면 1970년대의 리얼리즘론이 일제강점기 카프의 방법론 및 해방시기 진보문학의 일정한 연장선 위에 있음은 부정할 수 없는 사실이다. 특히 민족문학론은 해방 직후 임화가 제기했던 논제의 계승이라는 측면을 가지고 있다. 그러나 1970년대 당시의 젊은 비평가들이 —물론 개인차는 있겠지만— 카프의 이론과 활동을 숙지하고 그것을 의식적으로 자신의 출발점으로 삼았던 것은 아니다. 1970년대 비평가들의 상당수가 외국문학 전공자라는 데서 드러나듯이 그들의 입론은 오히려 영어나 독일어 원전에 연결되는 수가 더 많았다. 무엇보다 중요한 것은 1970년대의 비평가들이 책에서 읽거나 강의실에서 들은 것으로부터 이론구성을 시도한 것이 아니라 당면한 민족현실·민중현실을 이론적 사유의 토대로 삼았다는 점이다. 그런 점에서 1970년대의 리얼리즘 문학론은 외국이론의 자극과 영향에 의해 촉발된 측면이 당연히 있음에도 불구하고 당대 현실과의 주체적 대결, 즉 내재적 필연성의 소산이다.

1980년대는 우리의 생생한 기억이 말해주듯이 맑스주의 이론과 맑스주의적 실천의 폭발적인 확장기이다. 리얼리즘론을 비롯한 여러 문학적 쟁점들이 맑스주의의 자장 안에서 제기되었고 또 다양한 이론적 분파들로 분화되었다. 그러나 그와 동시에 이론의 자기증식으로서의 무절제한 과격화, 즉 현실과의 괴리현상 또한 심각한 문제로 대두했다.

1980년대로부터 1990년대로의 전이는 세계사적 전환이다. 현실사회주의는 몰락하고 소련은 해체되었으며 냉전체제는 무너졌다. 20세기적 세계질서의 전면적 재조정이 시작된 것이었다. 그 결과 등장한 것이 미국 패권하의 전지구적 자본주의이다. 이 상태가 얼마나 더 지속될지, 또 어디로 귀착될지 판단하기는 어렵다. 확실한 것은 현 체제가 장기간 유지될 수 없는 불안정을 본질로 한다는 것인데, 그다음에 오는 것이 우리의 인

문학적 사유가 존립할 수 있는 기반 자체를 위협하는 것일 수도 있다는 점에서 오늘의 불안정은 '야만으로의 추락' 가능성을 함축하는 공포의 기회이기도 하다.

하지만 지구적 차원의 불안에도 불구하고 국내적으로는 이 전환기에 리얼리즘적 시각이 문학연구의 방법론으로서 확실하게 자리를 잡았고 지난 십수년간 적지 않은 성과를 내놓았다. 1991년부터 반연간으로 간행되는 『민족문학사연구』는 그 구체적 사례일 것이다. 아마 한국 근대문학 연구에서 요즘처럼 수많은 개인저서들이 출판되고 허다한 연구논문들이 발표되는 것은 역사상 초유의 성사일 것이다.


4


오늘날 학문연구가 대학제도 바깥에서 이루어지기는 매우 어렵다. 시·소설 등 창작 중심의 문학활동은 주로 출판을 매개로 존속하는 터이지만, 문학이론 연구와 문학사 연구를 포괄하는 넓은 의미의 문학연구는 대학제도의 뒷받침이 있어야 안정적으로 진행될 수 있다. 그런데 이 대학제도는 지금 양날의 칼이다. 신자유주의가 지배하는 오늘의 대학사회에서 학문연구가 시장의 요구에 순응하여 논문의 양산에 매달릴 것인가, 아니면 시장으로부터 독립하여 체제에 대항하는 비판적 기능을 수행할 것인가. 이것은 반드시 대학 안의 연구자들에게만 강요되는 선택지가 아니다.

리얼리즘은 어느 시대에서나 근본적으로 지배질서에 반항하는 위치에 서왔다. 리얼리즘이 우리에게 보장하는 것은 안락한 삶이 아니라 고난의 가시밭길이다. 리얼리즘은 언제나 창조의 고통에 동행하고자 하며 인간해방의 대의에 동참하고자 한다. 리얼리즘은 어떤 규범이나 규칙일 수 없다. 리얼리즘은 삶의 구체적인 생동성 자체를 자기의 모델로 하는 끝없이 자유롭고 새로운 이론적 상상의 미학적 건축이다. 오늘의 현실은 그러한 리얼리즘의 기사회생을 필요로 하며 이를 위한 각고의 노력을 우리에게 요구한다.

〔2002〕

# 현대비평의 곤경

## 오생근 평론집『그리움으로 짓는 문학의 집』

    오늘날 문학비평은 여러 종류의 지식활동 가운데 가장 문제적인 분야가 되어 있지 않은가 생각한다. 그렇게 된 이유 중 가장 중요한 것은 각 분과학문들에서 발생한 다양한 사상적 조류와 방법론들이 다른 어느 분야에서보다 이곳에서 활발하게 이합집산하면서 치열하게 접전을 벌이고 있기 때문일 것이다. 맑스와 니체, 프로이트와 소쉬르를 발원지로 하는 이론의 물길뿐만 아니라 페미니즘과 생태주의 같은 신생이론들도 자기 고유의 영역을 넘어 상호 융·복합하면서 비평적 글쓰기를 활동무대로 삼고 있다. 그리하여 오늘날 문학비평은 예전처럼 막연하게 문학을 좋아하고 독서를 취미라고 여기는 일반인들로서는 접근할 수도 이해할 수도 없는 극히 전문적인 분야로 변해버렸다.

    문학비평이라는 이름 아래 문학작품이 설명되면 될수록 오히려 문학이 일반 독자에게 더 낯선 모습으로 보인다면 그것은 그로테스크한 현상이 아닐 수 없다. 과거 우리는 문학이 '인생의 거울'이라는 소박한 명제에만 기대어서도 그런대로 무난하게 작품을 읽을 수 있었다. 그러나 오늘의 포스트모던한 현실에서 이 명제는 단순히 진부해진 데 그친 것이 아니라 문학에 관한 허위사실을 유포하고 있다고 비난받을 수 있다. 해체주의적 사유에 첫걸음만 들여놓은 사람도 지난날의 격언적 명제들이 지닌 논리적 허점과 불완전성을 간단히 격파할 수 있게 되었기 때문이다.

하지만 문학이 인생의 거울이라는 명제가 설사 현대의 복합적 사유를 감당하기에는 너무 소박하고 허위적인 것이라 하더라도 범인들의 일상생활에 필요한 일정한 수준의 문학적 인식을 제공하는 것은 사실이다. 이에 비해 문학작품의 의미에 대한 현대비평의 각종 첨단적 설명들은 극히 불투명할뿐더러 심지어 때로는 설명 가능성 자체를 부인하는 것처럼 보이기도 한다. 쉬운 언어로 깊은 진리를 말하는 것이 좋다는 것이 우리의 오랜 상식인 데 반하여 현대비평은 까다로운 개념구사와 복잡한 논리구성에 의해 한없이 어렵게 말하면서도 그 어려움의 장벽 뒤에 있는 것이 다만 판단정지 또는 불가지론 같은 공허함뿐이 아닐까 하는 의구심을 갖게 하는 것이다. 셰익스피어의 희곡제목과도 같이 '아무것도 아닌 것에 관한 쓸데없는 요란함'(much ado about nothing)처럼 보인다는 말이다.

현대비평의 이런 딜레마를 염두에 두고 오생근(吳生根) 교수의 평론집 『그리움으로 짓는 문학의 집』(문학과지성사 2000)을 읽어보면 그의 책은 비록 위에 말한 것과 같은 현대비평의 난관을 정면으로 돌파하고 있다고 말할 수는 없을지라도 — 그런 돌파의 가능성 자체가 의심스럽다고 해야겠지만 — 현대비평의 '부정적' 폐해에 오염되지 않은 것만은 확실해 보인다. 무엇보다 우선 그의 글에서 감지되는 것은 문학에 대한 거의 본능적인 애정과 작가들에 대한 옹호적 태도이다. 이러한 측면들이 그의 앞선 평론집 『삶을 위한 비평』 『현실의 논리와 비평』 등에 나타난 바와 같은 삶과 현실에 대한 적절한 관심과 결합함으로써, 그의 비평을 편향과 극단에 치우치지 않은 온건한 문학정신의 이론적 실현으로 만드는 것 같다.

하지만 그의 글의 온건한 외관이 결코 절충주의나 미온적 태도를 의미하는 것은 아니다. 책의 머리말에서 오생근 교수는 "문학은 넓은 의미에서 보자면 아버지의 세계에서 어머니의 언어를 추구하는 행위이다"라고 규정하고 나서 그 말을 다시 "억압적이고 비인간적인 규율의 세계에서 자유롭고 진정한 것, 인간적인 것을 꿈꾸고 그리워하는 일"이라고 풀이하고 있다. 생각해보면 인간의 자유와 삶의 참된 가치를 추구하는 언어적 활동으로서의 문학은 오늘날 점점 더 그 존립의 기반을 위협받고 있다. 알다시피 지난날에는 문학 본연의 가치구현에 적대적이었던 것이 봉건적 신분제이기도 했고 제국주의 식민통치이기도 했으며 억압적 군사독재이기도 했다. 요컨대 외부적 강자들, 지배적 타자들이었다. 그런데 오늘의 상황은 문학이 추구하는 목표 자체가 희석되고 희화화됨으로써 글쓰기의 정신적 기반이 원천적으로 동요하고 있는 것처럼 느껴지는 것이다. 그런 점에서 오생근 교수가 "자유롭고 진정한 것, 인간적인 것을 꿈꾸고 그리워하는 일"로서의 문학행위를 일관된 자세로 추구해온 것은 쉽지 않은 지적 치열성의 실천이라고 할 만하다.

이 책의 제1부는 일반론에 가까운 글들이다. 여기서 저자는 '집' 또는 '육체'라는 이미지를 매개로 현대사회의 왜곡된 욕망과 인간상실의 현실을 진단한다. 때로 저자는 일반론에서 한걸음 더 나아가 보들레르, 김수영, 김광규의 시들을 분석함으로써 현대성의 경험과 거기 내재된 모순의 논의에 이르기도 한다.

제4부는 문학이론 내지 비평방법론에 대한 서평형식의 검토이다. 계발적인 내용이 적지 않음에도 불구하고 때로는 가볍게 건드리는 데 그친 부분들도 더러 눈에 띈다. 가령, 그는 정명환(鄭明煥) 교수의 『문학을 찾아서』 서평의 앞부분에서 이렇게 말한다. "외국문학을 왜 공부하는가? 외국문학 연구는 우리 사회와 문학에 어떤 의미와 가치를 갖는가? (…) 상황이나 분위기가 어떻게 변화하더라도 외국문학 연구자는 늘 자신의 일에 대한 회의와 반성에 빠지기 쉽다." 이 문장에 담긴 문제의식을 본격적으로 파고들었다면 서평의 대상자인 정명환 교수뿐만 아니라 서평자인 오

생근 교수 자신의 지적 작업이 이 나라의 점점 더 경박해져가는 문학환경 속에서 어떤 의미를 갖는지 심층적으로 논의될 수 있었을 것이다. 두분 모두 문학평론가이자 외국문학 연구자이기 때문이다.

저자의 비평적 능력과 문장의 매력이 유감없이 발휘된 것은 시인과 소설가들의 세계를 따뜻한 눈으로 그러나 치밀한 논리로 분석한 제2부와 제3부이다. 제1부와 제4부의 이론비평에서 느낀 아쉬움은 이 실천비평의 부분에서 보상되고도 남는 듯하다. 이렇게 볼 때 오생근 교수의 이번 평론집은 오늘의 한국 문학비평이 도달한 한 수준을 보여주면서 아울러 현대비평이 처해 있는 이론적 곤경을 또한 드러낸다고 하겠다.

〔2000〕

# 문학의 현실참여[1]
## 압축 진행된 우리 문학사의 이곳/저곳

## 주제에 대하여

우리 시대의 제반 문제를 문화적으로 성찰하는 강좌의 하나로 '문학의 현실참여'라는 제목이 주어졌을 때 나에게는 그 제목이 좀 낡았다는 느낌부터 들었다. 알다시피 '문학의 현실참여' 또는 '참여문학'이라는 주제는 논쟁의 형식으로 1960년대 한국 문단을 뜨겁게 달군 바 있다. 지금과 달리 문학이 아직 사회적 화제의 주요 공급원 노릇을 하고 있을 때였으므로 논쟁은 문단을 넘어 일반인들에게도 진보·보수 세계관의 대립을 상징하는 하나의 시금석으로 유통되었다. 물론 지금도 문단 바깥에는 순수문학 대 참여문학의 대립구도가 고정관념처럼 남아 있어, 그 시각으로 오늘의 한국문학을 바라보는 사람들이 적지 않은 것이 사실이다. 하지만 순수·참여 논쟁은 벌써 거의 반세기 전의 일이므로 오늘의 쟁점을 담아내기에는 여

---

1 이 글은 2014년 5월 17일 '문화의 안과 밖'이라는 이름으로 진행된 네이버 열린연단에서의 강의내용을 정리한 것이다.

러모로 시효가 지났다고 보아야 할 것이다.

그러나 1960년대라는 특정 연대의 상황적 문맥을 떠나 그 낱말 본연의 뜻을 살려서 생각해본다면, 비유컨대 손가락 모양에 구애받지 않고 달 자체를 바라보기로 한다면 '문학의 현실참여' 또는 '문학과 현실의 관계'라는 주제는 한국 근대문학이 출발한 1900년대 이래 오늘까지 한번도 우리 곁을 떠난 적이 없다고 할 수 있다. 그뿐만 아니라 최근에는 '시와 정치'라는 제목 아래 더욱 정교한 이론으로 갱신되고 있다고 말할 수 있다. 최근 논의가 시를 중심으로 진행되고 있기는 하지만, 잘 살펴보면 토론의 범위가 시에 이어 곧 소설로 확장되었음을 알 수 있다. 따라서 좀더 일반적인 관점에서 문학이 어떻게 현실에 관여하는가, 거꾸로 현실로부터 문학이 어떤 제약을 받는가 살펴보고, 그러는 가운데 이런 시대에 문학의 문학다움이 무엇인지 한걸음 들어간 깨달음을 얻을 수 있다면 더 바랄 것이 없겠다.


## 정치의 귀환

먼저 시/문학과 정치라는 화두가 문단에 진입한 시점에 주목해보자. 알다시피 시인 진은영(陳恩英)의 글 「감각적인 것의 분배」(『창작과비평』 2008년 겨울호)는 시국과 무관한 이론적 주제를 다룬 논문이라기보다 정치적 갈등의 시대를 살아가는 한 창작자가 자신의 개인석 딜레마를 해결하기 위해 작성한 일종의 독서노트 같은 글이었다. 스스로 표현했던 대로 "이주노동자와 비정규직 노동자의 투쟁을 지지하며 성명서에 이름을 올리거나 지지방문을 하고 정치적 이슈를 다루는 논문을 쓸 수도 있지만, 이상하게도 그것을 시로 표현하는 것은 쉽지가 않다"는 것, 즉 창작과정에서 그를 가로막는 "사회참여와 참여시 사이에서의 분열"을 문제삼은 글이었다. 그러자 그의 발언은 기다렸다는 듯 즉각적인 반응을 불러왔다. 많은 시인들이 품고 있던 고민을 대변했기 때문일 텐데, 그 핵심에는 점증하는 현실참여 요구/욕구의 윤리적 당위성을 더이상 외면할 수 없게 된 시대적 상황이 가로놓여 있을 것이다.

돌이켜보면 1990년 전후 소련의 해체와 동유럽 사회주의의 몰락으로 세계 정치지형이 바뀌고 국내적으로도 군사독재가 퇴진하고 민주화·자유화가 진행되면서 문학에서뿐 아니라 사회 전반에 걸쳐 정치가 뒤로 물러나는 듯했다. 더욱이 외환위기의 강타로 경제가 정치를 압도하게 되면서 실업·해고·알바·비정규직·파산·노숙 같은 낱말들로 표상되는 신자유주의 시대의 현상들이 사회생활 전반에 숨통을 죄었다. 이런 과정에서 1980년대의 이념주의 문학에 대한 반동으로서 한때 개인적 내면탐구와 포스트모더니즘 유행이 문단을 석권하는 듯했다. 이에 더하여 정보통신기술의 발전과 영상문화의 확산은 문학의 사회적 무기력을 더욱 부각시키기에 이르렀다.

이때 정치를 다시 우리 앞에 불러낸 것은 이명박 정부의 출현이었다. 이 정부 들어 극적으로 목격된 민주주의의 후퇴, 남북관계의 악화, 불평등의 심화 등은 정치영역을 우리 피부에 직접 닿는 문제적 장르로 떠오르게 했다. 2008년 초여름 석달 가까이 진행된 광우병 촛불시위는 '시와 정치' 쟁점의 부상을 위한 사회심리적 준비과정이었고, 이어서 용산참사, 노무현 전 대통령 자살, 제주도 강정마을 해군기지 건설, 4대강사업 등 잇달아 터진 굵직한 이슈들은 온 국민을 가파르게 '정치화'시켰다. 시인의 민감성에 연타를 가한 '정치'의 강행군이었다고나 할까.

특징적인 것은 1990년대의 자유화, 특히 외환위기 사태를 계기로 운동의 주력부대가 대학생으로부터 일반시민으로 바뀌었다는 사실이다. 이와 더불어 오늘날에는 정치사회문제에 대한 비판이 많은 경우 체포, 고문, 구속, 감옥 등의 신체적 위험과 직결되지 않은 일상적 활동으로 대중화되었다. 이제 문인들도 특수집단으로서가 아니라 하나의 시민적 단위로서 성명서에 서명하고 촛불시위에 참가할 수 있게 되었다. 예컨대 2009년 6월에는 용산참사와 관련하여 자발적으로 모인 192명의 젊은 문인들이 「6·9 작가선언」을 발표했고, 이어서 7월에는 그들을 중심으로 참사현장에서 릴레이 1인시위를 전개했다. 2011년 12월에는 한국작가회의 주관으로 전국의 문인 수백명이 판문각에서 강정마을까지 해군기지 건설을 반대하는 평화적 걷기시위를 벌였고, 2012년 6월에는 쌍용자동차 해고노동자들의 투쟁에 연대하는 문학콘서트 '두 바퀴로 가는 자동차'를 개최했다. 일찍이 볼 수 없던 문인들의 직접적이고 집단적인, 그리고 계획적인 현실참여 행위였다고 할 수 있다.

그렇다고 지식인의 참여활동에 금지선이 없어진 것은 아니다. 한진중공업 파업농성 사태와 관련하여 '희망버스'를 기획한 시인 송경동이 구속된 사건(2011.11.18)은 국가권력과 자본의 입장에서 그냥 넘길 수 없는 사안이고 층위를 달리하는 도전이라고 판단된 것이었다. 한편, 2012년 대통령선거 때는 137명의 젊은 작가들이 정권교체를 원한다는 광고를 신문에 게재했고, 그 때문에 실무를 맡았던 소설가 손홍규는 서울시선관위로부터 서울중앙지검에 고발을 당했다. 이에 한국작가회의는 「우리 모두는 138번째의 선언자다」라는 성명서를 발표했는데(2012.12.28), 아마 이 성명서는 문학과 현실정치의 관계에 대한 문인의 반응을 전형적으로 예시하는 문건의 하나일 것이다. 핵심 대목을 다음에 인용한다.

문학은 '자유'의 공기를 호흡하며 성장한다. '자유'가 없는 곳에는 '문학'도 없다. 때문에 동서고금을 막론하고 문학은 권력과 긴장관계를 유지해왔고, 그 긴장을 자양분으로 삼아 창조적인 활동을 펼쳐왔다. 한국의 근현대사를 돌이켜볼 때 중요한 역사의 장면들에 문학인들이 깊이 관여했던 까닭도 여기에 있다. 그들의 정치적 행보는 비단 특정한 권력에 대한 비판을 넘어 모든 권력적인 것에의 저항을 통해서 '자유'를 호흡하려는 외침이었다. '자유'의 공기를 들이마신 문학인들의 '기침', 그것이 문학이다.

이로부터 반년 남짓 뒤 인천 강화도에서 채택된 「2013 한국작가대회 인천 선언 ─ 죽어가는 민주주의를 되살리자!」(2013.8.24) 역시 이명박·박근혜 정부 시대의 정치현실에 대한 강력한 비판을 담고 있다. 역시 그 일부를 아래에 옮긴다.

불길한 어둠을 몰아내기 위해 촛불의 행렬이 시작되었다. 그것은 제도정치와 언론을 통해 자신의 목소리를 드러내지 못한 목소리 아닌 목소리들이고, 민주주의를 지탱하는 최소한의 합의마저 권력에 의해 묵살된 부정의한 상황에 대한 민중의 비폭력적 저항이다. 이 저항의 촛불 앞에서 문학은 무엇인가? 이 질문이 뼈아프게 다시 우리에게로 되돌아오고 있는 2013년 여름이다. 우리는 안다. 문학은 그 어떤 정치적·예술적 표현도 권력에 의해 가로막혀서는 안 되는 자유의 정신에서 시작된다는 것을.

## 현실참여와 참여문학의 분열

이렇게 조금만 회고해보더라도 최근 5,6년 사이 문인들의 현실참여 활동이 매우 적극화되었음을 알 수 있는데, 이 사실은 우리를 다시 진은영의 고민으로 돌아가게 만든다. 자명한 일이지만 이런 활발한 '사회참여' '정치참여'가 문학창작의 자산이 될 수는 있을지언정 창작 자체를 대신하는 것은 아니기 때문이다. 한국작가회의 성명서의 주장대로 "자유가 없는 곳에는 문학도 없는" 것이 설사 진실이라 하더라도, 자유가 있다 해서 저절로 문학이 꽃피는 것이 아님도 사실이다. 사상의 자유, 발표의 자유 같은 제반 시민적 자유는 문학다운 문학을 위해서뿐만 아니라 민주주의를 위해서도 필요조건임에 틀림없지만, 필요조건이 보장되는 상황에서도 제대로 된 문학의 산출을 위해서는 그와 같은 외적 조건의 충족과 구별되는 창작자 내부로부터의 재능과 에너지의 투입이 필수적으로 요구된다.

그런데 진은영이 제출한 문제의식, 즉 현실영역에서의 사회참여는 (성명서에 이름을 올리는 것이든 정치적 이슈의 논문을 쓰는 것이든) 할 수 있으나 그것을 시로 표현하는 것은 쉽지 않다는 것, 다시 말해 사회참여와 시적 표현 간의 분열과 불일치는 왜 발생하고 그것이 의미하는 것은 무엇인가. 평론가 신형철(申亨撤)은 진은영의 글을 논평하는 자리에서 단순히 시로 표현하는 것이 쉽지 않은 것이 아니라 '좋은 시'로 표현하는 것이, 즉 "직접적으로 정치적이면서 동시에 첨예하게 미학적이고 싶다"는 이중의 욕망을 충족시키는 것이 어려운 일이라고 한걸음 더 들어간 해석을 내린 바 있다.[2]

그러나 신형철의 이 설명은 논리적으로는 옳은 말이나 실질적으로는 불필요한 말이라고도 할 수 있다. 왜냐하면 시든 소설이든 문학에 대해 논의할 때 우리는 언제나 이상적 상태, 즉 최선의 작품을 가정하고 이론을 전개하는 것이기 때문이다. 다시 말해 "데모는 할 수 있어도 그것을 시로 쓰는 것은 쉽지 않다"고 느끼는 시인이 쓰려는 것은 언제나 최상의 것이다. 물론 우리가 실제로 접하는 작품들은 늘 이상치(理想値)에 미달하기 마련이고, 이상치와 실현된 결과 사이의 다종다양한 거리를 파고드는 것이 비평의 몫이다. 그럼에도 불구하고 직접적인 정치성과 첨예한 미학성에 관한 구별은 논리적으로 유의미하다. 참여행위와 참여작품 간의 복

---

2 신형철 「가능한 불가능 ― 최근 '시와 정치' 논의에 부쳐」, 『창작과비평』 2010년 봄호.

잡한 균열상은 동서고금의 문학사에 실재하는 중요한 문학현상의 하나로서, 끊임없이 새롭게 이론적 해명이 시도되어온 과제인 것이다. 따라서 문제는 여기서부터 시작한다고 볼 수 있다. 문학사에 등장하는 수많은 사례들은 참여행위와 참여예술 사이의 관계가 너무도 다양해서 어떤 보편적 원칙으로 일반화하는 것이 불가능해 보이기 때문이다.

## 민족현실과 문학적 참여

앞에 인용한 한국작가회의의 두 성명서는 "한국의 근현대사를 돌이켜볼 때 중요한 역사의 장면들에 문학인들이 깊이 관여했음을" 상기하고 특히 유신체제하에서 한국작가회의의 전신 자유실천문인협의회(1974.11.18 창립)가 출범하게 된 필연성을 강조하는 데서 자기 정당성의 근거를 찾고 있다. 하지만 돌아보면 우리 근대문학은 어느 한 시기도 정치사회적 현실문제와의 연관으로부터 떠난 적이 없었음을 알 수 있다. 서세동점으로 요약되는 제국주의 세력의 침입, 조선왕조의 몰락과 봉건체제의 해체, 그리고 광범한 애국계몽운동, 이것이 태동기 우리 근대문학의 환경이었다. 이어서 식민지, 분단과 전쟁, 독재와 민주화운동, 급격한 산업화 등 갖가지 엄청난 변화들이 연속되는 가운데 우리의 삶은 숨돌릴 틈이 없었다. 지난 한 세기의 우리 문학이 이 유례없는 격동의 현실을 반영하지 않는다면 그것이야말로 오히려 있을 수 없는 일이고 불가해한 일일 것이다. 물론 현실변화에 대한 문학의 대응은 그때마다 천차만별이었다. 이제 몇몇 사례를 들어 살펴보기로 하자.

만해 한용운(韓龍雲, 1879~1944)의 여러 활동은 군이 말하지 않아도 될 테지만, 그 활동과 그의 문학의 관계가 온전하게 규명되었다고 하기는 어렵다. 시집 『님의 침묵』을 그의 불교사상이나 독립운동 경력과 연관시켜 설명하는 방식이었다. 하지만 그런 설명은 시세계 안으로 들어가기 위한 사전준비이지 실제로 그 안으로 들어간 것이라 하기 어렵다. 그러나 반대로 그의 시를 순수한 미학형식에 입각하여 언어적 구체성으로만 분석하는 것이 더 깊은 이해를 보장하는 것일 수 없음도 분명하다. 스님으로서의 그리고 민족운동가로서의 일관된 '현실참여' 활동을 고려하지 않고 그의 시를 설명하는 것은 정당하지 않을뿐더러 가능하지도 않을 것이다. 『님의 침묵』의 놀라운 깊이에 비해 한시, 시조, 소설 등 그의 다른 작품들은 긴장감이 많이 떨어진다고 여겨지는데, 한 작가의 문학세계 안에서 왜 이런 질적 불균형이 생겨나는지도 합리적으로 설명하기 쉬운 일이 아니다.

한가지 상기할 사실은 만해 역시 시대의 변화에 적응하며 살았던 가변적 존재였다는 점이다. 그가 중국 양계초(梁啓超) 등의 저작을 통해 서구 계몽사상을 받아들이고 이를 불교의 원리에 결합해 『조선불교유신론』(탈고 1910, 출판 1913)을 집필한 것은 잘 알려져 있다. 그러나 『조선불교유신론』 안의 '승려의 결혼금지 해제'를 주장하는 한 장에 조선통감 데라우치 마사타케(寺內正毅)에게 보내는 메이지 43년(1944) 9월 날짜의 「통감부 건백서(統監府建白書)」가 부록처럼 실려 있다는 것은 별로 알려져 있지 않다. 그러니까 1910년경의 만해는 열렬한 불교개혁론자이기는 할망정 국가적 위기에 대한 인식은 불투명했다고 할 수 있다. 이에 비해 3·1운동 직후 감옥 안에서 썼다고 하는 『조선독립이유서』(1919)는 일본 제국주의와 조선민족 간의 근본적 모순에 관해 예리한 통찰을 보여주며, 출옥 후 창작한 『님의 침묵』(1926)은 한걸음 더 나아가 불교개혁운동과 민족독립투쟁의 경험을 통해 체득한 어떤 근원적 깨달음이 심오한 언어적 형상으로 육화되었음을 느끼게 하는 것이다. 이렇게 본다면 1900년대부터 1920년대까지의 격동의 역사현실과 만해의 의식 간에는 치열한 변증법이 전개되고 있었음이 분명하다. 물론 그렇다 하더라도 만해 시의 비유와 상징들 하나하나가 그의 현실참여 행동과 불교사상으로부터 직접 연역되는 것은 아니다.

만해와 대조적인 삶을 살았던 경우로 이인직(李人稙, 1862~1916)을 생각해볼 수 있다. 중년의 나이에 이르기까지 이인직은 행적이 분명치 않아 한미한 집안 출신이라 추측되는데, 아무튼 그는 늦은 나이에 일본에 유학했고 러일전쟁의 발발로 귀국하여 언론계에 투신했다. 이때부터 그는 활발하게 문필활동을 전개하는 한편 이완용의 정치비서가 되어 막후에서 한일합방 공작의 일익을 맡았다. 이 와중에도 그는 『혈의 누』(1906) 『귀의 성』(1906~07) 『은세계』(1908) 등 '신소설' 장르를 개척하는 중요한 작품들을 잇달아 발표하여 문학사의 한 시대를 열었다. 이인직의 매국활동을 사회참여·정치참여 범주에 포함해 말하는 것은 '참여'라는 단어에 누를 끼친다. 하지만 어쨌든 그의 작품에 표현된, 그 나름의 긍정적 의의를 가진 강렬한 봉건제도 비판과 근대지향적 개화주의가 왜 당시의 구체적 현실 속에서는 다름 아닌 친일매국으로 나타나게 되었는지, 양자간에 어떤 내적 연관이 있는지 밝히는 것은 이인직 문학연구에 있어 핵심적 부분의 하나일 것이다. 나아가 그의 삶과 글 속에 작동하는 왜곡된 심층의식의 정체를 규명하는 것은 이인직의 21세기형 후계자들을 정당하게 이해하기 위해서도 필수적인 작업이다.

이광수(李光洙, 1892~1950)는 많은 사람들이 여러 방식으로 논해왔음에도 문학의 현실참여 역사를 돌아보는 자리에서 빼놓을 수 없는 존재이다. 누가 뭐래도 그는 우리 근대문학 초창기를 대표하는 작가의 한 사람이고, 실제의 삶에서나 문필에서나 그 나름으로 한평생 '문학의 현실참여'를 실천한 인물이다. 그는 봉건체제의 낡은 인습들에 대한 강한 적대감과 적극적 개화주의의 추구라는 점에서 이인직의 일면을 계승하고 있다. 하지만 이인직과 달리 그의 '민족'에 대한 관계는 단순한 것이 아니다. 그는 한때 상하이 독립운동전선에 합류했다가 이탈하여 귀국한 뒤 「민족개조론」(1922)의 발표로 논란을 자초했고, 문단의 주도권이 카프로 넘어간 시점에서는 후배들의 공격에 맞서 다음과 같이 자신의 문학관을 밝힌 바 있다.

씨의 논조로 보건대 민족주의 시대는 이미 지나갔고(시쳇말로 청산되고) 지금은 바야흐로 다른 무슨 주의 시대인 것을 암시하였다. 그러나 민족주의 시대를 청산한 것은 두세 언론가(言論家)들의 탁상에서요 현실 조선에서는 아니다. 이로부터 정히 조선에 실행적인 민족주의 시대가 올 것이요, 따라서 민족주의 문학이 대두할 것이다. (…) 나 일개인의 능력의 막다른 골목은 있을지언정 민족주의의 또는 민족주의 문학의 막다른 골목은 금후 1,2세기 내에서 없을 것이다.[3]

누구의 말이냐를 떠나 생각해본다면 '실행적(=실천적) 민족주의'는 식민지체제의 극복을 달성하기 위한 정당한 이념이었다고 말할 수 있다. 하지만 그의 신념의 지속기간은 길지 않았다. 동우회 사건(1937)으로 고생하고 나서 민족에 대한 그의 입장은 정반대로 표변했던 것이다. "나는 지금에 와서는 이러한 신념을 가진다. 즉 조선인은 전연 조선인인 것을 잊어야 한다고. 아주 피와 살과 뼈가 일본인이 되어버려야 한다고. 이 속에 진정으로 조선인의 영생의 유일로(唯一路)가 있다고."[4] 해방 후 민족반역자로 지탄의 소리가 높아지자 그의 말은 다시 한번 바뀐다. "무릇 내가 쓴 소설은 민족정신 밀수입의 포장으로 쓴 것이었다."[5]

그러나 잊지 말아야 할 것은 그의 문학작품이 이런 그때그때 달라지는 발언들의 직설적인 소설화는 아니라는 점이다. 즉 객관적 결과물로 나타난 그의 문학작품은 그의 주관적 관념의 단순한 소설적 번역이 아니다. 그의 사회적 관념이 비현실적 또는 반민족적 목표를 향하고 있을 때조차

---

3 이광수 「여(余)의 작가적 태도」(1931), 『이광수전집』 제16권, 삼중당 1962, 195면.

4 이광수 「심적(心的) 신체제(新體制)와 조선 문화의 진로」(1940), 임종국 『친일문학론』, 평화출판사 1966, 288면에서 재인용. 이 글은 『이광수전집』에는 빠져 있다.

5 이광수 「나의 고백」(1948), 『이광수전집』 제13권, 삼중당 1962, 278면.

그의 소설은 일정한 높이의 문학적 성취에 성공하는데, 이 점을 누구보다 예리하게 간파한 인물은 동시대의 김동인(金東仁, 1900~51)이었다. 일찍이 김동인은 장편『무정』(1917)에서 이룬 이광수의 업적을 다음과 같이 분석한 바 있다. 물론『무정』은 이광수의 초기작으로서 그의 주관적 이념과 작품적 결과 사이의 분열이 아직 심각하게 노정되기 이전이다. 그럼에도 김동인의 지적은 이광수 문학 전체의 해석에도 유효한 열쇠의 하나를 제공한다고 생각된다.

> 작자가 주인공 이형식을 이상적 인물로 만들려고 공상과 사색이 꼬리를 물어 나가는 장면을 만든 이외에는 이 소설 전편은 과도기의 조선의 진실한 형상이다. 된장에서 구더기를 골라내는 주인노파며, 기름때가 뚝뚝 흐르는 영채의 양모(養母)며, 유리창 달린 집에서 의자를 놓고 초인종을 달고 이것이 개화(開化)거니 하고 생활하는 김 장로 집이며, (…) 어느 것이 조선의 모양 아닌 것이 없다.[6]

현실에 참여하는 행동은 할 수 있어도 그것을 시로 표현하는 것은 잘 안 된다, 신형철이 부연한 대로 '정당한' 현실참여가 자동적으로 '좋은' 참여문학을 낳지는 않는다, 이것이 논의의 출발점이었다. 그런데 이광수의 경우에 우리가 목격하는 것은 그와 반대되는 현상이다. 즉 작가의 이념적 편향 또는 잘못된 행동에도 불구하고 그런 사람의 손에서 주목할 만한 수준의 문학작품이 태어나고 있다는 사실이다. 문학사는 이인직과 이광수 이외에도 정치적 규탄 또는 도덕적 비난의 대상이 됨직한 다수의 작가와 시인들을 뛰어난 예술품의 창작자로 기록하고 있다. 물론 수많은 역(逆)의 사례도 있다. 현실참여와 참여문학의 분리, 일찍이 엥겔스가 '리얼

---

6 김동인『춘원연구』(1935), 신구문화사 1959(재판), 34면.

리즘의 승리'라고 명명한 이 현상은 무엇을 의미하는가.


## 문학논쟁의 시대[7]

진은영의 글과 함께 자주 회자되는 자크 랑시에르(Jacques Rancière)
가 '정치'와 '치안'을 구별한 것은 알려진 바와 같은데, 랑시에르의 구별
을 이 나라의 현실에 적용하는 것이 얼마나 적절한지 나는 의심스럽게 생
각한다. 우선 일제강점기에는 정상적인 뜻에서의 정치가 아예 존재할 수
없었다고 하는 것이 옳을 것이다. 물론 정치적 함의를 가진 조직이나 활
동이 없었던 것은 아니다. 가장 현저한 정치적 결사체는 조선공산당일 텐
데, 알려진 바와 같이 공산당은 1920년대에 네 차례 조직되었으나 식민
지 치안당국에 의해 그때마다 즉각 박살이 났다. 그래도 1920년대에는 소
위 '문화정치'의 분위기에 힘입어 농민, 노동자, 청년학생, 여성, 문화, 종
교 관련단체들, 즉 준(準)정치조직들이 활발하게 결성되었다. 하지만 이
들 역시 1930년대로 넘어오면서 강제로 해산되어 지하로 숨거나 그걸 피
하려다 친일단체로 변질되었다.

일제강점기 문단에서 정치적 지향을 지닌 유일한 운동단체는 카프
(KAPF, 조선프롤레타리아예술가동맹, 1925~35)였다. 명칭에 명시되어 있
는 바와 같이 카프는 노동계급의 해방을 통한 사회혁명을 목표로 삼았다
는 점에서 강령상으로는 정치와 미학, 현실참여와 문학창작의 일치를 추
구한 조직이었다. 그러나 카프의 활동은 다른 사회문화단체들의 경우와
마찬가지로 식민지당국의 통제와 검열 아래 있었다는 점에서 '정치' 아

---

7 이 부분은 임헌영 엮음 『문학논쟁집(文學論爭集): 한국문학대전집 부록 1』(태극출판사
  1976)과 홍신선 엮음 『우리 문학의 논쟁사』(어문각 1985)를 많이 참고했고 인용도 주로
  그 책들에 의존했다.

닌 '치안'의 한계 안에서 이루어진 것이었다. 무엇보다 치명적인 것은 카프가 활동내용에 있어 당시 조선민중의 구체적 생활현실에 근거하기보다 관념적으로 학습된 국제공산당 상층부의 교조적 지침을 기계적으로 따름으로써 도식주의의 공허성을 극복하지 못한 점이었다. 카프가 해산되고 탄압이 더욱 강화된 억압적 조건에서 그동안의 공식주의·관념주의에 대한 자기반성의 결과로서 오히려 이기영·한설야·임화·안함광·김남천 등에 의해 좀더 원숙한 작품창작과 현실성 있는 미학이론이 나왔다는 것은 이 경우에도 쓰라린 아이러니이다.

일제의 패망과 미·소의 한반도 점령은 이 땅에 전혀 예기치 않은 현실을 조성했다. 어쨌든 적어도 38선 이남지역에서는 역사상 초유의 자유로운 한 시대가 열렸는데, 수많은 정당들이 난립하고 또 수많은 신문과 출판물이 간행되었다. 그것은 한편으론 혼란이었지만 다른 편으로는 오랫동안 억눌렸던 민족 에너지의 자연스러운 분출이었다. 문학도 그러한 시대조류의 한가운데, 어쩌면 가장 예민한 위치에 자리하고 있었을지 모른다. 따라서 정당의 난립으로 표현된 정치의 분열은 문단에도 그대로 재현되었다. 옛 카프 맹원을 중심으로 중간적 입장의 문인들까지 광범하게 포섭하여 조직된 '조선문학가동맹'(1946.2)은 임화의 이론적 지도 아래 '민족문학 건설'을 모토로 내걸며 맹렬히 활동했고, 이에 대항하여 결성된 '전조선문필가협회'(1946.3)와 '조선청년문학가협회'(1946.4)는 '민족문학'이란 표어를 공유하면서도 정치적 보수주의 내지 문학적 순수주의의 입장을 고수했다. 양 진영 간의 치열한 논쟁은 한마디로 현실정치에서의 좌우투쟁을 문학적 지평 안에서 복창한 것이었다.

물론 근본적으로는 논쟁이 새삼스러운 것은 아니었다. 1920년대 초 신경향파의 등장 이후 보수와 진보 사이에서, 또 각 진영 내부에서 논쟁은 그친 적이 없다. 하지만 이번에는 해방 후 정치적으로 열린 공간에서 국가건설이라는 막중한 과제를 앞둔 시점이었으므로 논쟁의 강도와 파장은 전에 없이 격렬한 것이었다. 그러나 좌익에 대한 미군정의 탄압이 노골화하고 다수의 좌파활동가들이 월북함에 따라, 더욱이 대한민국 정부수립과 6·25전쟁의 발발로 말미암아 현실비판적 문학은 거의 자취를 감춘 듯한 적막감이 찾아왔다. 이에 따라 김동리(金東里, 1913~95)가 주창한 '순수문학'만이 1950년대 문단에서 홀로 패권을 장악하게 되었다. 생각해보면 이런 사태는 순수문학파로 통칭되는 문인들 자신의 문학적 성숙을 위해서도 불행이었다.

그런데 '순수'라는 낱말을 문단에서 비평의 개념으로 처음 사용한 사람은 소설가 유진오(兪鎭午, 1906~87)였다. 그는 일제강점기 말 한 에세이에서 1930년대 후반에 대거 등장한 신인작가들을 향해 문단선배로서의 비판적 소감을 피력하면서 자신의 문학관을 밝힌 바 있다. 그가 한때 문단에서 '동반자' 작가로 통했던 경력을 상기하며 다음 글을 읽으면 그가 말하려는 것이 무엇인지 선명하게 떠오른다.

도대체 문학정신이라는 것은 무엇인가. 문학정신이란 본질적으로 인간성 옹호의 정신은 아니었던가. 문학의 역사를, 특히 근대문학의 발상 발전의 역사를 살펴볼 때 이것은 누구나 부인치 못할 것이다. 오늘의 30대 작가는 이 인간성 옹호를 너무나 손쉽게 생각함으로써 그 방법을 그르친 것은 사실이리라. 마치 어린애가 지붕에 올라가면 별을 딸 수 있다고 생각하듯이. 그러나 그의 정신은 고귀한 것이요, 지금 그들은 어떻게 하면 이 정신을 깨트림 없이 살려살 것인가에 고뇌하고 있는 것이다. (…) 순수란 별다른 것이 아니라 모든 비문학적인 야심과 정치와 책모를 떠나 오로지 빛나는 문학정신만을 옹호하려는 의연한 태도를 두고 말함이다.[8]

8 유진오 「'순수'에의 지향」, 『문장』 1939.6.

그러니까 유진오는 30대 작가들(그의 문맥에서는 그 자신을 포함하여 주로 카프계열 작가들)의 지난 시절의 오류를 인정하되 그들의 시대적 고민에 담긴 적극적 의의를 긍정하고, 그런 입장에서 일부 20대 신인들의 '순수하지 못한' 행태를 비판한 것이었다. 이에 대해 신인작가의 대표로 자부한 김동리는 즉각 격렬하고 예리한 반격에 나섰다. 주목되는 것은 논쟁의 과정에서 '순수' '문학정신' '인간성 옹호' 등 유진오가 꺼내든 주요 개념을 거꾸로 김동리가 상대방 공격에 사용하고 있고 이후에도 계속 자신의 이론적 무기로 장악하게 되었다는 사실이다. 다음의 인용을 보면 김동리는 신인작가 자신들이야말로 오히려 진정한 '순수'의 옹호자라고 주장하고 있음을 알 수 있다. 결국 그는 선배작가 유진오로부터 순수 이미지를 탈취하는 데 성공했고, 이 성공은 김동리에게 해방시기 남한문단의 핵심적 위치로 올라가는 발판을 만들어주었다.

그러면 그러한 30대 작가들의 인간성 옹호의 정신은 얼마만 한 문학적 표현을 가진 것이며 또 지금 가지고 있는가. 문학적 표현 없는 문학정신이란 것을 씨(유진오—인용자)는 어떻게 상상하는가. '표현' 없는 '정신', 이것은 문학세계에 있어 언제나 '순수'의 적임을 씨는 모르는가. 문학적으로 마땅히 순수해야 하고 과연 가장 순수한 오늘날의 신인작가들이 이 '순수의 적'을 경멸하는 이유를 씨는 또한 모르는가.[9]

문학적 표현 없는 문학정신이란 공허한 것일뿐더러 경멸에 값하는 '순수의 적'이라는 김동리의 주장은 타당하다. 그러나 그가 참된 문학을 '심각한 인간고(人間苦)의 표명'으로 보는 데 동의하면서도 "개성과 생명의

<hr>

9 김동리 「'순수'이의(純粹異議)」, 『문장』 1939.8.

구경(究竟)의 심연"이라는 특유의 형이상학에 입각하여 인간고를 해석할 뿐, 자기와 다른 입장에서 시대의 문제를 고민하는 사람들, 가령 카프계열 작가들의 현실주의적 노력을 "어떤 우상적 이념의 지배나 어떤 정치적 이데올로기의 소산"이라고 매도하는 것은 또하나의 이념적 편향일 뿐이 아닌가. 어떻든 이를 통해 확인되는 한가지 사실은 거의 반세기 동안 완강하게 지속된 김동리의 문학적 신념이 이미 1930년대 말에 완성되었다는 것이다. 다만, 그가 해방 후 김동석(金東錫, 1913~?)이라는 새로운 논적을 만남으로써 필봉을 더욱 가다듬는 동시에 논쟁을 통해 분단국가 한쪽의 문단지도권을 확보할 기회를 얻었다는 것이 새롭다면 새롭다.


## 4·19혁명, 김수영, 신동문

6·25전쟁 전후의 가혹한 시기를 통과하는 동안 대한민국 국가사회의 다른 모든 부문이 그러했듯 문단도 처절한 피해를 입었다. 이것은 과거 카프나 조선문학가동맹 소속이었던 이른바 좌파문인들이 사라지고 그들의 작품을 못 읽게 된 사실만을 가리키는 것이 아니다. 정상적인 평화시대라면 좌파·우파의 구분이란 작품의 평가과정에서 사후적으로 검증되는 사항이고, 중요한 것은 이념의 차이를 넘어 각자 최대의 자유 속에서 최선의 역량이 발휘될 수 있도록 확실하게 사회적 조건이 보장되는 것이다. 그런데 이승만 정권은 염상섭, 정지용, 신석성, 심기림 같은 중노직 문인들조차 사상적 족쇄로 묶어 비명에 죽게 하거나 활동을 위축시켰다. 상상력의 자유를 파괴한 것이야말로 문학에 대해 저지른 분단체제의 가장 큰 죄악이다.

이 억압적 상황에 결정적으로 돌파구를 연 것은 4·19혁명이었다. 한마디로 4·19는 8·15에 버금가는 해방의 감격을 선사하였고, 3·1운동이나

6월항쟁에 비견되는 변혁의 가능성을 제시하였다. 4·19는 분단한국사의 물줄기를 바꾸었을뿐더러 좌절감 속에 살아가던 개인들의 내면세계에도 중대한 카타르시스 작용을 하였다. 더욱이 4·19는 8·15와 달리 민중 자신이 스스로의 힘으로 쟁취한 것이라는 점에서 민주화운동의 진정한 출발점이 되었다. 물론 4·19 이후 진행된 현실정치 자체는 혁명의 퇴행과 이상의 변질, 타협과 배반의 연속이었다. 하지만 그럼에도 4·19의 이상은 사회 각 분야에 스며들어 새로운 변화의 불씨가 되었다. 문학에도 당연히 새바람이 불었다. 당시 새 세대 문학의 이념적 기수로 떠오르던 평론가 이어령(李御寧)은 4·19 현장에서 느낀 그날의 감상을 후일 다음과 같이 기록하고 있다.

데모군중이 이승만 대통령의 하야를 외치며 종로거리로 밀려들고 있을 때, 나는 관철동(신구문화사가 자리해 있던) 뒷골목의 작은 다방에 앉아 이종익 사장과 한창 흥분해서 떠들어대고 있었다. 혈기왕성하던 때이고 더구나 그때 나는 직장이 없었기 때문에 울적한 나날을 보내고 있었던 터였다. (…) 그날도 역시 그런 날들의 하루였지만, 어떻게 하다가 화제는 새로운 시대의 개막이라는 데로 비약하고 있었다. 이승만 시대로 상징되던 해방 후와 전후시대가 끝났다는 거였다. 새로운 세대 — 지금 길거리에서 함성을 지르는 젊은 세대들의 시대가 열리고 있다는 것, 그리고 우리는 지금 그 역사가 돌아가고 있는 그 모서리를 직접 눈으로 바라보고 있다고 말했다.[10]

실상 문단에서 새로운 시대의 기운은 이미 1960년 이전에 움트고 있

---

10 이어령 「이종익 사장과 세계전후문학전집」, 우촌이종익추모문집간행위원회 엮음 『출판과 교육에 바친 열정』, 우촌기념사업회출판부 1992, 145면.

었다. 단편적으로나마 사르트르의 실존주의가 소개된 것은 1940년대 말이었지만, 참여(앙가주망)이론의 파장이 본격 밀려온 것은 1950년대 중반 이후였다. 1957년 알베르 카뮈의 노벨문학상 수상도 유행을 부추기는데 기여했던 것으로 기억한다. 이어령 자신으로 말하더라도 1950년대 말에「저항으로서의 문학」(『지성』 1958년 가을호), 「작가의 현실참여」(『문학평론』 1959.1) 등 평론으로 기성문단의 순응주의·복고주의에 공격의 포문을 열었다. 그 자신은 오래지 않아 현실참여적 문학비평에서 '문화연구'의 성격을 띤 체제순응적 저널리즘으로 방향을 틀었지만, 문단 전체로서는 1960년대 들어 김동리, 서정주, 조연현 중심의 보수적인 기성세력과 개혁 지향의 신진세력 사이에 한국 문학사상 초유의 대규모적인 논전이 전개되었다. 그것은 시대교체에 따른 거대한 진통의 일환이었다.

논쟁에서 제기된 쟁점들의 의미를 문학사적 맥락에서 검토하는 것은 비평사 본연의 과제이겠지만, 여기서는 당시 발표된 관련평론들의 목록을 제시하여 대강의 윤곽을 짐작하는 것으로 그치려 한다.[11] 이 목록에서

---

11 앞의『문학논쟁집』과『우리 문학의 논쟁사』 및 기타 자료들을 참고하여 1960년대의 이른바 '순수문학 대 참여문학' 논쟁목록을 작성해보았다. 주요 참가자가 누구이고 전체 흐름이 어떤지 짐작할 수 있을 텐데, 물론 목록에 빠진 것도 많을 것이다. 여기 보면 알 수 있듯이 대략 1971년경에 논쟁은 종결되고, 그후에는 논쟁을 이론적으로 정리하는 논문이 몇편 나왔다.

이어령「분노의 미학」,『신세계』 1960.3.
이어령「사회참가의 문학 ― 그 원리적인 문제」,『새벽』 1960.5.
신동엽「60년대의 시단 분포도 ― 신 저항시운동의 가능성을 전망하며」,『조선일보』 1961. 3.30.
정명환「작가의 정치참여」,『현대인 강좌 3: 학문과 예술』, 1962.8.
김우종「파산(破産)의 순수문학」,『동아일보』 1963.8.7.
서정주「사회참여와 순수개념」,『세대』 1963.10.
신동문「오늘에 서서 내일을 ― 참여문학을 대신한 잡문」,『세대』 1963.10.
김병걸「순수와의 결별」,『현대문학』 1963.10.
김우종「유적지(流謫地)의 인간과 그 문학」,『현대문학』 1963.11.

김진만 「보다 실속 있는 비평을 위하여」, 『사상계』 1963.12.

이형기 「문학의 기능에 관한 반성 ── 순수옹호의 노트」, 『현대문학』 1964.2.

홍사중 「작가와 현실 ── 서정주 씨의 글을 읽고」, 『한양』 1964.4.

김우종 「저 땅 위에 도표를 세우라」, 『현대문학』 1964.5.

장일우 「참여문학의 특성」, 『한양』 1964.6.

홍사중 「젊은 작가와 정치감각」, 『한양』 1964.7.

김우종 「순수와 자기기만」, 『한양』 1965.7.

조동일 「순수문학의 한계와 참여」, 『사상계』 1965.10.

백낙청 「새로운 창작과 비평의 자세」, 『창작과비평』 1966년 겨울호.

김붕구 「작가와 사회」, 세미나 발표(1967.10.12), 『세대』 1967.11.

임중빈 「반사회참여의 모순 ── 김붕구 교수의 소론에 이의 있다」, 『대한일보』 1967.10.17.

선우휘 「문학은 써먹는 것이 아니다」, 『조선일보』 1967.10.19.

이호철 「작가의 현장과 세속의 현장」, 『동아일보』 1967.10.21.

김현 「참여와 문화의 고고학」, 『동아일보』 1967.11.9.

이철범 「한국적 상황과 자유 ── 문제설정부터 올바르게」, 『경향신문』 1967.11.22.

김수영 「참여시의 정리」, 『창작과비평』 1967년 겨울호.

이어령 「'에비'가 지배하는 문화 ── 한국문화의 반문화성」, 『조선일보』 1967.12.28.

김수영 「지식인의 사회참여」, 『사상계』 1968.1.

이어령 「누가 그 조종을 울리는가 ── 오늘의 한국문화를 위협하는 것」, 『조선일보』
    1968.2.20.

김수영 「실험적인 문학과 정치적 자유」, 『조선일보』 1968.2.27.

이어령 「문학은 권력이나 정치이념의 시녀가 아니다」, 『조선일보』 1968.3.10.

이어령 「서랍 속에 든 '불온시'를 분석한다 ── 지식인의 사회참여를 읽고」, 『사상계』
    1968.3.

김수영 「불온성에 대한 비과학적 억측」, 『조선일보』 1968.3.26.

이어령 「불온성 여부로 문학을 평가할 수는 없다」, 『조선일보』 1968.3.26.

임중빈 「한국문단의 현황과 그 장래」, 『현대문학』 1968.1.

정명환 「문학과 사회참여」, 홍사단 강좌, 1968.4.26.

문덕수 「현실참여의 진의(眞意)」, 『현대문학』 1968.5.

임중빈 「참여문학의 재인식」, 『정경연구』 1968.6.

선우휘 「근대소설·전통·참여문학」, 『신동아』 1968.7.

김병걸 「참여론 백서」, 『현대문학』 1968.12.

선우휘 「현실과 지식인 ── 증언적 지식인 비판」, 『아세아』 1969.2, 창간호.

김붕구 「작가와 사회 재론」, 『아세아』 1969.2, 창간호.

박태순 「젊은이는 무엇인가 ── 선우휘 씨에 대한 반론」, 『아세아』 1969.3.

원형갑 「지식인과 지적 매저키즘 ── 현실과 지식인을 읽고」, 『아세아』 1969.3.

장백일 「참여문학의 현실적 의의」, 『월간문학』 1970.11.

눈에 띄는 사실 몇가지를 지적한다면, 첫째 평론집 『저항의 문학』(1959) 이후 참여문학 진영을 떠난 이어령 대신 최일수·김병걸·김우종·임중빈 등이 1960년대 참여론의 새로운 기수로 등장했다는 점, 둘째 그들의 비평이 조연현 주간의 보수적인 문예지 『현대문학』에도 다수 발표되었다는 점, 셋째 불문학자 김붕구의 세미나 발제문 「작가와 사회」(1967)를 계기로 문학논쟁이 일종의 사상논쟁으로 옮겨져 긴 후유증을 낳았다는 점이다.

1960년대에 쓰인 김수영(金洙暎, 1921~68)의 시와 시론은 참여문학 논쟁의 문맥을 떠나 지금도 살아 있는 힘을 가지고 후배들에게 영감의 원천이 되고 있다. 그런데 그의 산문에 정치현실을 비판하고 사회적 진보를 열망하는 내용이 담겨 있는 것은 물론이지만, 그가 실제현실에서 정치적 의사 표시에 나선 것은 1965년 한일협정반대 문인성명에 동참한 것이 유일하다. 6·25전쟁의 참혹한 경험과 반공체제의 압박은 김수영에게도 평생 벗어나지 못한 트라우마였다. 생전에 발표된 시 「어느 날 고궁을 나오면서」(1965.11.4)와 사후 40년 만에 발표된 시 「'김일성만세'」(1960.10.6)를 비교해보면 김수영의 의식과 행동을 가두고 있던 금지의 경계선이 어떤 것이지 분명하게 드러난다. 현실참여와 참여문학 간의 분열이 김수영의 경우에도 독특한 굴절의 모습을 보인다 하겠는데, 주목할 것은 그가 굴절의 상황 자체를 전위적인 방식으로 대상화함으로써 한국시의 역사에 새로운 이정표를 마련했다는 점이다.

김병걸 「문학의 참여성 시비」, 『시문학』 1971.2.
김양수 「참여문학의 자기미망」, 『현대문학』 1971.5.
최일수 「참여문학은 시녀인가」, 『현대문학』 1971.6.
김양수 「참여문학의 문학학살」, 『현대문학』 1971.8.
김병걸 「사회성과 의식과 상상」, 『현대문학』 1971.8.
김양수 「사회참여, 그 악몽의 문학」, 『비평문학』 1971년 여름호.
김흥규 「정치와 문학」, 『창작과비평』 1975년 겨울호.
김팔봉 「정치와 문학의 갈등」, 『문학논쟁집: 프로문학 논쟁 해설』, 태극출판사 1976.
정명환 「사르트르의 문학참여론에 대한 비판적 고찰」, 『문학을 찾아서』, 민음사 1994.

그러나 4·19혁명이 진행되는 동안에만은 김수영에게도 예외적 시간이 허락되었던 것으로 보인다. 그 무렵 김수영의 작품에는 모두 창작일자가 붙어 있는데, 「하… 그림자가 없다」(1960.4.3)부터 「우선 그놈의 사진을 떼어서 밑씻개로 하자」(1960.4.26)와 「푸른 하늘을」(1960.6.15)을 거쳐 「피곤한 하루하루의 나머지 시간」(1960.10.29)과 「그 방을 생각하며」(1960.10.30)로 이어지는 작품들은 그의 시적 사유가 4·19의 진행과 얼마나 긴밀하고 숨 가쁘게 조응하는지 보여주는, 시의 언어로 기록된 혁명일지와도 같다. 거기에는 혁명의 진정성에 대한 뜨거운 열망과 패배의 예감에 떨고 있는 영혼의 불안이 벽보판 위의 대자보처럼 펄럭인다. 12년 독재정권이 무너지던 날 아침 김수영이 이렇게 노래한 것은 그러므로 만인의 해방감을 대변한 것이었다.

우선 그놈의 사진을 떼어서 밑씻개로 하자
그 지긋지긋한 놈의 사진을 떼어서
조용히 개굴창에 넣고
썩어진 어제와 결별하자
그놈의 동상이 선 곳에는
민주주의의 첫 기둥을 세우고
쓰러진 성스러운 학생들의 웅장한
기념탑을 세우자
아아 어서어서 썩어빠진 어제와 결별하자
　　　　　　──「우선 그놈의 사진을 떼어서 밑씻개로 하자」 제1연

이것은 김수영에게 참여감정과 참여시가 일치하는 예외적 순간의 기록이다. 하지만 알다시피 해방의 감격은 잠깐이었고 기득권의 반격은 오래지 않아 대세를 뒤집기 시작했다. 일상은 다시 환멸과 망각의 시간 속으

로 침몰하고 시인의 가슴은 배반감에 메말라갔다. 이제 시인의 언어는 외관상 다시 4·19 이전의 쓰디쓴 자기비하와 깊은 공허감과 풍자의 신랄함으로 돌아간다. 다음의 구절은 반세기의 시간을 뛰어넘어 오늘도 우리의 가슴에 비통한 파장을 일으키지 않는가.

혁명은 안 되고 나는 방만 바꾸어버렸다
그 방의 벽에는 싸우라 싸우라 싸우라는 말이
헛소리처럼 아직도 어둠을 지키고 있을 것이다

나는 모든 노래를 그 방에 함께 남기고 왔을 게다
그렇듯 이제 나의 가슴은 이유 없이 메말랐다
그 방의 벽은 나의 가슴이고 나의 사지일까
일하라 일하라 일하라는 말이
헛소리처럼 아직도 나의 가슴을 울리고 있지만
나는 그 노래도 그전의 노래도 함께 다 잊어버리고 말았다
　　　　　　　　　　　　　　　　—「그 방을 생각하며」 제1, 2연

4·19와 더불어 기억되는 또 한 사람의 시인은 신동문(辛東門, 1927~93)이다. 나는 개인적으로 김수영과 신동문 두분을 다 좋아하고 따랐는데, 그들은 서로 친하면서도 체질과 성향이 아주 달랐다. 김수영은 사석에서도 문학 이외의 다른 것을 얘기할 줄 모르는 문학주의자였던 반면 신동문은 문학을 화제에 올리는 법이 거의 없는 쾌활한 사교가였다. 신동문은 1950년대 후반 고향에서 시인 겸 지역신문 논설위원으로 활동하다가 학생들 배후로 지목되어 경찰에 쫓기는 몸이 되었다. 야간열차를 타고 도망치듯 서울로 올라와 마주친 것이 바로 4·19 현장이었다. 그는 수만명의 시위대가 종로와 광화문 일대를 가득 메운 것을 보았고, 그 자신도 경무대

로 행진하는 군중들 틈에 끼어들었다. 그는 거기서 수많은 젊은이들의 절규를 들었고 그들이 총탄에 쓰러지는 것을 보았다. 그날 저녁 돌아온 하숙방에서 흥분을 가라앉히지 못하고 엎드려 쓴 시가 유명한 「아! 신화같이 다비데군(群)들」이다.

김수영의 문학생애에서 4·19가 하나의 분수령이었듯이 신동문에게도 4·19는 결정적인 전환점이었다. 하지만 받아들이는 방식에 있어서 두 사람은 극히 대조적이다. 김수영에게 4·19는 단순한 외부적 현실 또는 객관적 사건이 아니었다. 4·19는 그의 시적 사유 내부에서 진행되는 의식의 가변성 자체이자 때로는 일상생활의 세목들을 점검하기 위한 도덕의 준칙이기도 했다. 그런 점에서 김수영의 시는 4·19혁명의 진행과정이 그의 정신에 일으킨 파동의 변화를 계기판에서처럼 녹취한 하나의 역사문건이라고 말할 수 있다.

반면에 신동문의 4·19는 무엇보다도 거리에서 약동하는 육체적 행동이고 실제상황으로 전개되는 구체적 투쟁이었다. "충천(沖天)하는/아우성/혀를 깨문/안간힘의/요동치는 근육/뒤틀리는 사지/약동하는 육체"(「아! 신화같이 다비데군들」) 같은 구절에 형상화되어 있듯이 그의 시는 혁명벽화나 혁명조각처럼 영웅적이고 전시적이며 기념비적이다. 그렇기 때문에 그의 시는 복잡한 사유의 과정에 동반되는 회의와 망설임을 거절하며, 정의라든가 민주주의 같은 단순하고도 자명한 가치를 기반으로 한 투명하고 힘찬 선동성을 발휘한다. 그것은 비장한 행동의 순간에 응결된 조소적(彫塑的) 혁명성이며 내면적 갈등의 여유를 허락받지 못한 어떤 단순한 동력의 우발적이고 직선적인 폭발이다. 그것은 참여행동과 참여문학으로 분리되기 이전의 참여의 순간성 그 자체였다.

그런데 한순간의 극적인 고조(高潮)가 물러간 다음 신동문에게는 좀체 다시 창조의 시간이 찾아오지 않았다. 물론 「'아니다'의 주정(酒酊)」(1962.6) 「절망을 커피처럼」(1962.12) 「아아 내 조국」(1963.4) 「바둑과 홍경래」(1965.5)

「내 노동으로」(1967.1) 등 그런대로 의미있는 작품의 발표가 없었던 것은 아니다. 하지만 거기 들어 있는 것은 시 쓰는 일에 대한 회의, 좀더 생산적인 노동행위에 대한 동경의 심정이었다. 결국 그는 침술을 배워 생애의 마지막 20년을 농촌에서 농사꾼이자 침쟁이로, 즉 밭에서 일하면서 가난한 촌민들의 건강을 돌보는 것으로 보낸다. 어쩌면 그는 자신의 내부에 도사린 자기기만과 파멸의 위험을 보았기에 문학을 버리고 "내 노동으로 오늘을 살자"는 결심에 일치되는 농사짓는 일의 세계로 떠난 것인지 모른다. 그것은 '문학의 현실참여' 자체를 원천적으로 뒤집는 역방향의 현실참여였다.

## 참여문학의 풍요로운 성취

1960년대 문단에서 현실참여의 당위성과 사상적 위험을 둘러싼 논쟁이 치열하게 전개되었던 데 비하면 이를 뒷받침할 작품의 결실은 이론의 열도(熱度)에 미치지 못했다. 물론 현실문제에 강한 관심을 내장한 훌륭한 작품의 발표가 없었던 것은 아니다. 오랜 침묵을 깨고 문단에 복귀한 원로작가 김정한을 비롯하여 「판문점」(1961)의 이호철, 『광장』(1960)의 최인훈, 「분지(糞地)」(1965)의 남정현 등 소설가들과 김수영·신동엽·박봉우·이성부·조태일 등 시인들의 활약은 눈부신 바 있었다. 하지만 논쟁은 이들 작품의 실제에 근거한 토론이 되지 못하고 공허한 이념색 낱나뭄으로 시종한 데 문제가 있었다.

물론 그럼에도 논쟁은 무의미한 소모가 아니라 진정한 참여문학으로 가기 위한 이론적 훈련의 과정이었다고 볼 수도 있다. 그런 훈련을 겪었기 때문인지 1970년대는 문학사상 가장 눈부신 창작의 약진시대라고 할 만한 성과를 보여주었다. 김지하의 시집 『황토』(1970)와 장시 「오적(五賊)」

(1970)을 시발점으로 신경림의 『농무(農舞)』(1973), 조태일의 『국토』(1975), 양성우의 『겨울공화국』(1977), 고은의 『새벽길』(1978), 정희성의 『저문 강에 삽을 씻고』(1978) 등 시집과 박태순의 『정든 땅 언덕 위』(1973), 황석영의 『객지』(1974), 이문구의 『관촌수필』(1977), 윤흥길의 『아홉 켤레의 구두로 남은 사내』(1977), 송기숙의 『자랏골의 비가(悲歌)』(1977), 조세희의 『난장이가 쏘아올린 작은 공』(1978), 현기영의 『순이 삼촌』(1979) 등 소설(집)들은 후세에 남을 이 시대 참여문학의 '위대한' 성취였다고 말해도 좋을 것이다.

그런데 알다시피 1970년대는 정치적 억압의 시대인 동시에 억압적 현실에 대한 민중적 저항의 시대였다. 박정희 정권은 1969년 삼선개헌의 강행으로 장기집권의 터전을 닦고 이어서 1971년 대통령선거에서 승리하자 1972년에는 소위 '시월유신'이라는 것을 선포했다. 1972년 10월 17일 박정권의 친위 쿠데타부터 1987년 10월 29일 직선제 개헌안 공포까지 15년 동안 국민의 선거권은 사실상 박탈되고 삼권분립은 껍질만 남았으며 언론·집회·결사·신념의 자유 등 기본권은 치명적인 제약을 받았다. 한마디로 민주주의라는 형식조차 거의 전면적으로 폐기된 정치적 암흑시대였다. 다른 한편, 1970년대는 '압축적 근대화'라고 일컬어지는 고도성장의 시대이기도 했다. 저곡가·저임금을 바탕으로 급속한 산업화가 진행되고 이에 따라 광범하게 농민분해가 이루어진 것도 이때였다. 어떤 면에선 일제강점기나 6·25전쟁 시기를 능가하는 거대한 사회적 이동이 일어났는데, 이 과정에서 수많은 농민·도시빈민·노동자 들이 생존의 벼랑 끝으로 밀려났다.

이러한 고통의 현실에 대해 각성된 민중은 학생과 지식인을 선두로 조직적이고 전면적인 항의에 나섰다. 문인들도 6·25 이후 처음으로 이 대열에 참가하기 시작했다. 1960년대에도 한일협정 비준을 반대하는 재경(在京) 문인 82명의 성명(1965.7.9)이 있었으나, 조직도 후속타도 없는 단발에 그쳤다. 반면에 1970년대에는 문인들의 직접적인 정치참여가 조직화되었고 일상화되었다. 민주수호국민선언에 문인 12명 동참(1971.4.19) 및 개헌청원 운동을 지지하는 문인 61명의 성명 발표(1974.1.7) 등으로 현실참여가 이어지다가, 1974년 11월 16일 국제펜클럽 한국본부 정기총회에서 31명 회원 명의로 「표현의 자유에 관한 긴급동의」가 채택되었으며, 바로 이틀 뒤에는 광화문 네거리에서 「자유실천문인협의회 101인 선언」의 발표와 동시에 가두시위가 시도되었다. 약칭 '자실'로 통했던 자유실천문인협의회(1974.11.18)는 민족문학작가회의(1987~2007)를 거쳐 오늘의 한국작가회의에 이르기까지 40년 동안 '문학의 현실참여'를 상징하는 단체로서 활동을 계속해오고 있다.

1970~80년대에 있어 참여문학의 열쇠말은 단연 '민중'이었다. 과거 카프시대에는 주지하듯 프롤레타리아계급이 슬로건이었는데, 그러나 따지고 보면 그 시대에는 노동자계급의 형성도 미미했을뿐더러 카프 이론가들이 사용한 개념과 논리 자체가 구체적 현실로부터의 이론적 추상이 아니라 사실상 대부분 수입품이었다. 다시 말해 충분한 현실적 기반이 결여된 활자 위의 혁명 프로그램이었다. 이에 비해 1970년대의 민중문학은 책에서 읽은 이론의 소산이 아니라 눈으로 보고 몸으로 겪은 실제현실의 작품화였다. 1970년대 민중문학 작품들의 생명성과 파급력은 바로 그 강력한 현실성에서 말미암은 것이었다.

하지만 이 시대 문학의 의의가 단지 당대 민중현실의 밀착된 묘사에만 있는 것은 아니다. 1970년대 참여문학의 저항과 수난을 상징하는 존재는 단연 시인 김지하(金芝河)일 텐데, 그의 장시 「오적」은 권력집단의 부패를 공격한 통렬한 비판정신에서뿐만 아니라 그 특유의 형식미학에서도 주목받아 마땅한 문제작이었다. 그 무렵 그는 김수영 시의 역사성을 검토하는 논문을 통해 김수영 시에서 무엇을 계승하고 무엇을 극복할 것인가를 다음과 같이 지적함으로써 자신의 미학적 방법론을 제시한 바 있다.

그가 시적 폭력표현 방법으로서 풍자를 선택한 것은 매우 올바르다. 이것은 이어받아야 할 것이다. 그가 폭력표현의 방향을 민중에만 집중하고 민중 위에 군림한 특수집단의 악덕에 돌리지 않은 것은 올바르지 않다. (…) 그의 풍자가 모더니즘의 답답한 우리 안에 갇혀 민요 및 민예 속에 난파선의 보물들처럼 무진장 쌓여 있는 저 풍성한 형식가치들, 특히 해학과 풍자언어의 계승을 거절한 것은 올바르지 않다. 이것을 비판적으로 극복해야 한다. 민요·민예의 전통적인 골계를 선택적으로 광범위하게 계승하고 창조적으로 발전시켜 현대적인 풍자 및 해학과 탁월하게 통일시키는 것은 바로 젊은 시인들의 가장 중요한 당면과제이다.[12]

김수영의 문학에 대한 김지하의 이해가 과연 가장 깊은 곳까지 갔었느냐 묻는다면 대답은 의문이다. 그러나 어떻든 김지하가 민요와 민예의 전통미학을 올바르게 계승하여 창조적으로 현대화할 것을 동시대 젊은 예술가들에게 제안한 것은 중대한 역사적 의미가 있다. 그것은 제국주의 외세에 의해 훼손되고 상처받은 민족적 자아의 자기회복 요구로부터 나온 것이기 때문이다. 김지하 자신은 「오적」의 장르적 명칭을 '담시(譚詩)'라 불렀다. 판소리의 리듬과 수사법을 현대적으로 활용한 장시를 서구적 개념인 담시로 호칭하는 것이 적절한지 의문인데, 어떻든 김지하 이후 다른 많은 시인과 예술운동가들은 민요·탈춤·풍물·마당극·민화·걸개그림·민속놀이 등 다양한 전통장르들을 서구 모더니즘의 현실비판적 형식들과 결합하여 예술적 활력의 새로운 모태로 삼았다. 그것은 '일과 놀이와 싸움'이 하나인 예술의 구현, 즉 운동성과 예술성의 통일을 지향하는 새로운 미학이었다.

---

12 김지하 「풍자(諷刺)냐 자살(自殺)이냐」, 『시인(詩人)』 1970.6~7.

그러나 쓰라린 경험이 말해주듯 1990년대 접어들어 현실사회주의가 붕괴하고 '세계화'라는 구호가 고창되면서, 특히 1997년 말부터 외환위기의 재앙으로 신자유주의가 강요되면서 우리 사회는 또다시 전환기를 맞았다. 경쟁과 효율성만이 삶의 지표가 되었고, 노무현의 말대로 "권력은 시장으로 넘어간" 듯이 보였다. 이제 민중문화와 민족예술의 한 시대는 종막에 이르고 현실은 문학의 중심부에서, 동시에 문학도 현실의 중심부에서 축출된 듯한 상황이 연출되었다.

이 시점에서 떠오르는 시인이 김남주(金南柱, 1946~94)이다. 그는 처음부터 단순한 시인 지망생이 아니었다. 등단 전에도 반(反)유신 지하유인물 사건으로 감옥살이를 했고, 등단 후에는 자신의 정체성을 시인보다 행동가, 즉 혁명전사에서 구하고자 했다. 그 결과 그는 주지하듯 국가보안법 위반 장기수가 되어 1980년대의 대부분을 감옥에서 보냈다. 역설적인 것은 이 유폐상황이 그를 가장 시적인 존재로 만들었다는 점이다. 다시 말해 그는 현실의 혁명활동에 직접 참여하고자 했으나 바로 그 목표 때문에 시에만 몰두하는 환경에 놓이게 되었다. 현실참여와 참여문학 사이의 모순에 관해 고민하는 시인들에게 김남주는 아마 가장 특이한 사례를 제공할 것이다.

하지만 내가 여기서 생각해보려는 것은 그가 감옥에서 내게 보낸 편지에 관해서이다. 편지는 감방용 누런 화장지에 볼펜으로 깨알처럼 빽빽하게 쓴 것으로, 1988년 5월 23일이라는 날짜가 적혀 있다. 편지는 대부분 시에 대한 자신의 소신을 피력한 것이어서 그의 산문 어디선가 이미 읽은 내용이었지만, 다음 대목은 나로선 가슴 뜨끔한 바가 있었다. 그 부분을 원문대로 옮겨보겠다.

솔직히 말씀드려서 백낙청 선생님과 염무웅 선생님이 80년대에 제도권 학원으로 복귀하신 것에 대해 저로선 불만이었습니다. 19세기 중엽 러시아에서 체르니솁스키와 도브롤류보프가 러시아 혁명의 발전에 기여했던 역할을 두 평론가가 해주기를 은근히 기대했기 때문입니다. 기대했다기보다는 마땅히 그러했어야 했겠지요. 두분께서 그런 역할을 못 했다는 투정은 아닙니다. 제도권 밖에 있었다면 보다 전투적으로 하실 수 있을 터인데 하는 아쉬움이 남는 것이지요.

백낙청 교수는 1974년 말에, 나는 1976년 초에 대학에서 쫓겨났다가 박정권이 무너지고 난 1980년 3월에 다시 강단으로 복귀했는데, 김남주의 편지는 이 점을 지적하며 실망을 표한 것이었다. 출옥 후 김남주를 여러 번 만났으나 피차 그 문제를 입에 올린 적은 없다. 하지만 물론 내가 그의 말을 잊은 것은 아니었다. 오히려 제도권으로 돌아가는 걸 서운해 하는 사람이 김남주만이 아님을 의식하면서 수시로 내 삶의 정당성 여부를 자문했다고 할 수 있다. 그럴 때마다 결론은 언제나 내가 어느 지점에선가 김남주의 기대와 다른 길을 갈 수밖에 없다는 쪽으로 났다.

김남주가 온몸을 바쳐 치열하게 살았던 1970~80년대나 그 이전, 그 이후 어느 시대나 우리 사회가 근본적으로 달라져야 한다는 데는 나도 전적으로 동의한다. 한국 현대사의 모순에 대한 김남주의 가차없는 비판은 읽을 때마다 폐부를 찌르는 감동을 준다. 하지만 혁명적 전환이 필요한 것은 한국사회만이 아니며 한국의 지배계급만이 아닐 것이다. 가까이는 변혁을 지향하는 운동세력 자신도 끊임없는 자기쇄신을 통해 거듭나야 하고, 넓게는 지구현실 전체가 정의·평등·평화·자유·우애 같은 보편원칙에 따라 근본적으로 재편되어야 한다. 지구사회 전체가 이렇게 함께 달라져야 할뿐더러 물질세계와 정신세계가 동시에 더 윤리적인 쪽으로 올라가야 한다. 그런 점에서 본다면 계급과 민족에 대한 김남주의 배타적·비타협적 집착은 어느 틈엔가 진정한 해방운동에 일정부분 질곡으로 화해 있지 않았던가 의심해볼 수 있다. 그가 그럴 수밖에 없는 시대를 살았다는 점을 인정하더라도 나는 그렇게 생각한다.

# 끝내는 말

이 글의 서론 부분으로 돌아가 마무리를 짓기로 하자. '문학의 현실참여'라는 주제가 한국 근대문학의 출발 이후 오늘까지 한번도 우리 곁을 떠난 적이 없다는 가정에서 이야기를 시작했고, 실제로 1900년대의 이인직·이광수·한용운부터 2010년대의 젊은 시인과 작가들에 이르기까지 현실연관성의 여러 양상은 그들의 문학을 이해하는 데 필수적인 전제임이 분명하다. 그러나 '문학이 어떻게 현실에 관여하는가', 거꾸로 '현실로부터 문학이 어떤 제약을 받고 있는가'라는 물음은 특정한 작가 또는 그 작가의 구체적 작품을 앞에 놓고 시대와의 조응관계를 통해 실증적으로 분석해야 실속있는 결과를 얻을 수 있지, 추상적인 논리만으로 일반화할 성질의 것은 아니다. 정치참여의 강도라든가 도덕감정의 고귀성 같은 기준으로 문학의 우열을 판단하는 것은 문학 본연의 독립적 가치창조와 때로는 미묘한 충돌을 일으킬 수 있다. 문학과 예술은 삶의 일부이되 삶으로 환원되지 않는, 본질적으로 개별성·구체성·특수성을 특징으로 하는 독자적 영역이기 때문이다.

그러나 현실과 예술의 범주적 분리에도 불구하고 시인과 작가 들의 직접적 관여를 요구하는 현실사회의 호소와 압력은 언제 어디에서나 존재해왔다. 권력의 불의와 이웃의 비참은 그렇게 현존한다는 사실 지체만으로도 시인의 마음을 아프게 하여, 때로는 작가의 붓을 들게 할 수도 때로는 작가의 붓을 꺾게 할 수도 있다. 불의와 비참에 대한 감응의 능력은 시적 감수성의 불가결한 구성요소이다. 그런 점에서 문학의 현실참여는 작가의 내면에서 솟아난 주체적 욕구이면서 동시에 외부현실로부터 작가에게 가해지는 객관적 요구다. 물론 앞에서 되풀이 지적했듯이 좋은 작품의 생산은 현실참여의 직접적 결과물이 아니며, 양자간에는 간단하게 일반화할 수 없는 복잡한 변증법이 존재한다.

민감한 사람이 아니더라도 우리 앞에는 지금까지의 정치사회적 갈등과는 다른 새롭고도 유례없는 도전이 닥쳤음을 실감하게 된다. 자원의 고갈, 인구폭발, 기후변화, 종족갈등, 빈부격차와 양극화 —— 어느 것 하나 해결될 가망이 없고 오히려 가속적으로 악화되는 양상을 보이고 있는 듯하다. 이 여러 요인들 중 한두가지만 임계점에 이르러도 지구는 인류시대의 파국을 맞을 수 있다. 이제 한가하게 관망할 시간이 별로 남아 있지 않다는 경고가 과장이 아니게 되었다. 따라서 이런 시대에 우리가 직접적 현실활동에 뛰어드는 대신 그래도 문학을 붙들고 있어야 한다면 우리는 세계의 파멸에 저항하는 문학을 하는 수밖에 없다. 그것이 오늘의 참여문학이고 저항문학이다.

분명한 것은 문학이 행하는 현실참여가 특정한 이념이나 고정된 형식을 통해서만 이루어지는 것일 수 없다는 점이다. 국가·민족·계급 등 구시대적 이념이나 고정관념에 얽매이는 것 자체가 오히려 해방의 가능성을 가로막는 질곡으로 화할 수 있다. 오직 자유롭고 독립된 정신, 진실에 헌신하는 치열함만이 문학에서든 정치에서든 구원의 길로 안내할 것이다. 그런 뜻에서 마지막으로 이시영(李時英) 시집 『무늬』(문학과지성사 1994)에서 시인의 사명을 노래한 두편의 시를 읽는다.

　　시인이란, 그가 진정한 시인이라면
　　우주의 사업에 동참할 수 있어야 한다

　　그러나 내가 언제 나의 입김으로
　　더운 꽃 한송이 피워낸 적 있는가
　　내가 언제 나의 눈물로

이슬 한방울 지상에 내린 적 있는가
내가 언제 나의 손길로
曠原을 거쳐서 내게 달려온 고독한 바람의 잔등을
잠재운 적 있는가 쓰다듬은 적 있는가

—「내가 언제」 전문


고독을 모르는 문학이 있다면
그건 사기리
밤새도록 앞뜰에 폭풍우 쓸고 지나간 뒤
뿌리가 허옇게 드러난 잔바람 속에서 나무 한그루가
위태로이 위태로이 자신의 전존재를 다해 사운거리고 있다

—「그대의 시 앞에」 전문


이시영의 시가 강조하듯 문학은 때로는 우주의 사업에 동참할 수 있어야 하고 때로는 혹독한 고독을 견딜 수 있어야 한다. 그런 차원에서라면 이제 굳이 참여문학과 순수문학을 구별하는 것이 덧없는 일이라고 말할 수도 있다. '문학의 현실참여'에서 말하는 현실이 한없이 높고 넓고 깊은 것일 수 있고 또 그렇게 되어야 함을 되새기고자 한다.

〔2014〕

# '강북' '강남'의 구획이 말해주는 것

1

'강북이란 무엇인가'를 주제로 인문학 학술대회가 개최된다는 사실[1] 자체가 말해주듯이, 이제 강북·강남은 평범한 보통명사가 아니라 이 시대의 사회문화적 지형도를 반영하는 하나의 특별한 호칭이 되었다. 오늘날 한국에서 강남에 살고 있다고 말하는 것은 단순히 자신의 거주지역을 알려주는 것 이상의 복합적 함의를 지닌다고 할 수 있다. 그것은 그의 사회적 삶의 내용에 관해서, 즉 그의 계급적 귀속과 직업의 종류, 경제형편, 정치의식과 투표성향에 관해서 일정하게 윤곽을 그리도록 만드는 일이다. 심지어 그것은 그가 무엇을 먹고 어떻게 즐기며 사는가를 포함한 자신의 생활습성에 관해서 암시하는 것이기도 하다. 어쩌다가 '강남'은 이렇게

---

[1] 덕성여대 인문과학연구소 주최로 2009년 겨울에 '지역문화와 인문학'이라는 주제로 〈제1회 지역문화연구센터 심포지엄〉이, 그리고 2010년 6월 4일에는 '강북이란 무엇인가'를 주제로 〈제2회 지역문화연구센터 심포지엄〉이 열렸다. 이 글은 제2회 심포지엄에서 발표한 기조발제문을 다듬은 것이다.

특권화되었는가. 이 물음은 자연스럽게 강남의 대척지점에 놓인 또하나의 시대적 기표 '강북'을 우리 앞에 불러온다.

여기서 '강남' '강북'이 단순한 지리적 구획 이상의 것을 가리킴은 굳이 설명할 필요도 없다. 동작구 사당동과 서초구 방배동은 길 하나를 경계로 맞붙어 있는 한강 이남의 인접지역이지만, 한 곳은 강남에 속하고 다른 한 구역은 강남에서 배제된다고 여겨진다. 강남 이남 사당동 서쪽에 위치한 노량진, 영등포, 구로동, 가리봉동, 목동은 각각 생성의 역사가 다르고 문화적 특성이 다르면서도 강남에 속하지 않는다는 공통성을 가진다고 할 수 있다. 그런가 하면 분당과 용인은 많은 사람들에게 '새로운 강남'으로 간주된다. 한강 이북지역들도 서울에서 차지하는 위상이 그야말로 천차만별이다. 예컨대, 일제강점기의 종로와 명동은 임권택 감독의 영화 「장군의 아들」(1990)에 묘사된 것과 똑같지는 않다 하더라도 일정한 사회학적 상징성을 띤 장소였던 것이 사실이다. 물론 이제는 영광의 많은 부분을 다른 지역에 넘겨준 지 오래다.

그런 점에서 이태준의 단편소설 「달밤」(『중앙』 1933.11)은 1930년대 초 서울의 한 풍속도라는 역광을 통해 오늘의 도시현실을 다시 들여다보게 만든다. 이 작품은 이렇게 시작한다.

성북동으로 이사 와서 한 대엿새 되었을까. 그날 밤 나는 보던 신문을 머리맡에 밀어 던지고 누워 새삼스럽게
"여기도 정말 시골이로군!"
하였다.
무어 바깥에 컴컴한 걸 처음 보고 시냇물 소리와 쏴아 하는 솔바람 소리를 처음 들어서가 아니라 황수건이라는 사람을 이날 저녁에 처음 보았기 때문이다. (…)
그날 밤 황수건이는 열시나 되어서 우리 집을 찾아왔다.

"아, 이 댁이 문안서……."

하면서 들어섰다. (강조는 인용자)


　　작품의 배경인 1930년대 초는 바로 대공황의 여파가 몰아친 시기임을 상기할 필요가 있다. "1934년의 이 세상에도 기적이 있다. 그것은 P가 굶어죽지 아니한 것이다. 그는 최근 한 일주일 동안 돈이 생긴 데가 없다. 잡힐 것도 없었고 어디서 벌이를 한 적도 없다." 소설 「레디메이드 인생」(1934)의 주인공에 관하여 작가 채만식이 이런 풍자를 날리던 시절이었다.

　　단편 「달밤」은 생활고에 내몰리는 주인공 황수건의 순직하고 우둔한 인간성을 서정적인 필치로 그려낸 이태준의 초기 대표작 중 하나이다. 이 소설을 쓰기 직전에 이태준은 시내에 살다가 성북동으로 이사 왔으므로, 작품에는 작가의 전기적 사실이 얼마간 반영되어 있다고 할 수 있다. 만해 선생의 심우장(尋牛莊)이나 오늘의 간송미술관에서 멀지 않은 '성북동 248번지' 그의 주택에는 지금도 '수연산방(壽硯山房)'이란 간판이 붙어 있어, 이태준의 옛집이었음을 증언하고 있다.

　　그런데 오늘의 독자들이 실감하기 쉽지 않은 것은 그 성북동이 소설 「달밤」에서 '시냇물 소리와 솔바람 소리'가 들리는 시골로 묘사되었다는 점이다. 알다시피 성북동은 부(富)의 중심이 강남으로 옮겨간 오늘날에도 지체있는 부자들 저택과 외국 대사관저가 모여 있는 진짜 고급동네로 소문나 있다. 이런 선입견을 가진 오늘의 독자로서는 성북동에 처음 이사 간 작중화자가 "정말 시골이로군!" 하고 탄식을 한다든가, 주인공인 황수건이 작가인 이태준 자신을 연상케 하는 작중화자에게 왜 문안을 떠나 이런 시골로 낙향했느냐고 묻는 것이 아주 낯설게 느껴지는 것이 당연하다.

　　「달밤」의 등장인물들이 주고받는 대화에 나오듯이 오랫동안 서울을 구획하는 기준은 문안과 문밖이었다. 필자가 청년이었던 1960년대만 하더라도 서울 토박이들의 일상생활에서 문안·문밖은 서울의 중심과 주변을 가르는 중요한 지표였다. 돌이켜보면 조선의 건국과 정도(定都, 1394) 이후 사대문은 왕조권력의 절대성을 상징하고 수도 한성(漢城)에 배타적 권위를 과시하는 지리적 경계로 건설되었을 것이다. 도성 바깥 10리까지의 지역도 '문밖'이기는 하지만 한성 관할로서 수도에 속해 있었다. 그러니까 예컨대 왕십리 같은 곳은 박지원의 한문단편 「예덕선생전(穢德先生傳)」에 그려진 바와 같이 문안 주민들에게 싱싱한 야채를 공급하는 근교농업지의 하나로서, 그리고 마포는 한강을 통해 황해의 물산을 서울에 운송하는 물류기지로서 문안에 복속되어 있었다.

역사적으로 우리나라가 중앙집권적 관료국가였음을 감안하면 문안과 문밖의 정치적·문화적 격차는 상상보다 더 컸을지 모른다. 그러므로 1930년대까지만 하더라도 문안에서 문밖으로 이사하는 것은 「달밤」의 주인공 황수건의 반응에 나타나듯 신분의 추락이나 경제적 몰락 같은 불길한 이미지로 받아들여지는 것이 당연한 일이었을 것이다.

19세기 말 이른바 식민지 근대화에 시동이 걸리면서부터 문안의 압도적 우위는 허물어지기 시작했으리라 생각된다. 북대문(=숙정문, 홍지문)은 원래 북한산에 면하고 있어 일반인의 통행과는 관계가 없었지만, 서대문·서소문·동소문 등의 성문과 그 성문들을 연결하는 성벽의 많은 부분이 일제강점기에 도로확장과 도로정비의 명목으로 철거되면서 '문안'이라는 개념 자체에 구멍이 뚫리게 되었다. 그러나 관청·은행·학교·병원·극장·백화점 등이 모여 있는 중심가는 불완전하나마 근대화의 진행과 더불어 새로운 문안의 기능을 부여받고 있었다.

물론 20세기 초 경인선(1899)·경부선(1904)·경의선(1906)·경원선(1914)의 잇단 개통과 한강철교(1900)·한강대교(1917)의 준공, 경인선과 경부선이 갈라지는 영등포지역의 공업화, 조선총독부의 식민통치와 일본인 이민자의 대거유입 등은 한편으로 서울의 양적 팽창을 초래했지만, 다른 한편 서울이 갖는 독립국가 수도로서의 위엄을 파괴했을 것이다. 어쨌든

1930년대 후반에는 문밖 주변부에 새로운 공업지대와 주거지역이 형성되었고, 특히 1936년에는 행정구역의 확장으로 경성의 인구가 100만에 육박하기에 이른다. 그러나 이런 변화와 팽창에도 불구하고 1960년 초봄 필자가 대학입학을 위해 상경하여 처음 목격한 서울은 21세기인의 눈으로 본다면 여전히 농경시대적 풍경이 많이 남아 있는 곳이어서, 도심에도 나비와 잠자리가 날아다녔고 번화가 뒷골목을 조금만 들어가면 텃밭에서 자라는 고추와 상추를 쉽게 찾아볼 수 있었다.

## 2

오늘의 서울이 하나의 거대도시로서 정책적으로 기획되고 본격적으로 추진된 것은 자타가 공인하듯이 박정희 정부의 이른바 압축적 근대화를 통해서였다. 서울의 핵심지역으로 변한 '강남'을 포함해 한강 이남의 넓은 땅이 서울에 편입된 것은 실은 오랜 옛날이 아니라 1963년의 행정구역 개편에 의해서인데, 인구 500만을 기준으로 하는 서울의 도시계획사업이 입안된 것도 바로 이때였다.

하지만 서울시의 각종 계획사업은 도심재개발·구획정리·무허가주택 정비 등으로 그때그때 이름을 바꾸어 끊임없이 수정, 보완되지 않을 수 없었다. 그럴 수밖에 없었던 가장 중요한 까닭은 1960년대 후반부터 본격화하기 시작한 농촌인구의 도시유입이 서울시의 초기 도시계획으로는 도저히 감당할 수 없을 만큼 너무나도 폭발적이었기 때문이다. 가령 인구 500만이라는 1963년의 계획수치는 순식간에 무의미한 것으로 변하고 말았다. 단순히 서울의 인구증가 측면만 살펴보더라도, 필자가 처음 상경한 1960년에 245만 정도이던 것이, 이호철의 장편소설 『서울은 만원이다』가 발표된 1966년에는 380만에 이르렀고, 1970년에는 543만, 1980년에는

836만, 그리고 1990년에는 드디어 1,000만을 돌파했던 것이다.

이런 기하급수적 팽창의 추세 속에서 찾게 된 돌파구가 다름 아닌 강남의 특혜적 개발이었다. 그것은 농촌의 몰락과 서울의 과잉팽창이라는 국가적 위험을 미국의 서부개척에 비유될 수 있는 강남개발을 통해 해결하려는 하나의 정치적 프로젝트이기도 했다. 어떻든 이 계획에 따라 진행된 제3한강교(지금의 한남대교)의 준공(1969)과 경부고속도로의 개통(1970), 반포아파트 분양(1974)과 강남고속터미널 운영개시(1977), 지하철 2,3,4호선 개통(1983) 및 잠실경기장을 중심으로 한 아시아경기대회(1986)와 서울올림픽의 개최(1988) 등은 강남발전의 눈부신 역사를 기록하는 순차적 이정표일 것이다.

하지만 1970년대만 하더라도 강남은 아직 건설회사의 깃발만 나부끼고 중장비의 굉음만 요란한 개척시대의 미국 서부와 같았다고 할 수 있다. 1974년이던가, 나는 내가 재직하던 대학 학생들을 데리고 법정 스님이 머물던 봉은사를 찾은 적이 있다. 동대문 근처에서 기동차를 타고 뚝섬까지 가서 거기서 나룻배를 타고 한강을 건넌 다음 다시 높다란 구릉지대를 걸어 넘어서 봉은사에 도착했는데(그 구릉 위에 오늘날 경기고등학교가 위세 좋게 서 있다), 그 여정은 그로부터 40년 가까이 지난 지금으로서는 도저히 믿을 수 없는 영화 속 장면처럼 아득하게 느껴진다. 가령, 1979년 말에 준공된 대치동 은마아파트의 초기 입주자인 내 동료 한 사람은 어렵사리 마련한 집으로 출퇴근하기 위해 비 오는 날이면 반드시 장화를 준비해야만 했다. 지금 그토록 유명해진 그 아파트 주변도로가 당시에는 이긱 비포장이어서 흙먼지와 진흙탕으로 노상 신발을 더럽혔던 것이다.

이 황막한 대지 위에서 진행된 강남의 표면적 화려함과 내부적 참혹성을 누구보다 예리하게 바라본 예술가 중의 한 사람은 시인 겸 영화감독 유하일 것이다. 그의 시집 『바람 부는 날이면 압구정동에 가야 한다』(1991)와 동명의 영화(1993)는 압구정동으로 상징되는 강남지역의 소비적 욕망과 도덕적 퇴폐에 대한 미학적 탐닉뿐만 아니라 그것에 대한 통렬한 사회학적 비판도 담고 있다. 외면적으로 보기에 학교 내 폭력을 다룬 영화인 「말죽거리 잔혹사」(2004)도 더 들여다보면 그 영화의 시대배경인 1978년경의 말죽거리 사회사, 즉 1970년대의 강남개발사를 분노에 가득 찬 시선으로 폭로하고 있다. 그런 점에서 유하의 시와 영화는 제1회 심포지엄 발제문 「강북지역의 상상과 인문학적 실천」에서 윤지관 교수가 논의했던 이창동·김소진 소설의 강남 버전이라고 할 수 있을 것이다.

최근 간행된 황석영의 장편소설 『강남몽』(2010)은 강남개발과 거기 내재된 물욕과 부패의 사회사를 총체적으로 탐구한다. 주지하듯이 1995년의 삼풍백화점 붕괴사건은 강남을 무대로 30년간 지속된 한국형 개발독재의 한 축이 도달한 파산적 귀결이었다. 하지만 이 사건에 이르는 폭력적 질주과정의 묘사를 통해 『강남몽』이 보여주고자 한 것은 결코 순수한 자본주의적 욕망의 관철만이 아니었다. 일제강점기 일본군의 밀정과 해방 후 미군 정보요원을 거치면서 불의한 권력과 밀착하여 축재에 성공한 재산가, 권력과 금력의 사각지대에서 암약하는 폭력조직과 투기업자 들, 거기 기생하는 유흥가의 다양한 타락분자들, 부패세력에게 뜯기고 희생당하는 힘없는 노동자들, 이 모든 구성원들에게 어느날 돌연히 덮친 파멸의 묵시록을 제시함으로써 『강남몽』은 만화경 같은 개발과 소비와 향락이 한갓 덧없는 꿈에 불과함을 폭로하는 것이다.


3


어쩌다보니 본론에서 좀 거리가 생긴 것 같다. 오늘 발제 가운데 가령 안창모 교수의 「강남개발과 강북의 탄생」 같은 논문은 제목만으로도 나의 상상을 자극하는데, 문학도로서는 배울 바가 많으리라 기대하면서, 문외한의 한두가지 원칙론적 단상을 추가하는 것으로 나의 발제를 마치려 한다.

강남의 특권적 개발과 관련하여 무엇보다 심각하게 고려해야 할 사항 은 한국의 근대화과정에서의 농촌과 도시의 본질적인 불균형 발전이라고 생각한다. 지금으로서는 잘 믿어지지 않는 일이지만, 『사상계』나 『새벽』 같은 1950년대 후반부터 1960년대 초의 종합지를 살펴보면, 당시 많은 필 자들이 한국사회가 시급히 해결해야 할 당면문제의 하나로서 농촌의 인 구과잉을 지목하고 있음을 알 수 있다.

그런데 1960년대 초부터 한 세대에 걸쳐 진행된 농촌으로부터의 인 구유출은 너무나 과도하고 급격한 것이어서, 서울-수도권으로의 과잉 집중은 한국의 정치와 경제뿐만 아니라 한국인의 생활과 의식을 근저 에서부터 왜곡했다고 여겨진다. 이른바 '압축적 근대화'라고 통칭되는 1970~90년대 한국의 자본주의화가 저곡가와 저임금, 즉 농촌공동체의 붕 괴와 도시노동자의 희생을 기반으로 가능했던 것임은 많은 연구자들이 지적해온 바이다. 그리하여 문안과 문밖이라고 하는 서울의 전통적 구획 은 1970년대 이후 점차 강남과 강북 간의 경계로 대체되었고, 그 경계선 은 이제 다시 서울-수도권과 기타 비수도권 사이를 횡단하는 국가 내부 의 분단선으로 고착되어가고 있다. 이에 따라 흔히들 우려하는 바의 경제 적 양극화 못지않은 감정과 세계관의 분열이 심각하게 국민적 통합을 위 협하고 있다.

이 대목에서 떠오르는 것이 19세기 말 프랑스를 뒤흔들었던 드레퓌스 사건이다. 사건 자체는 너무나 잘 알려져 있어 새삼스러울 게 없지만, 이 사건을 소재로 삼은 당시 신문의 두컷짜리 만화는 나에게 에밀 졸라의 명 문 「나는 고발한다」보다 더 인상적이어서 지금까지 잊지 못하고 있다. 만 화는 이렇게 구성되어 있다. 위쪽 그림에는 중산층 가정의 일상적 풍경이 그려져 있는데, 잘 차려진 식탁 주위에 가족들이 둘러앉아 화목하게 저녁

식사를 즐기고 있다. 아래 그림도 똑같은 구도이나, 분위기는 완전히 딴판으로 변해 있다. 술잔이 엎어지고 빵 접시가 날아가 있으며 식구들은 모두 울그락불그락 얼굴이 비뚤어져 있다. 만화가의 뛰어난 재치를 보여주는 것은 두 그림 밑의 설명인데, '그 화제가 나오기 전' '그 화제가 나온 다음'이라고 각각 쓰여 있다. 드레퓌스 사건이 프랑스 사회의 공적 영역뿐만 아니라 개인들의 사생활까지 산산이 찢어놓고 있음을 이 만화는 어떤 장황한 논설보다 더 예리하고 절묘하게 드러내는 것이다.

19세기 말의 프랑스에서 드레퓌스 사건은 심각한 사회적 분열의 계기가 되었음에도 불구하고 사건의 정당한 수습을 통해 보수우파의 비뚤어진 애국주의와 황색신문의 왜곡된 선정주의를 상당한 정도 청산할 수 있었고, 그럼으로써 대혁명이 수립한 공화주의의 전통을 지킬 수 있었다. 그런 점에서 드레퓌스 사건은 프랑스공화국의 현대적 재탄생을 위한 역사적 진통이었다.

반면에 우리나라의 경우에는 1960년의 4월혁명, 1980년의 광주항쟁, 1987년의 6월항쟁, 2008년의 촛불시위 같은 민주주의의 분출에도 불구하고 그것이 정치적 민주화를 넘어 사회적 혁명으로 확산, 심화되는 성과를 낳지 못하고 있다. 흔히 한국은 민주화와 산업화의 동시적 달성에 성공한 예외적 사례로 찬양되고 있지만, 그리고 어느 면에서 그것이 분명 우리의 자랑이기도 하지만, 한국식 산업화의 결과로 나타난 심각한 사회적 불평등의 심화는 정치적 민주화의 모든 성과를 잠식하여 허구적인 것으로 만들어놓고 있다.

노동운동가 출신의 저술가 손낙구는 『부동산 계급사회』(2008) 『대한민국 정치사회 지도』(2010) 등의 저서에서 주로 부동산이라는 프리즘을 통해 한국사회, 특히 수도권 주민들의 투표성향과 정치의식을 심층적으로 분석한 바 있는데, 그에 따르면 부동산의 소유형태는 그 소유자의 정치행위에 영향을 주는 가장 중요한 변수이다. 그 결과 최근 몇차례 선거에서 나타났듯이 강남·서초·송파 등 강남 3구의 편향된 투표가 서울특별시 전체의 판세를 뒤집는 부조리가 연출될 수 있었다는 것이다. 그런 점에서 강남의 특권화를 극복하고 전국토의 균형발전을 도모하는 것은 지방자치의 성공적 정착을 위해서뿐만 아니라 민주주의의 내실화를 위해서도 피할 수 없는 과제의 하나일 것이다.

다음으로 간과할 수 없는 사실은 분단현실이 남한 근대화에 가한 부정적 영향이다. 흔히 말하는 압축적 성장은 지난날의 유신체제가 보여주었듯이 정치적 억압과 사회적 기형성을 동반할 수밖에 없는 과정인지도 모른다. 누구나 인정하는 것처럼 경제발전과 사회변화는 상호 긴밀하게 연관되어 있으며, 정치적 강압에 의해 변화가 생략되거나 발전이 비약하는 일은 있을 수 없을 것이다. 후발 자본주의 국가인 독일·이탈리아·일본에서 시민사회의 발전이 늦어지고 민주주의가 원만하게 뿌리내릴 수 없었던 것이나, 사회주의혁명을 표방한 소련에서 실제로는 국가폭력에 의한 강제적 산업화가 결국 파산하고 만 사례는 박정희 개발독재의 유산을 다루는 데에도 타산지석의 교훈일 것이다.

그런데 우리의 경우 압축적 성장이라는 조건 이외에, 발전의 방향이 원천적으로 북방의 휴전선에 가로막혀 있다는 또다른 조건이 커다란 억압으로 작용했을 것이다. 다시 말해 남쪽을 향해서만 일방적으로 문이 열려 있다는 지정학적 제약이야말로 강남의 특권적 풍요와 강북 소외의 결정적 요인이 아닐까 싶다. 그런 점에서 1972년의 7·4남북공동성명, 1991년의 남북기본합의서 채택, 그리고 특히 IMF외환위기 이후 2000년과 2007년의 남북정상회담과 공동선언 발표는 남한 내부의 사회경제적 왜곡을 시정하기 위한 노력이라는 면에서도 의미있는 진전이었다고 평가할 수 있다. 특히 김대중·노무현 정부는 한편으로 남북화해의 진척을 통해 한강 이북지역에 가해지는 군사적 긴장의 강도를 완화하려 노력했고, 다른 한편 지방분권과 균형발전을 추구함으로써 서울-수도권에 과잉집

중된 자본과 인구를 적절하게 지방으로 분산하고자 노력했는데, 정책의 방향 자체는 적절한 것이었다고 하지 않을 수 없다.

그러나 알다시피 그러한 정책은 부분적으로 성과를 내기도 했지만, 다른 측면에서는 반작용과 부작용도 만만치 않았다. 무엇보다도 김대중·노무현 정부의 대북화해정책은 기득권세력에게는 특혜의 기반을 위협하는 것으로 받아들여져 결사적 반발을 낳았고, 이것이 이들 정부의 섣부른 신자유주의 정책과 결부되면서 심각한 사회적 분열을 초래했다. 그러나 어려움 속에서도 남북 간의 화해와 교류는 꾸준히 진행되어, 머지않은 장래에 분단체제의 해체를 예감할 수 있는 지점까지 접근해갔었다고 믿어진다. 만약 이 방향으로 변화와 발전이 더 진행되었다면, 남북 간의 분단장벽이 일정하게 해소되는 길로 들어섰을뿐더러 남한 내부의 사회적 분열과 정치적 갈등도 웬만큼 극복할 수 있었을지 모른다. 그와 동시에 무엇보다 중요한 사태로서 북한사회 내부의 민주적 변화가 싹트고 자라날 수 있는 자생적 동력의 출현도 기대할 수 있게 되었을 것이다. 그러나 최근 2년 반 동안 이명박 정권하에서의 경험은 천신만고 끝에 조금씩 이룩했던 그런 방향의 성과들이 한꺼번에 물거품으로 돌아가고 있음을 실감케 하는데, 좁은 의미의 강북, 즉 도봉·강북·노원 지역의 문화적 정체성을 새롭게 구성하고 이를 통해 지역발전과 학문활동의 사회성 제고에 기여하려면 이런 더 넓은 맥락에 대한 고려를 잊지 말아야 지역주의의 편협성에서 벗어날 수 있으리라 생각한다.

〔2010〕

# 가난만이 살길이다

### 권정생 산문집 『빌뱅이 언덕』

1

권정생(權正生, 1937~2007) 선생의 동화는 이제 우리나라에서 국민문학의 반열에 올라 있다. 『강아지똥』 『몽실 언니』를 비롯한 그의 많은 작품들은 어린이뿐만 아니라 어른들에게도 큰 감동을 주고 널리 읽혀왔다. 그러나 적지 않은 사람들에게 권정생은 단지 한 사람의 동화작가에 그치는 존재가 아니다. 그의 동화 자체가 단순한 아동문학의 경계를 넘어서는 깊이를 지닌 것이지만, 특히 그의 산문집 『우리들의 하느님』(녹색평론사 1996, 개정증보판 2008)은 도시생활에 찌든 대다수 독자에게는 단순한 문학적 감동 이상으로 일종의 정신적 확장의 충격을 선사한 것이었다. 그의 산문들은 대부분 주변의 비근한 일상사를 소재로 아주 소박하게 감상을 적어나간 것임에도 동화나 동시와는 다른 차원에서 우리의 눈을 어떤 근본적인 곳으로 향하게 했고, 그럼으로써 우리의 무심한 일상생활이 실은 얼마나 잘못된 허구적 욕망에 기반하고 있는지 깨닫도록 만들었던 것이다.

이번에 새로 묶인 산문집 『빌뱅이 언덕』(창비 2012)도 그 점에서는 다를 바가 없다. 다만 이번 책은 분단과 전쟁 시기에 그가 겪은 참담한 경험들이 좀더 솔직하게 담겨 있어, 권정생의 인간적 성장과정을 이해하는 데에 구체적인 도움을 준다. 그의 모든 글이 대체로 그렇듯이 그는 결코 이론가가 아니고 따라서 글의 충격효과도 이론적인 데서 나온 것이 아니다. 그의 글이 책상 앞에서 읽고 사색한 결과물이 아니라 병든 몸으로 가난하고 외롭게 살아가는 자신의 생활을 단지 있는 그대로 반영한 것일 뿐이라는 점이야말로 그가 동시대인들로부터 받는 존경의 원천이다. 가난과 질병을 벗어난 적이 없으되 자기 몸을 돌보는 일보다 자연을 사랑하고 약자를 대변하는 일에 70년 생애를 바쳤던 그의 삶 자체야말로 아무도 흉내낼 수 없는 그의 위대한 업적이고 유산이다.


2


이 책에 실린 「나의 동화 이야기」라는 글에서 권정생은 "나의 동화는 슬프다. 그러나 절대 절망적인 것은 없다"고 말하고 있다. 그리고 그는 자기 동화가 어른에게도 읽히는 까닭이 "한국인이면 누구나 체험한 고난을 주제로 썼기" 때문일 거라고 추측하고 있다. 아마 이것은 권정생의 삶과 문학에 대해 누구보다 그 자신이 가장 적절하게 요약한 말일 것이다. 과연 그의 동화는 대체로 불행하고 슬픈 이야기들로 가득 차 있다. 하지만 동화에 담긴 슬픈 이야기들은 문학적 상상의 결과가 아니라 그 자신이 실제로 겪은 고난의 반영이다. 이 책 『빌뱅이 언덕』의 제1부에 실린 글들, 즉 「나의 동화 이야기」 「오물덩이처럼 뒹굴면서」 「열여섯살의 겨울」 「목생 형님」이 보여주는 바와 같이 그의 생애는 '비참하다' '기구하다'는 말로도 온전히 표현할 수 없는 극단적 고난의 연속이었다. 그러나 그는 삶에서나 문학에서나 결코 고통에 굴복하지 않았다. 대체 어떤 힘이 그를 절망적인 고난에서 구할 수 있었던 것일까.

알다시피 권정생은 1937년 일본 도쿄 빈민가의 뒷골목 셋방에서 태어났다. 아버지는 거리의 청소부, 어머니는 삯바느질, 형과 큰누나도 일하러 나가고 유일하게 작은누나만이 소학교에 다녔다. 어린 그는 늘 외톨이로 골목길에서 지내야 했다. 후일 그는 자기가 태어나 자란 뒷골목 사람들을 이렇게 묘사한 바 있다.

아무렇게나 흘러들어와 모여사는 빈민가 사람들은 가족구성도 정상적이지 않았다. 골목길 끄트머리 노리코네 아버지는 조선사람, 어머니는 일본여자, 노리코는 고아원에서 데려온 딸이었다. 건너편 집 미치코는 주워다 키운 아이고 동생 기미코는 조선 아버지와 일본 어머니 사이에서 태어난 혼혈아였고 우리 앞집 일본인 부부도 양딸을 데리고 살았다. 한 집 건너 경순이는 관동지진 때 부모를 잃고 거기서 식모살이처럼 얹혀살고 있었다.

집집마다 이렇게 사정이 딱한 데 비하면 권정생네 가족은 그나마 아주 정상적인 셈이었다. 그런데 그의 회고담이 우리에게 놀라움을 주는 것은 그가 "이때 나는 따뜻한 사람들을 많이 만났다" "그 따뜻한 촉감은 평생을 잊을 수 없다"는 말로 당시를 기억하고 있다는 사실이다. 해방 이듬해 봄에 두 형만 남겨두고 귀국할 때에도 그는 그 가난한 동네를 떠나는 것을 슬퍼했다. 조선인 남편과 일본인 아내, 부모가 다른 이복형제들, 고아와 혼혈 등 복잡하게 구성된 빈민가 가족들의 세계를 아무런 편견 없이, 아니 오히려 어떤 그리움조차 느끼면서 돌아본다는 것은 보통 일이 아니다. 그것은 재산도 특권도 또 높은 지식도 갖지 않은 사람들 사이에서나 가능한 진정한 평등과 우애의 공동체가 그때 거기에 이루어져 있었고 그 자신의 가족도 자연스럽게 거기에 속해 있었음을 입증하는 것이다.

당시 그의 빈민가 이웃들이 실제로 어떤 사람들이었는지 따지는 것은 부질없는 일이다. 말할 것도 없이 사람의 본성이란 선천적으로 정해져 있는 것이 아니라 일정한 사회적 관계 속에서 구체화되는 것이기 때문이다. 어떻든 우리가 주목해야 할 것은 세속적 기준으로 보아 인생의 밑바닥까지 갔다고 할 수 있는 '불쌍한' 사람들 사이에 오히려 따뜻한 인정이 살아 숨쉬고 있었고 그 따뜻함을 삶의 원리로 하는 변두리 공동체가 형성되어 있었다는 것, 그리고 그것을 권정생이 어려서부터 경험했다는 사실이다. 이 가난의 공동체에서 체득된 긍정적 가치관은 권정생의 내면에 굳건히 자리잡아 귀국 후 분단과 전쟁의 참화를 견디며 살아갈 힘을 그에게 주었다고 할 수 있다. 그리고 바로 그런 체험들이 『몽실 언니』를 비롯한 여러 동화에 시대를 초월하는 감동으로 형상화되었다. 이 책의 제1부에 수록된 자전적인 글들은 그가 상상을 뛰어넘는 가난과 견디기 힘든 병고에 시달리면서도 마치 한 단계 한 단계 시련을 극복해가는 구도자처럼 희망의 불씨를 지켜나가고 있음을 생생하게 보여준다.

권정생을 이해하는 데 있어 그가 선량한 가족과 따뜻한 이웃들 틈에서 자랐다는 것 말고도 꼭 기억해야 할 것이 또 있다. 다름 아니라 그가 일찍부터 책을 접했다는 사실이다. 청소부였던 아버지는 쓰레기에서 헌책들을 골라다 고물장수에게 팔았는데, 그는 대여섯살 때부터 아버지가 뒤란에 쌓아놓은 책을 가지고 혼자 글자를 익혔다. 그렇게 해서 읽게 된 유명한 그림책·동화책들은 그를 삭막한 현실로부터 아름답고 슬픈 상상의 세계로 인도했다. 책에 묘사된 온갖 진기한 이야기들은 그의 외로운 영혼에 꿈의 날개를 달아주었던 것이다.

이불 속에 누워 천장을 쳐다보고 있으면, 판자 쪽 줄무늬가 어느새 찬 빗줄기로 변하고 그 찬비를 맞으며 왕자와 제비가 떨고 있었다. 잠이 들면 꿈속에 양초 가게의 인어가 상인에게 팔려가는 구슬픈 모습이 나타나곤 했다.

그후 사춘기시절 객지를 떠돌다가 부산에서 가게 점원으로 일할 때에도 그는 책읽기에서 위안을 받았다. 새벽부터 밤중까지 일에 매여 책 같은 건 손에 잡을 여유가 없음에도 그는 "용돈이 생기면 초량동에 있는 '계몽서점'이란 헌책방에서 책을 빌려다 보는 것으로 낙을 삼았다." 포장지 뒤에다 스스로 시와 소설을 써본 것도 이때가 처음이었다. 그가 처한 삶의 여건이 자갈밭보다 더 거친 박토였음은 더 설명할 필요도 없는 사실인데, 그럼에도 불구하고, 아니 바로 그랬기 때문에 그 악조건을 뚫고 자라나 꽃을 피운 그의 문학적 노력은 만인에게 희망과 가르침을 주는 영속적 생명력을 얻게 되었던 것이다. 작가로 이름을 얻은 뒤에도 그는 독서를 쉬지 않았고, 또 독서의 범위가 문학이나 종교 같은 특정영역에만 한정되지도 않았다. 그의 산문집은 그의 시야가 인류의 운명과 세계사의 미래를 향해 넓게 또 예민하게 열려 있었음을 아주 구체적으로 보여준다.

3

알다시피 권정생은 1967년부터 경북 안동군 일직면 조탑동에 정착해 마을교회의 문간방에 기거하면서 교회 종지기로 지냈다. 1982년에는 교회 뒤쪽 언덕(빌뱅이 언녁)에 삭은 흙집을 지어 독립했으니, 그런 뒤에도 작고하기까지 그 교회의 집사로 봉직했다. 한마디로 그는 6·25전쟁 전후 유랑과 방황으로 보낸 한때를 제외하면 평생 독실한 기독교도였다. 그의 문학세계도 근본적으로는 기독교신앙에 바탕을 둔 것이었다고 말할 수 있다. 그러나 그의 기독교는 오늘날 우리 주위에서 흔히 보는 기독교와는 전혀 다른 것이었다.

그가 예수를 처음 알게 된 것은 다섯살 때 누나들이 예수의 죽음에 관해 주고받는 얘기를 곁에서 듣고서였다. 교회의 제도와 규범을 통해서가 아니라 누나들의 이야기 속에 형상화된, "핏기 없는 검푸른 얼굴에 붉은 피를 흘리며 공중에 높이 매달린 남자"의 이미지, 즉 십자가 형틀에 달린 예수의 모습을 통해 기독교가 그에게 전해졌다는 것은 매우 상징적이다. "내가 교회에 나가고 예수를 믿는 것은 예수가 사랑했던 들꽃 한송이를 나도 사랑하고 싶고 그가 아끼던 새 한마리를 나도 아끼며 살고 싶기 때문이다"라는 그의 말이 웅변하듯이 권정생은 어떤 외부적 형식의 매개를 거치지 않고 직접 예수의 삶을 본받고 싶어했다. 그런데 그가 보기에 역사 속의 교회, 현실 속의 교회는 예수의 실천과는 반대로 서구 제국주의의 첨병이 되어 아프리카·아메리카·아시아의 민중을 약탈하고 침략하는 데에 앞장섰고 부자와 강자의 편이 되어 기성체제를 옹호하는 일에 선전부서가 되어 있었다.

특히 오늘의 한국교회에 대한 권정생의 비판은 유례없이 신랄하다. 가령 「김목사님께」「다시 김목사님께」 같은 글은 아슬아슬할 만큼 통렬한 목소리로 한국교회의 부패와 타락을 규탄한다.

교회는 정치와는 떨어져 순수한 도덕적 수양만으로 높은 신앙인이 되라고 가르치면서, 어쩌면 교회는 그렇게 정치와 결탁해서 하느님의 자녀들을 기만하는 것입니까? 갈보리산 언덕에서 죽은 예수는 진실로 정치와 대결했던 인간이었습니다. 예수는 이 세상의 모든 정치를 부정했기 때문에 죽은 것입니다.

그러므로 권정생이 보기에 오늘의 한국교회는 예수를 다시 돈과 권력의 우상에게 팔아넘기는 집단이 되어 있다.

그럼 교회는 어떠해야 하는가. 「우리들의 하느님」이란 글에서 권정생은 교회 문간방에 살면서 새벽종을 울리던 때가 "진짜 하느님을 만나는 귀한 시간"이었다고 회고한다. 1960년대까지만 해도 "농촌교회의 새벽기도는 소박하고 아름다웠다. 전깃불도 없고 석유램프를 켜놓고 차가운 마룻바닥에 꿇어앉아 조용히 기도했던 기억은 성스럽기까지 했다." 그러므로 그때 교회는 가난하지만 따뜻하고 정이 넘쳤다. 예컨대, 당시 교회의 회계장부를 보면 마을의 누가 몇백원을 꿔갔다가 언제 갚았다는 기록이 종종 보인다고 한다. 교회가 민중생활 한가운데서 고락을 함께했음을 이보다 잘 입증하는 사례는 없을 것이다. 그런데 1970년대 들어 이런 민중적·생활적 요소는 교회에서 자취를 감추었다고 권정생은 개탄한다. 권위주의와 물질만능주의에 신비주의까지 밀려들어 이제 교회는 인간상실의 본산이 되었고, 목사와 장로도 직분이 아니라 "명예가 되고 계급이 되고 권력이 되었다."

권정생이 보기에 한국교회는 불교 등 다른 종교나 민속신앙들과 이 사회에서 평화롭게 공존하는 지혜를 잊은 지 오래다. 그뿐만 아니라 교회는 우리 민족의 역사적 전통과 고유문화를 파괴하고 사람과 자연 간의 공생의 질서를 어지럽히는 데까지 나아가고 있다. 그러므로 이제 한국교회는 자기 존재의 정당성에 대한 근본적 물음 앞에 직면해 있다. 그는 뜨거운 가슴으로 외친다.

동족끼리 인간끼리 무기를 맞대고 싸우는 전쟁터에, 아무리 거대한 교회당을 지어놓고 수만명이 모여도 그건 교회가 아닙니다. 황량한 들판이든, 강가이든, 산 위이든 싸움이 없는 곳이, 권력이 없는 곳이, 황금이 없는 곳이, 억압이 없고 공갈이 없는 곳이 곧 교회입니다.

그러나 잊지 말아야 할 것은 한국교회에 대한 권정생의 이 가열찬 비판이 스스로 '교회에 속해 있다'고 믿는 그의 자기확신에서 나온다는 점이다. 즉 그에게 있어 교회비판은 일종의 자기비판으로서, 예수의 정신을 따르고자 하는 자의 의무의 이행이며 교회혁신의 책임을 자각한 자의 당연한 신앙적 참여행위인 것이다.


4

권정생의 사상은 근본적으로 자연과 사람의 공생관계를 전제로 한다. 그가 생각하기에 원래 사람은 "자연을 한식구처럼 생각하면서" 살았다. "집에서 키우는 짐승도, 들판이나 산에 사는 새도 짐승도 이웃에 사는 한 목숨들이었다." 그런데 언제부턴가 인간과 자연 사이에 맺어진 공존·공생의 순환적 질서는 무너지고 말았다.

앞에서도 지적했듯이 권정생은 이론적으로 이 문제를 천착한 학자가 아니다. 하지만 오히려 그렇기 때문에 그의 글은 가슴 깊은 곳으로 전해지는 절실한 호소력을 가진다. 그는 많은 글에서 자연파괴가 단지 환경에만 국한된 문제가 아니라 인간성의 지속 가능성이 걸린 문제이고 인류문명의 존망에 관계된 근본적인 문제라고 되풀이 경고한다. 역설적이지만, 그가 보기에 우리 사회가 아직까지 이만큼의 도덕성을 유지하는 것은 자연 속에서 자라난 세대가 그래도 아직 많이 남아 있기 때문이다. 그런데 세월이 더 흘러서 세상이 "도시적 삶을 살아온 세대로 바뀌면 그때는 상상도 못할 만큼 무서운 사회가 될지 모른다"고 그는 말한다. 실제로 오늘 우리는 그런 가공할 사회가 임박해 있음을 날마다 실감하고 있지 않은가. 그렇다면 우리는 이 절체절명의 위기에 어떻게 대처할 것인지, 도대체 대처방안이 있기나 한 것인지 묻지 않을 수 없다. 권정생이 제시하는 유일한 해결책은 사람이 자연의 법칙에 순응하여 최소한의 소비만으로 사는 것, 즉 자연 속에서 가난하게 사는 것뿐이다. 다음과 같은 그의 전언은 이제부터 우리 스스로가 풀고 스스로의 실천으로 대답해야 할 무거운 숙제이다.

모두가 원위치로 돌아가 가난을 지켜야 한다. 가난만이 평화와 행복을 기약한다. 가난이란 바로 함께 사는 하늘의 뜻이다.

민주주의도 가난한 삶에서 시작되고, 종교도 예술도 운동도 가난하지 않고는 말짱 거짓거리밖에 안 됩니다.

〔2012〕

# 노년의 문학

급속하게 진행되는 한국사회의 노령화 현상은 언론매체에 자주 오르는 단골메뉴 중 하나이다. 우리나라가 조만간 초고령사회에 진입하리라는 것은 굳이 통계수치를 참조할 필요도 없는 현상일 것이다. 농촌에서 젊은 이를 찾아보기 어려워진 것은 오래된 일이고, 대도시에서도 이제는 거리를 배회하는 노인들의 행렬이 자주 눈에 띈다. 대낮에 전철을 타보면 예전에 비해 노인들 숫자가 날로 많아지는 것을 거듭 실감할 수 있다. 노동인구와 부양인구 간의 적절한 균형이 사회의 안정에 필수적이라는 것은 두말할 나위도 없다. 달리는 자동차에 약간의 쏠림만 생겨도 불안감이 들듯이 어린이·청년·중년·노년 간의 적정한 비율에 불균형이 생겨도 저절로 사회적 안정감이 흔들리게 된다.

그런데 나이를 먹어가는 당사자들 입장에서는 노령화가 하나의 사회문제이기 전에 한 인간의 삶의 질과 내용에 관계된 실존적 문제이다. 주위를 둘러보면 예전과 달리 70,80세를 넘긴 노인들이 많은데, 그들을 한데 묶어서 바라보는 사회학적 시선에는 인생의 황혼기를 보내는 노인들의 우울과 적막감이 제대로 포착되기 어렵다. 개인들이 겪는 나날의 구체적인 일상과 절실한 개인적 감정들이 획일적인 일반론 속에 담길 수는 없기 때문이다.

바로 이 지점에서 우리는 문학으로 눈을 돌리게 되는 계기의 하나를 발견한다. 왜냐하면 사회학적 일반론으로 환원될 수 없는 개인들의 독특한 경험과 미묘한 정서의 세계야말로 다름 아닌 문학의 몫이라고 할 수 있기 때문이다. 그러나 우리나라 문학에서 노인들의 생활과 정서를 노인들 자신의 언어로 표현한 작품은 흔하게 찾아볼 수 있는 것이 아니었다. 일제강점기에는 꽃다운 젊은 나이에 세상을 떠난 문인들이 많아서, 요절(夭折)이 문인의 특허인 것 같은 인상을 주었다. 예컨대, 유명한 문인들 가운데 이장희(1900~29)·나도향(1902~26)·김유정(1908~37)·이상(1910~37)·윤동주(1917~45)는 20대에 숨을 거두었고 방정환(1899~1931)·최서해(1901~32)·김소월(1902~34)·심훈(1901~36)·이효석(1907~42)·백신애(1908~39)·오장환(1918~51)은 서른을 겨우 넘겼다.

이렇게 요절한 문인들이 많지만, 그러나 실제로는 문인이 딴 직종에 비해 유난히 더 단명했던 것은 아니다. 일제강점기에 활동을 시작한 문인들 중에도 홍명희(1888~1968)·이기영(1895~1984)·박종화(1901~81)·박세영(1902~89)·김팔봉(1903~85)·박화성(1904~88)·김달진(1907~89)·김정한(1908~96)·윤석중(1911~2003)·박두진(1916~98)처럼 여든 넘게 생존한 분들이 적지 않았다. 이광수(1892~1950)·김안서(1896~?)·박영희(1901~?)·김동환(1901~?)·정지용(1902~1950)·김기림(1908~?) 같은 분들도 전쟁 중의 불행만 없었다면 더 오래 살아 우리에게 노삭가(老作家)의 모습을 남겼을지 모른다. 요컨대 문인들도 문인이기 때문에 요절하거나 장수한 것이 아니고 불우한 시대를 살았던 다른 모든 국민과 마찬가지로 식민지와 분단의 고통에 시달리면서 가난과 질병에 노출되어 있었던 것뿐이라고 말할 수 있다.

어떻든 우리의 눈길을 끄는 사실은 오랫동안 한국의 근대문학을 주도해온 것이 청년의 문학이었다는 점이다. 이 사실을 우리는 두가지 측면에서 관찰해볼 수 있다.

첫째는 작가의 측면에서다. 중년 또는 노년에 이르기 전에 세상을 떠난 요절작가들의 경우, 그들의 작품에 주로 젊은이가 등장하고 세계와 사물을 보는 그들의 시선이 청년의 것임은 길게 분석할 필요도 없을 것이다. 세속에 오염되지 않은 순결함과 경험의 부족에서 오는 미숙함은 동전의 양면처럼 청춘의 특징을 이룬다. 일제강점기 한국문학이 청년의 문학일 수밖에 없었던 것은 그런 면에서도 부득이한 일이었다.

하지만 장수를 누린 작가들의 경우에도 중년의 나이가 되면 어느덧 정신의 긴장이 풀려, 또는 생계의 압박 때문에 창작 일선에서 한발 물러서는 것이 그동안 우리 문단의 흔한 관행이었다. 이른바 조로(早老)라는 말로 불리는 현상이 그것이다. 아마 그보다 더 중요한 문제는 대다수 우리나라 작가들이 나이가 들어 현역으로 활동하는 경우에도 자신의 당면문제, 즉 노년의 세계를 정면에서 다루기를 기피하는 듯하다는 점이다. 일본식 사소설(私小說)이 발달하지 않은 것은 사회현실과의 대결을 중시하는 우리나라 문학의 미덕이라고 해야 하겠지만, 글쓰기의 주체 즉 작가 자신에 대한 정직한 자기점검과 치열한 자기분석을 찾아보기 어렵다는 것은 한국문학의 자랑이 아닐 것이다.

다른 한편, 독자의 측면에서 이 문제를 살펴볼 수도 있다. 한국에서 문학독자의 가장 중요한 구성분자는 젊은이들, 그중에서도 여학생들이라고 한다. 외국작품의 번역 중에서도『데미안』『호밀밭의 파수꾼』『좁은 문』『어린 왕자』같은 작품들이 판매 상위권을 차지해온 것은 그 작품들이 성인들의 세계보다 성장기 젊은이의 고뇌와 각성을 다루었기 때문일 것이다. 최인훈의 장편『광장』을 단순히 청춘소설이라고 규정짓는 것은 말이 안 되지만, 그 작품이 그토록 오래 독자들의 관심을 끌어온 이유 중에는 남북체제를 비교적 공평하게 소설화했다는 점 외에 가혹한 상황에 부딪쳐 방황하고 좌절하는 청춘의 일대기를 형상화했다는 성장소설로서의 매력도 빼놓을 수 없을 것이다.

반면에 우리 문학사에서 염상섭, 채만식, 김정한, 송기숙, 이문구 같은 작가들은 뛰어난 업적과 높은 명성에도 불구하고 독자대중의 애호를 별로 받지 못하는 것 같다. 이들의 경우 문학사적 평가와 대중적 선호도가 이처럼 극명하게 갈리는 데에는 작가마다 각각 다른 까닭이 있겠지만, 공통적인 것은 그들이 젊은 세대의 감성에 호소하는 감각적 문체를 구사하지 못한다는 점, 이와 관련하여 그들이 청춘남녀의 애정유희를 그려내는 데 무심해 보인다는 점 등을 지적할 수 있을 것이다.

그러나 이제 한국문학에도 서서히 변화가 감지되고 있다. 옛날에는 문인들이 50대만 되면 벌써 원로의 대접을 받으려고 했다. 이광수는 1892년생이므로 6·25전쟁 중 병사했을 때 아직 회갑도 안 된 나이였다. 하지만 이광수는 작고하기 20년 전부터, 즉 1930년대부터 이미 원로의 이미지에 싸여 있었다. 1930년대 말경 '순수'의 개념을 둘러싸고 일종의 신구논쟁이 벌어졌을 때 선배세대를 대표한 소설가 유진오는 1906년생으로서 겨우 33세였다. 후배세대를 대표하여 논전에 나섰던 1913년생의 김동리도 분단과 전쟁으로 선배들이 자취를 감추거나 힘을 잃은 1950년대에 40대의 젊은 나이에 예술원 회원이 되고 문단의 좌장 자리에 올랐다. 반면에 시인 고은은 1933생이므로 작고했을 때의 이광수로나 현재 2004년이나 더 연상이지만 별로 노인의 느낌으로 다가오지 않는다. 그는 생물학적 연령과 무관하게 왕성한 활동을 계속하고 있을뿐더러 작품의 성격 자체가 노소의 구별을 초월하고 있다. 오늘 우리 문단에 그런 나이를 잊은 원로가 고은 한 사람뿐이 아님을 우리는 잘 알고 있는데, 이것은 한국문학의 성숙을 반영하는 바람직한 현상이라 할 것이다.

하지만 노년과 더불어 찾아오는 심신의 변화, 예컨대 육신의 질병과 심리적 소외감을 정직하게 견디면서 그것을 강고하게 단련된 정신세계로 승화시키는 참된 의미의 '노년의 문학'이 태어나고 있다는 사실이야말로 더욱 주목할 만한 현상이다. 일찍이『성북동 비둘기』(1969)『겨울날』(1975) 등 말년의 시집에서 시인 김광섭(1905~77)이 노년의 병상을 창작의 산실로 전환시켜 찬탄을 자아낸 바 있다. 근년에 우리는 그런 사례가 본격적으로 나타나고 있음을 느낀다.『느릅나무에게』(2005)의 시인 김규동(1925~2011),『너무도 쓸쓸한 당신』(1998)의 소설가 박완서(1931~2011),『아주 느린 시간』(2000)의 소설가 최일남(1932~ )은 자신들의 노년을 새로운 문학적 발효의 시간으로 삼아 노년의 생활과 노년의 감정세계 자체를 주제로 하는 우리 문단 초유의 값진 성과를 올리는 데 성공하고 있다. 얼마 전 발간된 홍윤숙(1925~ )의 시집『쓸쓸함에 대하여』(2010)는 이 목록에 또 하나의 뛰어난 작품을 추가했다고 믿어지는데, '빈 항아리'처럼 공허해져 가는 노환(老患)의 나날이 결코 종말로 향하는 누추한 퇴락과 지루한 인고의 기간이 아니라 너그러운 순명(順命)과 풍요로운 사색이 가능한 언어 잔치의 마당임을 이 시집의 잘 다듬어진 언어는 잔잔하게 입증하고 있다. 이 시집에서 받은 감동이 이 글을 적게 된 동기임을 밝히고 싶다.

〔2010〕

# 인쇄된 것 바깥에 있는 진실들

　내가 젊었던 시절만 해도 문학하는 사람에게는 으레 고정관념이 따라다녔다. 세상물정에 어둡고 대체로 가난하며 생활이 불규칙하고 게으른 데다가 너나없이 술을 좋아해서 식구들 고생시키기 십상이라는 것이었다. 요절(夭折)도 문인의 전매특허 중 하나였다. 그러니 딸이 문학지망생과 사귄다면 부모가 고개를 젓는 것이 당연했다.

　하지만 내가 반세기 동안 겪어본 바에 따르면 이런 통념은 근거 없는 선입견에 지나지 않는다. 그런데 왜 그런 선입견이 유포되었을까. 아마 가장 중요한 이유는 과거에는 문인이 언론의 조명을 자주 받는 직종이었기 때문일 것이다. 사회가 단순하고 정치활동이 원천적으로 봉쇄되었던 일제강점기나 전파매체가 빈약했던 문자숭심 시대에는 문인이라는 깃이 매우 대중적인 직업이었다. 이광수, 김말봉, 박계주, 김내성, 정비석을 동렬에 놓고 얘기할 수는 없겠지만, 한 시대의 인기작가였다는 점에서는 동일한 범주에 든다고 할 수 있다.

　문인의 그런 역할은 이미 꽤 오래전에 다른 직종으로 넘어갔다. 오늘날 우리가 매일 경험하는 바와 같이 이제는 연예인과 운동선수가 대중의 시선을 가장 많이 끌어모으는 직업, 즉 스타가 되었다. 그 결과 오늘날에는 연예계의 스타들이 과거 문인이 겪었던 것과 같은 각종 헛소문과 선입견에 시달리고 있다. 대중매체가 만들어낸 과장된, 때로는 편향된 이미지가 스타들을 둘러싸고 검증 없이 유통되고 있는 것이다.

문인들만의 고유한 특성이란 게 없다고 했지만, 한가지 공통점이 없는 것은 아니다. 그것은 다름 아니라 청소년시절의 독서열이다. 내가 관찰한 바에 따르면 문인들은 예외 없이 책에 광적으로 몰입했던 경험의 소유자들이다. 일반의 예상과 달리 술을 조금도 입에 못 대는 문인도 있고 주먹을 잘 쓰거나 이재(理財)에 밝은 문인 등, 온갖 종류의 개성들이 잡다하게 섞여 있는 것이 문인세계지만, 청소년시절 책읽기에 중독되었던 경험만은 대부분 공유하고 있다. 그렇다는 사실을 통해 나는 책과 문인의 관계에 관해 두가지 점을 지적하려고 한다.

하나는 문인의 책읽기 습관이 이제는 그들의 과거지사에 불과하다는 점이다. 청소년시절 책에 빠져 지냈던 탓에 스스로 책을 쓰는 사람이 되는 데는 성공했으나, 기성문인이 된 다음에도 여전히 또 꾸준히 독서에 정진하는 문인은 의외로 많지 않다는 것이 내 결론이다. 만나서 10분만 얘기를 나눠보면 대강 알 수 있는데, 늘 습관적으로 책을 읽는 분들은 무슨 화제가 나오든 자신이 최근에 읽은 책과 관련지어 말하려는 경향이 있다. 소설가 최일남, 시인 신경림 같은 분들이 그런 독서가들이다. 실용적 목적을 위해 읽는 것이 아니라, 가령 논문을 쓰기 위해 또는 강의준비를 위해 읽는 것이 아니라 책 자체의 내용이나 문체의 매력에 끌려서 읽는 독서, 즉 일상적 습관으로서의 독서가 날이 갈수록 줄어들고 있다는 걸 특히 젊은 세대에게서 절감한다. 나의 잘못된 판단이길 바라지만.

다른 하나는 책에 빠지는 것과 책읽기에 빠지는 것을 구별할 필요가 있다는 점이다. 어려운 얘기를 하려는 것이 아니다. 책을 소유물로서 가지려는 것과 책의 내용에 몰입하는 것 간의 관계가 그렇게 단순하지 않다는 것이다. 물론 책읽기를 좋아하다보면 자연히 그 책을 갖고 싶은 욕심이 생기는 게 인지상정이다. 문인·교수·학자 들처럼 직업적으로 책을 읽어야 하는 사람치고 동시에 다소간 장서가가 아닌 사람은 없을 것이다. 하지만 직업적인 이유 아니고서도 수많은 사람들이 독서를 취미로 삼고 있고, 그래서 그들 중 어떤 사람은 문인·학자를 능가하는 장서가가 되어 있다. 알고 보면 책·그림·음악·골동품 등 어느 분야에나 문인·화가·음악가·미술사학자 못지않게 해박한 지식과 예리한 감식안을 가진 그 방면의 마니아들이 숨어 있게 마련이다.

하지만 독서욕과 장서욕은 다른 종류의 욕망이라는 것이 내 생각이다. 연구욕구와 수집욕구, 또는 지적 욕망과 물질적 욕망이라고 말을 바꿔볼 수도 있을 것이다. 물론 양자는 성질상 구분하기 어렵게 서로 얽혀 있는 수가 많다. 그러면 이런 비유를 들어보면 어떨까. 좋은 일을 하려는 목적을 가지고 돈벌이라는 수단에 전력투구하는 사람이 있다고 치자. 돈을 벌기 위해 열심히 일하는 그 사람의 의식 또는 무의식 속에서 목적과 수단은 명확하게 구분하기 힘들다. 하지만 그렇더라도 돈벌이가 일정한 규모에 이르러 기업의 형태를 갖추게 되면 돈 버는 일 자체가 목적으로 화하여 좋은 일에 돈을 쓰겠다는 애초의 목표는 어디론가 사라질 수가 있다. 말하자면 돈의 소유와 돈의 사용 사이에 분리가 발생하는 것이다. 돈벌이의 자기소외 현상이라고 할 수 있다. 평생 책과 더불어 인생길을 걸어가고자 하는 사람이라면, 책을 목적으로 생각하든 수단으로 생각하든, 자신의 내면에서 발생하는 이러한 자체분열, 즉 내부모순을 늘 냉정하게 의식할 필요가 있을 것이다. 진정으로 책을 사랑하는 길은 책의 노예가 되는 삶이 아니라 책으로부터의 자유를 실현하는 삶이 아니겠는가.

그런데 책 읽기를 정말 좋아하는 사람이라면 많은 경우 책의 소유자가 되는 데서 만족할 수 없는 내면의 욕구를 갖게 마련이다. 타고난 재능도 있어야 하고 주위의 여건도 허락해야 하겠지만, 그는 독서가와 장서가의 단계를 넘어 스스로 책을 쓰는 사람이 되는 길을 모색할 것이다. 물론 아주 소수의 독자만이 스스로 저자가 되는 데 성공할 것이다. 글을 쓴다고 하면 대뜸 시·소설·수필 같은 문학적인 글쓰기를 떠올리기 쉽지만, 실은 모든 의견과 지식, 경험과 깨달음은 책의 형식 안에 결집됨으로써 보존과 전파의 가능성을 얻게 된다고 할 수 있다. 그런 점에서 문자의 발명에 이은 책의 발명이야말로 인류문명의 발전에 있어 획기적인 의의를 가지는 것이다. 그러므로 가령, 예수의 말씀과 행적이 아무리 위대한 진리를 내포한 것이었다 하더라도 마르코(마가), 마태오(마태) 등 복음서의 저자들이 예수의 삶과 죽음에 관한 동시대의 민중전승을 수집하여 글로 기록하지 않았다면 기독교가 성립할 수 있었을지 의문이다.

아이작 뉴턴이 근대 자연과학의 초석을 놓았다고 평가되는 것도 그가 연구실에서 행한 실험과 연구 자체에 의해서가 아니라 『자연철학의 수학적 원리』(1687) 같은 저서의 출판을 통해 자신의 실험과 연구결과를 사회적으로 통용될 수 있는 공공의 그릇에 담는 데 성공했기 때문이다. 뉴턴은 수학·물리학·천문학 등 다방면에 걸친 학문적 관심의 소유자이고 천재적인 연구자였지만, 하늘의 천체와 지상의 사물들이 동일한 운동법칙에 따라 움직인다는 사실을 발견한 것 자체에 의해서가 아니라 그 움직임의 법칙들을 『자연철학의 수학적 원리』라는 제목이 보여주는 바와 같은 이론(異論)의 여지가 없는 수학적 기호로써 표현한 것에 의해서 과학사에 업적을 남긴 것이다. 즉 그의 진정한 위대함은 과학적 탐구 자체에만 있는 것이 아니라 그것을 만인에게 소통 가능한 보편적이고 학술적인 언어로 기술한 데에, 즉 학문적 저술에 있는 것이라 할 수 있다. 그러므로 무엇보다 책이야말로 위대한 물건이라고 말하지 않을 수 없다.

실체적 사실과 실체의 표현 사이의 관계에 있어서의 이러한 면이 문학적 글쓰기에서는 더 두드러진다고 할 수 있다. 우리가 매일 경험하는 바와 같이 이 시대는 끊임없이 거듭되는 충격적인 사건들로 한시도 평온할 날이 없다. 신문과 방송에서 전하는 나날의 뉴스는 언제나 우리의 안이한 상상을 초월한다. 시야를 조금 멀리 하면 광주항쟁이라든가 6·25전쟁 같은 엄청난 비극도 있고, 더 멀리 눈을 돌리면 외국의 침략으로 남의 종노릇하는 신세가 되기도 하였다. 이 격동의 와중에 수많은 사람들이 실향민·이산가족이 되어 끝내 감기지 않는 눈을 감고 세상을 떠나야 했다. 지난날 우리 국민 다수가 이런 삶을 살았다.

그러나 아는 바와 같이 그 경험을 시와 소설 같은 문학작품으로 제대로 형상화할 수 있는 사람은 소수에 불과하다. 고난의 역사 속에서 누구나 뼈저린 아픔을 겪지만, 그것을 독특한 시적 언어로, 또 고유한 소설적 형상으로 구현해내는 것은 아무에게나 가능한 일이 아니다. 예전에 대학 교재로 많이 쓰이던 문학개론 책들에는 시에 대한 정의의 하나로서 "시는 강렬한 감정의 자연적인 흘러넘침"이라는 영국 시인 워즈워스의 말이 흔히 인용되어 있었다. 워즈워스가『서정담시집』개정판(1800) 서문에서 그런 뜻의 말을 한 것은 사실이다. 하지만, 실상 그 말의 주된 의도는 감정의 진실성이 결여된 앞 시대 신고전주의의 형식주의·기교주의를 비판하는 데 있었던 것으로, 그런 문학사적 맥락에서 절단된 인용은 발언자의 의도를 잘못 전달할 수도 있다. 어떻든 분명한 것은 강렬한 감정 자체와 시적으로 강렬한 표현은 양자간에 아무리 긴밀하고 필연적인 관계가 있다 하더라도 서로 혼동될 수 없는 별개의 것이라는 겁이다. 하나는 실재(實在)의 영역에 속하고 다른 하나는 표현(假像)의 영역에 속하기 때문이다.

그러고 보면 문학연구자가 하는 가장 핵심적인 일은 누구나 일상적으로 사용하는 실제적 생활수단으로서의 언어가 어떻게 문학작품이라고 하는 비범하고 강력한 표현체로 변용되는가, 왜 어떤 표현은 다른 표현보다 더 강력한 것으로 받아들여져 훌륭한 '문학'으로 인정되고 다른 것은 '문학 이전' 또는 '문학 바깥'으로 취급되는가, 표현의 재료인 경험이나 감정과 표현 자체와는 어떤 필연적 또는 우연적 관계를 맺고 있는가 등을 이론적으로 파고드는 것이라 할 수 있다.

이쯤에서 화제를 돌려 내 경험 한두가지를 가지고 책 얘기를 해보겠다. 내가 대학 다니던 시절이니 1960년대 초인데, 당시 서점가에 많이 꽂혀 있던 문고판들 중에서 우연히 루돌프 불트만(Rudolf Bultmann, 1884~1976)이라는 독일 신학자의 책을 제목에 끌려 사본 적이 있다. 이리저리 찾아보니 1959년 신양사(新楊社)에서 '교양신서 35번'으로 간행한『성서의 실존론적 이해』(유동식柳東植 번역)가 그 책이다. 오래전의 일인데다가 내 관심도 곧 딴 데로 옮겨가서 거의 기억나는 게 없지만, 비신화화(非神話化)라는 불트만의 개념만은 지금도 뚜렷이 남아 있다.

그로부터 10여년 뒤 계간지『창작과비평』편집에 열심히 종사하고 있을 때 서남동(徐南同) 목사의 번역으로 아라이 사사구(荒井獻, 1930~ )라는 일본인 신약학자의 「예수와 그 시대」(『창작과비평』 1975년 가을호)라는 긴 글을 잡지에 게재하면서 실로 흥미진진하게 교정을 보았다. 아마 당시에 많은 독자들은 왜『창작과비평』같은 문예지가 그런 긴 신학논문을 실었는지 의아하게 여겼을지도 모르겠다. 하지만 꼼꼼히 읽어보면 그 글은 엄혹한 유신독재에 항거하며 민주화운동에 앞장섰던 당시의 한국 기독교야말로 진정으로 예수의 실천적 삶을 본받고 있음을 신학적으로 논증하고 있어서, 시대적 의의가 큰 논문이었다. 그 논문의 바탕에 깔린 사상적 밑그림은 가난한 민중과 고락을 같이하면서 억압적 권력체제에 저항했던 해방자로서의 예수였던 것이다. 세계적으로 이런 새로운 신학연구의 축적이 계속되어왔기에 최근 국내에서도 김근수의『슬픈 예수』(21세기북스 2013)나 박경미의『신약성서, 새로운 삶의 희망을 전하다』(사계절 2014) 같은 저술이 나올 수 있었을 것이다. 최근에 내가 읽어본 것이 김근수와 박경미의 책이므로 예로 들었지만, 짐작건대 더 많은 훌륭한 저서들이 나와 있을 것이다.

어설픈 지식에 기대어 내가 하려는 이야기의 요점은 성서도 다름 아닌 책의 하나라는 것, 따라서 역사적 생성과정과 변형과정을 밟았으리라는 것이다. 김근수의 책을 통해 내가 알게 된 사실들, 즉 예수의 생애에 관한 최초의 기록인 「마르코 복음서」는 예수가 처형되고 나서 40년쯤 뒤에 쓰였다는 것, 마태오와 루가(누가)의 복음서들은 다시 그보다 10여년 뒤에 「마르코 복음서」를 기반으로 쓰였다는 것, 따라서 그와 같은 성서의 형성과정이 각 복음서의 내용과 표현방식에 큰 영향을 끼쳤으리라는 것 — 이런 사실은 대부분의 한국 기독교도들 머리에는 잘 떠오르지 않을 것임에 틀림없다. 왜냐하면 한국의 주류 기독교가 성서라는 역사적 문헌을 통해 진실로 예수의 가르침을 따르고 있다면 결코 오늘과 같은 맹목적 축자주의(逐字主義)·배금주의·독단주의의 행태를 보이지는 않을 것이기 때문이다. 지식을 얻고자 하든 진리를 찾고자 하든 책은 가장 유력한 수단의 하나임이 분명하다. 그러나 책 너머에 있는 무엇인가를 찾아 스스로 해방된 인간으로 거듭나고자 한다면 책을 버릴 수도 있어야 한다. 강물을 건넌 다음에는 뗏목을 버려야 하는 것처럼.

이번에는 가까운 우리 문학 쪽으로 화제를 돌려보자. 역시 내 개인의 경험을 중심으로 한 일화이다. 얼마전 『근대서지』 제4호(2011.12.31)에 기고한 에세이 「책 읽기, 글 쓰기, 책 만들기」에도 썼듯이 나는 1964년 4월 초부터 1967년 12월 말까지 출판사 신구문화사 편집부에 근무했다. 입사하고 나서 처음 내게 맡겨진 일은 출판을 위한 기초자료의 정리였고, 다음에는 원고검토와 윤문(潤文) 작업이었다.

그 무렵 신구에서 만든 책은 『노오벨상 문학전집』과 『한국의 인간상』 전 6권(1965.4.1)이었다. 앞의 것은 1901년부터 1963년까지의 노벨문학상 수

상자 작품들을 6권에 묶어 간행하고 1964년 사르트르부터 파블로 네루다, 하인리히 뵐까지는 연차적으로 대략 한 작가를 한권에 수록해서 제13권까지 발행한 전집이었다. 나는 주로 독일어권 작품들을 검토하는 일을 했는데, 우크라이나 출신의 이스라엘 작가 슈무엘 아그논(Shmuel Y. Agnon, 1888~1970)과 베를린 출생의 유대계 여류시인 넬리 작스(Nelly Sachs, 1891~1970)의 작품을 다루었던 것이 기억에 남아 있다.

그보다 더 열심히 했던 것은 『한국의 인간상』 작업이었다. 제5권이 〈문학예술가 편〉으로서 고대의 솔거, 우륵, 최치원부터 중세의 김시습, 황진이, 허균을 거쳐 현대의 이광수, 홍난파, 이중섭까지 총 40명 가까운 인물들의 평전을 모은 책이었다. 대부분의 원고들은 편집부에서 체제를 통일하여 다듬었고, 때로는 거의 새로 쓰다시피 했다. 나는 내 이름으로도 이상(李箱) 편을 썼지만, 다른 분들의 원고 다듬는 일도 맡았다. 문제는 육당 최남선과 춘원 이광수 편이었다. 원고를 읽어보니 그들이 저지른 훼절의 과오를 감추거나 변호하는 식으로 서술되어 있었다. 나는 원로들의 원고에 과감하게 내 생각을 집어넣어 고쳐 썼다. 춘원 편의 필자인 백철 선생은 가벼운 불평 정도로 넘어갔으나, 육당 편의 필자인 조용만 교수는 강력히 항의를 제기하며 자기 이름을 빼라고 요구했다. 『한국의 인간상』에 실린 두분의 글을 읽고 의아하게 생각할 후일의 연구자들을 위해 여기 사실을 밝혀둔다.

신구문화사에 근무하는 동안 내가 제일 열심히 한 일은 18권짜리 『현대한국문학전집』의 편집이었다. 이 전집은 오영수, 손창섭, 장용학부터 최인훈, 김승옥까지, 그리고 김수영, 김춘수부터 고은, 황동규까지 해방 후등단한 100여 시인·작가들의 주요 작품을 수록하고 여기에 작가론과 작품론을 덧붙인 것이었다. 신구문화사의 이종익 사장은 6·25 이전 박문출판사 편집부에서 일한 경력의 소유자로서, 자신이 영업사원 출신이 아니라는 데 자부심을 가지고 직접 편집실무를 진두지휘했다. 그는 작가들에게 거의 두배가량의 분량을 가져오도록 부탁하고는 나에게 그것을 읽어서 우수작·대표작을 추려서 싣도록 했다. 그러니까 내가 하는 일이란 하루 종일 작품을 읽는 것인데, 그렇게 해서 수록작품이 선정되면 적당한 평론가에게 해설을 청탁하는 것이 또 내 임무였다. 해설원고를 검토하는 것도 내 몫이었다. 이런 연고로 나는 그 몇해 동안 한국 현대문학을 집중적으로 공부할 기회를 갖게 되었다.

신구문화사에서 간행된 서적과 관련하여 후배 문학연구자 및 서지학자들에게 꼭 알려주고 싶은 사항이 있다. 웬일인지 이 출판사는 재판, 3판을 찍을 때 판권에 인쇄일·발행일을 정확하게 표시하지 않았다. 예컨대 『현대한국문학전집』은 제1~6권은 1965년 11월 30일에, 제7~12권은 1966년 4월 30일에, 그리고 제13~18권은 1967년 1월 30일에 각각 초판이 발행되었다. 그런데 후에 새로 책을 찍으면서 '재판' '3판'이라고 정확하게 밝히지 않고 그냥 '1973년 4월 30일 발행' 또는 '1981년 10월 20일 발행'이라고 판권에 올려, 마치 그때 처음 책이 발행된 것같이 오인하도록 만들었다. 그 사실을 뒤늦게서야 발견했다. 왜 그랬을까. 신구문화사는 할부판매 방식을 출판계에 처음 도입하여 큰 성공을 거두었고, 그것으로 신구대학 설립의 재정적 기초를 만들었다고 알려져 있다. 그렇다면 세금 때문에 발행 횟수와 부수를 은폐한 것은 아닐까 추측해볼 수 있다. 어쨌든 엄밀하게 '초판 1쇄' '초판 2쇄' '재판 1쇄'와 같은 현학성을 발휘하지는 못하더라도 초판발행의 날짜 자체를 없애버리는 행위는 묵과할 수 없는 출판질서의 교란이고 후세의 연구자들에 내란 중대한 우롱이다.

신구문화사 시절을 잠깐 다시 회상하게 된 것은 지난해 12월 초순 공주대학교 국문과 박사학위 논문심사에 참여한 것이 계기이다. 소장학도 김양선 씨의 신동엽 연구논문이 대상이었는데, 심사가 끝난 뒤에 논문을 책으로 만들면서 김양선 씨는 따로 나에게 다음과 같은 요지의 질문서를 이

메일로 보내왔다. ①『현대한국문학전집』의 마지막 제18권『52인 시집』에 실린 신동엽 작품들은 시인에게 직접 청탁하여 받은 것인가? ②「꽃 대가리」라는 시를『52인 시집』에 실으면서 제목을「원추리」로 바꾼 것은 시인 자신인가? ③『근대서지』4집에 실린 홍윤표 씨의「민족시인 신동엽의 〈껍데기는 가라〉의 첫 발표연대 오류와 연보 바로잡기」라는 논문은「껍데기는 가라」가 처음 발표된 것이 1968년 2월 15일 발행의『52인 시집』이 아니고 1964년 12월 20일 발행된『시단(詩壇)』제6집이라 했는데,『52인 시집』의 발행일자는 정확히 언제인가? 김양선 씨는 내가 당시 신구문화사에 근무하면서 그 전집을 만들었다는 사실을 알고 질문한 것이었다.

내가 김양선 씨에게 보낸 답신의 내용은 대략 다음과 같다. ①『52인 시집』은 분명히 1967년 1월 30일 발행되었다. 홍윤표 씨의 글에는 1968년 2월 15일(379면)과 1967년 2월(385면)이라고 두가지로 기술하고 있는데, 그건 모두 틀린 것이다. 홍윤표 씨의 착각이거나 교정의 착오일 것이다. ②『52인 시집』뿐만 아니라『현대한국문학전집』18권에 수록된 작품은 모두 원칙적으로 신작이 아니고 기왕에 발표한 작품들 중에서 작가 스스로 대표작이라 생각하여 자선(自選)한 것이다. 그런데 당시는 발표지면이 넉넉지 않았던 탓에 시인들 중에는 기(旣)발표작 아닌 신작을 가지고 왔을 수도 있고, 또 발표작이라 하더라도 다소간 수정을 해서 가져오는 수가 많았다. 시인들이 여기저기 발표했던 작품들을 모아 시집을 출판할 때도 흔히 개작을 할뿐더러 때로는 제목을 고치기도 한다.「꽃 대가리」를「원추리」로 고친 건 물론 시인 자신이다. ③「껍데기는 가라」가 1964년『시단』제6집에 발표되었다는 걸 찾아낸 것은 홍윤표 씨의 업적이다. 나는『52인 시집』을 만들면서 신동엽으로부터 직접 원고를 건네받았지만, 각 작품들이 언제 어디에 처음 발표되었는지 일일이 확인하지 않았다. 다른 시인들의 경우에도 물론 마찬가지였다. 다만,「껍데기는 가라」의 경우 후일의 평론가·연구자들이 원래의 발표지면을 찾아 확인하지 않고『52인 시집』의 개작본만을 근거로 했기에 최초 발표연대에 착오가 생긴 것이다.

그런데 「껍데기는 가라」는 1964년의 최초 발표본과 1967년의 개작본 이외에 부인 인병선 여사가 보관하고 있다가 공개한 초고본이 또 있음이 드러났다.(김응교 『시인 신동엽』, 현암사 2005) 실은 「껍데기는 가라」뿐만 아니라 신동엽의 데뷔작 「이야기하는 쟁기꾼의 대지」도 서너개의 이본이 존재하는 것으로 밝혀졌다. 주지하듯이 이 작품은 신동엽의 이름을 문단에 처음 알린 신춘문예 입선작이다. 그런데 생전의 유일한 개인시집 『아사녀(阿斯女)』(문학사 1963.3.1)에는 '사족(蛇足)'이란 제목의 발문에 다음과 같은 언급이 있다.

장시 「이야기하는 쟁기꾼의 대지」는 1959년도 1월 3일자 『조선일보』에 신춘현상문예작품이라는 감목('제목'의 오자인 듯 ― 인용자)으로 발표되었던 작품이다. 당시 이 시는 심사위원들 사이에 그리고 신문사측과의 사이에 이르는바 어려운 문제가 개재되어 있었다는 이야기로, 지상에 나타날 때 군데군데 20수행이 삭제되어 있었다. 여기 그것을 보완한다.

그러나 시인 강형철의 연구에 따르면 『아사녀』를 저본으로 한 『신동엽 전집』(창작과비평사 1975)의 것과 『조선일보』 발표본을 비교한 결과 신동엽의 말과 달리 겨우 두군데 2행씩 삭제되었을 뿐이라고 한다. 그러면서 강형철 시인은 인병선 여사가 보관해오던 유품들 속에서 발견된 제3의 필사본을 제시하였다. 최근 간행된 『신동엽 시전집』(강형철 김윤태 엮음, 창비 2013)에도 『아사녀』본과 필사본 두 종류가 함께 수록되어 있고, 『아사녀』본의 경우에 『조선일보』 발표본과 다른 곳은 각주로 표시하고 있다.

이렇게 되면 「껍데기는 가라」의 경우와 마찬가지로 「이야기하는 쟁기꾼의 대지」도 ① 『조선일보』본, ② 『아사녀』본(1975년판 전집은 이를 저본으로 한 것이므로 별개의 판본이 아니다), ③ 필사본, 이렇게 세 판본이 있는 셈이 된다. 이 중 어느 것을 정본으로 삼을지 쉽지 않은 상황인데,『신동엽 시전집』의 편자들은『아사녀』본에서 충분히 복원하지 못한 것을 "이번에 수정 수록을 위해 준비한 것으로 추정되는 원고를 찾아내어 그대로 실었다"라고 머리말에서 말함으로써, 필사본이 가장 완전한 판본이라고 주장한 셈이다. 하지만 필사본 말미에는 '1958년 11월 18일 탈고'라는 날짜가 적혀있다. 그렇다면 시집『아사녀』에 수록하기 위해 수정한 것보다 5년 먼저 탈고한 필사본을 더 완전하다고 보는 것은 무리 아닐까. 이 경우 어느 것을 최종의 정본으로 삼을지는 더 논의가 필요하다고 하겠다.

이런 문제를 포함하여 작가의 수정 내지 개작과 출판 및 유통 과정에 있어서의 갖가지 변이(變異)를 검토하는 것이 이른바 원전비평이다. 그리고 판본변화의 문학적·역사적 의미를 묻는 것이 문학평론가 및 문학연구자의 본연의 임무이다. 작가가 자기 작품을 수정하고 개작했을 경우에는 생전에 마지막으로 손댄 것에 우선권을 주는 것이 당연한 원칙이다. 그런 판본을 독일에서는 'Ausgabe letzter Hand'(최종본)라고 한다. 하지만 여러개의 이본이 있고 각 이본마다 문학적 평가가 서로 다를 수 있을뿐더러 경우에 따라서는 어느 것이 작가의 마지막 손질인지 확정하기 어려울수도 있다. 당연히 여러 전문가들의 엄밀한 협동작업에 의해 최고의 선본(善本)을 구성할 수밖에 없는데, 이런 과정을 거친 판본을 'historisch-kritische Ausgabe'(역사적-비평적 판본, 결정판)이라고 하여, 과거에는 학술논문이 반드시 이 판본을 근거로 해야 했다. 물론 문학평론에서든 문학사 연구에서든 작품의 깊이있는 해석과 논의를 위해 여러 이본들을 비교, 검토하는 것은 연구자의 당연한 권리이고 어쩌면 의무라고 할 수도 있다. 우리나라의 경우 이런 엄격한 원전비평을 거친 문학전집은 아직 없다고 해도 과언이 아니다.

서지학의 도움이 있어야 원전에 접근할 길이 열리고 원전비평의 기초 위에서만 문학연구의 신뢰성이 구축될 수 있다고 한다면 우리 문학도들의 작업은 그런 점에서는 아직 본궤도에 올라서지도 못했다고 말할 수 있다. 거꾸로 생각하면 문학사를 연구하는 젊은 학도들 앞에는 한없이 많은 일거리가 푸짐하게 기다리고 있다고도 하겠다.

〔2015〕

# 회화의 조형성과 시의 내면성[1]
## 강행원의 그림과 시

    내가 곁눈질로나마 그림의 세계를 처음 접해본 것은 1960년대 말 김윤수, 김지하, 이성부, 최민 등을 통해서였다. 시인이기도 하고 미술평론가이기도 한 그들과 가깝게 어울려 지내면서 그들 주위의 젊은 화가들을 알게 되었고, 그러다보니 자연 그들의 관심의 방향에 따라 우리 화단의 풍경을 구경하게 되었다.

    그러면서도 1970년대 말까지 나는 『창작과비평』을 거점으로 하는 문학활동에만 정신이 팔려서 전시회 같은 데엔 별로 찾아가지 못했다. 더욱이 1980년대 초 거처를 대구로 옮기면서부터 화가들을 만나는 일도 아주 뜸해졌다. 하긴 그 무렵 최민, 오윤 등을 중심으로 '현실과 발언' 동인이 결성되어 미술운동의 새로운 바람이 불기 시작하였고 1983년인가 〈현실과 발언 동인전〉이 대구에서 열려, 나도 거기 가본 기억이 있다. 어떻든 그러는 동안 유신과 5공의 정치적 암흑을 뚫고 마침내 유월항쟁이 폭발하였으

---

1 오래전 윤산(允山) 강행원(姜幸遠) 화백이 시집을 내겠다고 해설을 부탁하면서 원고를 맡겨, 시와 그림의 엇갈린 만남에 관해 약간의 생각을 적어놓은 글이다. 그런데 어쩐 일인지 시집은 발간되지 않았고 원고는 그대로 남았다.

며, 30년 군사독재는 드디어 시민적 저항 앞에 무릎을 꿇게 되었다.

그 해방적 환희의 공간 속에서 탄생한 것이 민주화와 통일을 지향하는 민족예술인들의 대중적 조직, 즉 민예총(한국민족예술인총연합)이었다. 나도 당연히 여기에 참여하였는데, 그런 연유로 1980년대 말경 많은 화가·음악가·영화인·문화운동가들을 알게 되었다. 군소리가 길어졌지만, 내가 윤산(允山) 강행원(姜幸遠) 화백과 인사를 나눈 것도 그런 와중에서였던 것 같다. 그러나 나는 실상 강행원의 그림을 그렇게 많이 보지 못했다. 연보에 의하면 그는 1977년의 〈윤산 한국화 사생전〉을 시발로 거의 3년마다 개인전을 열었는데, 불행히도 나는 그 전시회에 한번도 가보지 못했다. 단지 그림마당 '민' 같은 데서 열린 기획전 내지 합동전시에서 띄엄띄엄 그의 작품을 한둘 보았을 뿐이다. 그러니 나로서는 1992년의 동산방화랑의 초대전에서 처음으로 그의 세계를 일별한 셈이다. 그러나 이렇게 보았다고 하더라도 문외한인 내가 그의 그림에 대해 뭐라고 말을 한다는 것은 분수에 넘치는 일이다.

그런데 그 동산방 개인전의 화집을 뒤늦게 펼쳐보면서, 그리고 거기 함께 수록된 윤범모, 이성부, 최열, 오광수, 원동석, 이구열 같은 분들의 강행원에 대한 글들을 읽으면서 내 나름으로 이 화가가 어떤 사람이고 어떤 예술의 길을 걸어왔는지 집히는 바가 없는 것은 아니다. 짐작컨대 강행원의 인생과 예술을 이해하는 데 결정적인 사실은 그가 일찍이 사촌형인 청화(清華) 큰스님의 영향으로 불교에 관심을 가졌고 그래서 고등학교를 졸업한 뒤에는 스스로 줄가 입산하여 몇해 동안 승려생활을 했다는 것이고, 또 하나는 어려서부터 그림에 재주가 뛰어났으나 미술대학 같은 정통적 제도교육 바깥에서 거의 독학으로 회화의 기법을 터득했다는 것이다.

평론가 윤범모가 강행원의 그림에 대하여 "파격의 아름다움"이라고 지적했던 것도 혼자서 일구어낸 두드러진 개성적 특징 때문일 것이다. 말하자면 강행원의 그림은 한편으로 불교적 내공의 형상적 표현이고, 다른 한편 획일화되어가는 미술계 속에서의 양식화된 회화문법에 대한 거부일 것이다. 동산방 화집을 펼쳐보면서 새삼 놀란 것은 무엇보다도 그의 왕성하기 짝이 없는 생산성이고 또 그의 관심의 다방면성이다. 1989년부터 1992년 초까지 불과 3년여에 걸쳐 간헐적으로 그 많은 그룹전 및 초대전에 내놓은 발표작 말고도 화집에 수록한 신작이 80여점의 분량이다. 글이든 그림이든 생산이 많다고 덮어놓고 좋은 것은 아니지만, 그러나 그것이 어떤 하나의 지표, 즉 예술적 의욕의 강도를 나타내는 지표가 되는 것은 사실이다.

고은 시인이 그렇듯이 강행원의 경우에도 단지 양적 풍성함만 있는 것은 아니다. 나는 1988년 이전의 강행원의 미술세계는 거의 아는 바가 없지만, 동산방 화집 한권에 수록된 것만 보더라도 그의 회화적 시각은 다채롭기 짝이 없다. 가령, 「들녘의 농막」이나 「진도대교」 「설향 1·2·3」처럼 자연의 경치를 대상으로 서정의 아름다움을 추구한 작품들이 있는가하면 그 연장선에서 중국의 풍광 내지 백두산 천지를 그린 작품들이 있으며, 유명한 난지도 연작을 비롯하여 「휴식」 「노점상 할머니」 「옥수동 풍정」 「안양천의 빈민가」 「선착장의 하루」처럼 서민들의 고단한 생활현실에 주목하는 동시에 그러한 관심의 역사적 확장을 보여주는 「동진강은 흐른다」 「백산에 모여들다」 같은 작품들이 있다.

「여름날의 정진」 「관세음보살의 민중불교 역할도」는 그가 여전히 불교적 깨달음의 성취를 통해 현실의 고통을 넘어서기를 꿈꾸고 있음을 암시하며, 탈과 무속을 소재로 펼치는 화려한 색채효과 또한 전통사상에서 새로운 세계를 추구하는 그의 오랜 집념과 관계가 있을 것이다. 강행원 회화세계의 소재와 주제 내지 관심의 방향은 이렇게 폭이 넓고 또 의욕적으로 발산되고 있으면서도, (나의 문외한적 관찰에 의한다면) 거기에는 일관된 흐름이 있다고 여겨졌다. 한마디로 나는 그것을 한국적 정서, 더 좁혀서 민화적인 정신의 표현이라고 부르고 싶다. 민화란 민중적 내지 민속적 회화를 가리키는 말일 터인데, 정통 문인화의 관념성·추상성·귀족성·암시성과는 달리 그것은 소박성·직접성·민중성·생활성을 특징으로 한 것이다.

한마디로 민화란 민중들의 생활현실에 대한 민중 자신의 회화적 발언이라고 할 수 있다. 그런 점에서 강행원 그림의 색채의 강렬성은 어쩌면 아카데미즘의 훈련과정 밖에서 얻어진 야성 그 자체의 폭발일지도 모른다. 그러나 거듭 말하거니와 내가 그림에 대해 언급하는 것은 주제넘은 짓이다. 그럼에도 불구하고 내가 강행원의 회화세계에 대해 약간의 해석을 시도한 것은 다름 아니라 그가 시를 썼기 때문인데, 예술장르들 사이를 넘나드는 일이 흔치 않은(그뿐만 아니라 시인이 소설을 쓰거나 평론가가 시를 쓰는 일도 일반화되어 있지 않은) 우리나라의 풍토에서 그가 왜 새삼 시를 쓰게 되었는가, 그리고 그의 그림과 시 사이에는 어떤 연관성이 있는가를 이해하기 위해서이다. 우선 한가지 눈에 띄는 사실은 그가 그림에서보다 시에서는 불자(佛子)의 모습을 더 노골적으로 드러낸다는 점이다.

그림은 캔버스라는 물리적 평면 위에 가시적 형상을 만들어놓지 않으면 안 된다는 점에서 물질적 제약성 또는 일종의 강요된 객관성을 가진다. 물론 언어라는 수단을 통해서도 같은 목표를 추구할 수는 있다. 그러나 언어는 다른 한편으로 내면적이고 심정적인 어떤 마음의 움직임을 그 미묘한 부분까지 표현하는 데에 좀더 유효하다고 말할 수 있다. 그런 점에서 문학은 회화보다 훨씬 더 사적(私的)일 수 있는 가능성 또는 위험성을 가진다. 짐작컨대 강행원은 회화의 조형적 객관성 안에 가둘 수 없는 내적 욕구를 위해 새로운 매체를 필요로 한 것 같다. 다음 작품을 읽어보자.

어둠을 삼킨 해
황홀히 여는 산 빛

탐욕으로 달아오른

물거품 같은 꿈

허상의 그늘 속에

희미한 그림자

―「허상」 전문

첫 두 행은 다분히 회화적이다. 그의 그림들이 그러하듯이 이 구절에서의 빛과 어둠의 선열(鮮烈)한 대조는 언어적 음영에 의한 암시보다 시각적 표현의 직접성을 겨냥한다. 그러나 정작 그가 나타내고 싶은 것은 풍경으로서의 사물적 대상이 아니라 바로 이 삶의 현실, 탐욕과 미망에 가득 찬 이 현실세계의 허구성이다. 이 시에서 강행원의 불교적 세계관을 읽는 것은 어려운 일이 아닐 것이다. 그러나 대상에 대한 회화적 접근으로부터 언어적 접근으로의 전이의 필요성을 발견하는 것은 쉬운 일이 아니다. 왜냐하면 시는 단순히 "현상의 세계란 헛된 것이다"라는 발언을 하기 위해서 존재하는 것이 아니라 그 발언의 내적 절실성이 그 절실성에 걸맞은 고유한 언어로 농축될 때 비로소 성립하는 것이기 때문이다. 어떻든 강행원의 시는 회화적 요소를 어느정도 그대로 간직한 채 때로는 선적(禪的) 투명성에 도달하고 있다.

서릿발에 시린 얼굴

햇살 다투는 환한 웃음

가을을 지키는 곧은 절개

그 향기 바람에 실려

쪽빛하늘 멀리 맑다

―「국화(菊花)」 전문

이 작품을 시로서 살아나게 하는 것은 마지막의 "멀리 맑다"는 표현이다. 실로 멀리 맑은 하늘은 지극히 회화적인 이미지이면서도(즉 화가다운 발상임을 인정하게 하면서도) 회화적 수단으로 형상화하기 쉽지 않은 어떤 정신적 상태를 가리킨다고 할 수 있다. 따라서 "멀리 맑다"는 표현은 강행원의 화사한 색채주의와 거리가 먼, 또는 그의 회화적 수단에 좀체 포착되지 않는 내면성의 세계이다.

> 홍수처럼 밀리는
> 너무 바쁜
> 오늘의 물결들
> 함께 파도가 되어
> 밀려 왔다가
> 다시 부서지는
> 둥지의 꿈
> 파도에 씻기는
> 모래 무리로
> 무력하게 밀려다니며
> 몸은 땅을 뒹굴면서
> 생각은 밤하늘에
> 총총히 빛나는
> 저 별을 향해 있으니……
>
> ──「무력한 희망」 전문

이런 작품에 오면 드디어 강행원은 화가적 발상을 떠나 자신의 삶을 시적으로 관조한다. 몸은 어쩔 수 없이 예토(穢土)에 묶여 있으되 정신은 이 예토로부터의 초월을 꿈꾸는 상황, 그것은 강행원의 불자적 전력을 다시 한번 상기시켜주는 동시에 어쩌면 이 사바세계를 견디면서 진리의 길을 찾고자 하는 모든 구도자들의 갈망을 대변하는 것일 터이다.

내가 잘 모르는 분야의 외람된 언급이기는 하지만, 오늘날 우리 화단에서 강행원은 오직 자기의 이름으로 각인된 독특한 화풍을 이루어냈다. 이것은 그의 뛰어난 화재(畵才)와 끝없는 모색의 회화적 고행(苦行)이 만남으로써 이룩한 결실일 것이다. 그런데 이제 그는 또하나의 새로운 세계, 즉 시의 세계에 한발을 들여놓았다.

그림이 한 인간의 필생의 노력을 요구하듯이 시 또한 한 인간의 혼신의 집중을 요구한다. 그의 시가 외도(外道) 또는 여기(餘技)에 그칠지, 아니면 한 새로운 시인의 탄생으로 이어질지 그것은 아무도 단정하지 못한다. 이세상 어디에도 쉽고 만만한 사업이란 없는 법인데, 그렇기 때문에 어느 분야든 거기서 일가(一家)를 이룬다는 것은 만인의 존경에 값하는 위업이라 할 것이다. 따라서 이제 시인 강행원의 앞으로의 정진공력(精進功力)을 지켜보는 것이 우리의 예의이다.

〔1998〕

## 제1부

가혹한 시대에 시인으로 사는 일──1923년 9월 1일부터 1945년 2월 16일까지:『유심』, 2015년 4월호.

순수, 참여, 그리고 가난──천상병의 삶과 문학:〈천상병 20주기 문학제〉강연문(2013.4.27);『푸른 사상』2014년 가을호.

시 쓰기 너머로 그가 찾아간 곳──다시 신동문 선생을 생각하며:『실천문학』2011 여름호.

무한생성되는 미완성──고은 문학 개관: 군산문화원 심포지엄〈고은 선생의 삶과 문학〉발제문(2010.12.9).

역사에 바쳐진 시혼──김남주를 다시 읽으며:『김남주 문학의 세계』, 창비 2014.

덧없음으로 가는 먼 길──권지숙 시집『오래 들여다본다』: 권지숙 시집『오래 들여다본다』(창비 2010) 해설.

혼돈을 건너는 미학적 모험──구광렬 시집『슬프다 할 뻔했다』: 구광렬 시집『슬프다 할 뻔했다』(문학과지성사 2013) 해설.


## 제2부

소설『임꺽정』과 벽초의 민족주의:〈제15회 홍명희 문학제〉강연문(2010.10.30);『녹색평론』2011년 1~2월호.

염상섭의 중도적 민족노선──그의 50주기를 기념하여:〈2013 염상섭 문학제〉기조발제문(2013.6.21);『창작과비평』2013년 가을호.

소설의 법정에 소환된 전쟁체험──박완서 선생을 추모하며:『창작과비평』2011년 가을호.

한남규의 문학을 돌아보며: 한남규 소설집 『바닷가 소년』(창작과비평사 1992) 발문 개고.

보수적 정서와 실천적 의지 사이에서——이문구에 관한 단문 두개: 첫번째 글은 『한겨레』(2003.3.3)에 발표했고, 두번째 글(1990)은 발표 지면을 찾지 못함.

분단의 질곡에서 피어난 꽃——김하기 단편소설 「노역장 이야기」 「해미」: 1991년에 발표한 글인데 지면을 찾지 못함.

고단한 일상과 미학적 초월——윤후명 단편소설 「소금 굽는 남자」: 『한겨레』 1997.4.29.

가혹한 현실, 추방된 영혼——강준용의 소설에 대하여: 문학모임 '초설회' 강연문 (2010.1.5).

## 제3부

임화 문학사의 내재적 기원: 『임화문학연구』 4, 소명출판 2014.

한국문학 연구와 리얼리즘적 시각: 경북대학교 대학원 국문과 특강 발제문(2002.10.18).

현대비평의 곤경——오생근 평론집 『그리움으로 짓는 문학의 집』: 『대산문화』 2000년 하반기호.

문학의 현실참여——압축 진행된 우리 문학사의 이곳/저곳: 네이버 열린연단 '문화의 안과 밖' 강의문(2014.5.17); 『예술과 삶에 대한 물음』, 민음사 2014.

'강북' '강남'의 구획이 말해주는 것: 덕성여대 인문과학연구소 주최 〈제2회 지역문화연구센터 심포지엄: 강북이란 무엇인가〉 기조발제문(2010.6.4); 덕성여대 『인문과학연구』 제16집, 2010.

가난만이 살길이다——권정생 산문집 『빌뱅이 언덕』: 권정생 산문집 『빌뱅이 언덕』 (창비 2012) 발문.

노년의 문학: 『시와 시』 2010년 겨울호.

인쇄된 것 바깥에 있는 진실들: 『근대서지』 제10호, 2015.

회화의 조형성과 시의 내면성——강행원의 그림과 시: 1998년 강행원(姜幸遠) 화백의 시집 해설로 쓴 글인데 시집은 발간되지 않음.

| 찾아보기 |

살아 있는 과거
한국문학의 어떤 맥락

초판 1쇄 발행 / 2015년 7월 15일

지은이 / 염무웅
펴낸이 / 강일우
책임편집 / 정편집실
펴낸곳 / (주)창비
등록 / 1986년 8월 5일 제85호
주소 / 413-120 경기도 파주시 회동길 184
전화 / 031-955-3333
팩시밀리 / 영업 031-955-3399 편집 031-955-3400
홈페이지 / www.changbi.com
전자우편 / lit@changbi.com

ⓒ 염무웅 2015
ISBN 978-89-364-6343-4 03810